O LIVRO DOS ANSEIOS

SUE MONK KIDD

O LIVRO DOS ANSEIOS

Tradução
LÍGIA AZEVEDO

paralela

Copyright © 2020 by Sue Monk Kidd, Inc.

A Editora Paralela é uma divisão da Editora Schwarcz S.A.

Grafia atualizada segundo o Acordo Ortográfico da Língua Portuguesa de 1990, que entrou em vigor no Brasil em 2009.

TÍTULO ORIGINAL The Book of Longings
CAPA E IMAGEM Tereza Bettinardi
PREPARAÇÃO Laura Folgueira
REVISÃO Huendel Viana, Marise Leal e Thiago Passos

Dados Internacionais de Catalogação na Publicação (CIP)
(Câmara Brasileira do Livro, SP, Brasil)

Kidd, Sue Monk
 O livro dos anseios/ Sue Monk Kidd ; tradução Lígia Azevedo. — 1ª ed. — São Paulo : Paralela, 2022.

 Título original: The Book of Longings.
 ISBN 978-85-8439-251-3

 1. Ficção norte-americana. I. Título.

22-100545   CDD-813

Índice para catálogo sistemático:
1. Ficção : Literatura norte-americana   813

Maria Alice Ferreira – Bibliotecária – CRB-8/7964

[2022]
Todos os direitos desta edição reservados à
EDITORA SCHWARCZ S.A.
Rua Bandeira Paulista, 702, cj. 32
04532-002 — São Paulo — SP
Telefone: (11) 3707-3500
www.editoraparalela.com.br
atendimentoaoleitor@editoraparalela.com.br

*Para minha filha, Ann,
com todo o meu amor*

Sou a primeira e a última
Sou aquela que é reverenciada e aquela que é escarnecida
Sou a meretriz e a santa
Sou a esposa e a virgem
Sou a mãe e a filha
[...]
Sou ela [...]
[...]
[...] não tenha medo do meu poder
[...]
Sou o conhecimento do meu nome
[...]
Sou o nome do som e o som do nome
"O trovão: A mente perfeita"

Bata em si mesmo como a uma porta,
e caminhe por si mesmo como por uma estrada reta.
Porque, se andar por essa estrada, não poderá se perder,
e o que abrir para si mesmo vai abrir.
Evangelho de Tomé

Palestina e Egito na época de Jesus

CHIPRE

Ma

Cargueiro alexandrino

Alexandria
Lago Mareótis
Delta do Nilo
Papiro
Terenoutis
ÉGITO
Letópole
Mênfis
Íbis-sagrado
Lótus-azul
Pelúsio

S

Golfo norte do mar Vermelho

Elim

Jerusalém na época de Jesus

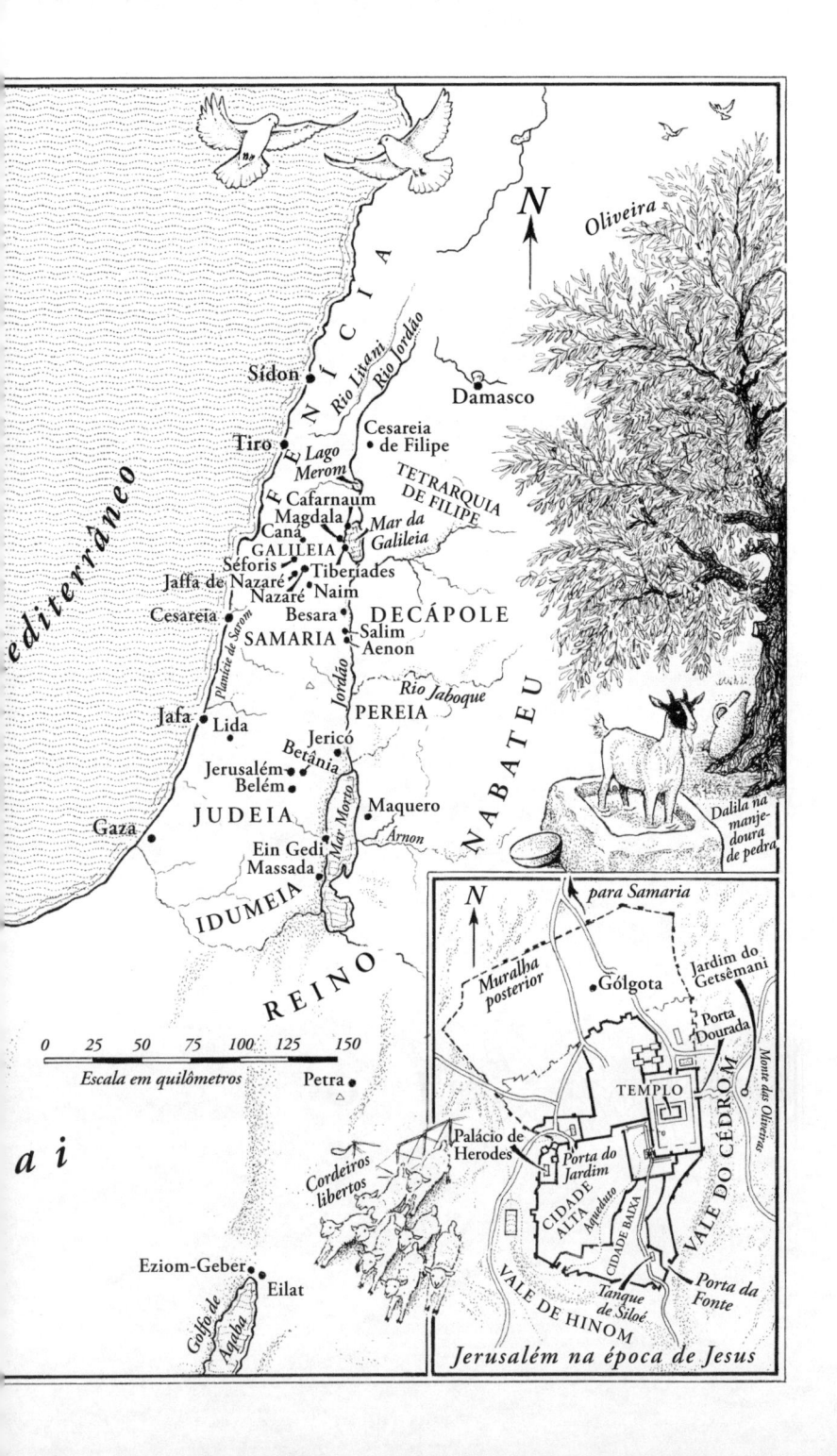

SÉFORIS

16-17 d.C.

I

Meu nome é Ana. Fui esposa de Jesus, filho de José de Nazaré. Eu o chamava de Amado, e ele, rindo, me chamava de Pequeno Trovão. Ele dizia ouvir estrondos dentro de mim quando eu dormia, como o som de trovoadas muito além do vale do Nahal Zippori ou mais para lá do Jordão. Não duvido que ele ouvisse alguma coisa. Toda a minha vida, anseios viveram dentro de mim, saindo para lamentar e cantar durante a noite. Que meu marido, em nossa cama fina de palha, colocasse seu coração sobre o meu para escutar era o ato de bondade que eu mais amava nele. O que ele ouvia era minha vida implorando para nascer.

II

Meu testamento começa no décimo quarto ano de minha vida, na noite em que minha tia me levou até o telhado plano do casarão de meu pai em Séforis, carregando um objeto volumoso envolto em linho.

Eu a segui escada acima, com os olhos no pacote misterioso amarrado às suas costas como um bebê recém-nascido, incapaz de adivinhar o que ela escondia. Minha tia cantarolava, em um volume um tanto alto, uma música hebraica sobre a escada de Jacó, e eu me preocupava que o som pudesse entrar pelas frestas das janelas da casa e despertar minha mãe. Ela havia proibido nós duas de subirmos ao telhado juntas, temerosa de que Yalta enchesse minha cabeça de audácias.

Diferente de minha mãe, diferente de qualquer mulher que eu conhecesse, minha tia era instruída. Sua mente era um imenso país selvagem que extrapolava suas fronteiras. Ela invadia todos os lugares. Tinha vindo de Alexandria quatro meses antes, por motivos que ninguém mencionava. Eu nem sabia que meu pai tinha uma irmã até Yalta aparecer, vestida com uma túnica simples de linho sem tingimento, o corpo pequeno ereto e orgulhoso, os olhos brilhando. Meu pai não a abraçou, tampouco minha mãe. Eles lhe destinaram um quarto de serviçal que dava para o pátio superior e ignoraram meu interrogatório. Yalta também evitava minhas perguntas. "Seu pai me fez jurar que não falaria sobre meu passado. Ele prefere que você acredite que caí do céu, como cocô de pássaro."

Minha mãe dizia que Yalta tinha uma boca imprudente. Nisso, concordávamos, o que era raro. A boca da minha tia era fonte de elocuções emocionantes e imprevisíveis. Era o que eu mais amava nela.

Não era a primeira vez que nos esgueirávamos até o telhado depois de escurecer para evitar ouvidos curiosos. Encolhida sob as estrelas, minha tia já me contara sobre meninas judias em Alexandria que escreviam em tabuletas com diversas camadas de cera, algo que eu mal conseguia imaginar. Ela narrara histórias de mulheres judias que lideravam sinagogas, estudavam com filósofos, escreviam poesia e eram proprietárias de casas. Rainhas egípcias. Mulheres faraós. Grandes deusas.

A escada de Jacó chegava até o céu, e a nossa também.

Yalta não tinha vivido mais que quatro décadas e meia, mas suas mãos já começavam a parecer disformes, com os nós dos dedos largos. Sua pele formava pregas sobre as bochechas, seu olho direito parecia murcho de tão caído. Apesar disso, ela subia os degraus agilmente, com a graciosidade de uma aranha. Observei-a passar do degrau superior para o telhado, com o embrulho nas costas balançando de um lado a outro.

Acomodamo-nos sobre a grama, uma de frente para a outra. Era o primeiro dia do tishrei, mas as chuvas frescas de outono ainda não tinham vindo. A lua parecia um fogo baixo sobre as colinas. O céu, sem nuvens, preto, estava marcado por brasas. O cheiro de pão e fumaça pairava sobre a cidade. Eu queimava de curiosidade, querendo saber o que estava escondido no embrulho, mas minha tia olhava para o horizonte sem dizer nada, e eu me forcei a esperar.

Minhas próprias audácias estavam escondidas dentro de um baú de cedro esculpido, em um canto do meu quarto: papiros, rolos de pergaminho e tiras de seda, contendo meus escritos. Eu também tinha cálamos, uma faca de afiar, uma tábua de cipreste, frascos de tinta, uma paleta de marfim e alguns pigmentos preciosos que meu pai trouxera do palácio. Os pigmentos já haviam desbotado, mas estavam luminosos no dia em que eu abri a tampa para Yalta.

Minha tia e eu ficamos olhando para toda aquela glória, ambas em silêncio.

Ela esticou o braço e tirou do baú rolos de pergaminho. Pouco antes de minha tia chegar, eu havia começado a escrever as histórias das matriarcas das Escrituras. Ouvindo os rabinos, seria de imaginar que as únicas figuras dignas de menção em toda a história eram Abraão, Isaque, Jacó e José... Davi, Saulo, Salomão... Moisés, Moisés, Moisés. Quando finalmente fui capaz de ler as Escrituras sozinha, descobri (imagine!) que também havia mulheres nelas.

Ser ignorada, ser esquecida, seria a maior de todas as tristezas. Jurei que registraria as conquistas e louvaria a prosperidade delas, por menores que fossem. Seria uma cronista de histórias perdidas. O que era exatamente o tipo de ousadia que minha mãe desprezava.

No dia em que abri o baú para Yalta, eu já tinha completado as histórias de Eva, Sara, Rebeca, Raquel, Lea, Zilpa, Bila e Ester. Mas ainda havia muito a escrever — sobre Judite, Diná, Tamar, Miriam, Débora, Rute, Ana, Betsabé, Jezabel.

Tensa, quase sem fôlego, observei minha tia se debruçar sobre meus esforços.

"É como pensei", ela disse, com o rosto incandescente. "Você foi enormemente abençoada por Deus."

Que palavras.

Até aquele momento, eu acreditava que era apenas peculiar — uma aberração da natureza. Uma desajustada. Uma maldição. Já fazia muito que eu sabia ler e escrever, e possuía uma habilidade incomum de transformar palavras em histórias, de decifrar idiomas e textos, de compreender significados ocultos, de manter ideias opostas na cabeça sem que houvesse conflito.

Meu pai, Matias, chefe dos escribas e conselheiro de nosso tetrarca, Herodes Antipas, dizia que meus talentos seriam mais apropriados a profetas e messias, a homens que abriam mares, construíam templos e conferenciavam com Deus no alto de montanhas, ou a qualquer homem circuncisado da Galileia. Foi só depois de eu aprender hebraico sozinha e adular e suplicar que ele permitiu que eu lesse a Torá. Desde os oito anos, eu implorava por um tutor que me educasse, por rolos de pergaminho a estudar, por papiro para escrever, por pigmentos para fazer minhas próprias tintas, e com frequência ele cedia — se por admiração ou se por uma fraqueza advinda do amor, não sei dizer. Minhas aspirações o envergonhavam. Quando não podia subjugá-las, fazia pouco-caso delas. Meu pai gostava de dizer que o único menino da família era uma menina.

Uma criança tão inadequada quanto eu precisava ser explicada. Meu pai sugeria que Deus se distraíra enquanto me tecia no ventre da minha mãe, por engano conferindo-me dons destinados a algum pobre menino. Não sei se ele se dava conta de como ofendia a Deus responsabilizando-o por esse grave equívoco.

Minha mãe acreditava que a culpa era de Lilith, um demônio com garras de coruja e asas de abutre que procurava por recém-nascidos para matar, ou, no meu caso, para contaminar com tendências desviadas. Nasci durante uma chuva de inverno impiedosa. As velhas que traziam bebês ao mundo se recusaram a sair de casa embora meu pai, um homem importante, tivesse mandado chamá-las. Aflita, minha mãe se sentou na cadeira de parto sem ninguém para aliviar sua dor ou nos proteger de Lilith com as preces e os amuletos adequados. Foi sua criada Shipra quem me banhou em vinho, água, sal e azeite, enrolou-me em panos e me colocou no berço, onde Lilith podia me encontrar.

As histórias de meus pais encontraram seu caminho até a carne da minha carne, o osso do meu osso. Nunca me ocorrera que minhas habilidades poderiam ter sido premeditadas, que Deus houvesse tido a *intenção* de conceder tais bênçãos a mim. Ana, uma menina com cachos pretos turbulentos e olhos da cor de nuvens de tempestade.

Vozes chegavam de telhados próximos. O choro de uma criança, uma cabra balindo. Finalmente, Yalta esticou o braço para trás, na direção do embrulho, e desenrolou o linho. Ela removeu cada camada devagar, com os olhos acesos, mirando-me de relance algumas vezes.

Yalta ergueu o conteúdo. Uma bacia de pedra calcária, brilhante e redonda, uma lua cheia perfeita. "Trouxe comigo de Alexandria. Quero que seja sua."

Quando minha tia depositou a bacia em minhas mãos, um calafrio percorreu meu corpo. Passei as palmas pela superfície lisa, pela abertura ampla, pelas espirais leitosas na pedra.

"Você sabe o que é uma bacia de encantamento?", Yalta perguntou.

Balancei a cabeça, em negativa. Imaginava que devia ser algo de grande magnitude, perigoso ou maravilhoso demais para se revelar a alguém em qualquer outro lugar que não um telhado no escuro.

"As mulheres as usam para rezar em Alexandria. Escrevemos nossa súplica mais secreta dentro delas. Assim." Minha tia enfiou um dedo dentro da bacia e o moveu em uma linha em espiral nas laterais. "Todos os dias, nós cantamos a prece. Enquanto o fazemos, traçamos círculos lentos com a bacia, e as palavras ganham vida e partem em direção ao céu."

Fiquei olhando para a bacia, incapaz de falar. Algo tão resplandecente, repleto de poderes ocultos.

Minha tia disse: "No fundo da bacia, desenhamos uma imagem de nós mesmas, para garantir que Deus saiba de quem é o pedido".

Minha boca se abriu. Ela devia saber que nenhum devoto judeu olharia para figuras de forma humana ou animal, muito menos seria responsável por criá-las. O segundo mandamento proíbe isso. *Não farás para ti nenhum ídolo, nenhuma imagem de qualquer coisa no céu, na terra ou nas águas debaixo da terra.*

"Você deve escrever sua súplica na bacia", minha tia me disse. "Mas cuidado com o que vai pedir, pois certamente receberá."

Olhei para o interior da bacia, que por um instante pareceu um firmamento por si só, o domo estrelado virado de cabeça para baixo.

Quando ergui o rosto, os olhos de Yalta estavam em mim. Ela disse: "O santíssimo lugar de um homem contém a lei de Deus, mas dentro de uma mulher existem apenas anseios". Então ela bateu no osso chato sobre meu coração e deu uma instrução que fez algo arder no meu peito: "Escreva o que está aqui dentro, dentro do seu santíssimo lugar".

Erguendo a mão, toquei o osso a que minha tia havia conferido vida, piscando furiosamente para controlar o tumulto de emoções.

Nosso único e verdadeiro Deus habitava o Santíssimo Lugar do templo de Jerusalém, e eu tinha certeza de que era ímpio falar que um lugar parecido existia dentro das pessoas, e pior ainda sugerir que anseios dentro de meninas como eu tinham algo de divino. Era a blasfêmia mais bonita e perversa que eu já ouvira. Não pude dormir aquela noite, tamanho meu êxtase.

Minha cama tinha pés de bronze, era coberta de travesseiros tingidos de carmesim e amarelo, recheada de palha batida, penas, coentro e hortelã, e fiquei ali deitada em toda a sua maciez, com todos os seus aromas, bem depois da meia-noite, compondo minha oração mentalmente, lutando para comprimir a vastidão do que sentia em palavras.

Levantei-me antes do amanhecer e me esgueirei pela galeria suspensa sobre o andar principal, movendo-me de pés descalços e sem lamparina, passando furtivamente pelos cômodos em que minha família dormia. Desci os degraus de pedra. Atravessei o pórtico do saguão de entrada. Cruzei o pátio superior, medindo meus passos como se caminhasse por um terreno pavimentado com seixos, com medo de despertar os serviçais que dormiam ali perto.

O mikvá em que nos banhávamos segundo as leis de pureza ficava encerrado em uma sala úmida abaixo da casa, acessível apenas do pátio inferior. Desci, tateando a parede da escada. À medida que a corrente de água fluía pelo cano e a escuridão desaparecia, pude distinguir os contornos da banheira. Eu tinha prática em executar minhas abluções rituais no escuro — vinha ao mikvá desde meu primeiro sangramento, como nossa religião exigia, mas o fazia à noite, em particular, porque ainda não havia confessado minha condição de mulher à minha mãe. Havia meses eu vinha enterrando os panos na horta.

Daquela vez, no entanto, eu não tinha ido ao mikvá por aquele motivo, e sim para me preparar para entalhar a bacia. Escrever uma súplica era algo penoso e sagrado. O mero ato de escrever evocava poderes, com frequência divinos, mas às vezes instáveis, que penetravam as cartas com uma misteriosa força que ganhava vida através da tinta. Uma bênção gravada em um talismã não resguardava um recém-nascido? Uma imprecação inscrita não protegia um túmulo?

Tirei as vestes e fiquei no primeiro degrau, embora o costume fosse entrar com as roupas de baixo. Eu queria estar nua. Não queria nada entre mim e a água. Pedi a Deus que me purificasse para que eu pudesse escrever minha súplica com retidão de mente e coração. Então entrei no mikvá. Fiz um meneio como um peixe sob a água e ressurgi ofegante.

De volta ao quarto, vesti uma túnica limpa. Reuni a bacia de encantamento e meus instrumentos de escrita e acendi as candeias. O dia nascia. Uma luz azul turva preencheu o quarto. Meu coração era um cálice extravasando.

III

Sentada de pernas cruzadas no chão, eu desenhava pequenas letras dentro da bacia com um cálamo recém-afiado e tinta preta feita por mim mesma a partir de cinzas do fogão, seiva e água. Por um ano, pesquisei a melhor combinação de ingredientes, o tempo exato que a lenha devia queimar, a goma certa para impedir a tinta de empelotar, e ali estava ela, aderindo à pedra calcária sem escorrer ou manchar, brilhando como ônix. O cheiro acre e defumado da tinta preenchia a sala, queimando minhas narinas e fazendo meus olhos lacrimejarem. Eu inalava aquele aroma como se fosse incenso.

Havia muitas súplicas secretas que eu poderia ter escrito ali. Viajar ao lugar no Egito que minha tia havia despertado na minha imaginação. Que meu irmão voltasse para nossa casa. Que Yalta permanecesse comigo por todos os dias de minha vida. Casar-me um dia com um homem que me amasse por quem eu era. Em vez dessas, escrevi a súplica que residia no fundo do meu coração.

Formei cada palavra em grego com movimentos lentos, reverentes, como se minhas mãos construíssem pequenos templos de tinta que Deus habitaria. Escrever dentro da bacia era mais árduo do que eu havia imaginado, mas perseverei, adicionando floreios só para mim — traços ascendentes finos, traços descendentes grossos, espirais e asnas no fim das frases, pontos e pequenos círculos entre as palavras.

Eu ouvia nosso criado, Lavi, de dezesseis anos, amassando azeitonas lá fora no pátio, o movimento rítmico da pedra de moinho ecoando pelo pavimento, e, depois que cessou, um pombo no telhado, oferecendo seu som mínimo ao mundo. Aquele pequeno pássaro me encorajou.

O sol se acendeu e o céu passou de ouro-rosa a ouro-branco. Dentro de casa, não havia movimento. Yalta raramente acordava antes do meio do dia, mas àquela hora Shipra já deveria ter trazido pão e um prato de figos. Minha mãe já deveria ter vindo ao meu quarto, pronta para me dar ordens. Provavelmente franziria a testa para minhas tintas, condenando-me por ter aceitado um presente tão inadequado, e então culparia Yalta por tê-lo dado a mim sem sua permissão. Eu não conseguia imaginar o motivo do atraso de sua rotina diária de perseguição.

Tendo quase terminado minha súplica, fiquei com um ouvido atento à minha mãe e outro ao retorno de meu irmão, Judas. Fazia dias que ninguém o via. Aos vinte anos, era seu dever se estabelecer e procurar uma esposa, mas ele preferia enlouquecer nosso pai se reunindo com os radicais que falavam contra Roma. Judas já tinha partido outras vezes com os zelotes, mas nunca ficara fora por tanto tempo. Todas as manhãs, eu esperava ouvi-lo atravessando o vestíbulo, com fome e cansado, arrependido de ter nos causado tanta preocupação. No entanto, Judas nunca se arrependia. E aquela vez parecia diferente — todos sabíamos, mas ninguém o dizia. Minha mãe temia, como eu, que ele finalmente tivesse se unido em definitivo a Simão, filho de Giora, o mais inflamado dos fanáticos. Diziam que seus homens atacavam pequenos grupos de mercenários de Herodes Antipas e de soldados romanos do general Varo, cortando sua garganta. Também saqueavam viajantes ricos na estrada para Caná, tomando o dinheiro deles para dar aos pobres, mas deixando seu pescoço intacto.

Judas era meu irmão adotivo, filho do primo de minha mãe, mas era mais parecido comigo em espírito que meus pais. Percebendo como eu me sentia à margem e sozinha na infância, ele com frequência me levava para perambular pelas colinas com terraceamento fora da cidade. Nós dois pulávamos os muros de pedras que separavam os campos, surpreendendo as jovens pastoras de ovelhas e colhendo uvas e azeitonas no caminho. As encostas estavam repletas de cavernas cheias de passagens e câmaras, e nós as explorávamos, gritando nossos nomes para suas bocas abertas e ouvindo a voz que retornava.

Inevitavelmente, Judas e eu íamos parar no aqueduto romano que trazia água para a cidade, e jogar pedras nas colunas entre os arcos se tornou um ritual. Foi quando estávamos à sombra daquela enorme maravilha romana — ele com dezesseis anos, eu com dez — que Judas me contou pela primeira vez sobre as revoltas em Séforis que haviam levado seus pais. Soldados romanos tinham reunido dois mil rebeldes, incluindo seu pai, e os crucificado, expondo-os à margem das estradas. A mãe dele tinha sido vendida como uma pessoa escravizada com o resto dos habitantes da cidade. Judas, com apenas dois anos, recebera abrigo em Caná até que meus pais fossem buscá-lo.

Eles o adotaram legalmente, mas Judas nunca pertenceu a meu pai, apenas a minha mãe. Meu irmão desprezava Herodes Antipas por seu conluio com Roma, assim como todo judeu devoto, e o fato de que nosso pai acabara se tornando o principal conselheiro dele o enfurecia. Os galileus viviam tramando sublevação e procurando por um messias para libertá-los de Roma, e coube ao meu pai aconselhar Antipas quanto a como pacificá-los e manter sua lealdade a seu opressor ao mesmo tempo. Seria uma tarefa ingrata para qualquer um, mas especialmente para nosso pai, cujo judaísmo ia e vinha como as chuvas. Ele cumpria o sabá, mas com certa lassidão. Frequentava a sinagoga, mas ia embora antes que o rabino lesse as Escrituras. Fazia a longa peregrinação a Jerusalém no Pessach e na Festa dos Tabernáculos, mas com receio. Aderia às leis dietéticas, mas entrava no mikvá apenas se deparasse com um cadáver ou com uma pessoa com erupções na pele, ou se sentasse em uma cadeira de que minha mãe, menstruada, tinha acabado de sair.

Eu ficava preocupada com a segurança dele. Esta manhã, ele saíra para o palácio acompanhado por dois soldados de Herodes Antipas, mercenários idumeus cujos capacetes e gládios brilhavam à luz do sol. Eles o acompanhavam desde a semana anterior, quando um dos zelotes de Simão, filho de Giora, cuspiu nele ao passar na rua. O insulto provocou uma terrível discussão entre meu pai e Judas, uma tempestade de gritos que varreu do vestíbulo aos quartos superiores. Meu irmão desapareceu na mesma noite.

Ocupada com tais pensamentos ansiosos quanto a minha mãe, meu pai e Judas, carreguei demais a caneta, que pingou na bacia, deixando uma gota preta no fundo. Olhei para ela horrorizada.

Com cuidado, limpei a tinta com um pano, mas restou uma feia mancha cinza. Eu tinha piorado tudo. Fechei os olhos para me acalmar. Finalmente, voltando minha atenção à súplica, escrevi as últimas poucas palavras com a mente plena.

Abanei a tinta com um maço de penas, de modo a acelerar a secagem. Então, como Yalta instruíra, desenhei uma menina no fundo da bacia. Eu a fiz alta, com pernas longas, tronco magro, seios pequenos, rosto ovalado, olhos grandes, cabelo espetado, sobrancelhas grossas e boca no formato de uva. Seus braços estavam levantados, pedindo *por favor, por favor*. Qualquer um saberia que aquela menina era eu.

A mancha da tinta que pingara pairava sobre a cabeça da menina, como uma nuvenzinha escura. Franzi o cenho para ela, mas disse a mim mesma que não significava nada. Não pressagiava nada. Fora apenas um lapso de concentração, mas eu não conseguia deixar de me sentir perturbada. Desenhei um pombo acima da cabeça da menina, logo abaixo do borrão. Suas asas se arqueavam sobre ela como um tabernáculo.

Levantei e levei a bacia de encantamento à janelinha alta, por onde a luz entrava. Movimentei a bacia em um círculo completo e observei as palavras se movendo dentro dela, ondulando em direção à borda.

> *Senhor nosso Deus, ouça minha súplica, a súplica do meu coração. Abençoe a grandeza dentro de mim, não importa o quanto eu a tema. Abençoe meus cálamos e minhas tintas. Abençoe as palavras que escrevo. Que elas sejam belas a seus olhos. Que sejam visíveis a olhos ainda não nascidos. Quando eu for pó, entoe estas palavras sobre meus ossos: ela foi uma voz.*

Fiquei olhando para a súplica, a menina e o pombo, e uma sensação tomou meu peito, uma exultação diminuta, como um bando de pássaros deixando de uma só vez as árvores.

Eu queria que Deus notasse o que eu tinha feito e falasse do turbilhão. Queria que dissesse: *Ana, eu a vejo. Você é muito agradável aos meus olhos.* Houve apenas silêncio.

Foi enquanto eu estava ocupada guardando meus instrumentos de escrita que o segundo mandamento apareceu na minha mente, como se Deus afinal tivesse falado, mas não o que eu desejava ouvir. *Não farás para ti nenhum ídolo, nenhuma imagem de qualquer coisa no céu, na terra ou nas águas debaixo da terra.* Diziam que o próprio Deus tinha escrito tais palavras em uma tabuleta de pedra e dado a Moisés. Eu não conseguia imaginar que a intenção era de que fôssemos tão extremos, mas se assumiu uma interpretação estrita do mandamento como uma maneira de manter uma Israel pura, separada de Roma. Aquilo tinha se tornado uma forma de medir lealdade.

Fiquei imóvel. Uma onda de frio percorreu meu corpo. *Pessoas foram apedrejadas até a morte por terem criado imagens mais rudimentares do que a que desenhei.* Afundando no chão, apoiei as costas contra a rigidez do baú de cedro. Na noite anterior, quando minha tia me instruíra a fazer o meu retrato na bacia, a advertência contra imagens esculpidas me atormentara por alguns momentos, mas depois eu a ignorara, cega pela autoconfiança dela. Agora, minha desatenção às consequências me deixava fraca.

Eu não tinha medo de ser apedrejada — não chegaria a tanto. Apedrejamentos aconteciam na Galileia ou até mesmo em Séforis, mas não aqui, na casa de meu pai, amante de grego, onde o que importava não eram as leis judaicas, mas a *aparência* de que as seguíamos. Não, o que eu sentia era medo de que, se minha imagem fosse descoberta, a bacia fosse destruída. Eu temia que o precioso conteúdo do meu baú fosse levado embora, que meu pai finalmente ouvisse minha mãe e me proibisse de escrever. Que ele voltasse sua ira contra Yalta e talvez até a mandasse embora.

Apertei as mãos contra o peito como se tentasse retornar a quem eu era na noite anterior. Onde estava a pessoa que compusera uma súplica que meninas não ousavam suplicar? Onde estava a pessoa que entrara no mikvá? Que acendera as lamparinas? Que acreditara?

Eu tinha registrado as histórias que minha tia me contara sobre meninas e mulheres de Alexandria, por medo de que também viessem a se perder, e revirei meus rolos de pergaminho até encontrá-las. Alisei-as e li. Elas me deram coragem.

Procurei por um pedaço de linho entre meus panos. Coloquei-o sobre a bacia e a disfarcei de cesto de dejetos, depois a guardei debaixo da cama. Minha mãe não ia nem se aproximar. Era com sua espiã, Shipra, que eu me preocupava.

IV

O nome da minha mãe, Adar, significa "esplendor", e ela se esforçava ao máximo para fazer jus a ele. Minha mãe entrou no cômodo usando vestes cor de esmeralda e seu melhor colar de cornalina. Shipra vinha atrás, carregando uma pilha de roupas luxuosas e uma série de bolsas contendo joias, pentes e tintas para os olhos. Um par de sandálias cor de mel com sininhos costurados nas tiras vinha equilibrado sobre a pilha. A própria Shipra, uma serviçal, usava seu melhor casaco e um bracelete de osso esculpido.

"Logo sairemos para o mercado", minha mãe anunciou. "E você há de nos acompanhar."

Se ela não tivesse chegado com uma missão tão premente, talvez tivesse me notado olhando para a bacia debaixo da cama e se perguntado qual era o objeto da minha fascinação. Mas sua curiosidade não foi despertada, e, em meu alívio, a princípio não questionei a irracionalidade de tanta elegância para ir ao mercado.

Shipra tirou minhas vestes e as substituiu por uma túnica de linho branco com bordados prateados. Ela passou uma faixa índigo sobre meus quadris, calçou as sandálias musicais nos meus pés e me advertiu para ficar parada enquanto clareava meu rosto moreno com giz e farinha de cevada. Seu hálito cheirava a lentilha e alho-poró, e quando me virei ela beliscou minha orelha. Bati o pé, fazendo os sinos repicarem.

"Fique parada. Não podemos nos atrasar", minha mãe disse, passando a Shipra um bastão de kohl e observando enquanto ela delineava meus olhos, depois passava óleo nas minhas mãos.

Não pude mais segurar a língua. "Temos que nos vestir de maneira tão pródiga para ir ao mercado?"

As duas trocaram um olhar. Uma vermelhidão surgiu sob o queixo de minha mãe e se espalhou por todo o pescoço, como acontecia com frequência quando ela não estava sendo franca. Ela me ignorou.

Eu disse a mim mesma que não havia motivo para me inquietar. A pompa não era incomum à minha mãe, ainda que costumasse ser confinada a banquetes que ela orquestrava para convidados de meu pai no salão de visitas — com extravagâncias como cordeiro assado, figos com mel, azeitonas, homus, pão, vinho, candeias, músicos, acrobatas e adivinhos. Suas exibições nunca tinham incluído passeios ostensivos pelo mercado.

Pobre de minha mãe. Parecia sempre precisar provar alguma coisa, embora, até a chegada de Yalta, eu nunca tivesse entendido o que exatamente. Durante uma de nossas conversas no telhado, minha tia revelara que o pai de minha mãe tinha sido um pobre comerciante de roupas de Jerusalém, e nem mesmo de roupas especialmente refinadas. Meu pai e Yalta, por outro lado, descendiam de uma linhagem nobre de judeus de Alexandria que falavam grego e tinham laços com as autoridades romanas. Naturalmente, realizar um casamento entre duas famílias separadas por tamanho abismo não teria sido possível a menos que a noiva possuísse extraordinária beleza ou o noivo sofresse de alguma deformidade. De fato, o rosto de minha mãe era insuperável, e o osso da coxa esquerda de meu pai era mais curto que o da direita, o que o fazia mancar levemente.

Tinha sido um alívio descobrir que as demonstrações de grandeza da minha mãe não eram motivadas por pura vaidade, mas uma tentativa de compensar sua baixa posição. Fizera com que eu sentisse pena dela.

Shipra prendeu meu cabelo com fitas e posicionou uma faixa de moedas de prata na minha testa. Vestiu em mim um manto de lã sufocante tingido de escarlate — não o tom barato da ruiva-dos--tintureiros, mas o vermelho rico das fêmeas de inseto. Como último tormento, minha mãe pôs um colar de contas de lápis-lazúli no meu pescoço.

"Seu pai vai ficar satisfeito", ela disse.

"Meu pai? Ele também vai?"

Ela assentiu, puxando um casaco cor de açafrão sobre os ombros e cobrindo o penteado.

Quando foi que meu pai passeou no mercado?

Eu não compreendia o que estava acontecendo, apenas que aparentemente estava no centro daquilo e que tudo parecia um mau agouro. Se Judas estivesse aqui, ficaria do meu lado; sempre ficava. Insistia que minha mãe me dispensasse do fuso, do tear e da lira e me deixasse estudar. Dirigia minhas perguntas ao rabino quando eu não tinha permissão para falar na sinagoga. Eu desejava a presença dele naquele instante de todo o coração.

"E Judas?", perguntei. "Retornou?"

Minha mãe balançou a cabeça em negativa e desviou o rosto.

Ele sempre tinha sido seu favorito, herdeiro solitário de sua adoração. Eu queria acreditar que era porque Judas representava o status que vinha com ter um filho ou porque ele havia tido o coração partido e uma série de problemas quando criança, de modo que precisava de mais afeto. Além disso, Judas era bonito e afável, tinha a mesma medida de princípios e bondade, a mais rara das combinações, enquanto eu era voluntariosa e impulsiva, marcada por estranhas esperanças e uma rebeldia egoísta. Para minha mãe, devia ser muito difícil me amar.

"E Yalta?", perguntei, desesperada por uma aliada.

"*Yalta*", ela cuspiu o nome, "vai ficar aqui."

V

Avançamos pela principal via de Séforis como uma barcaça imperial, deslizando por entre as colunatas sobre o cascalho reluzente, fazendo as pessoas desviarem — meu pai guiando o caminho, depois minha mãe, Shipra e eu, flanqueadas por dois soldados, que gritavam para que os que passavam abrissem caminho. Fiquei observando a figura atarracada de meu pai caminhar, mancando um pouco. Ele usava um casaco vermelho, como eu, e um chapéu combinando que parecia um filão sobre sua cabeça. Suas orelhas grandes despontavam dos dois lados do chapéu como pequenas prateleiras, enquanto sua cabeça careca, que ele considerava castigo divino, estava fora de vista.

Quando me vira antes de partirmos, ele tinha assentido para minha mãe de forma tácita e, avaliando-me um pouco mais, dissera: "Não franza tanto o cenho, Ana".

"Diga-me o propósito de nossa excursão, pai, e estou certa de que parecerei mais agradável."

Ele não respondeu, e eu repeti meu comentário. Meu pai me ignorou, como minha mãe tinha feito. Não era incomum que meus pais desconsiderassem minhas dúvidas — era um hábito diário —, mas sua recusa em responder me alarmou. Conforme desfilávamos pela rua, meu pânico crescente me levou a confabulações indômitas e aterrorizantes. Ocorreu-me que o mercado ficava dentro da mesma vasta basílica romana que abrigava a corte, assim como o salão público onde se realizavam os encontros de nossa sinagoga, e comecei a conjecturar que íamos não ao mercado, mas ao tribunal, onde Judas seria acusado de banditismo, e que nossa demonstração de riqueza tinha a intenção de impedir sua punição. Só podia ser isso, e meu medo por meu irmão não era menor do que o que eu havia sentido por mim mesma.

Momentos depois, no entanto, eu nos imaginei na sinagoga, onde meus pais, cansados de minhas súplicas constantes para estudar tal qual um menino, me acusavam de desonrá-los com minha ambição e presunção. O rabino, arrogante como era, escreveria uma imprecação e me forçaria a engolir a infusão de tinta com que tinha sido escrita. Se eu fosse livre de pecados, a imprecação não teria efeito em mim; se eu fosse culpada, minhas mãos definhariam de modo que eu não pudesse mais escrever e meus olhos ficariam fracos demais para ler, ou talvez simplesmente caíssem das órbitas. Uma mulher acusada de adultério não teria que passar por um teste equivalente? Não diziam que suas coxas definhariam e sua barriga incharia como alertado nas Escrituras? Ah, naquela mesma noite eu poderia estar cega e desprovida de minhas mãos! E, eu dizia a mim mesma, se a sinagoga não fosse nosso destino, talvez fôssemos mesmo ao mercado, onde eu seria oferecida a um príncipe árabe ou a um comerciante de especiarias que me carregaria pelo deserto nas costas de um camelo, de modo que meus pais se vissem livres de mim de uma vez por todas.

Respirei fundo uma vez e mais outra, acalmando meus pensamentos turbulentos e insensatos.

A julgar pelo sol, devia ser quase meio-dia, e imaginei Yalta encontrando a casa vazia ao despertar, restando apenas Lavi para lhe dizer que tínhamos ido todos ao mercado, em nossas vestimentas mais esplêndidas. Desejei que ela viesse atrás de nós. Dificilmente não nos encontraria — em nossa procissão, só faltavam pratos e trombetas. Olhei por cima do ombro, na esperança de vê-la, pensando em como estaria — sem fôlego, vestindo sua túnica de linho simples, de alguma maneira ciente de que eu corria perigo. Ela se colocaria ao meu lado, com seus ombros abertos daquele jeito orgulhoso que tinha. Pegaria minha mão e diria: *Estou aqui. Sua tia está aqui.*

A cidade estava cheia de cidadãos afluentes de Séforis, assim como de estrangeiros de todo o império — ouvi um pouco de latim e frígio, além de aramaico, hebraico e grego —, e, como sempre, havia multidões de jornaleiros de Nazaré: canteiros, carpinteiros e homens que trabalhavam nas pedreiras e todos os dias faziam a caminhada de uma hora através do vale do Nahal Zippori para encontrar ocupação em uma das construções de Herodes Antipas. Eles empurravam carros pelas ruas em uma algazarra de burros zurrando e gritos, superando o chacoalhar das moedas da minha testa, os sinos das minhas sandálias e o pandemônio no meu peito.

Conforme nos aproximávamos da casa da moeda, alguém na multidão gritou, no dialeto aramaico dos nabateus: "Vejam os cães de Herodes Antipas!". O rosto de meu pai se contraiu. Quando outros acompanharam o grito, o guarda que vinha atrás de nós avançou sobre a multidão, empunhando o escudo para assustar, o que fez o riso morrer.

Envergonhada de nossa extravagância e só um pouco assustada pelo ódio que os camponeses tinham de nós, abaixei a cabeça, para impedir que nossos olhares se cruzassem, e então tudo voltou à minha mente, aquilo que eu desejava esquecer a respeito do dia em que Judas desaparecera.

Naquela manhã, ele me acompanhou ao mercado, onde eu esperava encontrar papiro. Costumava ser Lavi a me acompanhar, mas Judas se ofereceu, e eu ficara em júbilo. Avançando pela mesma rota que percorríamos agora, deparamos com um carrinho de mão tombado, ao lado do qual estava um trabalhador com o braço preso embaixo de uma laje de mármore. Sangue escorria por baixo da pedra, formando traços que eram como as pernas emplumadas de uma aranha.

Tentei impedir Judas de correr para o homem. "Ele é impuro!", gritei, pegando seu braço. "Deixe-o."

Judas se soltou e me olhou decepcionado. "Ana! O que sabe da situação dele — você, uma menina privilegiada que nunca conheceu um dia de trabalho duro ou uma pontada de fome? Então é filha de seu pai?"

Suas palavras pareceram tão esmagadoras quanto a laje de mármore. Mantive-me imóvel, envergonhada, enquanto ele a erguia e depois enfaixava o ferimento com uma tira de tecido rasgada de sua própria túnica.

Voltando a mim, Judas disse: "Dê-me seu bracelete".

"Como?"

"*Dê-me seu bracelete.*"

Era uma pulseira de ouro puro com uma videira retorcida gravada. Recolhi o braço.

Judas aproximou o rosto do meu. "Este homem", ele se interrompeu para apontar para a reunião de trabalhadores marcados pelo suor que tinham parado para olhar, "*todos esses homens merecem nossa misericórdia.* Não conhecem nada além de impostos e dívidas. Se não podem pagar, Herodes Antipas toma a terra deles, ainda que não tenham nenhum outro sustento. Se este homem não puder trabalhar, acabará na mendicância."

Tirei o bracelete do pulso e vi Judas depositá-lo nas mãos do homem ferido.

Foi mais tarde, naquela mesma noite, que Judas e nosso pai entraram em conflito enquanto nossa mãe, Yalta e eu ouvíamos da galeria acima do salão, encolhidas nas sombras.

"Sinto muito que um seguidor de Simão, filho de Giora, tenha cuspido no senhor, pai", Judas disse. "Mas não pode condená-lo. Esses homens lutam pelos pobres e despossuídos."

"Mas eu o condeno!", nosso pai gritou. "Eu o condeno por banditismo e incitação. Quanto aos pobres e despossuídos, eles colheram o que plantaram."

Seu comentário sobre os pobres, feito com tamanha tranquilidade, com tanta maldade, incendiou Judas, que gritou de volta: "Os pobres só colheram a brutalidade de Antipas! Como podem pagar seus impostos além dos tributos romanos e dos dízimos obrigatórios no templo? Estão sendo esmagados, e o senhor e Antipas são a mão do almofariz".

Por um momento, não houve nenhum som. Então veio a voz de nosso pai, quase um silvo: "Saia. Deixe minha casa".

Minha mãe arfou. Por menos carinhoso que meu pai tivesse sido com Judas ao longo dos anos, ele nunca tinha ido tão longe. Teria Judas perdido o controle se eu não tivesse provocado seu desprezo mais cedo naquele mesmo dia, com minhas próprias palavras maldosas? Senti-me mal.

Os passos de meu irmão ecoaram à luz tremeluzente lá embaixo, depois morreram.

Virei-me para olhar para minha mãe. A aversão fazia seus olhos brilharem. Eu não me lembrava de uma época em que ela não tivesse desprezado meu pai. Ele tinha se recusado a permitir que Judas adentrasse os recintos mais diminutos de seu coração, e a vingança de minha mãe tinha sido metódica e espetacular — ela fingira tornar-se estéril. Enquanto isso, ingeria artemísia, harmina e até frutos de agnocasto, conhecidos por serem raros e de custo elevado. Eu tinha encontrado preventivos na caixa de ervas que Shipra mantinha escondida na despensa abaixo do pátio. Eu mesma tinha ouvido as duas discutirem a lã que minha mãe havia banhado em óleo de linhaça e inserido em si mesma antes que meu pai a visitasse e as resinas com que se esfregara depois.

Diziam que as mulheres eram feitas para duas coisas: ser bonitas e procriar. Tendo garantido a beleza a meu pai, minha mãe fez questão de que lhe fosse negada a procriação, recusando-se a ter mais filhos. Depois de todos aqueles anos, ele nunca descobrira seus artifícios.

Algumas vezes, passara-me pela mente que minha mãe talvez não fosse guiada apenas pela vingança, mas também por sua própria peculiaridade feminina — não uma ambição ilimitada como a minha, mas uma aversão a filhos. Talvez ela temesse a dor e o risco que vinham com o parto, ou abominasse a maneira como a gestação devastava o corpo da mulher, ou se ressentisse do esforço exaustivo necessário na criação de filhos. Talvez simplesmente não gostasse de crianças. Eu não poderia culpá-la por nada disso. Mas, se era por esse motivo que ela fingia sua incapacidade de dar à luz, então por que me tivera? Por que eu tinha vindo ao mundo? Será que os frutos de agnocasto tinham falhado?

A questão persistiu comigo até que cheguei aos treze anos e ouvi o rabino falar de um preceito que permitia que o homem se divorciasse de uma mulher caso ela não tivesse dado à luz depois de dez anos, e foi como se o céu se abrisse e a razão da minha existência tombasse do trono divino e aterrissasse aos meus pés. Eu era a salvaguarda da minha mãe. Tinha nascido para protegê-la de ser banida.

Agora, minha mãe andava atrás de meu pai, mantendo-se muito ereta, com o queixo erguido, sem olhar para a direita nem para a esquerda. À luz do sol, seu manto dourado parecia iluminado por cem chamas. O ar parecia mais iluminado em torno dela do que do restante de nós, impregnado de arrogância, beleza e de um cheiro de sândalo. Procurando uma vez mais, em meio às ruas muito movimentadas, por Yalta e depois por Judas, comecei a repetir minha súplica secreta, movendo os lábios sem produzir som. *Senhor nosso Deus, ouça minha súplica, a súplica do meu coração. Abençoe a grandeza dentro de mim, não importa o quanto eu a tema...*

As palavras me acalmaram enquanto a cidade passava, com estruturas magníficas que me impressionavam toda vez que me aventurava por ela. Antipas tinha enchido Séforis de edifícios públicos imponentes, um tesouro real, basílicas com afrescos, uma casa de banhos, esgotos, calçadas cobertas e ruas pavimentadas, dispostas em centuriações perfeitas. Grandes propriedades como as de meu pai eram comuns na cidade, e o palácio de Antipas era tão rico quanto a residência de qualquer rei. Ele vinha reconstruindo a cidade desde que Roma a arrasara, muitos anos antes, quando Judas perdera seus pais e o que se erguera das cinzas fora uma metrópole abastada que não encontrava nenhuma rival que não em Jerusalém.

Mais recentemente, Antipas tinha começado a construção de um anfiteatro romano com capacidade para quatro mil pessoas na encosta norte da cidade. Fora meu pai quem tivera a ideia, como um modo de Antipas impressionar o imperador Tibério. Judas dissera que não passava de outra maneira de nos enfiar Roma goela abaixo. Os planos de meu pai, no entanto, não se esgotavam ali. Ele aconselhara Antipas a cunhar suas próprias moedas, rompendo com o costume romano ao substituir sua imagem por uma menorá. A ideia engenhosa fazia parecer que Antipas reverenciava a mesma lei mosaica que eu tinha infringido naquela manhã. O povo chamava Herodes Antipas de raposa, mas a esperteza vinha de meu pai.

Eu era tal qual ele, como Judas tinha sugerido?

À medida que o mercado surgia no meu campo de visão, a multidão aumentava. Passamos por um grupo de homens — membros do tribunal, escribas, funcionários do governo e sacerdotes. Crianças carregavam feixes de ervas, cevada e trigo, braçadas de cebola, pombos em gaiolas. Mulheres equilibravam mercadorias na cabeça com uma estabilidade desconcertante: potes de óleo, cestos de azeitonas colhidas tardiamente, peças de pano, jarros de pedra e até mesinhas de três pernas — o que quer que pudessem vender, cumprimentando umas às outras o tempo todo: "*Shelama, shelama*". Eu nunca via essas mulheres sem invejá-las por poder ir e vir livremente, sem a presença de um acompanhante. Ser camponesa não podia ser tão ruim.

Dentro da basílica, a comoção se intensificava, assim como o calor abafado. Comecei a suar dentro de meu casaco elaborado. Passei os olhos pelo salão cavernoso, fileira após fileira de barracas e carrinhos. Pairava um odor de suor, carvão, carne no espeto e o fétido peixe salgado de Magdala. Levei as costas da mão às narinas para diminuir o fedor e senti o soldado da retaguarda me empurrar para a frente.

Mais adiante, minha mãe parou em meio a uma fileira de barracas que vendiam produtos da rota da seda — papel chinês, seda e especiarias. Ela inspecionou preguiçosamente um tecido azul-celeste enquanto meu pai seguia até o fim do corredor, onde permaneceu, passando os olhos pela multidão.

Desde o momento em que tínhamos partido, eu temia que estivéssemos caminhando rumo a algo calamitoso, sentindo-o não só na estranheza de nossa expedição, mas nos movimentos mínimos do rosto de meus pais. No entanto, ali estava minha mãe, comprando sedas serenamente, enquanto meu pai observava a multidão com toda a paciência. Seria possível que a intenção deles fosse mesmo fazer compras? Soltei o ar em uma onda de alívio.

Não notei o homenzinho que se aproximou do meu pai, ao menos não até que a multidão se abrisse um pouco e eu o visse cumprimentando-o com uma reverência. Ele usava um casaco caro de um tom profundo de roxo e um chapéu em forma de cone, talvez o mais alto em que eu já tinha posto os olhos, o que chamava atenção para sua estatura excepcionalmente baixa.

Minha mãe deixou de lado o tecido azul-celeste. Olhou para trás e fez sinal para que eu a acompanhasse.

"Quem é o homem que está com meu pai?", perguntei, pondo-me ao seu lado.

"É Natanael, filho de Ananias, conhecido de seu pai."

Poderia ser um menino de doze anos, se não fosse pela barba volumosa que chegava até o peito, como pedaços retorcidos de fibra de linho. Ele a alisou, e seus olhos de furão correram para mim, antes de se afastarem.

"Ele tem não uma, mas duas propriedades", ela me informou. "Em uma, colhe tâmaras; na outra, azeitonas."

Então ocorreu um daqueles momentos breves e sem nome que só depois se ampliam: percebi de canto de olho uma cor se movendo. Virei naquela direção e vi um jovem camponês, com as mãos erguidas e longos fios enrolados nos dedos abertos — vermelho, verde, lilás, amarelo, azul. As linhas caíam até seus joelhos como quedas d'água brilhantes. Depois, me lembrariam do arco-íris, e eu me perguntaria se Deus os tinha mandado como um sinal de esperança, tal qual havia feito com Noé, algo a que eu pudesse me agarrar em meio às ruínas que viriam, mas naquele instante a visão não passava de uma distração encantadora.

Uma menina não muito mais velha do que eu tentava enrolar os fios em novelos para vendê-los. Era visível que tinham sido coloridos com tintas vegetais baratas. O jovem ria, de uma maneira profunda e estrondosa, e notei que movimentava os dedos, fazendo as linhas tremularem de modo que fosse impossível contê-las. A menina riu também, embora se esforçasse muito para não o fazer.

A cena era tão inesperada, tão alegre, que me concentrei nela. Eu tinha visto mulheres oferecendo os dedos para separar novelos, mas nunca homens. *Que tipo de homem auxiliava uma mulher a enrolar seus fios?*

Ele parecia muitos anos mais velho que eu, perto dos vinte. Tinha barba curta e escura e cabelo grosso que ia até o queixo, como era o costume. Eu o vi prendendo um cacho atrás da orelha, onde se recusou a ficar, voltando a cair em seu rosto. Seu nariz era comprido, suas maçãs do rosto eram largas e sua pele era da cor das amêndoas. Ele usava uma túnica de tecido grosseiro e ordinário por baixo do manto com franjas — as borlas azuis o marcavam como um seguidor das leis de Deus. Perguntei-me se poderia ser um fariseu fanático, um dos incansáveis seguidores de Shamai conhecidos por se afastar de seu caminho por dez braças para evitar encontrar uma alma injusta.

Voltei a olhar para minha mãe, preocupada que pudesse notar que eu o observava, mas ela parecia absorvida por seu próprio encantamento pelo conhecido de meu pai. As conversas do mercado cessaram e ouvi a voz mais alta do meu pai cortar a comoção: "Mil denários e uma parte de suas tamareiras". O encontro, aparentemente, tinha se transformado em uma negociação fervorosa.

A menina da barraca terminou de enrolar seus fios e colocou o último novelo em uma tábua de madeira que servia de prateleira. A princípio, eu imaginara que se tratava da esposa do jovem, mas, vendo o quanto se assemelhava a ele, concluí que deviam ser irmãos.

Como se sentisse a intensidade do meu olhar, o jovem olhou em volta de repente, e seu olhar recaiu sobre mim como um véu que eu quase podia sentir, cujo calor tocava meus ombros, meu pescoço, minhas bochechas. Eu deveria ter desviado o rosto, mas não consegui. Seus olhos eram o que havia de mais notável nele, não por sua beleza, embora fossem belos à sua maneira — bem espaçados e pretos como minha tinta mais escura —, mas não era só isso. Havia uma chama baixa neles, uma expressividade que eu podia ver mesmo de onde estava. Era como se seus pensamentos flutuassem na luz úmida e escura deles, querendo ser lidos. Notei divertimento neles. Curiosidade. Um interesse declarado. Não havia nenhum traço de desdém devido à minha riqueza. Nenhum julgamento. Nenhuma piedade presunçosa. Vi generosidade e bondade. E alguma outra coisa, menos acessível, como uma ferida de algum tipo.

Embora seja verdade que eu me considerava habilidosa quando se tratava de ler a linguagem do rosto, não sabia se realmente via todas essas coisas ou se *desejava* vê-las. O momento se prolongou para além do que seria apropriado. Ele sorriu levemente, erguendo um mínimo dos lábios, então voltou a se virar para a moça que eu achava que era sua irmã.

"Ana!", ouvi minha mãe dizer, com os olhos se alternando entre mim e os camponeses. "Seu pai a está chamando."

"O que ele deseja comigo?", perguntei. Mas eu já estava me dando conta — a verdade de por que tínhamos vindo, o homenzinho de roxo, a negociação.

"Seu pai vai apresentá-la a Natanael, filho de Ananias", minha mãe disse, "que deseja vê-la mais de perto."

Olhei para o homem e senti algo se rasgando sob o osso plano do meu peito.

Eles pretendem me prometer em casamento.

O pânico recomeçou, dessa vez como uma onda no meu estômago. Minhas mãos começaram a tremer, depois minha mandíbula. Virei-me para ela. "Não podem me prometer em casamento", exclamei. "Ainda não sou mulher!"

Ela pegou meu braço e me puxou para mais longe, de modo que Natanael, filho de Ananias, não pudesse ouvir minhas objeções nem ver o horror em meu rosto. "Pode cessar com as mentiras. Shipra encontrou seus panos ensanguentados. Achou que poderia esconder isso de mim? Não sou tola. Conduzir um engodo tão desprezível só serviu para me deixar enfurecida."

Eu queria gritar com ela, atirar palavras como se fossem pedras: *Onde acha que aprendi a arte do engodo? Com você, minha mãe, que esconde frutos de agnocasto e harmina na despensa.*

Escrutinei o homem que haviam escolhido para mim. Sua barba era mais grisalha que preta. Havia sulcos sob seus olhos. Um cansaço em seu semblante, uma espécie de amargura. Pretendiam dar-me a ele. *Que Deus me mate.* Seria esperado que eu obedecesse a seus pedidos, administrasse sua casa, suportasse seu corpo atarracado sobre o meu, tivesse seus filhos, o tempo todo despida de meus cálamos e rolos de pergaminho. A ideia fez um espasmo de raiva me atravessar tão violentamente que precisei levar as mãos à cintura para me impedir de arranhar minha mãe.

"Ele é velho!", finalmente consegui dizer, oferecendo o argumento mais fraco de todos.

"Ele é viúvo, sim. Tem duas filhas. E..."

"E quer um filho", eu disse, concluindo sua frase.

Parada em meio ao mercado, eu não dava atenção às pessoas que nos contornavam, ao soldado de meu pai gesticulando para que seguissem em frente, ao puro espetáculo que éramos. "Poderiam ter me dito o que me esperava aqui!", exclamei.

"E por acaso *você* não me traiu? Olho por olho, isso já seria motivo o bastante para esconder-lhe este encontro." Ela alisou a frente do casaco e olhou nervosa na direção de meu pai. "Não contamos porque não tínhamos nenhum desejo de suportar seus ataques e protestos. Já é ruim o bastante que você conteste agora, em público."

Ela suavizou o tom, disposta a pôr um fim em minha revolta. "Recomponha-se. Natanael está esperando. Cumpra o seu dever, há muita coisa em jogo."

Olhei para o homenzinho de aparência azeda nos observando à distância e ergui o queixo em desafio, como havia visto Yalta fazer quando meu pai restringia alguma pequena liberdade sua. "Não deixarei que me inspecionem atrás de defeitos, como um cordeiro no Pessach."

Minha mãe suspirou. "Não se pode esperar que um homem aceite algo tão vinculatório quanto um noivado sem determinar que sua noiva é digna. É assim que se faz."

"E quanto a mim? Não deveria ter o direito de determinar se *ele* é digno?"

"Ah, Ana..." Minha mãe me olhou com a tristeza velha e cansada que sentia por ter de suportar uma filha tão rebelde. "Poucas mulheres encontram felicidade no começo, mas o casamento é uma honra. Não lhe há de faltar nada."

Há de me faltar tudo.

Ela acenou para Shipra, que apareceu ao nosso lado, como se tivesse sido convocada para me arrastar até meu destino. O mercado se fechou à minha volta, e tive a sensação de não ter para onde ir, para onde escapar. Eu não era como Judas, que podia simplesmente ir embora. Era Ana, e o mundo inteiro era uma jaula.

Fechei os olhos com força. "Por favor", eu disse. "Não me peça isso."

Ela me empurrou para a frente. O uivo na minha cabeça retornou, mais suave agora, como alguém gemendo.

Segui na direção do meu pai, meus pés os cascos de duas tartarugas, minhas sandálias repicando.

Eu era uma cabeça mais alta que Natanael, filho de Ananias, e podia notar que sua necessidade de inclinar a cabeça para trás para me olhar lhe dava repulsa. Ergui-me na ponta dos pés.

"Peça a ela que diga seu nome para que eu possa ouvir sua voz", ele disse a meu pai, sem se dirigir a mim.

Não esperei que meu pai agisse. "Ana, filha de Matias", eu disse quase gritando, como se ele fosse velho e surdo. Meu pai ficaria furioso, mas eu não daria àquele homem nenhum motivo para acreditar que eu era recatada ou fácil de domar.

Ele me dirigiu um olhar furioso, e senti uma breve esperança de que encontraria um motivo para me rejeitar.

Pensei na súplica dentro da bacia, na menina sob a nuvem. Nas palavras de Yalta: *Cuidado com o que vai pedir, porque certamente receberá.*

Por favor, Senhor. Não me abandone.

O momento se estendeu sob um silêncio denso e implacável. Finalmente, Natanael, filho de Ananias, olhou para meu pai e assentiu em consentimento.

Fiquei olhando para a luz fraca e turva do mercado, sem ver nada, sem sentir nada, ouvindo-os falar sobre o contrato de matrimônio. Eles discutiram quanto aos meses até a cerimônia: meu pai queria seis, Natanael, três. Foi só quando lhes dei as costas que o luto se abateu sobre mim, um desamparo sombrio.

Com seu triunfo garantido, a atenção de minha mãe voltou para o tecido na barraca de sedas. Andei em sua direção, lutando para me manter ereta, mas no meio do caminho o chão se inclinou e o mundo deslizou lateralmente. Tonta, fui mais devagar, com o manto vermelho cascateando à minha volta, a barra da túnica prendendo nos sinos das sandálias, os pés torcendo. Caí de joelhos.

Tentei me levantar, mas voltei a cair, surpresa com a dor aguda no tornozelo. "Ela caiu doente", alguém gritou, e as pessoas se afastaram como se eu fosse uma leprosa. Lembro-me dos sapatos parecendo cascos, da tempestade de poeira no chão. Eu era filha de Matias, chefe dos escribas de Herodes Antipas — ninguém ousava me tocar.

Quando ergui os olhos, vi o jovem da barraca de novelos vindo em minha direção. Um tufo de fio vermelho pendia da manga de sua veste e foi ao chão quando o jovem se curvou à minha frente. Ocorreu-me que ele havia testemunhado tudo o que se passara — a discussão com minha mãe, a negociação do noivado, meu sofrimento e humilhação. Ele *vira*.

O jovem estendeu a mão, uma mão de trabalhador. Juntas grossas, calos, a palma um terreno de privações. Hesitei antes de aceitá-la, não por aversão, mas fascinada que a tivesse oferecido a mim. Inclinei-me apenas ligeiramente em sua direção, experimentando apoiar o peso no pé. Quando voltei meu rosto para o seu, notei que meus olhos estavam quase na mesma altura que os dele. Sua barba estava tão próxima que, se fosse mais corajosa, eu poderia assentir e aquiescer com a cabeça e senti-la roçar minha pele. Fiquei surpresa por desejar isso. Meu coração deu um salto, e senti um estranho derretimento das coxas, como se minhas pernas pudessem voltar a ceder.

Ele entreabriu os lábios como se fosse falar. Lembro-me do anseio que senti de ouvir sua voz, de ouvir o que ele tinha a me dizer.

O que aconteceu em seguida me aborreceria pelos estranhos meses que viriam a seguir, despencando sobre mim em momentos inesperados e às vezes me despertando à noite, quando eu só podia ficar deitada e me perguntar como poderia ter sido diferente. Ele poderia ter me conduzido até a barraca de fios, então eu me sentaria na tábua de madeira, em meio aos novelos, esperando que o latejamento no tornozelo passasse. Meus pais me encontrariam ali. Agradeceriam ao bondoso homem, dariam uma moeda a ele, comprariam todos os fios que a menina havia tão cuidadosamente separado e enrolado. Meu pai diria ao jovem: *Por sua bondade, deve jantar conosco.*

Essas coisas nunca aconteceram. Em vez disso, antes que as palavras de meu salvador deixassem sua boca, o soldado que tinha vindo na nossa retaguarda durante todo o caminho correu até nós, empurrando o homem violentamente por trás e amparando minha queda causada pela perda de equilíbrio. Incapaz de desviar os olhos, vi o jovem cair e sua testa bater no ladrilho duro.

Ouvi a menina dizer seu nome, "Jesus", enquanto corria até ele, e devo ter tentado ir socorrê-lo também, porque senti o soldado me segurando.

O jovem se pôs de pé, enquanto a menina puxava seu braço. Ela parecia aterrorizada, desesperada para escapar antes que o soldado fizesse mais alguma coisa com ele, antes que a multidão fosse incitada contra ambos, mas o jovem não se apressou, e eu me lembro de ter ficado impressionada com sua dignidade, com sua calma. Ele levou os dedos a um vergão vermelho terrível que tinha sobre a sobrancelha direita, endireitou o manto e se afastou conforme a prudência ditava, mas não sem olhar para mim — de um jeito gentil e ardente.

Todo o meu ser desejava chamá-lo, garantir que não estava muito machucado, pedir desculpas, oferecer o bracelete que tinha no braço, oferecer todos os braceletes da minha caixinha de joias. Mas eu não disse nada, e o jovem e a menina desapareceram atrás da parede de espectadores, deixando seus humildes novelos para trás.

Meu pai e Natanael, filho de Ananias, chegaram gritando suas perguntas vazias, não "você está bem?", e sim "o camponês a atacou?".

O soldado se apressou a justificar suas ações. "Aquele homem avançou na direção de sua filha. Agi para defendê-la."

"Não!", exclamei. "Aquele homem veio em meu socorro. Meu tornozelo..."

"Encontre-o", meu pai gritou, e imediatamente um soldado brutal partiu na direção em que o homem chamado Jesus tinha ido.

"Não!", voltei a gritar, irrompendo em um frenesi de explicações, mas meu pai não me ouvia nem escutava.

"Quieta", ele disse, com um gesto de mão. O prazer que Natanael sentiu ao me ver sendo silenciada não me passou despercebido. Seu sorriso não era um sorriso. Parecia uma víbora se contorcendo.

Fechei os olhos com força, esperando que Deus ainda pudesse me ver, o pequeno sol encolhendo que eu era, e rezei para que permitisse que Jesus encontrasse o caminho rumo à segurança.

Quando abri os olhos, voltei-os para o ladrilho onde havia caído. Havia um fio vermelho bem fino enrolado ali. Inclinei-me e o peguei.

VI

Yalta esperava do lado de fora da porta principal da casa. Ela parecia um rato cinza, alerta, cheirando o ar, remexendo as mãos sob o queixo. Fui mancando até ela, com kohl pingando dos meus cílios e respingando no casaco vermelho.

Minha tia abriu os braços para que eu pudesse me colocar entre eles. "Minha menina, você se machucou."

Inclinando-me, apoiei a cabeça na curvatura de seu ombro e fiquei ali, como um pedúnculo quebrado, desejando contar a ela sobre a tragédia que havia ocorrido. *Meu noivado. O jovem injustamente perseguido por minha causa.* As palavras subiam por mim como uma atrocidade fermentada, depois desciam. Eu duvidava que ela pudesse resolver o que fosse. Onde estava meu querido Judas?

Eu não tinha dito uma palavra desde que deixáramos o mercado. Antes de partir, minha mãe tinha cutucado com um dedo a pele macia e inchada do meu tornozelo. "Consegue andar?", ela havia perguntado. Era o primeiro reconhecimento de que eu me machucara. Assenti, mas a viagem para casa se provou uma tortura — eu sentia uma pontada de dor a cada passo. Não tive escolha a não ser usar o braço grosso do soldado que restava como muleta.

O fio vermelho que eu tinha recolhido do chão do mercado estava bem preso no meu pulso, escondido sob a manga. Conforme me agarrei a Yalta, vislumbrei uma ponta dele e soube que o tinha guardado para me recordar dos poucos momentos vívidos em que eu inclinara meu corpo na direção daquele homem com olhos tão expressivos.

"Este não é um dia para pesar e mágoas", meu pai disse.

"Ana vai se casar", minha mãe anunciou com uma alegria forçada, como se para ofuscar meu luto. "É uma união honrosa, e agradecemos ao Senhor por Sua bondade."

As mãos de Yalta se enrijeceram nas minhas costas, e pensei em um pássaro grande me erguendo em suas garras e me carregando através dos telhados de Séforis até o ninho de colinas com suas bocas cavernosas.

Shipra abriu a pesada porta de pinheiro que dava para o vestíbulo e ali estava Lavi, com uma bacia de água e toalhas para limparmos as mãos. Minha mãe me tirou com dificuldade dos braços de minha tia e me empurrou para dentro. O salão estava banhado pelas sombras da tarde. Estabilizando-me em um pé, esperei que a cegueira provocada pela luz passasse antes de finalmente arrastar minha voz para fora de sua choupana.

"Recuso esse noivado", eu disse, um pouco mais alto que um sussurro. Não sabia que era isso que ia dizer — cheguei a ficar chocada —, mas respirei fundo e repeti com mais força. "Recuso esse noivado."

As mãos de meu pai, molhadas e pingando, ficaram imóveis sobre a bacia.

"Sinceramente, Ana", minha mãe disse. "Agora vai estender sua desobediência a seu pai também? Você não tem poder de escolha nesse assunto."

Yalta se colocou diante do meu pai. "Matias, você sabe tanto quanto eu que a filha deve dar seu consentimento."

"*Sua* opinião tampouco vale alguma coisa nesse assunto", minha mãe disse para as costas de Yalta.

Meu pai e minha tia a ignoraram. "Se dependesse de Ana", ele disse, "ela nunca consentiria em se casar com ninguém."

"Ele é viúvo", eu disse. "Já tem filhos. Sinto repulsa à sua pessoa. Preferiria ser uma serva em sua casa que sua esposa. Por favor, pai, eu imploro."

Lavi, que olhava inflexivelmente para a bacia de água, levantou o rosto, e vi que seus olhos se enchiam de pesar. Shipra — que tanto gostava de tramar — era aliada de minha mãe, e Lavi era meu aliado. Meu pai o havia comprado um ano antes de um emissário romano que ficara feliz em se livrar de um menino do norte da África mais talhado para o trabalho da casa que para a vida militar. Seu nome queria dizer "leão", mas nunca ouvi nem o mais leve rugido vindo dele, só uma necessidade gentil de me agradar. Se eu me casasse e partisse, Lavi perderia sua única amiga.

Meu pai assumiu o ar de um soberano emitindo um decreto. "É meu dever garantir que você faça um bom casamento, Ana, e vou cumprir com esse dever tendo o seu consentimento ou não. Não faz diferença para mim. Eu gostaria de tê-lo, porque assim as coisas fluiriam mais tranquilamente, mas se não o der não vai ser difícil convencer o rabino a seguir com o contrato de matrimônio sem ele."

Seu tom e a expressão rígida em seu rosto tinham a intenção de abolir minhas últimas esperanças. Meu pai nunca havia sido tão cruel diante de minhas súplicas. Ele se dirigiu à sala onde conduzia seus negócios, mas parou para olhar para minha mãe. "Se você tivesse cumprido com seus deveres, ela seria mais complacente."

Achei que ela fosse retrucar, que fosse lembrá-lo que fora ele quem cedera às minhas súplicas por um tutor, que me permitira produzir tinta e comprar papiro, que me desviara, e em qualquer outro momento minha mãe teria feito isso, mas nessa hora se conteve. E voltou sua ira contra mim.

Minha mãe me pegou por um braço e fez com que Shipra me pegasse pelo outro. Juntas, elas me arrastaram escada acima.

Yalta nos seguiu. "Adar, solte-a!" A exigência não fez nada além de lançar um vento poderoso contra as costas de minha mãe.

Acho que meus pés não chegaram a tocar o chão enquanto elas me arrastavam ao longo da galeria e da sequência de portas que se abriam para cômodos variados — o quarto de meus pais, o de Judas e, finalmente, o meu. Fui empurrada para dentro.

Minha mãe me seguiu, instruindo Shipra a ficar do lado de fora e impedir Yalta de entrar. Quando a porta se fechou, ouvi minha tia proferir uma praga contra a serviçal em grego. Uma praga muito bonita, envolvendo estrume de asno.

Raras vezes eu tinha visto minha mãe tão tomada pela fúria. Ela pisava forte pelo quarto enquanto me repreendia, com as bochechas em chamas, soltando fogo pelas ventas. "Você me desgraçou diante de seu pai, de sua tia e dos serviçais. Sua vergonha recai sobre *mim*. Permanecerá confinada aqui até que consinta com o noivado."

Do outro lado da porta, Yalta agora insultava em aramaico. "Suína inchada... carne de cabra podre... filha de um chacal."

"Meu consentimento nunca será dado!", cuspi para minha mãe.

Seus dentes se revelaram, afiados. "Compreenda-me bem. Como seu pai explicou, ele vai se certificar de que o contrato seja sancionado pelo rabino sem sua permissão, de modo que seus desejos são irrelevantes. Mas, pelo meu bem, você ao menos dará a impressão de ser uma filha respeitosa, ainda que não seja."

Ela foi na direção da porta, e senti o peso de sua indiferença, de ser atada a um futuro que eu não saberia como suportar, e retruquei sem nem pensar. "E o que meu pai diria se soubesse da mentira que a senhora vem perpetuando durante todos esses anos?"

Minha mãe parou. "Que mentira?" Ela sabia a que eu estava me referindo.

"Sei que a senhora ingere ervas para não carregar um filho. Sei sobre a linhaça e as resinas."

"Muito bem", ela disse. "E suponho que se eu convencesse seu pai a desistir do noivado você garantiria que a informação não chegasse aos ouvidos dele. É isso?"

Com toda a honestidade, algo tão engenhoso nem tinha me ocorrido. Eu só pretendia atingi-la como ela havia me atingido. A ameaça fora tramada por ela mesma e oferecida a mim em uma bandeja, então me aproveitei. Eu tinha catorze anos e estava desesperada. Um casamento com Natanael, filho de Ananias, representaria a morte. Seria a vida no sepulcro. Eu faria qualquer coisa para que não se concretizasse.

"*Sim*", eu disse, assombrada com minha sorte. "Se convencê-lo, não direi nada."

Minha mãe riu. "Conte a seu pai o que quiser. Não faz diferença para mim."

"Como pode dizer isso?"

"Por que me importaria se contasse aquilo de que ele já desconfia?"

Quando não podia mais ouvir os passos de minha mãe, entreabri a porta e vi sua subordinada ali, curvada em um banco baixo. Não havia sinal de Yalta.

"Vai dormir aqui também?", perguntei a Shipra, sem disfarçar a raiva.

Ela bateu a porta.

Dentro do quarto, o silêncio se tornou uma solidão abrasadora. Com uma olhada para a porta, puxei a bacia de encantamento de baixo da cama, tirei o tecido e expus minha súplica.

Ouvi o vento arranhando o céu e percebi o quarto ficando mais escuro conforme as nuvens se reuniam. Sentada sobre o tapete, aninhei a bacia contra a barriga por alguns momentos, depois a girei lentamente, como se mexesse no lodo, e entoei minha súplica sob a luz insípida. Eu a entoei de novo e de novo, até me cansar de implorar a Deus que voltasse a mim. A grandeza em mim (que gracejo cruel era aquele!) não encontraria bênção, nem meus cálamos ou minhas tintas. As palavras que eu tinha escrito não seriam lidas por olhos não nascidos. Eu me tornaria a esposa esquecida de um homenzinho repugnante que desejava um filho.

Amaldiçoei o mundo que Deus havia criado. Ele não tinha pensado em nada melhor que *aquilo*? Amaldiçoei meus pais por me negociarem sem se importar com meus sentimentos e Natanael, filho de Ananias, por sua indiferença, seu escárnio e seu chapéu roxo ridículo — o que ele estava tentando compensar usando aquela torre protuberante na cabeça? Amaldiçoei o rabino Ben Sirá, cujas palavras circulavam através das sinagogas da Galileia como se nascidas dos anjos: *O nascimento de uma filha é uma perda. É melhor a maldade de um homem que uma mulher que faz o bem.*

Cria de serpentes. Sacos de prepúcios podres. Carne de porco em decomposição!

Fiquei de pé em um salto e chutei a maldita bacia de encantamento, com suas palavras vazias, contorcendo o rosto por conta da dor que atingiu o tornozelo machucado. Deitei na cama e fiquei me revirando, com o corpo possuído por um lamento silencioso.

Fiquei ali até que minha raiva e meu pesar cedessem. Alisei o fio vermelho amarrado ao meu pulso, passando-o entre o dedão e o indicador, e o rosto dele surgiu na minha mente. Uma percepção profunda e clara de sua pessoa. Não tínhamos trocado uma palavra, Jesus e eu, mas senti um murmúrio de intimidade quando sua mão pegou a minha, despertando um anseio voraz no meu interior. Não por ele, parecia-me. Por mim mesma. No entanto, um pensamento entrou em minha cabeça, uma sugestão de que ele era tão magnífico quanto tintas e papiro, tão vasto quanto palavras. De que seria capaz de me libertar.

O crepúsculo veio, e a noite caiu. Não acendi as lamparinas.

VII

Sonhei. Não, não foi um sonho exatamente, mas uma lembrança ecoando nos recantos do meu sono.

* * *

 Tenho doze anos e estudo com Tito, um tutor grego que meu pai contratou depois de ceder às minhas súplicas inconsoláveis. Minha mãe me garantiu que eu só teria um tutor por cima do seu cadáver, mas não sucumbiu. Ela continuou viva para ralhar comigo, com meu pai e com o tutor, que não tinha mais de dezenove anos e morria de medo dela. Nesse dia, Tito me entrega uma verdadeira maravilha — não um pergaminho, mas uma pilha de folhas de palmeira secas, uniformemente amarradas com um cordão de couro. Nelas, há palavras hebraicas em tinta preta e adornos ao longo das margens em um dourado resplandecente que eu nunca poderia ter imaginado, uma tinta preparada, segundo ele diz, a partir de arsênico amarelo. Debruço-me sobre as folhas e sinto o cheiro. É estranho, lembrando velhas moedas. Passo o dedo pela cor e levo o resíduo aos lábios, provocando uma leve erupção na língua.
 Ele me incentiva a ler as palavras em voz alta, não em hebraico, mas em grego. "Isso está além de minhas capacidades", digo.
 "Não acredito nisso. Agora comece."
 O exercício me enlouquece devido à necessidade de parar e dissecar passagens inteiras, depois reuni-las em uma língua diferente, quando tudo o que quero fazer é avançar pelo texto escrito nas folhas, tão maravilhoso quanto a tinta dourada. Conta a história de Azenate, uma menina egípcia arrogante que é forçada a se casar com nosso patriarca José e tem um acesso de raiva como resultado. Suporto a tortura da tradução para descobrir o destino dela, o que devia ser a intenção do tutor desde o início.
 Depois que Tito vai embora, ergo o espelho de cobre e olho para meu rosto, como que para me assegurar de que fui eu mesma a realizar a impossível façanha, e enquanto o faço sinto uma dorzinha na têmpora direita. Concluo que não é apenas o resultado de tamanho esforço mental, mas aí meu estômago se embrulha e sinto uma dor de cabeça abrasadora, seguida por um lampejo atrás dos olhos e uma claridade feroz que surge e engole a sala. Fico observando, hipnoti-

zada, enquanto ela se contrai em um disco vermelho que paira diante dos meus olhos. Dentro, flutua a imagem do meu rosto, um reflexo preciso do que acabei de ver no espelho. Levo um susto com a percepção ofuscante da minha própria existência: Ana que brilha. Isso desmorona gradualmente, tornando-se cinzas ao vento.

    Meus olhos se abriram. A escuridão no quarto me sufocava, era como estar dentro de uma azeitona preta madura. Os roncos de Shipra estrondeavam contra a porta. Levantei, acendi uma única lamparina de argila e aliviei minha sede com a água da jarra de pedra. Diziam que, quando alguém dormia com uma ametista, tinha um sonho importante. Eu não tinha tal pedra comigo na cama, no entanto o que havia se revelado no meu sono parecera auspicioso e enviado por Deus. Eu sonhara com o incidente exatamente como ocorrera, dois anos antes. Tinha sido o acontecimento mais peculiar da minha infância, mas eu não o contara a ninguém. Como poderiam entender? Eu mesma não compreendia o que havia se passado, apenas que Deus tentara me dizer alguma coisa.

    Por semanas, eu havia vasculhado as Escrituras, descobrindo estranhas histórias sobre Elias, Daniel, Eliseu e Moisés e suas visões de fogo, feras e tronos. Seria insolência pensar que Deus também tinha me enviado uma aparição? Na época, eu não conseguia decidir se minha visão era uma bênção ou uma maldição. Queria acreditar que era uma promessa de que a luz em mim resplandeceria um dia, de que eu seria vista no mundo, de que seria ouvida, mas temia que fosse um aviso de que tais desejos não levariam a nada. Era absolutamente possível que a visão não significasse nada além de que eu estava possuída por uma doença demoníaca. Com o tempo, pensei cada vez menos no episódio e, por fim, o tirei da cabeça. Agora aqui estava ele, uma vez mais.

    Minha bacia de encantamento jazia no outro canto do quarto, de lado, como uma criaturinha abusada. Fui até ela e a endireitei, murmurando em arrependimento. Peguei a bacia no colo, soltei o fio vermelho do pulso e o coloquei dentro dela, em torno da figura da menina.

Soltei o ar, e o som varreu todo o quarto, então a porta se entreabriu e voltou a fechar. "Minha menina", Yalta sussurrou.

Corri para ela, ignorando o tornozelo dolorido. "Como foi que você passou por... onde está Shipra?"

Ela levou um dedo aos lábios e entreabriu a porta para revelar a criada de minha mãe jogada no banquinho, com a cabeça voltada para o peito e um fio de saliva pendendo do canto da boca.

"Fiz uma xícara de vinho quente com mirra e flor de maracujá, que Lavi serviu a ela com todo o prazer", Yalta disse, fechando a porta e sorrindo um pouco. "Eu teria vindo antes, mas a bebida levou mais tempo do que eu esperava para domar a velha camela."

Sentamo-nos na beirada da cama e demos as mãos. Os ossos dela eram como galhos de sicômoro. "Não podem me casar com ele", eu disse. "Não pode permitir que o façam."

Ela pegou a lamparina e a segurou entre nós. "Ana, olhe para mim. Eu faria qualquer coisa por você, mas não posso impedi-los."

Quando fechei os olhos, vi borrões de luz, como estrelas caindo.

Não podia ser por acaso que a lembrança tinha ressurgido durante meu sono na mesma noite em que eu fora trancada no quarto e condenada ao casamento. Com toda a certeza, a história da menina egípcia forçada a um casamento abominável que eu havia traduzido era uma mensagem me incitando a me manter firme. Azenate tinha sido impiedosa em sua resistência. Eu também seria.

E meu rosto dentro daquele sol diminuto! Mesmo que meus pais me casassem com o repugnante Natanael, filho de Ananias, eu não seria dele; ainda seria Ana. A visão era uma promessa de que a luz em mim nunca ia se extinguir, não era? A grandeza em mim nunca encolheria. Eu ainda me tornaria visível no mundo. Meu coração palpitou um pouco mais forte com essa revelação.

"Mas acho que posso persuadir seus pais de uma coisa", Yalta disse. "Não seria um remédio, apenas um consolo. Quando se casar, irei com você para a casa de seu marido."

"Acha que Natanael, filho de Ananias, permitiria isso?"

"Ele não gostará de ter que alimentar e vestir uma viúva que só ocupa espaço, mas convencerei meu irmão a colocar o arranjo no contrato. Não será difícil. Ele e Adar dançarão no telhado com a possibilidade de se livrar de mim."

Em meus catorze anos, eu nunca havia tido um amigo verdadeiro e constante além de Judas. Senti uma alegria momentânea. "Ah, tia, seremos como Noemi e Rute nas Escrituras. Aonde quer que eu vá, você irá também."

Yalta mantinha sua promessa de não falar sobre seu passado, mas, agora que estava ligada a mim, perguntei-me se poderia revelar seu segredo.

"Sei que meu pai fez com que jurasse ficar em silêncio", eu disse. "Mas estamos unidas agora. Não se contenha comigo. Conte-me por que veio a Séforis."

A chama entre nós pareceu ficar mais quente. "Muito bem, Ana. Vou lhe contar minha história, e seus pais não ficarão sabendo disso."

"Nunca", eu disse.

"Fui casada com um homem chamado Ruebel. Ele era um soldado da milícia judaica encarregada de garantir o cumprimento das leis romanas em Alexandria. Tive dois filhos dele, mas ambos morreram antes de chegar a um ano de idade. Isso o deixou amargurado. Como não podia punir Deus com seus punhos, punia a mim. Eu passava meus dias ferida, inchada, temerosa. No sabá, ele tirava um descanso de suas crueldades e se considerava virtuoso."

Eu não esperava aquilo. Despedaçou algo em mim. Eu queria perguntar se Ruebel era responsável pelo olho caído dela, mas permaneci quieta.

Minha tia disse: "Um dia, ele ficou doente e morreu. Foi uma morte tão abrupta e abjeta que as línguas de Alexandria correram soltas. Seus amigos alegavam que eu o havia matado para me vingar pelos espancamentos".

"E matou?", soltei. "Eu não a culparia."

Ela pegou meu queixo em sua mão. "Lembra-se de quando eu lhe disse que em seu coração há um santíssimo lugar e que nele reside seu anseio secreto? Bem, *meu* anseio era por me livrar dele. Implorei a Deus que me desse isso, que tirasse a vida de Ruebel, se necessário, como preço justo por suas transgressões. Escrevi a súplica em minha bacia de encantamento e a entoei todos os dias. Se Deus fosse uma esposa, teria agido antes. Levou um ano para que tivesse piedade de mim."

"Você não matou seu marido; foi Deus", eu disse, aliviada, mas também um pouco decepcionada.

"Sim, mas sua morte foi fruto de minha súplica. Foi por isso que a alertei para tomar cuidado com o que escrevia em sua bacia. Quando o anseio de um coração é expresso em palavras e tinta e oferecido como uma súplica, ganha vida na mente de Deus."

Ganha mesmo? "Mais cedo hoje, chutei minha bacia para o outro lado do quarto", eu disse.

Ela sorriu. Seu rosto de alguma forma parecia antigo e lindo. "Ana, seu noivado roubou sua esperança. Volte ao seu anseio. Vai lhe ensinar tudo."

Suas palavras pareceram despertar um poder bruto no ar à nossa volta.

"Seja paciente, menina", ela continuou. "Seu momento virá, e, quando vier, você deve aproveitá-lo com toda a coragem que puder reunir."

Minha tia prosseguiu descrevendo os rumores que haviam circulado a seu respeito em Alexandria, histórias que se tornaram tão medonhas que ela tinha sido presa pelos romanos, conhecidos pela brutalidade de suas punições. "Nosso irmão mais velho, Aram, faz parte do conselho judaico em Alexandria e fez um acordo com os romanos para permitir que o conselho determinasse meu destino. Eles me mandaram para os terapeutas."

"*Terapeutas?*", repeti, sentindo o peso da palavra na língua. "Quem são eles?"

"Trata-se de uma comunidade de judeus. Filósofos, principalmente. Como eu, como você, eles vêm de famílias afluentes e educadas, com serviçais que mastigam sua comida e recolhem suas fezes, no entanto, abriram mão de seus confortos para viver em casinhas de pedra em um declive isolado perto de Alexandria."

"Mas por quê? O que eles fazem ali?"

"Contemplam Deus com um fervor que mal se pode imaginar. Rezam, jejuam, cantam e dançam. Constatei que era fervor demais para mim. Eles também fazem trabalhos manuais, como cultivar alimentos, transportar água, costurar vestes e afins, mas seu verdadeiro ofício é estudar e escrever."

Estudar e escrever. A ideia me encheu de admiração e perturbação. Como tal lugar podia existir? "E há mulheres entre eles?"

"Eu mesma estava lá, não? Há tantas mulheres lá quanto homens, todas com o mesmo fervor e propósito. Eles são liderados por uma mulher, Escépcis, e têm uma grande reverência pelo espírito feminino de Deus. Rezávamos usando seu nome grego, Sofia."

Sofia. O nome cintilou em minha mente. Por que eu nunca havia rezado para ela?

Yalta ficou quieta, tão quieta que temi que tivesse perdido a vontade de falar. Virando, vi nossas sombras na parede, a vareta dobrada que era a coluna de Yalta, as ondas de meu cabelo emaranhado jorrando como uma fonte. Eu mal conseguia ficar parada. Queria que ela me contasse tudo sobre as mulheres que viviam em casas de pedra na encosta de uma colina, sobre as coisas que estudavam e escreviam.

Agora, olhando para ela, minha tia parecia diferente. *Ela havia vivido com eles.*

Finalmente, Yalta falou. "Passei oito anos com os terapeutas e tentei abraçar a maneira como viviam. Eles eram caridosos e não me julgavam. Salvaram-me, mas, no fim, eu não era feita para aquela vida."

"Você escrevia e estudava?"

"Meu trabalho era cuidar das ervas e dos vegetais, mas, sim, eu passava muitas horas na biblioteca. Não chegava perto da grande biblioteca de Alexandria, claro, era um abrigo para asnos em comparação, mas havia tesouros ali."

"Como o quê?"

Eu me balançava um pouco na cama. Ela deu alguns tapinhas em minha perna. "Calma, calma. Havia uma cópia do *Banquete* de Platão, onde ele escreveu que quem ensinou filosofia a seu antigo mentor, Sócrates, foi uma mulher. Seu nome era Diotima." Vendo meus olhos se arregalarem, ela disse: "E havia uma cópia bastante manchada de *Epitáfios*, escrito por uma mulher chamada Aspásia. Ela foi professora de Péricles".

"Nunca ouvi falar delas", eu disse, magoada ao pensar em minha ignorância, mas maravilhada que tais mulheres existissem.

"Ah, mas o verdadeiro tesouro é a cópia de um hino, 'A exaltação de Inana', que veio da Suméria."

Disso eu me lembrava — não do hino, mas da deusa Inana, rainha do céu e adversária de Javé. Algumas mulheres judias ofereciam o pão da proposição a ela em segredo. "Você leu a exaltação?", perguntei.

"'Senhora de todos os poderes divinos, luz resplandecente, mulher justa vestida em esplendor, senhora do céu...'"

"E sabe de cor?"

"Só uma pequena parte. Também foi escrita por uma mulher, uma sacerdotisa. Sei disso porque, dois milênios atrás, ela assinou o texto com seu nome, Enheduana. Nós, mulheres, a reverenciamos por sua ousadia."

Por que eu nunca havia assinado o que escrevia? "Não sei por que partiu de um lugar assim", eu disse. "Se eu tivesse a sorte de ser enviada para os terapeutas, ninguém conseguiria me trazer de volta."

"Tem suas vantagens, mas também dificuldades. Sua vida não é totalmente sua, porque é governada pela comunidade. Exige-se obediência. E é preciso jejuar bastante."

"Você fugiu? Como veio parar aqui?"

"Para onde teria fugido? Estou aqui porque Escépcis não desistiu de defender meu caso diante de Aram. Ele é um homem cruel e um asno beligerante, mas, por fim, pediu ao conselho para me deixar ir embora sob a condição de que eu também partisse de Alexandria. Eles me mandaram para seu pai, o mais jovem dos irmãos, que não teve escolha a não ser obedecer ao mais velho."

"Meu pai sabe de tudo isso?"

"Sim, e sua mãe também, e seu primeiro pensamento todo dia ao levantar é de que sou um espinho cravado no lado direito de seu corpo."

"E eu sou um espinho no lado esquerdo", falei, com certo orgulho.

Um barulho nos assustou, um arrastar de móveis do outro lado da porta. Ficamos em silêncio e aguardamos, sendo depois recompensadas pelo retorno dos roncos vultosos de Shipra.

"Ouça-me", Yalta disse, e eu soube que estava prestes a divulgar a verdadeira razão pela qual tinha alterado a bebida de Shipra e vindo a mim no meio da noite. Eu queria contar a ela sobre minha visão, sobre como essa visão tinha me visitado em um sono — *Ana que brilha* —, e ouvi-la reafirmando o significado que eu havia lhe conferido, mas aquilo teria que esperar.

"Andei me intrometendo", Yalta continuou. "Assumi como minha tarefa ficar escutando à porta dos seus pais. Amanhã pela manhã eles virão ao seu quarto para pegar os rolos de pergaminho e as tintas do seu baú. O que quer que tenha guardado vai ser levado e..."

"Queimado", eu disse.

"Sim."

Não fiquei surpresa, mas senti o peso esmagador daquilo. Forcei-me a olhar para o baú de cedro no canto. Dentro estavam minhas narrativas das matriarcas, das mulheres e meninas de Alexandria, de Azenate — era minha pequena coleção de histórias perdidas. O baú também continha meus comentários às Escrituras, tratados de filosofia, salmos e lições de grego. As tintas que eu havia misturado. Meus cálamos cuidadosamente afiados. Minha paleta e minha tábua de escrever. Eles transformariam tudo aquilo em cinzas.

"Se quisermos impedir isso, devemos nos apressar", Yalta disse. "Você precisa remover os itens que mais estima do baú para que eu possa escondê-los no meu quarto, até encontrar um lugar mais apropriado para guardá-los."

Levantei em um pulo, e Yalta me seguiu com a lamparina. Ajoelhei-me diante do baú, sentindo o foco de luz descansando sobre minha cabeça, e tirei braçadas de rolos de pergaminho. Eles se espalharam pelo chão.

"Infelizmente, você não vai poder tirar *todos*", Yalta disse. "Levantaria suspeitas. Seus pais esperam encontrar o baú cheio. Se não estiver, vão revirar a casa em sua busca." Ela tirou duas bolsas de pele de cabra da cinta por dentro das vestes. "Separe apenas rolos de pergaminho o bastante para encher estas duas bolsas." Ela baixou os olhos.

"Imagino que deva deixar minha paleta, minha tábua de escrever e a maior parte de minhas tintas."

Minha tia beijou minha testa. "*Depressa.*"

Separei as histórias perdidas, e deixei o resto para trás. Arrumei-as nas bolsas, que ainda cheiravam levemente a redil, ajeitando treze rolos apertados dentro. Na última, consegui incluir dois frascos de tinta, dois cálamos e três folhas de papiro novo. Enrolei as bolsas de pele de cabra em uma túnica roxa desbotada e a prendi com uma tira de couro. Coloquei o volume nos braços de Yalta.

"Espere", eu disse. "Leve a bacia de encantamento também. Temo que a encontrem aqui." Deixando o fio vermelho ali, embrulhei rapidamente o objeto em linho e o acrescentei ao volume.

Yalta disse: "Vou esconder no meu quarto, mas talvez lá não seja um lugar seguro por muito tempo mais".

Enquanto enfiava meus escritos na pele de cabra, uma ideia se formou em minha mente, com o intuito de me libertar do meu quarto. Tentei colocá-la em palavras. "Amanhã, quando meus pais vierem, vou me comportar como uma filha arrependida. Vou confessar que fui desobediente e teimosa. Vou implorar por perdão. Vou ser como uma daquelas pranteadoras profissionais, que simulam o luto e se lamentam diante do túmulo de desconhecidos."

Ela me analisou por um momento. "Certifique-se de não chorar demais. Um rio de lágrimas vai deixá-los desconfiados. Uma gota será convincente."

Abri a porta para me certificar de que Shipra ainda dormia e fiquei vendo Yalta se esgueirar por ela com meus pertences preciosos. Minha tia havia conquistado sua liberdade. Eu conquistaria a minha.

VIII

Eles vieram no fim da manhã. Com o rosto presunçoso e austero, e um contrato com a tinta ainda fresca na mão. Encontraram-me com manchas como o crepúsculo sob os olhos e gestos fraudulentos e obsequiosos. Beijei a mão de meu pai. Abracei minha mãe. Implorei que perdoassem minha ousadia, alegando despreparo e imaturidade. Baixei os olhos, esperando por lágrimas — *venham, por favor* —, mas estava seca como o deserto. Só Satã sabe como tentei espremê-las. Visualizei toda a tristeza em que conseguia pensar. Yalta surrada e depois mandada embora. Natanael abrindo minhas pernas. Uma vida sem tintas e cálamos. Os rolos de pergaminho no baú em uma fogueira no pátio. E nada, nem uma lágrima. Eu seria um fracasso como pranteadora profissional.

Meu pai ergueu o contrato e o leu para mim.

> *Eu, Natanael, filho de Ananias de Séforis, tomo como noiva Ana, filha de Matias, filho de Filipe Levias de Alexandria, no terceiro dia do tishrei, de modo a contrair casamento de acordo com a lei rabínica.*

Pagarei a seu pai dois mil denários e duzentos talentos em tâmaras dos primeiros frutos do meu pomar. Prometo alimentá-la, vesti-la e abrigá-la, assim como a sua tia. Em troca, sua guarda passará às minhas mãos no dia em que for transferida para minha casa, onde desempenhará todos os deveres de uma esposa.

Este contrato não poderá ser rompido a não ser em caso de morte ou divórcio em virtude de cegueira, coxeadura, aflições da pele, infertilidade, falta de modéstia, desobediência ou outros desprazeres ou aversões por parte de Ana, assim considerados por mim.

Ela deverá entrar em minha casa daqui a quatro meses, no terceiro dia do shevat.

Meu pai segurou o contrato à minha frente para que eu testemunhasse as palavras por mim mesma. A elas se seguia a assinatura de Natanael em letras grandes e brutais, como se cortadas no pergaminho. Então vinha o nome do meu pai, em uma letra inclinada e grossa. Por último, o do rabino Simeão, filho de Yohai, instrumento de meu pai, em uma assinatura tão pequena e apertada que se entrevia sua vergonha de aceitar o conluio.

"Estamos esperando para ouvir seu consentimento", minha mãe disse, erguendo uma sobrancelha em aviso.

Baixei os olhos. Levei as mãos ao peito. Meu queixo tremulou levemente. Pronto. Eu era a imagem da filha dócil. "Eu o dou", disse. Então, imaginando que poderiam se sentir inclinados a mudar de ideia quanto ao conteúdo do meu baú, acrescentei: "De todo o coração".

Eles não mudaram de ideia. Shipra chegou com um dos soldados que havia nos escoltado até o mercado. Minha mãe foi até o baú e o abriu. Sua cabeça ia para a frente e para trás conforme inspecionava seu conteúdo. "Com todo o tempo que passa escrevendo, seria de imaginar que teria mais a mostrar."

Senti certo tremor na nuca.

"Você não se engajará mais nessa tolice", minha mãe disse. "Está noiva agora. Esperamos que tudo isso seja tirado de sua mente." Ela soltou a tampa. Seguiu-se um baque retumbante.

Meu pai ordenou que o soldado levasse o baú para o pátio. Observei enquanto ele o erguia sobre o ombro. Mais uma vez, tentei invocar lágrimas às fendas empoeiradas que eram meus olhos, mas meu alívio por ter salvado meu trabalho mais ardente era grande demais. Minha mãe ficou me observando com a sobrancelha erguida de novo, agora em curiosidade. Não era fácil enganá-la.

Depois que Yalta me deixara na noite anterior, eu passara as horas baças pensando em onde poderia guardar o embrulho roxo — meus rolos de pergaminho corriam perigo em casa, debaixo do nariz de minha mãe. Eu tinha visualizado as cavernas nas encostas que ladeavam o vale, os lugares que havia explorado com Judas quando menina. Por séculos, aquelas cavernas tinham servido para enterrar não apenas pessoas, mas bens familiares e textos proibidos. Para esconder meus rolos de pergaminho em uma, no entanto, eu teria que conseguir permissão do meu pai para caminhar pelas colinas. Seria um pedido incomum.

Pelas janelas, chegava o cheiro de fogo e brasas vindo do pátio. Então elas vieram, as lágrimas, brotando como uma nascente. Pus-me diante de meu pai. "Sou apenas uma menina, mas sempre quis ser como você, um grande escriba. Queria que me olhasse com orgulho. Agora sei que devo aceitar minha sina. Decepcionei o senhor, e para mim isso é pior que um casamento que não desejo. Irei voluntariamente com Natanael. Só imploro por uma coisa." As lágrimas rolavam, e eu não as enxugava. "Permita-me sair para caminhar nas colinas. Vou me reconfortar ali, rezando para me livrar dos meus antigos modos. Lavi pode me acompanhar para garantir minha segurança."

Aguardei. Minha mãe tentou falar, mas meu pai gesticulou para que permanecesse em silêncio.

"Você é uma boa filha, Ana. Tem minha bênção para caminhar nas colinas. Mas apenas pela manhã, nunca no sabá e sempre na companhia de Lavi."

"Obrigada, pai. Obrigada."

Não pude esconder meu alívio e minha exuberância. Enquanto saíam, recusei-me a deixar que meus olhos cruzassem com os da minha mãe.

IX

Na manhã seguinte, esperei por Lavi no meu quarto. Eu o instruíra a levar queijo de cabra, amêndoas e vinho diluído para que pudéssemos fazer o desjejum no caminho, deixando clara a importância de sairmos cedo. Uma hora depois do nascer do sol, eu havia lhe dito. Uma hora.

Lavi estava atrasado.

Como meu pai havia limitado minhas excursões ao período da manhã, eu precisava tirar máximo proveito dele. Tinha me levantado no escuro e me vestido apressadamente, vestindo um casaco simples por cima. Não pus nenhuma fita na trança nem tornozeleira.

Eu ia de um lado para o outro do quarto. O que estava atrasando Lavi? Finalmente, fui em busca dele. Seu quarto estava vazio. Não havia sinal dele no pátio. Eu já estava no meio da escada que levava ao pátio inferior quando o vi de joelhos, raspando fuligem e brasas do fogão, com o rosto escuro cheio de cinzas. "O que está fazendo?", indaguei, incapaz de esconder a exasperação na voz. "Estive esperando por você. Já deveríamos ter partido!"

Ele não respondeu, só apertou os olhos e os voltou na direção da porta que ficava abaixo da escada que levava à despensa. Desci os degraus que faltavam, ciente de quem encontraria ali. Minha mãe sorria, satisfeita. "Receio que seus planos terão que ser postergados. Descobri que o fogão estava perigosamente sujo."

"E a limpeza não podia esperar até a tarde?"

"Certamente não", ela disse. "Além disso, você receberá uma visita esta manhã."

Que não seja Natanael. Por favor, Deus. Que não seja Natanael.

"Lembra-se de Tabita?"

Que não seja ela também.

"Por que a convidou? Faz dois anos que não ponho os olhos nela."

"Tabita noivou recentemente. Vocês têm muito em comum."

Tabita era filha de um dos escribas abaixo de meu pai e fizera muitas visitas à nossa casa quando tínhamos doze anos, também por instigação de minha mãe. Ela era mulher e judia, e aí terminavam nossas similaridades. Tabita não lia, escrevia ou se importava em aprender. Gostava de entrar no quarto de minha mãe e mexer em seus pós e perfumes. Fazia danças de galhofa, fingindo ser Eva, às vezes Adão e, em uma ocasião, a serpente. Passava óleo em meu cabelo e o trançava enquanto cantava. Ocasionalmente, especulava em voz alta sobre os mistérios do leito conjugal. Todas essas coisas me pareciam profundamente entediantes, a não ser suas reflexões acerca do leito conjugal, que não me entediavam nem um pouco.

Naquela época, eu já compreendia que trazer Tabita para minha vida era uma tentativa de minha mãe de me distrair de meus estudos e me conduzir a coisas menos impróprias para meninas. Ela claramente não sabia que Tabita tinha tingido os mamilos com hena e os mostrado orgulhosamente a mim.

Olhei para minha mãe. Agora, ela usaria Tabita para me impedir de sair para caminhar pelas colinas. Embora não conhecesse o verdadeiro motivo dessas excursões, desconfiava de alguma coisa. *Tome cuidado*, eu disse a mim mesma.

Tabita passou os olhos pelo meu quarto. "Quando estive aqui pela última vez, sua cama estava coberta de rolos de pergaminho. Lembro que você leu um enquanto eu trançava seu cabelo."

"É mesmo?"

"Você continuou lendo mesmo enquanto eu cantava. Você é sempre tão séria!" Ela riu, não de maneira indelicada, e absorvi sua admiração sem fazer nenhum comentário. Resisti a lhe dizer que minha seriedade só tinha se intensificado.

Sentamo-nos no tapete em um silêncio desconfortável, comendo o queijo de cabra e as amêndoas que Lavi havia providenciado para o desjejum. Olhei pela janela. A manhã passava rápido.

"Então agora estamos ambas prestes a casar", ela disse, e começou a falar sobre seu noivo, um homem chamado Efraim. Fiquei sabendo mais coisas sobre ele do que gostaria. Efraim tinha sido aprendiz do pai dela, como escriba do palácio, e agora trabalhava redigindo documentos para um membro do conselho supremo de Antipas. Ele tinha pouca riqueza. Era "firme em sua conduta", o que não soava encorajador, mas de modo geral era infinitamente melhor do que o homem que meu pai tinha me arranjado.

Fiquei ouvindo sem lhe dar muita atenção. Não fiz perguntas sobre a data do casamento ou seu dote.

"Fale-me do *seu* noivo", Tabita pediu.

"Prefiro não o fazer. Considero-o vil."

"Não considero Efraim vil, mas feio, sim. Queria que ele tivesse o rosto e a estatura do soldado que acompanha meu pai nas idas e vindas do palácio." Ela riu.

Suspirei, pesado demais.

"Acho que você não gosta muito de mim", Tabita disse.

Ela foi tão direta que engasguei com uma amêndoa. Tossi tanto que ela se inclinou para mim e bateu em minhas costas. "Desculpe", Tabita disse. "Sempre me acusam de falar demais. Meu pai diz que tenho a mente fraca e a língua mais fraca ainda." Ela me olhou com olhos magoados, que logo começaram a se encher de lágrimas.

Levei uma mão a seu braço. "Sou eu quem devo pedir desculpas. Fui rude. Eu tinha planejado caminhar pelas colinas esta manhã, e quando você apareceu... tive que mudar meus planos." Quase disse que tinha ficado decepcionada. Ela enxugou as bochechas com a manga, tentando sorrir.

"Fico feliz que esteja aqui", acrescentei, quase sincera. Meu remorso me tornava mais branda em relação a ela. "Cante para mim. Prometo que não vou ler." Não havia mais nenhum pergaminho no quarto para me tentar, mas eu queria mesmo ouvi-la.

Tabita deu um sorriso largo, e sua voz doce e estridente se espalhou pelo quarto conforme entoava a música que as mulheres cantavam quando saíam para encontrar seu noivo antes do casamento.

> *Cante, pois o noivo logo vem.*
> *Erga sua voz. Erga seu adufe.*
> *Dance, pois a lua chegará também.*
> *Que toda a criação o peito estufe.*

Eu achava que Tabita era superficial, mas talvez ela não o fosse tanto quanto era despreocupada. Afinal, era uma menina. Uma menina brincalhona que erguia seu adufe. Naquele momento, ela era tudo que eu não era, e aquilo me pareceu uma pequena revelação. Eu tinha odiado nela o que faltava em mim.

Você é sempre tão séria, ela havia me dito.

Ainda que meu tornozelo continuasse dolorido, eu a pus de pé e juntei minha voz à sua, e aí giramos em círculos até ficar tontas e ir ao chão, rindo.

O plano de minha mãe de trazer Tabita para minha vida havia mesmo me afetado, ainda que não da maneira que ela esperava — eu nunca poderia ser dissuadida de meus estudos ou de minhas caminhadas, mas fiquei muito satisfeita em cantar.

X

Tabita vinha com frequência à nossa casa pela manhã, dificultando minhas excursões pelas colinas. Eu me preocupava que Shipra ou minha mãe descobrissem meus rolos de pergaminho e minha bacia no quarto de Yalta, no entanto, ficava feliz com a presença de minha amiga. Suas visitas eram pontos brilhantes em meio à tristeza da antecipação do casamento com Natanael. Tabita conhecia inúmeras músicas, a maioria das quais tinha composto ela mesma, em hexâmetros e trímetros. Havia uma sobre uma mulher louca que começava a rir e não conseguia parar; outra sobre uma camponesa que assava um verme junto com o pão e o servia para o tetrarca; e a minha preferida, sobre uma menina que escapava de um harém fingindo ser menino.

Até Yalta se levantava mais cedo que de costume para ouvir o que Tabita tinha composto, trazendo consigo um instrumento musical egípcio chamado sistro, que ela chacoalhava ao ritmo da música. Tabita soltava o cabelo preto liso e, sem nenhum traço de timidez, dançava junto com a história que cantava. Ela tinha um corpinho ágil e um rosto encantador, com sobrancelhas altas e arqueadas. Vê-la movimentar-se era como acompanhar espirais de fumaça fascinantes.

Uma manhã, Tabita chegou com uma expressão conspiratória no rosto. Ela disse: "Hoje, vamos dançar *juntas*". Quando eu protestei, ela desdenhou. "Você não tem escolha. Escrevi uma música que exige duas pessoas."

Eu nunca tinha dançado na vida. "Sobre o que é?", perguntei.

"Duas meninas cegas que fingem que podem enxergar para que seu noivado não seja rompido."

Eu não estava certa de que o tema de sua música me interessava. "Não podemos ser meninas cegas que fingem enxergar para poder continuar estudando com um tutor?"

"Nenhuma menina se envolveria em um engodo tão elaborado por causa de um *tutor*."

"*Eu*, sim."

Ela revirou os olhos, mas eu sabia que achava graça, em vez de estar de fato exasperada. "Então finja que seu noivo é seu tutor."

Havia algo estranhamente lindo naquilo, no encontro de dois estilos de vida que eu julgaria irreconciliáveis: o do dever e o do anseio.

Entramos no quarto de minha mãe enquanto ela se ocupava no jardim e abrimos seu baú de carvalho, que tinha círculos entremeados esculpidos na tampa e um fecho de latão. Tabita encontrou lenços tingidos da cor de rubis e os amarrou em nossos quadris. Ela revirou as bolsas atrás de um bastão de kohl e desenhou um par de olhos sobre minhas pálpebras fechadas. Quando chegou minha vez de fazer o mesmo nela, ri de maneira tão incontrolável que risquei sua têmpora com o bastão de kohl. "Vamos dançar de olhos fechados", Tabita disse, "completamente cegas, mas parecerá que podemos ver."

No fundo do baú, Tabita encontrou a caixinha de joias da minha mãe, que era de madeira. Íamos saquear suas joias também? Fiquei olhando para a porta enquanto Tabita colocava a gargantilha de cornalina em seu pescoço, depois fechava o colar de contas de lápis-lazúli no meu. Ela nos adornou com tiaras de ouro e ametista, e enfiou anéis de ouro em nossos dedos. Então disse: "Não é porque somos cegas que não podemos ficar lindas".

Ao deparar com um frasquinho de perfume, ela o abriu, e o cheiro forte de milhares de lírios cortou o ar. Nardo, o mais caro dos aromas.

"Esse não", eu disse. "É caro demais."

"Certamente duas pobres cegas merecem nardo." Tabita piscou, e os olhos que eu havia pintado em suas pálpebras pareceram me implorar em um lampejo.

Cedi logo, e ela colocou uma gota do óleo no dedo e tocou minha testa, como as mães faziam quando ungiam e nomeavam seus filhos. "Eu a unjo, Ana, amiga de Tabita", ela disse, e soltou uma risada baixa, tornando mais difícil decifrar se estava falando sério ou se brincava, mas então sustentou meu olhar e repetiu as palavras "amiga de Tabita", e eu percebi que fazia ambos ao mesmo tempo.

"Agora é a minha vez", ela disse.

Umedeci o dedo e toquei sua testa. "Eu a unjo, Tabita, amiga de Ana." Dessa vez, ela não riu.

Devolvemos as coisas ao baú e o deixamos como o tínhamos encontrado, depois saímos correndo do quarto, bem-dispostas e perfumadas, deixando para trás uma boa quantidade de evidências olfativas em consequência da nossa pilhagem.

Yalta esperava por nós no meu quarto. Ela chacoalhou o sistro, produzindo um som cintilante. Tabita começou a cantar e, acenando para que eu a seguisse, fechou as pálpebras e se pôs a dançar. Fechei os olhos também, mas permaneci ali, imóvel e inibida. *Você é sempre tão séria*, eu disse a mim mesma, então permiti que meus braços e minhas pernas fizessem como bem entendessem. Balancei o corpo. Parecia um salgueiro. Uma nuvem flutuante. Um corvo. Eu era uma menina cega fingindo ver.

Inclinei-me para Tabita, que encontrou minha mão e não a soltou mais. Não pensei nem uma vez em Natanael. Pensei no jovem no mercado, que tinha me ajudado a me levantar. Pensei em rolos de pergaminho e em tinta. Na escuridão atrás dos meus olhos, eu era livre.

XI

Nos dias em que Tabita não me visitava, Lavi e eu saíamos de casa cedo e nos aventurávamos a cruzar Séforis até o portão sul, onde, muito cerimoniosa, eu fazia uma pausa para absorver o vale, olhando para as nuvens e os pássaros, depois para o céu azul, e o vento soprava forte à minha volta. Eu descia pelo caminho que levava às colinas, determinada a encontrar uma caverna para esconder meus rolos de pergaminho e a bacia de encantamento. O tempo estava contra mim. Minha mãe ainda não tinha vasculhado o quarto de minha tia. Talvez ainda não tivesse lhe ocorrido que nós duas estávamos em conluio, mas poderia lhe ocorrer, e logo. Todos os dias, eu saía do quarto logo depois de acordar e ia freneticamente atrás de Yalta para lhe perguntar se o embrulho estava a salvo.

Perguntei a mim mesma por que o prospecto de perder treze rolos de pergaminho, dois frascos de tinta, dois cálamos, três folhas de papiro em branco e uma bacia me provocava tamanho desespero. Só agora eu via a imensidão que tinha conferido a tais objetos. Eles não representavam apenas as frágeis histórias que eu queria preservar. Também sustentavam todo o peso do meu desejo de me expressar, de erguer meu ser diminuto, de me tirar da clausura da minha vida, de encontrar o que havia além. Eu queria muito.

A urgência de encontrar uma caverna me possuía. Lavi também se atirou à missão, embora temesse quando eu me afastava do caminho. Os matagais isolados eram povoados por texugos, javalis, cabras selvagens, hienas e chacais. A cada vez que saíamos, eu me aventurava mais longe. Deparamos com homens trabalhando em uma pedreira, com mulheres lavando roupa no riacho, com meninos pastores fingindo que seus cajados eram espadas, com meninas nazarenas colhendo azeitonas maduras. De vez em quando, passávamos por um homem piedoso rezando sobre uma rocha ou debaixo de uma acácia. Encontramos dezenas de cavernas, mas nenhuma apropriada. Eram todas acessíveis demais, ou davam sinais de que eram habitadas, ou tinham sido reivindicadas como túmulos e seladas com uma pedra.

Caminhávamos pelas colinas sem sucesso.

XII

Era raro que meu pai, minha mãe, Yalta e eu fizéssemos uma refeição juntos fora do sabá, de modo que, quando minha mãe insistiu que nos sentássemos todos juntos, eu soube que contaria alguma novidade. Meu pai, no entanto, tinha ocupado a maior parte do jantar com uma história sobre cumbucas de ouro que haviam desaparecido do palácio.

"Mas por que você precisa se preocupar com isso?", minha mãe perguntou.

"As tigelas são usadas para servir escribas e subordinados na biblioteca. Primeiro, uma sumiu, depois duas. Agora quatro. Antipas está furioso. Ele me encarregou de descobrir quem é o ladrão. Não sei o que posso fazer a respeito... não sou guarda do palácio!"

Aquele não poderia ser o motivo pelo qual toda a família havia sido convocada. "Já ouvimos bastante sobre as cumbucas roubadas, Matias", minha mãe disse, e então se levantou, agitada, efervescente. Ali estava.

"Tenho uma notícia importante a lhe dar, Ana. A cerimônia de seu noivado vai ser realizada no palácio!"

Fiquei olhando para as sementes de romã espalhadas sobre a travessa.

"Ouviu? O próprio Herodes Antipas será seu anfitrião. Ele atuará como uma das duas testemunhas necessárias. O tetrarca! O tetrarca, Ana. Consegue imaginar?"

Não. Eu não conseguia. O noivado precisava ser formalizado publicamente, mas era necessário tamanho espetáculo? Aquilo parecia ter o dedo da minha mãe.

Eu nunca havia entrado no palácio aonde meu pai ia todos os dias para dar conselhos ao tetrarca e redigir suas cartas e seus éditos, mas minha mãe já o havia acompanhado em um banquete, ainda que a refeição tivesse sido servida separadamente às mulheres. A isso tinham se seguido semanas de conversas obsessivas sobre o que havia visto. Banhos romanos, macacos acorrentados no pátio, danças com fogo, travessas de avestruz assada e, o maior dos atrativos, a jovem esposa de Herodes Antipas, Fasélia, uma princesa nabateia com cabelos pretos brilhantes que chegavam até o chão. A princesa tinha mechas de cabelo enroladas nos braços como cobras, e ficava estirada em seu sofá, entretendo as mulheres ao ondular os braços. Ou pelo menos era o que minha mãe havia dito.

"Quando vai acontecer?", perguntei.

"No décimo nono dia do cheshvan."

"Mas isso... é daqui a apenas um mês."

"Eu sei", ela disse. "Não consigo imaginar como vou dar conta." Minha mãe voltou ao seu lugar, ao lado de meu pai. "Recai sobre mim, é claro, comprar presentes para o tetrarca e a família de Natanael, e reunir seus bens nupciais. Você precisará de novos casacos, túnicas e sandálias. Vou ter que comprar ornamentos de cabelo, pós, peças de vidro e de cerâmica. Você não pode chegar à casa de Natanael com velharias." Ela continuou falando.

Senti-me sendo levada como um graveto pela corrente de um rio. Olhei desesperada para Yalta.

XIII

Uma manhã, enquanto Tabita e eu mordiscávamos bolinhos de mel, Yalta nos envolveu com uma história egípcia, um conto sobre Osíris, que foi assassinado e desmembrado, depois reagrupado e ressuscitado pela deusa Ísis. Ela não deixou nenhum detalhe medonho de fora. Tabita ficou tão impressionada com seu relato que começou a ofegar um pouco. Fiz um aceno com a cabeça para ela, como se dissesse: *Minha tia conhece tudo.*

"Isso realmente aconteceu?", Tabita perguntou.

"Não, querida", Yalta disse. "Não tem a intenção de ser factual, mas ainda assim é verdadeiro."

"Não vejo como", Tabita disse. Eu também não havia entendido muito bem.

"O que quero dizer é que a história pode acontecer dentro de nós", Yalta disse. "Pense a respeito. A vida que você leva pode ser destroçada como Osíris, e uma nova pode ser recriada. Uma parte de você pode morrer, mas um novo ser surgirá em seu lugar."

Tabita fez uma careta.

Yalta disse: "No momento, você é uma menina na casa de seu pai, mas logo essa vida vai morrer e uma nova nascerá: a vida de esposa". Ela se virou para me olhar. "Não deixem nada nas mãos do destino. Devem ser vocês a conduzir a ressurreição. Sejam Ísis recriando Osíris."

Minha tia assentiu para mim, e eu compreendi. Já que minha vida seria destroçada pelo noivado, eu devia tentar recriá-la segundo minha própria vontade.

Aquela noite, fiquei deitada na cama determinada a me libertar de meu noivado através do divórcio antes mesmo que o rito do casamento tivesse lugar. Seria difícil, quase impossível. Uma mulher não podia pedir o divórcio a menos que o marido se recusasse a cumprir com seus deveres conjugais depois do casamento — e, se fosse o caso com meu marido, eu ia me considerar a mulher mais abençoada da Galileia, talvez de todo o Império Romano. Ah, mas um homem... um homem podia se divorciar de uma mulher antes ou depois do casamento por praticamente qualquer coisa. Natanael poderia se divorciar de mim se eu ficasse cega, manca ou se apresentasse aflições de pele. Poderia fazê-lo por infertilidade, falta de modéstia, desobediência ou outras "aversões". Bem, eu não ia ficar cega ou manca por causa dele, mas providenciaria de bom grado qualquer um dos outros motivos. Se tudo falhasse, eu inverteria a canção de Tabita e seria uma menina capaz de enxergar que fingia estar cega. Mesmo traminhas ridículas como essa me confortavam.

Quando eu estava prestes a pegar no sono, um pensamento preocupante me ocorreu. Se eu tivesse a sorte de conseguir convencer Natanael a se divorciar de mim antes do casamento, um segundo noivado seria improvável — era praticamente impossível que uma mulher divorciada voltasse a se casar. Outrora, aquilo me pareceria uma bênção, mas, depois de ver o jovem no mercado, eu já não estava mais tão certa.

XIV

Enquanto Lavi e eu atravessávamos a cidade, o sol nascente inundava as ruas, e uma luz rosada marcava tudo, como pequenas chamas apagadas. Eu não havia perdido a esperança de encontrar uma caverna onde enterrar meus escritos, mas estava ficando impaciente. Era nossa sétima ida às colinas.

Parei ao ver as paredes brancas do palácio cintilando e os telhados vermelhos e arqueados. Uma cerimônia na presença do tetrarca chamaria a atenção de todos os cantos da Galileia para nosso casamento, dando a aparência de que fora realizado sob sanção real. Convencer Natanael a se divorciar de mim ficaria ainda mais difícil. Temi que nunca fosse me livrar dele.

Chegamos ao portão oriental da cidade, chamado de Lívia, como a esposa do imperador romano. Cingido de pilares de cedro, o portão tinha sido recentemente marcado por espadas e machados. Imaginei que os zelotes tinham passado e deixado evidências de seu desprezo, e me perguntei se Judas estava entre eles. Histórias de Simão, filho de Giora, e seus homens tinham se alastrado pela cidade. Sempre que voltava do ferreiro, do moinho ou da prensa de vinho, Lavi trazia-nos relatos, que ficavam cada vez mais violentos. Duas noites antes, eu ouvira meu pai gritando com minha mãe que Antipas executaria Judas caso estivesse entre os bandidos e que nem ele poderia fazer algo para impedir.

Antes de descer para o vale, fiquei por um tempo parada no portão, observando as pessoas na estrada que vinha de Nazaré. Daquela altura, o vilarejo, com suas casas brancas, era visível à distância, pouco maior que um rebanho de ovelhas.

A primeira caverna que encontramos apresentava sinais claros de ser uma toca de animal, e a abandonamos rapidamente. Então, afastando-nos do caminho, entramos em um bosque de bálsamos. Avançamos até uma clareira iluminada onde não havia árvores e o calcário tinha início. Primeiro eu o ouvi, seu canto baixo e impenetrável. Então o vi e, atrás dele, a entrada sombria de uma caverna. O homem parecia emoldurado pela pedra, de costas para mim, com as mãos erguidas, as palavras saindo monotonamente. Era algum tipo de prece.

Aproximei-me tanto quanto possível para não ser vista. Em uma pedra próxima, havia um cinto de couro, contendo uma sovela, um martelo, um cinzel e outros instrumentos curvados. Suas ferramentas.

A luz do sol refletiu na pedra — um auspício. Ele virou a cabeça de leve, confirmando o que eu já sabia. Era o homem do mercado. Jesus. Agachei-me, sinalizando para que Lavi fizesse o mesmo.

Ele prosseguiu em sua triste canção. Era o kadish aramaico, para os enlutados. Alguém tinha morrido.

Sua voz lançou um feitiço de pura beleza sobre mim. Minha respiração ficou mais curta. Senti o calor subindo por meu pescoço e por meu rosto. Um tremor nas minhas coxas. Eu queria ir até ele. Queria dizer-lhe meu nome e agradecer-lhe por ter me socorrido no mercado. Queria perguntar sobre o ferimento em sua cabeça e se ele tinha conseguido escapar do soldado que o perseguira. O que Jesus pretendia me dizer antes de ser atacado? A mulher que havia usado seus dedos para separar os fios era sua irmã? Quem tinha morrido? Eu tinha muitas perguntas, mas não ousava perturbar seu luto ou suas preces. Mesmo que ele não estivesse fazendo nada além de coletar plantas para as tinturas da irmã ou da esposa, aproximar-me seria uma indecência.

Meus olhos foram dele para a caverna. Não havia Deus me trazido aqui?

Por trás do meu ombro, Lavi sussurrou: "Precisamos ir". Eu tinha me esquecido de sua presença.

Organizei meus pensamentos. *Esse homem, Jesus, é um canteiro que caminha desde Nazaré até Séforis. É um devoto, que vem aqui para rezar antes do trabalho.*

Olhei para o sol, adivinhando as horas, então voltei para as árvores, afastando-me das sombras azuis.

XV

Encontrei Yalta em seu quarto. Ela era minha aliada, minha âncora, mas, quando tentei contar a ela sobre Jesus e o anseio que sentira de falar com ele, deparei com um acanhamento inexplicável. Como poderia explicar, mesmo para ela, a atração que sentia por um completo desconhecido?

Sentindo minha reserva, ela perguntou: "O que foi, minha menina?".

"Encontrei uma caverna onde esconder minha bacia e meus escritos."

"Fico aliviada em ouvir isso. Vem em boa hora. Hoje mesmo encontrei Shipra revirando minhas coisas."

Ela olhou para o baú de cipreste que havia trazido de Alexandria. Logo depois de chegar, minha tia o abrira para mim, assim como eu havia aberto meu próprio baú para ela. Dentro, havia o sistro, um lenço de cabeça com contas, uma bolsa com amuletos e talismãs, uma maravilhosa tesoura egípcia, composta de duas longas lâminas de bronze conectadas por uma tira de metal. Ela havia guardado meus tesouros no baú? Shipra os tinha descoberto? Senti uma pontada de pânico, mas minha tia logo tirou o embrulho com meus rolos de pergaminho de baixo de uma pilha de roupas em um banquinho de três pés — escondidos em plena vista —, depois puxou a bacia de encantamento de baixo de sua esteira de dormir.

Peguei a bacia dela, tirei o linho de cima e olhei para o fio vermelho ainda enrolado no fundo, sentindo uma fraqueza nos membros. Foi aí que percebi: eu *sabia* o que dizer a ela sobre Jesus, mas tinha medo de fazê-lo.

O único texto que meu pai havia me proibido de ler era o Cântico de Salomão, um poema sobre uma mulher e seu amante. Naturalmente, portanto, eu o havia procurado e lido quatro vezes. Eu o tinha lido com o mesmo calor no rosto e estremecimento das coxas que sentira ao observar Jesus na clareira. Fragmentos do texto tinham se alojado dentro de mim e me voltavam com facilidade.

Sob a macieira te despertei...
Meu amado pôs sua mão pela fresta da porta, e meu coração
[*estremeceu dentro de mim...*
As muitas águas não podem apagar o amor, nem os mares,
[*afogá-lo...*

Eu me isolei em meu quarto, guardando os rolos de pergaminho e a bacia debaixo da cama. Teria que segurar o fôlego e rezar para que estivessem protegidos até que pudesse retornar à caverna e enterrá-los. Pelo menos deviam estar mais seguros agora do que no quarto de Yalta, com Shipra se sentindo livre para revirá-lo.

Lavi me trouxe uma tigela de peixe grelhado, lentilha e pão, mas eu não podia comer. Enquanto eu estivera fora, minha mãe pendurara o traje do meu noivado em um gancho no meu quarto, uma túnica branca de linho fino com faixas roxas, no estilo das mulheres romanas. Judas ficaria furioso com a traição que aquela peça representava. E quanto a Natanael? Meu vestido implicava que, como Antipas, ele era um simpatizante romano? Só pensar nele dava início a uma onda de desespero em mim.

Sob a macieira te despertei.

Lembrando-me de que eu tinha incluído três folhas limpas de papiro na bolsa de pele de cabra, puxei o embrulho de baixo da cama e peguei um frasco de tinta, um cálamo e uma delas. Como minha porta não tinha tranca, sentei-me com as costas apoiadas nela, para impedir a entrada, e coloquei a folha no piso à minha frente. Minha tábua tinha virado cinzas.

Eu não sabia o que ia escrever. As palavras me engolfavam. Torrentes e enchentes. Não conseguia contê-las nem liberá-las. Mas não eram palavras que brotavam em mim, era anseio por ele. Era amor por ele.

Mergulhei o cálamo na tinta. Quando se ama, lembra-se de tudo. Do modo como os olhos dele descansaram nos meus aquela primeira vez. Dos fios que segurava no mercado, agora flutuando em recantos escondidos do meu corpo. Do som da sua voz na minha pele. O pensamento nele, como uma ave mergulhando na minha barriga. Eu amava outras pessoas — Yalta, Judas, meus pais, Deus, Lavi, Tabita —, mas não daquela maneira, não com desejo, doçura e fogo. Não mais do que eu amava as palavras. Jesus tinha posto a mão no trinco e eu me abrira totalmente.

Ajeitei tudo. Preenchi o papiro.

Depois que a tinta secou, eu o enrolei e guardei no embrulho debaixo da cama. A atmosfera no quarto parecia perigosa. Meus escritos não podiam permanecer naquela casa por muito mais tempo.

XVI

No meio da tarde, minha mãe entrou no meu quarto. Olhou na direção da cama, onde minha bacia e meus escritos estavam escondidos, então desviou o rosto. Cerrou os dentes à visão da pilha no chão que era meu vestido de noivado. Que não me castigasse por isso devia ter servido de aviso de que alguma coisa horrível estava para acontecer.

"*Querida Ana*", minha mãe disse. Sua voz pingava néctar. Aquilo também era um mau sinal. "A irmã de Natanael, Zofer, está aqui para vê-la."

"Ninguém me avisou de sua visita."

"Achei que seria melhor surpreendê-la. Vai tratá-la com deferência, não vai?"

Os pelos da minha nuca hesitaram entre se erguer ou não. "Por que não trataria?"

"Ela veio inspecioná-la, atrás de aflições da pele e outras desfigurações. Não se preocupe, será rápido."

Eu não sabia que tamanha injúria era possível.

"É só para cumprir o contrato", minha mãe prosseguiu. "Natanael deve receber a garantia de uma de suas próprias parentes de que seu corpo cumpre os termos estabelecidos."

Cegueira, coxeadura, aflições da pele, infertilidade, falta de modéstia, desobediência ou outras aversões.

Ela me olhou com circunspecção, esperando que eu reagisse. Insultos ficaram presos na minha garganta. Obscenidades com que eu nem teria sonhado antes de Yalta. Engoli tudo. Não podia arriscar a perda da liberdade de caminhar pelas colinas.

"Como desejar", eu disse.

Minha mãe não pareceu totalmente convencida. "Vai se submeter a isso graciosamente?"

Assenti.

Inspecionar-me, como se eu fosse dentes de burro! Se eu soubesse disso, poderia ter me arranjado uma erupção vermelha e brilhante usando resina de árvore. Poderia ter lavado meu cabelo com sumo de alho e cebola. Poderia ter lhe dado uma série de aversões.

A mulher me cumprimentou com gentileza, mas sem sorrir. Era pequena como o irmão, com as mesmas bolsas sob os olhos e o mesmo rosto azedo. Eu esperava que minha mãe fosse nos deixar a sós, mas ela se pôs ao lado da cama.

"Tire a roupa", Zofer disse.

Hesitei, antes de tirar a túnica pela cabeça e ficar à sua frente apenas de roupas de baixo. Zofer ergueu meus braços, inclinando-se para estudar minha pele, como se fosse um trecho de um texto inescrutável. Ela examinou meu rosto e meu pescoço, meus joelhos e meus tornozelos, atrás das minhas orelhas e entre meus dedos dos pés.

"Agora a roupa de baixo", Zofer disse.

Olhei para ela, depois para minha mãe. "Não, por favor."

"Tire", minha mãe disse. O néctar tinha sumido de sua voz.

Fiquei nua diante delas, sentindo-me humilhada enquanto Zofer me circulava, escrutinando minhas costas, meus seios, a porção entre minhas pernas. Minha mãe desviou os olhos, fazendo-me ao menos essa pequena cortesia.

Encarei a mulher. *Quero vê-la morta. Quero ver seu irmão morto.*

"O que é isso?", Zofer perguntou, apontando para uma pinta preta no meu mamilo. Eu nem me lembrava daquilo, mas queria me inclinar e beijar aquela magnífica imperfeição.

"Acredito que um sinal de lepra", eu disse a ela.

Zofer afastou a mão na hora.

"De modo algum", minha mãe exclamou. "Não é absolutamente nada." Ela se voltou para mim, parecendo atirar adagas com os olhos.

Apressei-me a aplacá-la. "Peço desculpas. Foi uma tentativa de aliviar o desconforto da minha nudez, só isso."

"Vista-se", Zofer disse. "Relatarei a meu irmão que seu corpo é aceitável."

O suspiro da minha mãe pareceu uma rajada de vento.

A escuridão veio, e a lua não apareceu. Fiquei deitada sem dormir. Revisitei todas as coisas que Yalta tinha me dito sobre casamento, sobre como ela tinha se livrado de Ruebel, e senti a esperança voltar a mim. Depois de me assegurar que ouvia o barulho dos roncos de meu pai atrás da porta de seu quarto, desci a escada até seu gabinete, de onde surrupiei um cálamo, um frasco de tinta e uma das tabuletas de argila que ele usava para sua correspondência. Enfiando tudo dentro da manga, corri para o quarto e fechei a porta.

Yalta pedira a Deus que tirasse a vida de Ruebel se aquele fosse o preço justo a pagar por sua crueldade, e ele fizera por merecer seu destino, mas eu não iria tão longe. Maldições relacionadas à morte eram comuns na Galileia, tanto que parecia um milagre que toda a população não tivesse morrido, mas eu não queria de fato ver Natanael morto. Só o queria fora da minha vida.

A tabuleta era do tamanho da palma da minha mão. Sua pequenez me forçou a encolher as letras, de modo que o fervor nelas marcou a tinta.

> *Que os poderes superiores vejam meu noivado com desagrado. Que enviem uma pestilência sobre ele. Que seja rompido por qualquer meio que Deus escolher. Que eu seja desvinculada de Natanael, filho de Ananias. Que assim seja.*

Há alguns momentos em que as palavras ficam tão felizes de se ver livres que riem alto e se pavoneiam em seus rolos de pergaminho e tabuletas. Foi assim com as palavras que escrevi. Elas se deleitaram até o amanhecer.

XVII

Saí em busca de Lavi, esperando que pudéssemos escapar discretamente para voltar à caverna, mas minha mãe o tinha levado ao mercado. Postei-me na galeria e fiquei esperando que retornassem.

Quando eu era pequena, às vezes despertava do sono sabendo das coisas antes que acontecessem: Judas vai me levar ao aqueduto, Shipra vai assar um cordeiro, minha mãe vai ter dor de cabeça, meu pai vai me trazer tintas do palácio, meu tutor vai se atrasar. Pouco antes que Yalta chegasse, eu despertara certa de que um desconhecido entraria em nossas vidas. Esses vislumbres se manifestavam quando eu retornava dos resíduos do sono. Antes que abrisse os olhos, lá estavam eles, puros e claros, como pedaços de vidro soprado, e eu esperava para ver se viriam a se concretizar. O que sempre acontecia.

Às vezes, minhas previsões não tratavam de eventos, eram apenas imagens que flutuavam atrás de meus olhos. Uma vez, um shofar aparecera, e no mesmo dia ouvimos um sendo soprado para anunciar a Festa das Colheitas.

Esses mistérios não me eram concedidos com frequência e, com exceção da chegada de Yalta e da aparição das tintas, eram revelações das mais mundanas e sem serventia. Por que eu precisaria saber o que Shipra preparava para comermos, ou que meu tutor ia se atrasar, ou que se soprara um chifre de animal? Eu não tivera nenhum pressentimento relacionado à bacia de encantamento ou ao noivado. Não tivera nenhuma pista apontando para Jesus, meus escritos sendo queimados ou a caverna.

Havia quase um ano eu estava livre das premonições, e com alegria, mas, enquanto esperava na galeria, uma imagem vívida surgiu na minha mente: uma língua rosada e grotesca. Balancei a cabeça para esvaziá-la. Era outra visão sem importância, eu disse a mim mesma, mas sua estranheza me perturbou.

Quando minha mãe finalmente retornou, parecia corada e agitada. Ela enviou Lavi, que carregava uma cesta de vegetais, à despensa, então passou depressa por mim rumo a seus aposentos.

Encontrei Lavi no pátio. "Minha mãe não parece bem."

Ele olhou para o chão, para as próprias mãos, para as meias-luas de sujeira debaixo das unhas.

"Lavi?"

"Encontramos a moça que costuma visitá-la."

"Tabita? O que tem ela?"

"Por favor, não me faça falar. Não à senhora. Por favor." Ele deu alguns passos para trás, avaliando minha reação, e foi embora.

Corri para o quarto de minha mãe, temendo que fosse me mandar embora, mas ela permitiu que eu entrasse. Seu rosto estava pálido.

"Lavi disse que viram Tabita. Aconteceu algo?"

Ela foi até seu baú, aquele que eu e Tabita havíamos pilhado, e por um momento irracional achei que tinha apenas descoberto nossa intromissão.

Minha mãe disse: "Não vejo como evitar contar a você. Ficará sabendo de qualquer maneira. A história já percorreu toda a cidade. Pobre do pai dela…".

"*Por favor.* Conte-me."

"Encontrei Tabita na rua, perto da sinagoga. Foi uma terrível comoção, com ela gritando e puxando os cabelos, enquanto afirmava que um dos soldados de Herodes a tinha forçado a se deitar com ele."

Tentei compreender. *Forçado a se deitar...*

Uma voz veio de trás de nós: "Tabita foi estuprada?". Eu me virei e vi Yalta de pé à porta.

"É mesmo necessário usar um termo tão vulgar?", minha mãe disse. Ela parecia implacável ali, de braços cruzados, com as sombras da manhã florescendo sobre seus ombros. Era aquilo que a incomodava? A indelicadeza da palavra?

Senti uma pressão no peito. Abri a boca e ouvi um estranho uivo preenchendo o quarto. Minha tia se aproximou e me envolveu em seus braços. Ninguém disse nada. Até minha mãe soube que não deveria me repreender.

"Não entendo por que..."

Minha mãe me interrompeu. "Quem pode dizer por que ela ficou ali na rua, gritando a notícia de sua violação a todos que passavam? E Tabita o fez usando o mesmo termo grosseiro que sua tia. Ela gritou o nome do soldado, cuspiu e amaldiçoou na linguagem mais vil."

Ela não tinha me entendido — eu não estava me perguntando por que Tabita professava seu ultraje nas ruas. Achava bom que acusasse seu estuprador. O que eu não compreendia era por que tais horrores aconteciam. Por que os homens cometiam tais atrocidades? Enxuguei o rosto com a manga. Em choque, visualizei Tabita no primeiro dia em que voltou a me visitar, aquele em que eu havia sido rude com ela. *Meu pai diz que tenho a mente fraca e a língua mais fraca ainda*, ela havia me dito. Agora, parecia-me que sua boca não era fraca, e sim a parte mais destemida dela.

Minha mãe, no entanto, ainda não tinha acabado de censurá-la. "E não bastou amaldiçoar o soldado na frente de todos. Ela também amaldiçoou o pai por ter tentado selar seus lábios. Amaldiçoou os que passavam e tapavam os ouvidos. Tabita está perturbada, e sinto muito por ela, mas envergonhou a si mesma. Trouxe desonra a seu pai e a seu noivo, que certamente vai romper o contrato agora."

O ar ao redor de Yalta crepitava de tensão. "Você é cega e tola, Adar."

Minha mãe, que não estava acostumada a lhe falarem dessa maneira, estreitou os olhos e ergueu o queixo.

"A vergonha não é de Tabita!", minha tia praticamente rugiu. "É de quem a estuprou."

Minha mãe silvou de volta: "Ele é homem. Sua luxúria pode ser mais forte que ele mesmo".

"Então ele deveria se mutilar e se tornar eunuco!", Yalta disse.

"Saia daqui", minha mãe ordenou, mas Yalta não cedeu.

"Onde está Tabita?", perguntou. "Vou atrás dela."

"De maneira nenhuma", minha mãe disse. "O pai dela a arrastou para casa. Eu a proíbo de vê-la."

O resto do dia transcorreu em uma normalidade insuportável. Minha mãe me manteve presa em seu quarto enquanto Shipra desfilava peças de tecido e uma quantidade ridícula de bugigangas para meu dote, e ela mesma se estendia em banalidades intermináveis sobre as preparações para a cerimônia. Eu mal conseguia ouvi-la, considerando os gritos em minha mente.

Aquela noite, no meu quarto, deitei sobre as cobertas da cama e recolhi os joelhos, me encolhendo em uma bola.

Eu havia aprendido tudo o que sabia sobre estupro nas Escrituras. Uma concubina não nomeada era estuprada e assassinada, depois tinha seu corpo destrinchado. Diná, filha de Jacó, era estuprada por Siquém. Tamar, filha do rei Davi, era estuprada pelo meio-irmão. Essas mulheres estavam entre aquelas sobre as quais eu pretendia escrever um dia, e agora havia Tabita, que não era uma figura esquecida de um texto, mas uma menina que cantava ao trançar meu cabelo. Quem ia vingá-la?

Ninguém havia vingado a concubina não nomeada. Jacó não se vingara de Siquém. O rei Davi não punira o filho.

A fúria se acumulou em mim, até que não consegui mais me manter quieta.

Deixei a cama e me esgueirei até o quarto de Yalta. Deitei-me no chão, ao lado de sua esteira de dormir. Não sabia se ela estava acordada. "Tia?", sussurrei.

Ela virou de lado para me encarar. No escuro, seus olhos azuis brilhantes pareciam quase brancos. Eu lhe disse: "Quando a manhã vier, precisamos ir encontrar Tabita".

XVIII

Um serviçal, um velho com a mão deformada, recebeu Yalta, Lavi e a mim no portão. "Minha tia e eu viemos fazer uma visita a Tabita", eu disse a ele.

O velho nos avaliou. "A mãe dela ordenou que não receba ninguém."

Yalta falou em um tom de ordem: "Vá dizer à mãe dela que quem está aqui é a filha de Matias, chefe dos escribas de Herodes Antipas e superior de seu marido. Diga a ela que ele ficará ofendido se sua filha for mandada embora".

O velho entrou na casa e retornou alguns minutos depois para abrir o portão. "Só a menina", ele disse.

Yalta assentiu para mim. "Lavi e eu esperaremos aqui."

A casa não era esplêndida como a nossa, mas tinha pelo menos um quarto superior e dois pátios, como a da maioria dos funcionários do palácio. A mãe de Tabita, uma mulher grande com rosto bulboso, me guiou até uma porta fechada nos fundos da casa. "Minha filha não está bem. Pode visitá-la apenas por alguns minutos", ela disse, então me deixou para que eu entrasse sozinha, pelo que fiquei agradecida. Quando girei a maçaneta, um rufo de tambores teve início no meu peito.

Tabita estava encolhida em uma esteira no canto. Ao me ver, virou o rosto para a parede. Fiquei ali um momento, para que minha vista se ajustasse à luz fraca e incerta do que fazer.

Fui me sentar ao seu lado, hesitando antes de descansar minha mão em seu braço. Então ela me encarou, cobrindo minha mão com as suas, e eu notei que seu olho direito havia desaparecido sob uma prega da pálpebra inchada. Seus lábios tinham hematomas roxos e azuis, e suas bochechas pareciam cheias de comida. Havia uma bacia, de ouro e muito refinada, a seu lado no chão, brilhando em meio à luz e às sombras, marcada pelo que parecia ser sangue e cuspe. Senti o choro subindo pela garganta. "Ah, Tabita."

Puxei sua cabeça para meu ombro e alisei seu cabelo. Não tinha nada a lhe oferecer além de minha disposição de ficar com ela enquanto suportava sua dor. "Estou aqui", murmurei. Quando Tabita não falou, entoei uma canção de ninar que lhe era familiar, porque não consegui pensar em outra coisa. "Durma, menina, a noite é vinda. A manhã está por vir, e eu estou aqui." Eu a cantei de novo e de novo, embalando seu corpo junto ao meu.

Quando parei de cantar, Tabita me ofereceu um sorriso fraco, e vi a ponta de um tecido esfarrapado pendendo estranhamente do canto de sua boca. Mantendo os olhos fixos nos meus, Tabita puxou devagar uma tira de linho ensanguentada de entre os lábios. Parecia não ter fim. Quando foi finalmente expelida, Tabita se inclinou para a bacia e cuspiu nela.

Senti uma onda de repulsa, mas não a demonstrei. "O que aconteceu com sua boca?"

Ela a abriu para que eu pudesse vê-la por dentro. Sua língua, ou o que restava dela, era um rebuliço de carne crua e mutilada. Retorcia-se, impotente, conforme Tabita tentava formular palavras, enunciados que se agitavam, mas não chegavam a formar sentido. Eu a encarei sem compreender por um momento, antes que a verdade me atingisse. *Cortaram a língua dela.* A língua da minha premonição.

"Tabita!", exclamei. "Quem fez isso?"

"Pa... Pa..." Um fio vermelho escorreu por seu queixo.

"Está tentando me dizer que foi seu pai?"

Ela pegou minha mão, assentindo.

Lembro-me apenas de ficar de pé, atordoada e desesperada. Não me recordo de gritar, mas a porta se abriu e de súbito sua mãe estava ali, sacudindo-me, pedindo que eu parasse. Soltei-me dela. "Não ponha as mãos em mim!"

A raiva esfrangalhou minha respiração. Arranhou diretamente meu peito. "Que crime sua filha cometeu para que o pai cortasse a língua dela fora? É pecado professar a própria agonia na rua e implorar por justiça?"

"Ela trouxe vergonha para seu pai e para sua casa!", a mãe dela exclamou, cruelmente. "Sua punição é descrita nas Escrituras: 'A língua perversa será cortada'."

"Vocês a violaram uma vez mais!" As palavras saíram por entre meus dentes cerrados lentamente.

Uma vez, depois que meu pai havia censurado Yalta por não ser submissa, ela havia me dito: "*Submissão*. Não é disso que eu preciso, é de fúria". Eu não tinha me esquecido daquilo. Ajoelhei-me ao lado de minha amiga.

O brilho da bacia chamou minha atenção de novo, e eu soube o que, até aquele momento, tinha ficado escondido. Pondo-me em pé, peguei a bacia, tomando o cuidado de não derramar seu conteúdo. Trovejei contra a mãe de Tabita: "Onde fica o gabinete de seu marido?". Ela franziu o cenho e não respondeu. "Mostre-me ou encontrarei sozinha."

Quando a mulher não se moveu, Tabita se levantou da esteira e me conduziu até uma pequena sala, enquanto a mãe nos seguia, gritando para que eu fosse embora. A sala privada dele contava com uma mesa, um banco e duas prateleiras de madeira onde ficavam suas posses de escriba, seus xales e seus chapéus, e, como eu suspeitava, as outras três bacias de ouro roubadas do palácio de Antipas.

Olhei para Tabita. Daria a ela mais do que canções de ninar; daria a ela minha fúria. Joguei seu sangue pelas paredes, pela mesa, pelos xales e chapéus, pelas bacias de Antipas, pelos rolos de pergaminho, pelos frascos de tinta, pelos rolos de pergaminho em branco. Fiz isso com toda a calma. Não tinha como punir seu estuprador ou lhe devolver a voz, mas podia prosseguir com esse ato de desafio, essa pequena vingança, que faria com que seu pai soubesse que sua brutalidade não ficara desprovida de testemunhas. Ele ao menos sofreria a censura da minha raiva.

A mãe de Tabita tentou me impedir, mas era tarde demais — a bacia estava vazia. "Meu marido garantirá que seja punida", ela gritou. "Acha que não irá ao seu pai?"

"Diga a ele que meu pai foi encarregado de encontrar a pessoa que roubou as bacias de Herodes Antipas. Ficarei feliz em informar a ele a identidade do ladrão."

Sua expressão se desfez, e a combatividade a deixou. Ela compreendeu minha ameaça.

Eu sabia que meu pai não ficaria sabendo daquilo.

Como Tabita tinha feito enormes esforços para revelar o que havia acontecido com ela e por tal motivo sido silenciada, peguei as últimas duas folhas de papiro da bolsa de pele de cabra debaixo da minha cama e escrevi a história de seu estupro e da mutilação de sua língua. Mais uma vez, sentei-me com as costas apoiadas contra a porta, sabendo que se minha mãe viesse me procurar eu não poderia impedi-la de entrar por muito tempo. Ela forçaria sua entrada e me encontraria escrevendo, então reviraria o quarto e encontraria os rolos de pergaminho escondidos. Eu a visualizei lendo-os — as palavras de amor e desejo que eu havia escrito sobre Jesus, o sangue que havia espalhado pelas paredes de Tabita.

Estava arriscando tudo, mas não podia me impedir de escrever sua história. Preenchi todo o papiro. Pesar e raiva fluíam dos meus dedos. A raiva me tornava mais corajosa, e o pesar me dava mais certeza.

XIX

A clareira onde eu havia visto Jesus rezando estava vazia e o ar, marcado por sombras. Eu tinha chegado cedo o bastante para executar minha tarefa antes que ele aparecesse, escapando de casa quando a barriga vermelha do sol ainda não tinha passado sobre o cume das colinas. Lavi carregava o embrulho com meus rolos de pergaminho, a tabuleta de argila em que eu havia escrito minha maldição e uma ferramenta para cavar. Eu trazia a bacia de encantamento debaixo do casaco. A ideia de que Jesus pudesse retornar despertava uma onda de alegria e de medo dentro de mim. Eu não sabia dizer o que faria — se falaria com ele ou iria embora, como tinha feito antes.

Esperei à entrada da caverna enquanto Lavi a revistava em busca de bandidos, cobras e outras criaturas ameaçadoras. Não encontrando nada, ele me instou a entrar. Estava frio e escuro ali, com marcas de fezes de morcegos e objetos de barro, alguns dos quais recolhi. Cobrindo o nariz com o lenço que tinha na cabeça, para abrandar o cheiro de dejetos animais e terra em decomposição, encontrei um lugar perto dos fundos da caverna, ao lado de uma coluna de pedra que reconheceria facilmente quando fosse hora de reivindicar meus pertences. Lavi enfiou a ferramenta no chão, abrindo um buraco na terra e levantando poeira. Teias de aranha desciam para se ligar a meus ombros. Lavi grunhia enquanto trabalhava — era pequeno e não estava acostumado a trabalho pesado, mas acabou cavando um buraco de dois cúbitos de profundidade e dois de largura.

Erguendo o linho que cobria a bacia de encantamento, olhei para minha súplica, para o desenho que tinha feito de mim mesma, para a mancha cinza, para o fio vermelho, depois a enfiei no buraco. Ao seu lado, pus o embrulho contendo os rolos de pergaminho e, por último, a tabuleta de argila. Fiquei me perguntando se voltaria a ver aquilo tudo. Joguei terra por cima e espalhei pedrinhas e pedaços dos objetos de barro que havia coletado ali mesmo para esconder o fato de que o terreno havia sido mexido.

Quando emergimos para a luz do sol, Lavi abriu seu manto sobre o chão e eu me sentei, olhando para o bosque de bálsamos. Bebi um pouco de vinho do odre que carregava e mordisquei um pedaço de pão. Esperei além da segunda hora. Esperei além da terceira.

Ele não veio.

XX

No dia em que minha mãe anunciou que a cerimônia do noivado seria realizada em trinta dias, eu costurei trinta fichas de marfim em uma faixa de linho azul-claro. A cada dia, tirava uma. Agora, sozinha no telhado de casa, olhava muito séria para o tecido, pensando na miséria de fichas restando. *Oito.*

Era a hora do crepúsculo. A melancolia não me vinha com facilidade — a raiva, sim; a paixão e a teimosia, sempre —, mas, sentada ali, senti-me desolada. Eu tinha voltado duas vezes à casa de Tabita, mas em ambas haviam negado minha entrada. Mais cedo no mesmo dia, minha mãe me informara que minha amiga tinha sido enviada para viver com parentes em Jaffa de Nazaré. Eu estava certa de que nunca mais a veria.

Temia nunca mais ver Jesus também. Não via nada além das costas de Deus.

Sempre havia sido assim? Quando eu tinha cinco anos e estava visitando o templo em Jerusalém pela primeira vez, tentara seguir meu pai e Judas pela escada circular que atravessava a porta de Nicanor quando minha mãe me puxou. Sua mão apertou meu braço no momento em que tentei me soltar, buscando com os olhos meu irmão, que ia em direção ao mármore reluzente e ao ouro dourado do santuário em que Deus vivia. O Santíssimo Lugar. Minha mãe me pegou pelos ombros e chamou minha atenção. "Você não pode ir mais longe, sob pena de morte."

Fiquei olhando para as colunas de fumaça que subiam do altar além da porta. "Mas por que não posso ir também?"

Por anos, sempre que eu recordava sua resposta, experimentava o mesmo choque que senti naquele dia. "Porque você é mulher, Ana. Este é o Pátio das Mulheres. Não podemos ir além." Foi assim que eu descobri que Deus havia relegado meu sexo à periferia de praticamente tudo.

Pegando a tesourinha, cortei outra lasca de marfim do tecido. *Sete.*

Acabei contando a Yalta sobre Jesus. Sobre os fios coloridos enrolados em seus dedos na barraca do mercado, sobre como, se não fosse por eles, eu nem o teria notado. Descrevi o toque áspero de sua palma quando ele veio em meu socorro, o baque repugnante de sua cabeça no piso quando o soldado o empurrou. Quando revelei que deparei com ele de novo diante da caverna enquanto rezava o kadish e a necessidade que sentira e sufocara de falar com ele, Yalta sorriu. "E agora ele habita seus pensamentos e inflama seu coração."

"Sim." Não acrescentei que ele fazia um calor e uma luz se moverem por meu corpo também, mas senti que ela já sabia disso.

Eu não suportaria Yalta me dizendo que meu anseio por ele vinha apenas de um desespero em relação a Natanael. Era verdade que Jesus tinha entrado em meu caminho no mesmo momento em que o resto do mundo entrara em colapso. Suponho que fosse, em parte, um consolo. Ela devia saber daquilo, mas se conteve e não o disse. Em vez disso, Yalta me falou que eu havia viajado para um céu secreto, mais além desse, onde a rainha do céu reinava, pois Javé não sabia nada das questões do coração feminino.

Passos sacudiram a escada, e me virei para ver a cabeça de Yalta apontando. Ela era bastante ágil, mas eu temia que uma noite caísse no pátio. Apressei-me a oferecer-lhe a mão, mas, em vez de aceitá-la, Yalta disse em voz baixa: "Depressa. Você precisa descer. Judas está aqui".

"*Judas!*"

Ela pediu que eu fizesse silêncio e olhou para as sombras lá embaixo. Mais cedo naquele dia, um dos soldados de Antipas, o mais cruel, tinha ficado de guarda na entrada dos fundos da casa. "Seu irmão espera por você no mikvá", Yalta sussurrou. "Tome cuidado para que ninguém a veja."

Esperei que minha tia descesse, então a segui, lembrando-me de meu pai gritando que, se Judas fosse pego, Antipas ia executá-lo.

Uma escuridão azulada preenchia o pátio. Não vi o soldado, mas ele poderia estar em qualquer lugar. Ouvi Shipra limpando o braseiro em algum lugar próximo. As janelas dos quartos superiores, estreitas e tremeluzentes, davam para lá. Yalta me passou uma lamparina de argila e uma toalha. "Que o Senhor a purifique e a mantenha pura", ela disse alto, para que Shipra ouvisse, depois foi para dentro da casa.

Eu queria voar através do pátio e dos degraus que levariam a meu irmão, mas contive as asas dos pés e caminhei devagar. Cantei em voz alta a música da purificação. Enquanto descia para o mikvá, ouvi o coração da cisterna — *ping, ping... ping, ping...* O ar no cômodo subterrâneo pareceu denso na minha garganta. Erguendo a lamparina, vi uma faixa de luz na superfície da água.

Chamei em voz baixa: "Judas".

"Estou aqui."

Virei-me e o vi recostado na parede atrás de mim. As belas feições escuras, o sorriso rápido. Apoiei a lamparina e enlacei-o com os braços. Sua túnica de lã cheirava a suor e cavalo. Ele estava diferente. Mais magro, mais moreno, com um novo ardor nos olhos.

Inesperadamente, minha alegria foi superada por um surto de raiva. "Como pôde me deixar aqui para me virar sozinha? Sem nem se despedir."

"Irmãzinha, Yalta estava com você. Se não estivesse, eu não a teria deixado. O que estou fazendo é maior que qualquer um de nós. Faço-o por Deus. Pelo nosso povo."

"Nosso pai disse que Antipas vai matá-lo! Seus soldados estão procurando por você."

"O que posso fazer, Ana? É a plenitude do tempo. Os romanos ocupam nossa terra há setenta e sete anos. Não consegue ver como é auspicioso? *Setenta e sete*. É o número mais sagrado de Deus, um sinal de que a hora chegou."

Logo ele estaria dizendo que era um dos dois Messias que Deus havia prometido. Judas sofria da febre messiânica desde menino, uma condição que se agravava e abrandava de acordo com as brutalidades romanas. Afligia quase todo mundo na Galileia, embora eu não pudesse dizer que fosse intensa no meu caso. Os Messias *tinham* sido profetizados — disso não se podia discordar —, mas será que eu acreditava mesmo que um sacerdote filho de Aarão e um rei filho de Davi de repente apareceriam lado a lado para guiar um exército de anjos que nos salvaria de nossos opressores e restauraria o trono de Israel? Deus não podia ser persuadido nem a romper um mero noivado, e Judas queria que eu acreditasse que o Senhor pretendia derrotar o poderoso Império Romano.

No entanto, não havia como dissuadir meu irmão, nem adiantava tentar. Fui até a beira da água, onde a sombra dele flutuava na superfície. Fiquei ali, olhando para ela. Finalmente, disse: "Muita coisa aconteceu desde que partiu. Fizeram-me noivar".

"Eu sei. Foi por isso que vim."

Eu não sabia como ele havia descoberto sobre meu noivado ou por que isso o traria de volta. Independente do motivo, parecia importante o bastante para que arriscasse ser pego.

"Vim avisá-la. Natanael, filho de Ananias, é perverso."

"Colocou sua vida em perigo para me dizer isso? Acha que não sei que se trata do demônio?"

"Não acredito que saiba. O intendente do pomar de tamareiras de Natanael é simpatizante da nossa causa. Ele ouviu certas coisas."

"Esse homem espiona Natanael para vocês?"

"Ouça. Devo falar rapidamente. Há mais sobre seu casamento do que está escrito no contrato. Há algo que nosso pai não tem, e sabemos muito bem disso."

"Ele não tem terras", eu disse.

Quase todos têm seu tormento, um texugo voraz que os perturba sem cessar, e esse era o de nosso pai. O pai dele tinha possuído grandes campos de papiro no Egito, e por lei meu pai deveria ficar com uma parte dessas terras, enquanto seu irmão mais velho, o primogênito, ficaria com o dobro. Mas Aram, o mesmo que havia banido Yalta entre os terapeutas, conseguiu um trabalho em um lugar distante para meu pai, na corte do rei Herodes, pai de Antipas. Meu pai só tinha dezoito anos na época, sendo jovem e inocente demais para perceber que estava sendo enganado. Em sua ausência, Aram tomara posse de sua propriedade. Assim como acontecera com Esaú e Jacó, um direito de nascença roubado tinha sido motivo de discórdia.

Judas disse: "Natanael foi até ele e lhe ofereceu a quarta parte de suas propriedades".

"Por mim?"

Ele baixou os olhos. "Não, irmã. O casamento com você não passava pela cabeça de nenhum deles naquela época. Natanael queria uma posição de poder dentro do palácio, e estava disposto a abrir mão de uma grande porção de sua terra por isso. Nosso pai já havia lhe prometido um cargo no supremo conselho, que lhe permitiria alavancar seu poder e pagar impostos baixos. Como se não fosse o bastante, nosso pai prometeu alugar os armazéns de Natanael para guardar os impostos de Herodes Antipas e os tributos romanos coletados por toda a Galileia. Isso deve tornar Natanael o homem mais rico da Galileia depois de Antipas. Em troca, nosso pai conseguirá o que deseja: o título de proprietário de terras que lhe foi roubado."

"E quanto a mim?"

"Foi nosso pai quem a incluiu no pacto. Não duvido que nossa mãe viesse importunando-o para que lhe arranjasse um noivo digno, e de repente lá estava Natanael. Deve ter parecido propício a nosso pai. Natanael era rico e, por causa de seu acordo, logo teria todo o poder da classe dominante."

Meu pai!
"Sinto muito", Judas disse.
"Não tenho como escapar do casamento. O contrato já foi assinado. O preço da noiva já foi pago. Não há como encerrar isso a não ser através do divórcio, e já tentei afrontá-lo de todas as maneiras possíveis..." Parei, dando-me conta de que não importava a maneira repugnante como eu me comportasse. Por causa de seu acordo com meu pai, Natanael nunca ia se divorciar de mim.

"Ajude-me, Judas", eu disse. "Faça alguma coisa, por favor. Não suportarei esse casamento."

Ele se endireitou. "Darei a Natanael um motivo para romper o noivado. Farei o que puder, juro", ele disse. "Agora tenho que ir. É melhor que saia primeiro e certifique-se de que o soldado que vi antes não está por aí. Sairei pelo portão dos fundos do pátio inferior. Se o caminho estiver livre, cante a música que estava em seus lábios quando chegou."

"Devo dar a impressão de que me banhei", eu disse. "Vire de costas, para que eu possa tirar a roupa e entrar na água."

"Depressa", ele respondeu.

Despindo a túnica, dei um passo na água fria e mergulhei, partindo seu reflexo em milhares de gotas escuras. Enxuguei o corpo apressadamente.

"Que Deus o proteja, Judas", falei, enquanto subia os degraus.

Segui na direção da casa, de coração partido, mas cantarolando.

XXI

Uma manhã, três dias depois da visita de Judas, despertei com a imagem de um ramo de tamareira. Tinha sonhado com ele? Sentei-me, deixando cair os travesseiros. A folha era uma contorção de dedos verde-escuros deformados.

Não consegui tirar a imagem da cabeça.

O vento começou a se agitar, e eu soube que as chuvas logo viriam. A escada batia contra o telhado. As grelhas do fogão se chocavam no pátio.

Ainda era cedo quando batidas urgentes e incansáveis soaram na porta da frente. Passei do meu quarto para a galeria, e vi lá de cima meu pai atravessar o salão apressado. Minha mãe se pôs ao meu lado. O trinco pesado da porta foi erguido. A porta de cedro rangeu, e meu pai disse: "Natanael, o que é toda essa comoção?".

Minha mãe se virou para mim, como se eu fosse o motivo pelo qual ele tinha vindo. "Vá e termine de arrumar o cabelo."

Eu a ignorei. Se meu noivo desejasse me ver, eu queria estar com a pior aparência possível.

Natanael parecia derrotado ao entrar no pátio. Estava sem chapéu, com suas belas roupas manchadas de fuligem e enlameadas. Seus olhos iam de um lado a outro, irados. Todo o seu semblante era tão espantoso que minha mãe ofegou. Meu pai foi atrás dele.

Natanael acenou para alguém atrás dele, e tive a impressão de que algo terrível espreitava. Senti-me como um pássaro esperando que a pedra fosse atirada do estilingue. Um homem com vestes de trabalho entrou em meu campo de visão. Em suas mãos estava o ramo da tamareira. Estava parcialmente queimado, derramando cinzas no piso. Ele o jogou aos pés do meu pai. Aterrissou com um ruído, em uma chuva de cinzas escuras. Cheiro de fumaça se espalhou pelo cômodo.

O que quer que seja, é obra de Judas.

"Minhas tamareiras foram intencionalmente queimadas", Natanael disse. "Metade do pomar pegou fogo. Minhas oliveiras só sobreviveram porque havia um homem na torre de vigia que soou o alarme a tempo de salvá-las."

Meu pai olhou do ramo para Natanael. Ele disse: "E acha que é prudente bater à minha porta e jogar a evidência no meu chão?". Parecia genuinamente confuso com a raiva de Natanael.

Natanael, o homenzinho. Sua cabeça não chegava ao queixo de meu pai, mas ele deu um passo à frente, muito cheio de si e virtuoso. Estava prestes a dizer a meu pai quem havia feito aquilo, dava para ver que sabia quem tinha sido. Visualizei o rosto determinado de Judas no mikvá.

"Foi seu filho quem deu início ao fogo", Natanael acusou. "Judas, Simão, filho de Giora, e o bando deles."

"Não pode ter sido Judas!", minha mãe exclamou, e os homens olharam para cima. Só então Natanael me notou, e, pegando-o de guarda baixa por um momento, ainda que à distância, seu desprezo por mim ficou evidente.

"Deixem-nos", meu pai ordenou, mas é claro que não obedecemos. Afastamo-nos do parapeito, com os ouvidos atentos. "Foi você quem o viu? Está certo de que foi Judas?"

"Eu o vi com meus próprios olhos enquanto destruía minhas árvores. E, caso tivesse restado dúvida, ele gritou: 'Morte aos ricos e inescrupulosos. Morte a Herodes Antipas. Morte a Roma'. Então levantou ainda mais a voz e gritou: 'Sou Judas, filho de Matias'."

Ousei me esgueirar até a beirada da galeria. Meu pai tinha dado as costas a Natanael em uma tentativa de se recompor. O pior que pode acontecer a uma mulher é ser rejeitada; o pior que pode acontecer a um homem é ser marcado pela vergonha, e meu pai tinha sido inundado por ela. Senti um pouco de pena dele.

Quando voltou a se virar para Natanael, seu rosto era uma máscara. Meu pai o questionou acerca de todos os detalhes. Quantos homens tinha visto? A que horas tinham aparecido? Estavam a cavalo? Para que lado haviam fugido? Enquanto falava, a desgraça de meu pai era posta de lado em nome de sua fúria.

"Judas tinha um motivo para fazer questão de se declarar seu filho", Natanael disse. "Ele pretendia desfavorecê-lo diante de Herodes Antipas. Se isso acontecer, Matias... se perder sua influência sobre Antipas, não estará em posição de realizar sua parte do acordo e não haverá motivos para que eu prossiga com ele."

Natanael havia acabado de ameaçar romper o noivado? *Ah, Judas, quanta sabedoria.* É claro que Antipas não toleraria que o filho de meu pai perpetuasse tais ataques. Isso criaria uma cisão entre eles, tornando impossível para meu pai cumprir sua parte do acordo!

"Judas não é meu filho", meu pai disse. "Não é carne da minha carne, foi adotado da família da minha esposa. A partir de hoje, é para mim um proscrito. Um desconhecido. Se for preciso, posso declarar o mesmo diante de Antipas."

Não consegui olhar para minha mãe.

"Farei com que seja punido", meu pai prosseguiu. "Há rumores de que Simão e seus homens se escondem na garganta do Arbel. Vou enviar soldados para varrer toda a fenda e revirar cada pedra."

O trabalhador que tinha trazido o ramo e estava de pé ao lado de Natanael tremeu, nervoso. *Que ele seja o espião de que Judas falou. Que avise meu irmão.*

Meu pai tinha feito um bom trabalho tranquilizando Natanael. Bom demais, eu temia.

Depois que ele foi embora, meu pai se retirou para seu gabinete e minha mãe me arrastou para seu quarto e fechou a porta. "Por que Judas cometeria um ato tão atroz?", ela perguntou. "Por que diria seu próprio nome? Não sabia que, ao fazê-lo, colocaria Antipas contra seu pai? Está disposto a punir Matias ainda que assim arrisque sua própria vida?"

Eu não disse nada, esperando que ela manifestasse todo o seu choque e alarme e deixasse aquilo de lado.

"Você falou com Judas? Convenceu-o a fazer isso?"

"Não", eu disse, rápido demais. Eu era bastante talentosa em cometer delitos, mas não em escondê-los.

Ela me deu um tapa forte na face. "Matias não devia tê-la deixado sair de casa. Não haverá mais caminhadas pelas colinas com Lavi. Você permanecerá em casa até a cerimônia de noivado."

"*Se* houver cerimônia", eu disse. Ela ergueu a mão e bateu em minha outra face.

XXII

Naquela noite, enquanto o dia despejava o restante de sua luz pálida sobre o vale, Yalta e eu fomos mais uma vez para o telhado. As marcas avermelhadas da mão de minha mãe tinham ficado impressas no meu rosto. Yalta passou a ponta dos dedos nelas. "Judas lhe disse que pretendia incendiar o pomar de Natanael?", ela perguntou. "Você sabia?"

"Ele jurou que faria o que pudesse para romper meu noivado, mas não achei que iria tão longe." Abaixei a voz. "Mas fico feliz que o tenha feito."

O frio da mudança de estação começava a chegar. Os ombros de minha tia estavam encolhidos, como as asas de um pássaro. Ela os cobriu com o xale. "Diga-me, como destruir as tamareiras de Natanael ajuda sua causa?"

Quando descrevi o acordo entre meu pai e Natanael, ela disse: "Entendo. Judas acha que Natanael vai encerrar o noivado caso seu pai caia em desgraça com Antipas. Sim, é engenhoso."

Pela primeira vez, senti o gosto da esperança debaixo da língua. Então engoli em seco, e a sensação passou. Pensei na súplica escrita na bacia, em meu rosto naquele pequeno sol. Eu me apegava àquilo como coisas que de alguma forma poderiam me salvar, mas com frequência era consumida pelas dúvidas.

Desesperada por garantias, contei a minha tia sobre a visão do meu rosto que havia tido. "Acredita que é um sinal de que vou escapar desse casamento e concretizar minhas esperanças?" Fiquei esperando. A lua brilhava. O telhado, o céu e as casas aninhadas umas às outras ao longo da cidade pareciam feitos de vidro.

"Como podemos saber os caminhos de Deus?", ela respondeu. Seu ceticismo se mostrava não apenas em suas palavras evasivas, mas no modo como sua boca se contorcia com as palavras que não eram ditas.

Insisti. "Mas uma visão como essa não pode significar que estou fadada a desaparecer na casa de Natanael e viver meus dias atormentada. Deve ser uma promessa de algum tipo."

Minha tia voltou a força de seus olhos para mim. Eu os observei se transformarem em dois pequenos enigmas marrons. "Sua visão significa o que você quiser que signifique. Vai significar o que você *fizer* significar."

Fiquei olhando para ela, perplexa, perturbada. "Por que Deus me enviaria uma visão se não tem nenhum significado além do que eu lhe conferir?"

"E se o motivo de tê-la mandado for fazer com que procure a resposta em si mesma?"

Tanta incerteza, tanta imprevisibilidade. "Mas... tia." Foi tudo o que meus lábios conseguiram pronunciar.

Tínhamos como saber os caminhos de Deus ou não? Ele tinha intenções em relação a nós, seu povo, como nossa religião acreditava, ou cabia a nós nos dar significado? Talvez nada fosse como eu imaginava.

Acima de nossas cabeças, a magnitude escura, o mundo brilhante e frágil. Yalta tinha abalado minha certeza em Deus e suas obras. Senti-a vacilar, e uma fenda se abrir.

XXIII

Quando havia duas fichas de marfim restando no tecido que eu usava para calcular os dias, Lavi e eu nos esgueiramos para fora de casa, apesar das ordens de minha mãe, e seguimos até a caverna onde eu havia enterrado minhas posses. O céu parecia de péssimo humor — cinza, pesado e com vento forte. Lavi tinha me implorado para não sair de casa. Mas, sabendo que ele dava muito crédito a sonhos e presságios, eu disse a ele que havia sonhado que uma hiena desenterrava meus pertences, de modo que precisava ir até a caverna para me assegurar de que tudo continuava escondido em segurança. Era uma invenção desavergonhada. Era verdade que eu me preocupava com meus escritos e a bacia, mas não mentira por esse motivo. Esperava encontrar Jesus.

Chegando no mesmo horário em que o havia encontrado rezando antes, perambulei pela pequena clareira, espiando por cima das formações rochosas e depois procurando na caverna. Não havia nenhum vestígio dele.

Depois de fingir inspecionar o local onde eu havia enterrado tudo, fiquei com Lavi dentro da caverna, avaliando o céu. O sol tinha se escondido de tal maneira atrás das nuvens que o mundo havia escurecido.

"É melhor voltarmos", Lavi disse. "Agora." Ele havia trazido um pequeno dossel de sapê, para nos proteger caso a chuva começasse. Fiquei observando enquanto Lavi o desenrolava. Tinha uma sensação terrível dentro de mim, triste e pesada como o céu.

Ele tinha razão, era preciso ir embora — depois que a chuva começasse, talvez não abrandasse por horas. Puxei o manto sobre a cabeça, então ergui os olhos para o bosque de bálsamos, e ali estava ele, movendo-se por entre as árvores. Avançava depressa, olhando para cima, a túnica uma mancha branca sob a luz lúgubre. Gotas começaram a cair. Respingavam nas pedras, nas copas das árvores, na terra dura, soltando um cheiro de fertilidade. Quando ele começou a correr, voltei para as sombras. Ao vê-lo, Lavi cerrou a mandíbula.

Eu disse: "Ele não é um perigo para nós. Eu o conheço".

"Sonhou que ele viria também?"

Em segundos, a chuva se tornou densa e ensurdecedora, como um enxame de gafanhotos. Jesus entrou na caverna como se surgisse do mar, com as roupas pingando, o cabelo caindo sobre as bochechas em mechas escuras e molhadas. Suas ferramentas chacoalhavam no cinto de couro.

Ao ver-nos, ele se sobressaltou. "Posso compartilhar do seu refúgio ou devo procurar abrigo em outro lugar?"

"As colinas pertencem a todos", respondi, tirando o manto da cabeça. "E, mesmo se não fosse assim, eu não seria cruel a ponto de mandá-lo de volta para a tempestade."

Ficou visível em seu rosto quando ele me reconheceu. Seus olhos vagaram até meus pés. "Não coxeia mais?"

Sorri para ele. "Não. E confio que você não tenha sido preso pelo soldado de Herodes Antipas."

Ele tinha um sorriso amplo e torto no rosto. "Não. Fui mais rápido do que ele."

Um trovão soou sobre nossa cabeça. Sempre que o céu tremia, as mulheres faziam uma prece: *Senhor, proteja-me da ira de Lilith*. Mas eu nunca conseguira pronunciá-la. Em vez disso, sussurrava: *Senhor, abençoe o estrondo*. Foi isso que me veio aos lábios agora.

Ele cumprimentou Lavi. "*Shelama*."

Lavi murmurou o mesmo cumprimento de volta, então se afastou para o fundo da caverna, onde se manteve agachado. Seu enfado me surpreendeu. Era ressentimento porque eu havia mentido sobre a hiena, falado com um desconhecido e o arrastado até lá.

"Ele é meu criado", eu disse, e imediatamente me arrependi de ter chamado atenção para nossa diferença de posição. "O nome dele é Lavi", acrescentei, esperando soar menos arrogante. "O meu é Ana."

"Sou Jesus, filho de José", ele disse, e certa perturbação passou por seu rosto. Eu não sabia se era porque eu parecera arrogante, pela estranheza de nos encontrarmos de novo, ou por alguma coisa relacionada a seu nome.

"Fico feliz que nossos caminhos tenham se cruzado", comentei. "Queria lhe agradecer por sua bondade no mercado. Não foi exatamente recompensado por ela. Espero que o ferimento em sua cabeça não tenha sido grave."

"Foi pouco mais que um arranhão." Ele sorriu e esfregou a testa. Gotículas de chuva a cobriam. Ele as secou com o manto, então passou a lã no cabelo, deixando os cachos desarranjados, apontando para todos os lados. Parecia um menino, e senti o mesmo zumbido quente de antes no meu peito.

Ele adentrou mais a caverna, afastando-se da névoa e se aproximando de onde eu estava.

"Você trabalha como canteiro?", perguntei.

Ele tocou a sovela que tinha no cinto. "Meu pai era carpinteiro e canteiro. Herdei seu ofício." A tristeza perpassou seu rosto, e concluí que a menção ao nome José momentos antes fora a motivação das sombras que haviam marcado seus olhos. Fora por seu pai que ele rezara o kadish aquele dia.

"Achou que eu fosse um separador de fios?", ele perguntou, escondendo depressa o luto atrás de sua sagacidade.

"Pareceu-me muito habilidoso naquilo." Meu tom era provocador, e notei uma sugestão do sorriso que eu observara antes.

"Junto-me a minha irmã Salomé no mercado quando não estou ocupado com meu próprio trabalho. A prática me transformou em um especialista em fios. E meus irmãos mais ainda: são eles que costumam acompanhá-la. Não deixamos Salomé atravessar o vale sozinha."

"Vem de Nazaré então?"

"Sim. Faço vergas para porta, vigas para telhados e móveis, mas meu trabalho não seria capaz de competir com o de meu pai. Tenho recebido poucas encomendas desde que ele morreu. Sou obrigado a vir a Séforis atrás de trabalho em uma das construções de Herodes Antipas."

Como ele podia falar tão livremente? Eu era uma mulher desconhecida, filha de um rico simpatizante romano, mas isso não o continha.

Seus olhos passearam pela caverna. "Às vezes faço uma parada no caminho para rezar aqui. É um lugar tranquilo... mas não *hoje*." Ele riu, o mesmo som imponente que eu tinha ouvido no mercado, o que me fez rir também.

"Está trabalhando no anfiteatro de Herodes Antipas?", perguntei.

"Corto pedras para ele na pedreira. Quando atingem a cota e param de pegar homens, viajo para Cafarnaum, onde me junto a um grupo de pescadores no mar da Galileia, vendendo minha parcela depois."

"Então você é muitas coisas. Carpinteiro, canteiro, separador de fios *e* pescador."

"Sou todas essas coisas", ele diz. "Mas não pertenço a nada disso."

Eu me perguntava se, como eu, ele ansiava por algo que lhe era proibido, mas não perguntei, por medo de ir longe demais. Então pensei em Judas e disse: "Não se importa de trabalhar para Antipas?".

"Importo-me mais com a fome de minha família."

"Recai sobre você alimentar seus irmãos?"

"E minha mãe", ele acrescentou.

Não mencionou uma esposa.

Ele esticou o manto molhado no chão e fez um gesto para que eu me sentasse nele. Enquanto o fazia, olhei para Lavi, que parecia dormir. Jesus se sentou a uma distância discreta, de pernas cruzadas, de frente para a saída da caverna. Por um longo intervalo, ficamos observando a chuva e o céu selvagem e desenfreado sem falar. Sua proximidade, sua respiração, o modo como tudo o que eu sentia me habitava — eu encontrava êxtase nessas coisas, nesse estar juntos em um lugar solitário, com o mundo trovejante à nossa volta.

Ele rompeu o silêncio perguntando sobre minha família. Eu disse que meu pai tinha vindo de Alexandria para servir como chefe dos escribas e conselheiro de Herodes Antipas, e que minha mãe era filha de um mercador de tecidos de Jerusalém. Confessei que eu seria assolada pela solidão se não fosse minha tia. Não mencionei que meu irmão era um fugitivo nem que o homem desagradável que ele havia visto no mercado agora era meu noivo. Queria tanto lhe contar que meus escritos estavam enterrados não muito distante de onde se sentava, que eu estudava, fazia tintas, compunha palavras, colecionava histórias perdidas — mas também mantive tudo isso em segredo.

"O que a trouxe para fora da cidade, no dia em que as chuvas começam?", ele quis saber.

Eu não podia dizer: *você. Você me trouxe.* "Costumo caminhar pelas colinas", respondi. "Fui impetuosa esta manhã, acreditando que as chuvas não chegariam tão cedo." Aquilo era pelo menos em parte verdade. "E você? Veio aqui para rezar? Se sim, temo que o tenha impedido de fazê-lo."

"Não me importo. E não acredito que Deus se importe também. Não tenho sido uma boa companhia para Ele. Só lhe trago perguntas e dúvidas."

Pensei em minha conversa com Yalta no telhado e nas dúvidas relacionadas a Deus que me assaltaram desde então. "Não acho que haja problema em duvidar, desde que seja com honestidade", eu disse, baixo.

Jesus virou o rosto para o meu, e seus olhos me pareceram mudados. Teria sido uma revelação que uma menina presumisse instruir um judeu devoto quanto aos caprichos da devoção? Teria ele vislumbrado Ana, a menina no fundo da bacia de encantamento?

Sua barriga roncou. Ele puxou uma algibeira do bolso na manga e tirou de lá um pão chato. Rasgou-o em três pedaços iguais e ofereceu uma porção a mim e outra a Lavi, que havia despertado.

"Divide o pão com uma mulher e um gentio?", perguntei.

"Com amigos", ele respondeu, oferecendo-me seu sorriso desigual. Eu me permiti sorrir de volta e senti algo se passar tacitamente entre nós. O primeiro minúsculo broto de nosso pertencimento.

Comemos nosso pão. Lembro-me do gosto de cevada e de campesinato na boca. Da tristeza que senti conforme a chuva diminuía.

Ele foi até a entrada da caverna e olhou para o céu. "O capataz da pedreira deve começar a escolher seus homens logo. Preciso ir."

"Que este encontro não seja o último", eu disse.

"Que Deus permita que se repita."

Eu o vi partir apressado por entre o bosque de bálsamos.

Nunca lhe diria que nosso encontro na caverna aquele dia não ocorrera por acaso. Nunca revelaria que já o tinha visto ali uma vez, enquanto rezava. Até o fim, eu deixaria que acreditasse que o dedo de Deus estivera envolvido em nosso encontro. Quem poderia dizer o contrário? As palavras de Yalta permanecem comigo: como podemos saber os caminhos de Deus?

XXIV

Entrei no palácio arrumada e perfumada, com ramos de hena nos braços, kohl debaixo dos olhos, braceletes de marfim e tornozeleiras de prata. Na cabeça, usava uma coroa de folhas de ouro trançada de maneira intrincada ao meu cabelo. Meu vestido contava com vinte e quatro ornamentos, com todas as pedras preciosas ordenadas nas Escrituras. Minha mãe havia contratado a melhor costureira de Séforis para fazer o bordado de pedras ao longo das faixas roxas no colarinho e nas mangas. Eu me sentia pesada e suava como um burro.

Subimos os degraus do salão principal do palácio de Herodes Antipas sob um dossel devastado pelo vento, erguido por quatro serviçais que se esforçavam para impedi-lo de voar. A cerimônia aconteceria em um dia de chuva e melancolia. Eu seguia atrás de meus pais, tropeçando pelos largos degraus de pedra, segurando-me no braço de Yalta. Minha tia havia me dado uma taça cheia de vinho não diluído para beber antes de partirmos, o que fez tudo parecer mais nebuloso e minha angústia encolher até se tornar um choramingo diminuto.

Dois dias antes, quando Lavi e eu voltamos da caverna, minha mãe tinha nos recebido ao portão com sua fúria típica. O pobre Lavi foi mandado direto para o telhado para limpar a abundância de dejetos de pássaros que havia ali. Minha mãe voltou a me confinar no quarto, alertando Yalta para não se aproximar. Indiferente, minha tia vinha a mim durante a noite com taças de vinho e tâmaras, e ouvia o relato de meu encontro com Jesus. Eu não encontrava descanso desde que o vira e, sempre que dormia, sonhava com ele chegando debaixo da chuva.

Havia tochas nas colunas do salão principal, e as paredes eram luxuosamente decoradas com frutas, flores e cordames retorcidos. Um mosaico cobria grande parte do chão — pedacinhos de mármore branco, pedra-pomes preta e vidro azul eram arranjados para formar criaturas magníficas. Peixes, golfinhos, baleias e cavalos-marinhos. Quando olhei para baixo, vi que estava parada sobre um peixe grande engolindo um menor. Quase podia senti-lo movendo o rabo. Tentei não ficar muito impressionada, mas era impossível. Atordoada e sob o efeito do vinho, movi-me pelos mosaicos como se andasse sobre a água. Só depois me ocorreria que Herodes Antipas, um judeu, havia desobedecido o segundo mandamento com aquela extravagância de tirar o fôlego. Ele havia criado um mar de imagens gravadas. Meu pai uma vez havia dito que nosso tetrarca fora educado em Roma e passara anos imerso na cidade. Agora, Antipas imitava aquele mundo dentro de seu palácio, em um santuário escondido que o judeu devoto comum nunca veria.

Minha mãe apareceu ao meu lado. "Você aguardará pela cerimônia nos aposentos reais. Natanael não deve vê-la antes da hora. Não vai demorar muito." Ela fez um gesto com a mão, e uma mulher de cabelos prateados me conduziu por um pórtico, passando por uma ala de banhos romanos e subindo um segundo lance de escadas para chegar a um quarto sem qualquer afresco ou mosaico, mas revestido da madeira dourada do terebinto.

"Então você é o cordeiro a ser sacrificado", uma voz disse em grego.

Virei-me e vi uma mulher de pele escura que mais lembrava uma aparição ao lado de uma cama grandiosa, coberta com sedas de todas as cores. Seu cabelo preto cascateava por suas costas como uma mancha de tinta. Só podia ser Fasélia, esposa de Antipas. Toda a Galileia e a Pereia sabiam que seu pai, Aretas, rei dos nabateus, havia conspirado com o pai de Herodes Antipas para casar seus filhos e encerrar os conflitos ao longo de sua fronteira em comum. Diziam que, após descobrir seu destino, Fasélia, que só tinha treze anos na época, cortou os braços e pulsos e chorou por três dias e três noites.

O choque de sua presença no cômodo me deixou muda por um momento. Ela era deslumbrante, em seu vestido escarlate com manto dourado, mas também digna de pena, uma vez que sua vida fora decidida por aqueles dois homens.

"É incapaz de falar grego ou só é submissa demais para me responder?" Seu tom era zombeteiro, como se eu estivesse ali para diverti-la.

A reprimenda de Fasélia foi como um tapa, o que me despertou. Uma sensação de perda e ira cresceu em mim. Eu queria gritar para ela: *Estou noiva de alguém que desprezo e que me despreza também. Tenho pouca esperança de rever o homem que amo. Não sei o que foi feito de meu irmão. As palavras são a minha vida, mas meus escritos estão enterrados. Meu coração foi ceifado como o joio, e você fala como se eu fosse fraca e de inteligência curta?*

Não me importava se ela possuía a estatura de uma rainha. Explodi com ela: "NÃO SOU UM CORDEIRO".

Houve um lampejo em seus olhos. "Não, vejo que não é."

"Você despeja sua condescendência em mim, mas não somos diferentes, nós duas."

O desdém passou a marcar sua voz. "Diga-me, por favor. Como não somos diferentes?"

"Você foi forçada a se casar tanto quanto agora eu sou. Não fomos ambas usadas por nossos pais para seus propósitos egoístas? Somos ambas mercadoria que foi trocada."

Ela veio na minha direção, e seu perfume — de nardo e canela — flutuou à frente. Seu cabelo balançava. Seus quadris também. Pensei na dança sórdida que minha mãe a havia visto executar. Em como eu teria adorado vê-la também. Temia que Fasélia pretendesse me dar um tapa por minha insolência, mas vi que seus olhos tinham se abrandado. Ela disse: "Quando vi meu pai pela última vez, há dezessete anos, ele chorou amargamente e implorou por perdão por ter me enviado para esta terra estéril.

Ele me disse que seus motivos eram nobres, mas cuspi no chão à sua frente. Não posso esquecer que meu pai amava seu reino mais do que a mim. Ele me casou com um chacal".

Vi a diferença então — seu pai a havia trocado pela paz. O meu havia me trocado por ganância.

Ela sorriu, e daquela vez eu vi que não havia nenhuma perfídia naquilo. "Sejamos amigas", Fasélia disse, pegando minha mão. "Não por causa de nossos pais ou do infortúnio que compartilhamos. Sejamos amigas porque você não é um cordeiro, tampouco eu." Fasélia aproximou a boca de meu ouvido. "Quando seu noivo repetir as bênçãos, não olhe para ele. Não olhe para seu pai. Olhe para si mesma."

Ficamos sob a luz escura da tocha, sobre o mosaico submarino — meus pais, Yalta, Herodes Antipas, Fasélia, o rabino Simeão, filho de Yohai, Natanael e sua irmã, Zofer, e pelo menos duas dúzias de pessoas com penteados extravagantes cujo nome eu não sabia e com quem não me importava. Plantei os dedos dos pés sobre as costas cheias de escamas de um cavalo-marinho de olhos ferozes.

Eu nunca tinha visto Antipas tão de perto. Ele parecia ter a idade de meu pai, só que era mais pesado, com a barriga pronunciada. Seu cabelo oleoso caía sobre as orelhas, despontando de uma estranha coroa, que lembrava uma panela alta e dourada de cabeça para baixo. Ele usava braceletes e argolas prateadas nas orelhas, e seus olhos eram pequenos demais para seu rosto, tão pequenos quanto caroços de tâmara. Parecia-me repulsivo.

O velho rabino recitou a Torá — "Não é bom que o homem esteja só" — e prosseguiu com seus ensinamentos religiosos.

"Um homem sem esposa não é um homem."

"Um homem sem esposa não estabelece um lar."

"Um homem sem esposa não tem descendência."

"Um homem sem uma esposa, um lar e filhos não vive como Deus ordenou."

"É dever do homem se casar."

Sua voz soava perfunctória e cansada. Não olhei para ele.

Meu pai leu o contrato de matrimônio, a que se seguiu um pagamento simbólico do preço da noiva, passado cerimoniosamente da mão de Natanael para a dele. Não olhei para os dois.

"O senhor atesta a virgindade de sua filha?", o rabino perguntou.

Ergui a cabeça de súbito. Agora as dobras rosa-amarronzadas entre minhas pernas lhes diziam respeito? Natanael me olhou de soslaio, um lembrete das desgraças que aguardavam por mim no quarto. Meu pai ungiu o rabino como sinal da minha pureza. Assisti a tudo isso. Queria que testemunhassem o desprezo claro no meu rosto.

Não posso relatar a aparência de Natanael enquanto lia as bênçãos do noivo, porque me recusei a oferecer-lhe um vislumbre que fosse. Fiquei olhando para o mosaico, imaginando-me bem longe, dentro do mar.

Não sou um cordeiro. Não sou um cordeiro...

Herodes Antipas se acomodou em um sofá no salão de banquetes, apoiado no cotovelo esquerdo. Ele se sentou atrás da mesa de centro do triclínio enquanto todos os outros esperavam para ver quem se sentaria à sua direita e à sua esquerda, e quem seria escoltado até os tristes assentos no extremo das mesas. A única medida verdadeira e precisa dos favores do tetrarca era quão perto dele alguém era sentado. Nós mulheres — incluindo Fasélia — fomos reunidas em uma mesa separada, ainda mais longe que os miseráveis e desgraçados que logo se encontrariam relegados aos assentos mais distantes. Serviriam às mulheres os pratos menos distintos e os vinhos de mais parca qualidade, assim como àqueles homens.

Meu pai costumava receber o assento de honra à direita de Herodes e com frequência se gabava disso, embora não tanto quanto minha mãe, que parecia pensar que o poder e a glória dele se estendiam a ela. Olhei para meu pai, ao lado de Natanael, cheio de uma expectativa pomposa. Como podia ter tamanha confiança? Seu filho havia se juntado aos inimigos de Antipas e cometido atos públicos de traição. A cidade inteira sabia das ações de Judas — eu não podia acreditar que passariam despercebidas ao tetrarca. Certamente não passariam. Os pecados do filho recaíam sobre o pai assim como os pecados do pai recaíam sobre o filho. Não havia Antipas ordenado que um soldado cortasse a mão do pai de um ladrão? Meu pai realmente achava que não lhe aconteceria nada?

Eu ficava perplexa que a rebelião de Judas até então aparentemente não houvesse tido nenhuma consequência para meu pai. Agora me ocorria, no entanto, que o tetrarca ia atacá-lo inesperadamente, no momento em que pudesse infligir mais humilhação. O rosto de minha mãe se contraía de preocupação, e eu soube que ela pensava a mesma coisa que eu.

Observamos os homens sendo escoltados um a um, até que sobraram apenas quatro assentos: os dois de honra, ao lado de Antipas, e os dois da vergonha, nos extremos. Continuavam esperando meu pai, Natanael e dois homens que me eram desconhecidos. Diademas brilhantes de suor tinham se formado na testa dos dois desconhecidos. Meu pai, no entanto, não demonstrava nenhum sinal de preocupação.

Com um aceno de cabeça de Antipas para o intendente do palácio, Chuza, meu pai e Natanael foram escoltados até os assentos de honra. Natanael pegou o braço de meu pai, em um gesto que parecia celebrar a aliança dos dois. O poder de meu pai permanecia intacto. Seu acordo estava salvo. Virei-me para Yalta e a vi franzir o cenho.

As mulheres molharam o pão e comeram. Tagarelavam, jogavam a cabeça para trás e riam, mas eu não tinha estômago para aquela comida ou aquela alegria. Três músicos tocavam flauta, címbalo e a lira romana, enquanto uma dançarina de pés descalços que não podia ser mais velha que eu pulava com seus seios morenos se projetando como cogumelos.

Que enviem uma pestilência sobre ele. Que seja rompido por qualquer meio que Deus escolher. Que eu seja desvinculada de Natanael, filho de Ananias. A maldição que eu havia escrito a respeito do meu noivado ganhava lábios e repetia a si mesma dentro de mim. Eu já não tinha fé de que Deus a ouviria.

Antipas se ergueu do sofá com alguma dificuldade. A música cessou. As vozes baixaram. Vi meu pai sorrindo sozinho.

Chuza soou um sininho de bronze, e o tetrarca falou: "Que todos saibam que meu conselheiro e chefe dos escribas, Matias, não teve descanso em sua busca por meus inimigos. Hoje, entregou-me dois zelotes, os mais perniciosos dos rebeldes, que cometeram transgressões contra meu governo e o governo de Roma".

Ele olhou na direção da porta, levantando o braço para apontar de modo dramático, e todos os convidados se viraram ao mesmo tempo. Ali, de peito nu, com a pele cheia de marcas de açoite e crostas de sangue, estava Judas. Suas mãos estavam atadas e uma corda tinha sido passada por sua cintura, ligando-a à do homem de olhos desvairados que imaginei ser Simão, filho de Giora.

Pus-me de pé na hora. Meu irmão se virou e me viu. *Irmãzinha*, fez com a boca.

Yalta pegou meu braço quando fiz menção de ir na direção dele, forçando-me a voltar para o banco. "Não há nada que você possa fazer além de atrair problemas para si mesma", ela sussurrou.

"Eis os traidores de Herodes Antipas", declarou Chuza, e um soldado os conduziu tropeçando para dentro do salão. Parecia que eles seriam transformados em nosso entretenimento. Foram arrastados por todo o salão de banquetes ao som da minha mãe chorando. Os presentes gritavam impropérios quando os prisioneiros passavam. Fiquei olhando para minhas próprias mãos sobre as pernas.

O sino soou de novo. O desfile parou, e Antipas leu de um pergaminho o que imaginei que meu pai houvesse escrito. "Neste dia, o décimo nono do cheshvan, eu, Herodes Antipas, tetrarca da Galileia e da Pereia, decreto que Simão, filho de Giora, será executado com uma espada por atos de traição, e que Judas, filho de Matias, será aprisionado na fortaleza de Maquero, em Pereia, pela mesma ofensa. Sua vida será poupada por consideração a seu pai, Matias."

Passou pela minha mente que meu pai talvez não tivesse agido tão monstruosamente quanto eu havia imaginado, que tinha entregado Judas nas mãos de Antipas para salvá-lo da morte certa, mas eu sabia que se tratava mais de um desejo meu que de uma verdade.

Minha mãe estava jogada sobre a mesa como um manto descartada, a trança de seu cabelo caída em uma tigela de amêndoas cobertas de mel. Pouco antes que Judas fosse levado embora, olhei para ele, perguntando-me se pela última vez.

XXV

Uma doença febril caiu sobre Séforis. Veio como uma fumaça invisível, soprada do céu para afligir os injustos. Deus já tinha castigado seu povo com pragas, febres, lepra, paralisia e furúnculos. Era o que diziam. Mas como podia ser que a doença ignorasse meu pai e se apoderasse de Yalta?

Lavi e eu banhamos o rosto dela com água fria, ungimos seus braços e passamos bálsamo de Gileade. Uma noite, quando o delírio tomou conta, minha tia se sentou na cama e me puxou para si, dizendo: *Chaya, Chaya.*

"Sou eu, Ana", eu disse, mas ela acariciou minha bochecha com a palma da mão e repetiu o nome. *Chaya.* Significava "vida", e eu achei que, em seu estado febril, minha tia estivesse clamando para que a própria vida não a abandonasse, embora também pudesse apenas estar me confundindo com outra pessoa. Não dei maior importância ao incidente, mas tampouco o esqueci.

A cidade inteira estava fechada. Meu pai não se atrevia a ir ao palácio. Minha mãe ficava retirada em seus aposentos. Shipra perambulava com uma guirlanda de hissopo em torno do pescoço, e Lavi mantinha um talismã de pelo de leão em uma algibeira na cintura. Dia e noite, eu subia no telhado em busca das estrelas, da chuva e dos pássaros cantando. Ali, testemunhava os mortos sendo carregados pela rua para ser enterrados em tumbas nas cavernas além da cidade, onde permaneceriam até que sua carne apodrecesse e seus restos mortais pudessem ser levados para ossuários.

"Mantenha-se longe dos olhos de Deus", minha mãe me alertou. Como se, ao me ver de relance no telhado, Ele fosse se lembrar de minhas transgressões e me derrubar com a doença. Parte de mim desejava aquilo. Minha culpa e meu pesar pelo que ocorrera a Judas eram tão grandes que eu me perguntava se as idas ao telhado não eram mesmo uma tentativa de pegar a febre e morrer, escapando assim da minha aflição. No dia seguinte à minha desastrosa cerimônia de noivado, Judas fora levado para o palácio-fortaleza de Maquero. Meu pai anunciara sua partida na refeição daquela noite, depois proibira que se voltasse a tocar no nome dele em sua casa.

A guerra entre meus pais habitava a casa como uma criatura silenciosa à espreita. Sempre que meu pai deixava um cômodo, minha mãe entrava e cuspia no lugar onde seu pé havia pisado por último. Ela acreditava que a febre era retaliação divina aos atos de Antipas e de meu pai. Esperava que o Senhor matasse ambos. Mas esperou sem sucesso.

Então, uma tarde, um mensageiro chegou. Estávamos sentados no salão, fazendo a refeição do meio do dia, que consistia apenas em peixe seco e pão, já que minha mãe proibira Shipra e Lavi de se aventurar até o mercado. Ela não permitiu nem que o mensageiro entrasse em casa, ordenando a Lavi que recebesse a mensagem na porta. Quando ele voltou, olhou-me de um jeito que não consegui decifrar.

"Pois bem, o que foi?", minha mãe perguntou.

"Eram notícias da casa de Natanael, filho de Ananias. Ele caiu vítima da febre."

Meu coração acelerou estranhamente. Então veio uma onda de alívio, esperança e felicidade. Mirei minhas pernas, com medo de que meus sentimentos ficassem visíveis no meu rosto.

Olhei de soslaio para minha mãe e a vi apoiar os cotovelos na mesa de três pés e deixar a cabeça cair nas mãos. O rosto de meu pai ficou pálido e austero. Com um olhar conspiratório para Yalta, levantei-me do assento e subi as escadas até meu quarto, fechando a porta atrás de mim. Eu teria dançado, se não fosse pela culpa que sentia por minha felicidade.

Quando o mesmo mensageiro chegou, duas semanas depois, com a notícia de que Natanael havia sobrevivido, chorei no travesseiro.

Desde a conversa com minha tia que havia despertado minhas dúvidas, meu antigo entendimento de Deus tinha começado a desfiar. Agora perguntas se agitavam dentro de mim. Deus havia intervindo para poupar Natanael, garantindo meu casamento com ele, ou sua recuperação tinha sido apenas uma questão de sorte e resiliência? Deus havia causado a febre de minha tia para castigá-la, como minha mãe dizia? Quando ela também se recuperara, era porque tinha se arrependido? E Judas? Deus queria que fosse preso por Herodes Antipas? E por que falhara em salvar Tabita?

Eu não era mais capaz de acreditar nas punições e salvações divinas.

Quando eu tinha nove anos, descobrira o nome secreto de Deus: Eu Sou o Que Sou. Achei que era o nome mais verdadeiro e maravilhoso que já havia ouvido. Quando meu pai me ouviu dizendo-o em voz alta, sacudiu meus ombros e me proibiu de repeti-lo, porque era sagrado demais para ser pronunciado. Não parei de pensar nele, entretanto, e durante aqueles dias, quando eu questionava a natureza divina, repeti o nome de novo e de novo. Eu Sou o Que Sou.

XXVI

Fasélia me convocou ao palácio no quarto dia do tevet, sem saber que era o décimo quinto aniversário do meu nascimento. Um soldado chegou ao nosso portão bem antes do sol a pino com uma mensagem em grego escrita em uma folha de marfim martelado até ficar tão fino que parecia a nata do leite. Eu nunca havia visto uma carta escrita em marfim. Peguei-a em minhas mãos. A luz refletiu nas letras pretas, cada palavra tensa e perfeita, e meu antigo anseio foi exposto. *Ah, voltar a escrever... e em tal suporte!*

> 4º *dia do tevet*
> *Ana, espero que tenha sobrevivido à febre e ao confinamento dessas longas e aflitivas semanas. Requisito sua presença no palácio. Se julgar seguro, deixe sua jaula no dia de hoje e venha à minha. Ficaremos nos banhos romanos e prosseguiremos com nossa amizade.*
> *Fasélia*

Um calafrio percorreu meu corpo. *Deixe sua jaula.* Fazia um mês e meio que a doença tinha aparecido na cidade. No dia anterior, tínhamos ouvido falar de uma criança que havia acabado de ser infectada, mas a doença parecia estar se retirando. As procissões funerárias tinham quase se extinguido, o mercado havia reaberto, meu pai voltara a trabalhar, e Yalta deixara a cama, ainda que permanecesse frágil.

Era sexta-feira — o sabá começaria aquela noite. Ainda assim, minha mãe me deu permissão para visitar o palácio, com os olhos marcados pela inveja.

O mosaico de criaturas marinhas no chão do salão principal parecia ainda mais glorioso à luz do dia. A criada de cabelos grisalhos de Fasélia, Joana, me deixou olhando para ele enquanto ia procurar sua senhora. Tive de novo a sensação de que estava mesmo entre os peixes, com as ondas se movendo sob meus pés, o mundo rumando em direção a algo que eu não podia ver.

"O encanto de meu marido por mosaicos romanos não tem começo nem fim", Fasélia disse. Eu não a tinha visto entrar. Alisei minha túnica amarelo-clara e toquei o colar de contas de âmbar-amarelo no meu pescoço, impactada por sua visão, como da primeira vez. Ela usava vestes azuis e uma tiara de pérolas na testa. As unhas de seus pés haviam sido pintadas com hena.

"É lindo", eu disse, deixando meus olhos passearem uma vez mais pelo chão.

"Logo não teremos um ladrilho que não tenha sido transformado em animal, pássaro ou peixe."

"O tetrarca não se preocupa de violar a lei judaica que proíbe imagens?" Não sei o que me fez perguntar tal coisa. Talvez aquilo tivesse vindo de meu próprio medo após ter desenhado minha imagem dentro da bacia de encantamento. Independente do que a tivesse motivado, minha pergunta havia sido impensada.

Ela soltou uma risada alta e estridente. "Ele só se preocuparia se fosse pego. Embora seja judeu, Antipas preocupa-se muito pouco com os costumes judaicos. É Roma que ele venera."

"E a senhora? Não teme por ele?"

"Eu não me importaria nem um pouco se um bando de zelotes arrastasse meu marido pelas ruas por ter violado essa lei, desde que deixassem os mosaicos intocados. Também os considero belíssimos. Sentiria mais falta deles que de Antipas."

Seus olhos brilharam intensamente. Tentei ler sua expressão. Por baixo da indiferença tranquila e da alegre falta de consideração pelo marido, havia certa raiva.

Fasélia disse: "Mesmo enquanto a febre castigava a cidade e seus súditos morriam, ele encomendou *mais um* mosaico. Será ainda mais chamativo que os outros. O próprio artesão está com medo de criá-lo".

Eu só podia pensar em um motivo para tamanha trepidação. "Retratará a forma humana?"

Ela sorriu. "Sim, um rosto. De mulher."

Descemos os degraus até o pórtico, depois outro lance até os banhos. Um leve vapor chegou até nós, cheirando a pedra úmida e óleos perfumados. "Já entrou nos banhos romanos?", Fasélia perguntou.

Neguei com a cabeça.

"Venho toda semana. É um ritual elaborado e que consome bastante tempo. Dizem que os romanos o fazem todos os dias. Se for verdade, pergunto-me quando tiveram tempo de conquistar o mundo todo."

Nós nos despimos em uma antessala, ficando de toalha, e segui Fasélia até o tepidário, onde o ar tremeluzia devido às lamparinas em nichos altos. Entramos em um tanque de água morna, então nos deitamos em mesas de pedra enquanto duas criadas golpeavam nossos braços e pernas com ramos de oliveira e passavam óleo em nossas costas, amassando-nos como se fôssemos massa de pão. Essa estranha ministração fez com que eu abandonasse meu corpo e me sentasse em um pequeno peitoril pouco acima da minha cabeça, onde não havia preocupação ou medo.

Na sala seguinte, entretanto, voltei rapidamente a mim. Os vapores quentes do caldário eram tão profusos que tive dificuldade para respirar. Tínhamos entrado nas tormentas de Geena. Sentei-me no chão duro e escorregadio, segurando minha toalha e balançando o corpo para a frente e para trás para me impedir de fugir. Enquanto isso, Fasélia caminhava placidamente e sem roupa através da névoa, com o cabelo indo até os joelhos, os seios cheios como melões. Ainda que eu já estivesse com quinze anos, tinha um corpo magro de menino, e meus seios eram como dois figos.

Minha testa latejava e minha barriga se revirava. Não sei quanto tempo fiquei nessa situação, mas ela fez com que o que veio a seguir parecesse o paraíso.

O frigidário, a mais espaçosa das salas de banho, tinha paredes claras e curvas, com amplas arcadas e baías margeando colunas com videiras pintadas. Tirei a toalha e me joguei no tanque frio, depois me reclinei no banco que acompanhava as paredes, e fiquei bebendo água e comendo sementes de romã.

"É aqui que Antipas pretende situar seu novo mosaico", Fasélia disse, apontando para os ladrilhos no centro da sala.

"Aqui? No frigidário?"

"Fica escondido de olhos indiscretos e é sua sala preferida em todo o palácio. Quando recebe Ânio, o prefeito romano, os dois passam o tempo todo aqui, fazendo negócios. Entre *outras* coisas."

O tom sugestivo da última frase não ecoou em mim. "Não compreendo por que ele gostaria de instalar o rosto de uma mulher aqui. Peixes não seriam mais apropriados?"

Ela sorriu. "Ah, Ana, você ainda é jovem e inocente demais no que diz respeito aos homens. Eles conduzem seus negócios aqui, é verdade, mas também há espaço para outros... interesses. Por que querem ter o rosto de uma mulher aqui? Porque são homens."

Pensei em Tabita. Eu não era tão inocente no que se referia a homens quanto Fasélia pensava.

Um ruído de raspagem veio da alcova atrás de nós. O chacoalhar de braceletes. Então uma risada baixa e gotejante.

"Então estava nos espiando", Fasélia disse. Ela olhou por cima de mim, por cima do meu ombro, e eu me virei, pegando a toalha.

Herodes Antipas saiu de trás da arcada. Fixou seus olhos em mim, passando-os do meu rosto para meus ombros nus, então ao longo da toalha que mal cobria minhas coxas. Engoli em seco, tentando forçar o medo e a aversão garganta abaixo.

Fasélia não fez nenhuma tentativa de se cobrir. Ela se dirigiu a mim quando disse: "Às vezes ele fica observando enquanto me banho. Eu deveria ter avisado".

Velho lascivo. Ele tinha me visto sair do tanque, nua e pingando?

O reconhecimento afinal se tornou visível em seu rosto. "É a filha de Matias, noiva de Natanael, filho de Ananias. Não a reconheci sem as roupas." Ele deu um passo em minha direção. "Veja só este rosto", disse para Fasélia, como se eu fosse um objeto esculpido a ser examinado e discutido.

"Deixe-a", ela disse.

"É perfeito. Olhos grandes e espaçados. Maçãs do rosto altas e cheias. E repare na boca. Nunca vi uma mais bonita." Ele se aproximou e passou o dedão ao longo do meu lábio inferior.

Olhei para ele. *Que acabe aleijado, cego, surdo, mudo e impotente*.

Seu dedo correu para minha bochecha, desceu pelo meu pescoço. O que aconteceria se eu fugisse? Ele mandaria soldados atrás de mim? Faria coisas piores que esfregar o dedão pelo meu rosto? Permaneci imóvel. Suportaria aquilo, e então iria embora.

Antipas disse: "Você posará para meu artesão desenhar seu rosto".

Enrolando a toalha em torno do corpo, Fasélia disse: "Quer o rosto dela no mosaico?".

"Sim", ele respondeu. "É jovem e puro. Agrada-me."

Olhei em seus olhos de roedor. "Não permitirei que meu rosto esteja em seu mosaico."

"Não *permitirá*? Sou o tetrarca. Um dia, serei chamado de rei, como meu pai. Posso forçá-la, se quiser."

Fasélia se colocou entre nós. "Se forçá-la, ofenderá o pai e o noivo dela. Mas cabe ao senhor decidir. Afinal, é o tetrarca." Notei que ela tinha prática em administrar os caprichos dele.

Antipas tocou as pontas dos dedos de uma mão nas da outra, parecendo considerar o que Fasélia havia dito. Naquele breve ínterim, perguntei-me se ia me tornar visível no mundo não através de meus escritos, mas de pedacinhos de vidro e mármore. A visão que eu havia tido de meu rosto dentro de um pequeno sol poderia se referir ao mosaico no palácio?

Enquanto eu me segurava à beirada do banco, uma ideia me ocorreu. Não parei para considerar que aquilo poderia levar a consequências imprevistas, até mesmo perigosas. Inspirei fundo. "Poderá ter meu rosto no mosaico sob uma condição: libertar meu irmão, Judas."

Ele soltou uma risada que ecoou pelas paredes. Notei Fasélia erguer o queixo e sorrir.

"Acha que vou libertar um criminoso que trama contra mim pelo mero prazer de ver seu rosto no chão dos meus banhos?"

Sorri. "Sim, senhor. Meu irmão ficará grato e abandonará a rebelião. Meus pais abençoarão o senhor, e o próprio povo também."

Foram estas últimas palavras que o arrebataram. Aquele era um homem desprezado por seu povo. Ele ansiava por ser chamado de rei dos judeus, título que tinha pertencido a seu pai, que governava a Galileia, a Pereia e toda a Judeia. Antipas ficara amargamente decepcionado quando seu pai dividira seu reino entre os três filhos e lhe dera a menor parte. Tendo fracassado em conseguir a bênção do pai, ele passava seus dias buscando a aprovação de Roma e a adoração de seu povo. Não conquistara nenhum dos dois.

Fasélia disse: "Talvez ela esteja certa, Antipas. Pense a respeito. Poderia dizer que sua clemência é um gesto de misericórdia pelo povo. Isso talvez mudasse a opinião das pessoas. Elas o cobririam de elogios".

Eu tinha aprendido a arte do engodo com minha mãe. Havia guardado para mim que me tornara mulher, escondera minha bacia de encantamento, enterrara meus escritos e inventara motivos para ir à caverna em busca de Jesus. No entanto, fora meu pai quem me mostrara como ser bem-sucedida em uma barganha.

Antipas assentia. "Libertá-lo seria um ato magnânimo de minha parte. Seria inesperado, talvez um choque, o que atrairia ainda mais atenção." Ele se virou para mim. "Farei a proclamação no primeiro dia da semana, e a partir do dia seguinte você posará para meu artesão."

"Posarei para ele depois que tiver visto Judas com meus próprios olhos, e não antes disso."

XXVII

Judas foi entregue na nossa porta doze dias depois da minha visita ao palácio. Ele chegou magro, sujo, com o estômago vazio, o cabelo emaranhado e encardido, e marcas de açoite infestadas de pus. Seu olho esquerdo estava tão inchado que quase não abria, mas o direito continha uma chama como eu nunca havia visto. Minha mãe se jogou em seus braços, choramingando. Meu pai ficou à parte, com os braços cruzados. Esperei que as atenções frenéticas de minha mãe cessassem para pegar a mão dele. "Irmão", eu disse.

"Deve agradecer a sua irmã por sua liberdade", minha mãe disse.

Eu não tivera escolha a não ser contar aos meus pais sobre o acordo que havia feito com o tetrarca — sabia que Antipas ia mencioná-lo a meu pai —, mas Judas não precisava ser informado a respeito. Implorei a meus pais que não o revelassem a ele.

Meu pai mal reagira a meu acordo com Antipas — tudo o que desejava era manter o tetrarca feliz —, mas minha mãe ficara em júbilo, o que era previsível. Foi Yalta, minha querida Yalta, quem beijou minhas bochechas e se preocupou comigo. "Temo por você, minha menina", ela havia dito. "Tome cuidado com Antipas. Ele é perigoso. Não conte a ninguém sobre o mosaico. Pode ser usado contra você."

Judas me encarou sem piscar o único olho bom enquanto minha mãe explicava toda aquela história perversa.

"Você terá seu rosto montado no chão dos banhos romanos para que Herodes Antipas e seus companheiros fiquem olhando?", ele disse. "Preferiria que tivesse me deixado apodrecer em Maquero."

No dia seguinte, Herodes Antipas mandou me buscar.

Fizeram-me sentar em um banquinho baixo de três pés no frigidário. O artesão usou um fio e uma medida fenícia para traçar um círculo grande, com pelo menos três passos de largura, então começou a trabalhar, rascunhando meu rosto no chão com um pedaço de carvão bem afiado. Fazia-o de joelhos, com as costas curvadas, criando seu padrão meticulosamente, às vezes apagando os traços e recomeçando. Ele me advertia quando eu me movia, suspirava ou olhava para outro ponto. Atrás dele, com marteladas, seus empregados transformavam discos de vidro em tésseras de bordas uniformes — vermelhas, douradas e brancas, cada uma do tamanho da unha do dedão de um bebê.

O artesão era jovem, mas seu talento era visível. Ele preenchia as bordas com folhas entrelaçadas e, aqui e ali, uma romã. Sentava-se e inclinava a cabeça para avaliar seu trabalho, de modo que sua bochecha quase tocava o ombro, e, quando desenhou minha cabeça, ela também estava inclinada, mas apenas levemente. O homem desenhou uma guirlanda de folhas no meu cabelo e pôs brincos de pérola nas minhas orelhas, embora eu não estivesse usando nem um nem outro. Um sorriso de quimera brincava em meus lábios. Meus olhos sustentavam uma leve sugestão de sensualidade.

Por três dias, fiquei sentada ali enquanto ele trabalhava, por horas e horas, e à nossa volta prosseguia o toc-toc-toc das marretas. No quarto dia, o artesão mandou um servo informar a Herodes Antipas que o esboço estava pronto. Quando o tetrarca chegou para inspecioná-lo, as marteladas cessaram e os trabalhadores se encolheram contra a parede. O artesão, com os nervos à flor da pele, suando e inquieto, aguardou o julgamento. Antipas circulou o desenho com os dedos entrelaçados às costas, olhando do esboço para mim, como se julgasse a semelhança entre ambos.

"Você a retratou com precisão", ele disse ao homem.

Antipas caminhou até onde estava meu banquinho e assomou sobre mim. Havia uma luz crua e assustadora em seu rosto. Ele pegou meus seios nas mãos e os apertou com força. Então disse: "A beleza de seu rosto me faz esquecer sua falta de seios".

Olhei para ele, para sua circunferência, para a luxúria em seus olhos, mas mal conseguia enxergar com a raiva que sentia, a julgar pela maneira como tudo ficou branco e ofuscante. Levantei com um pulo, agitando as mãos. Empurrei-o uma vez. Duas. Minha reação foi espontânea, mas não impensada. Enquanto ele estendia a mão para me machucar, enquanto a dor disparava a partir do pequeno amontoado de carne em torno do mamilo, eu dizia a mim mesma que não ficaria ali sentada desejando ser pequena e imperceptível como havia acontecido naquele dia em que Antipas passara o dedão pelos meus lábios.

Eu o empurrei uma terceira vez. Ele parecia uma pedra que eu não podia mover. Achei que ia me bater. Em vez disso, sorriu, revelando seus dentes afiados. Antipas se inclinou na minha direção. "Você é uma lutadora. Gosto de mulheres que lutam", ele sussurrou. "Principalmente na minha cama."

Ele se afastou. Ninguém disse nada, então de uma só vez todos os trabalhadores arfaram e começaram a murmurar. Aliviado, o artesão reconheceu que não precisava mais de mim.

Agora eles misturariam o gesso e disporiam as tésseras coloridas, imortalizando-me como um mosaico no qual eu esperava nunca pôr os olhos. Fasélia havia sido bondosa comigo, e eu sentiria sua falta, mas jurei nunca retornar depois que saísse daquele palácio.

Joana me interceptou no salão principal. "Fasélia deseja vê-la."

Fui até seu quarto, feliz por ter uma chance de me despedir de minha amiga. Ela estava reclinada a uma mesa baixa, envolvida no jogo da bugalha. Ao me ver, disse: "Ordenei que nos preparassem uma refeição no jardim".

Hesitei. Queria me manter tão longe quanto possível de Herodes Antipas. "Somente para nós duas?"

Ela leu meus pensamentos. "Não tema. Antipas consideraria abaixo dele jantar com as mulheres."

Eu não estava tão certa daquilo, não se representasse uma oportunidade de agarrar um seio, mas aceitei a hospitalidade, sem querer ofendê-la.

O jardim era um pórtico cercado por buxeiros, chorões e arbustos de zimbro carregados de flores cor-de-rosa. Reclinadas em sofás, mergulhamos o pão em tigelas comuns, e bebi à luz do dia. Depois de tantas horas no frigidário escuro, o choque elevou meu ânimo.

Fasélia disse: "A libertação de Judas por Herodes Antipas o tornou muito popular. Ele inclusive poupou a vida de Simão, filho de Giora, embora vá mantê-lo seu prisioneiro. Pelo menos agora seus súditos não cospem com tanta força quando ouvem seu nome". Ela riu, e pensei em como adorava vê-la se deleitar com seu senso de humor perverso. Fasélia prosseguiu. "Aos romanos, no entanto, isso não agradou tanto. Ânio enviou um emissário de Cesareia para expressar sua reprovação. Entreouvi Antipas tentando explicar que tais atos eram necessários de tempos em tempos, para manter o povo sob controle. Ele enviou a Ânio garantias de que Judas não seria mais uma ameaça."

Eu não queria pensar em Antipas nem em Judas. Desde que retornara, meu irmão tinha passado seu tempo cuidando de seus ferimentos e reunindo forças. Ele não dissera uma palavra depois de seu comentário sobre o mosaico.

Fasélia acrescentou: "Mas ambas sabemos que Judas é agora uma ameaça maior do que nunca, não é mesmo?".

"Sim", eu disse. "Muito maior." Observei uma íbis branca bicando o chão, e pensei na folha de marfim que Fasélia havia me enviado, com sua caligrafia vigorosa e refinada. "Lembra-se do convite que me enviou para deixar minha jaula e vir à sua? Eu nunca tinha visto uma tabuleta tão linda."

"Ah, as folhas de marfim. Não há iguais em toda a Galileia."

"E como as conseguiu?"

"Tibério enviou um quinhão a Antipas alguns meses atrás. Peguei uma para mim."

"E escreveu o convite com suas próprias mãos?"

"Está surpresa que eu saiba escrever?"

"Só com a força de sua caligrafia. Onde aprendeu?"

"Quando cheguei à Galileia, só falava árabe, e não sabia ler nem escrever. Sentia muita falta de meu pai, apesar de ele ter me mandado embora. Pensava o tempo todo em voltar para ele. Aprendi grego para poder lhe escrever. Foi seu pai quem me ensinou."

Meu pai. Senti o impacto dessa revelação.

"Foi ele quem ensinou a você também?", Fasélia perguntou.

"Não. Mas me levava tinta e papiro de vez em quando." Minha afirmação soou autocomplacente e fraca. Eu queria acreditar que ensinar grego a Fasélia fora o que o abrandara a meu próprio desejo de ler e escrever, o motivo pelo qual cedera às minhas súplicas apesar da reprovação da minha mãe, o motivo pelo qual contratara Tito como meu tutor, mas isso não apagava a inveja que vinha de algum lugar antigo e profundo.

Então, como se eu o tivesse conjurado, vi meu pai coxeando em nossa direção, vindo do pórtico. Ele arrastava os pés como se estivessem algemados. Mantinha os olhos baixos. Fasélia também o avaliou. Havia algo errado. Eu me endireitei no assento e me preparei para o que viria.

"Posso falar livremente?", ele pediu a Fasélia. Quando ela assentiu, meu pai se acomodou ao meu lado no sofá, grunhindo como um velho, e de perto vi que havia não apenas tristeza em seu rosto, mas uma fúria silenciosa. Parecia que ele havia sido roubado, como se tivesse perdido o que tinha de mais precioso.

Então disse: "Natanael se recuperou da febre, mas ficou enfraquecido. É meu fardo lhe comunicar que ele morreu hoje, enquanto caminhava por seu pomar de tamareiras, Ana".

Eu não disse nada.

"Sei que seu noivado era-lhe um jugo", ele continuou. "Mas agora sua condição é ainda pior. Você será tratada como viúva." Meu pai balançou a cabeça. "Todos carregaremos seu estigma."

De canto de ouvido, notei o som de asas. Vi o íbis levantar voo.

XXVIII

Em consequência da morte de Natanael, pediram-me para usar vestes da cor das cinzas e caminhar com os pés descalços.

Minha mãe punha terra na minha cabeça, alimentava-me com pão de aflição e reclamava que eu não lamentava alta e amargamente ao chorar nem rasgava minhas roupas.

Eu era uma viúva de quinze anos de idade. Estava livre. *Livre, livre, livre!* Não ficaria sob a chupá em desespero nem temeria o que meu marido viria fazer comigo. O pano da virgindade não seria colocado sob meus quadris e desfilado depois para que testemunhas o inspecionassem. Em vez disso, quando os sete dias de luto passassem, eu imploraria a meu pai que me deixasse voltar a escrever. Iria à caverna e desenterraria a bacia do encantamento e as peles de cabra contendo meus rolos de pergaminho.

À noite, quando eu ficava deitada imóvel na cama, a compreensão de tudo isso caía sobre mim, e eu ria, com o rosto enterrado no travesseiro. Garantia a mim mesma que a maldição que eu havia escrito não tivera qualquer ligação com a morte de Natanael, mas, ainda assim, meu júbilo com frequência trazia consigo crises de culpa. Eu me recriminava por me regozijar com sua morte, de verdade, mas não teria desejado que ele retornasse.

A abençoada viuvez.

No sepultamento de Natanael, segui com sua irmã, Zofer, e as duas filhas dele na dianteira de uma multidão em luto, na condução do corpo até a caverna de sua família. A mortalha de linho havia sido mal posicionada, e, quando ele foi carregado à entrada da caverna, a bainha ficou presa em um espinheiro. Foi necessário um esforço árduo para soltá-la. Aquilo deu a impressão de que Natanael lutava contra o sepultamento, o que me pareceu cômico. Apertei os lábios, mas um sorriso se insinuou, e notei que Marta, filha de Natanael que não era muito mais nova que eu, me olhou com ódio.

Depois do banquete funerário, sentindo-me mal porque ela tinha notado meu divertimento, eu lhe disse: "Sinto muito que tenha perdido seu pai".

"Mas não sente muito por ter perdido seu noivo", ela retrucou, e me deu as costas. Comi cordeiro assado e bebi vinho, sem me preocupar que tivesse feito uma inimiga.

XXIX

No primeiro dia de luto, minha mãe encontrou uma tabuleta à sua porta, com uma inscrição na letra de Judas. Incapaz de lê-la, ela me procurou e me entregou a mensagem. "O que diz?"

Meus olhos correram pelo texto conciso.

Não posso permanecer na casa de meu pai. Ele não deseja minha presença, e enquanto Simão, filho de Giora, estiver preso, os zelotes carecem de um líder. Farei o que puder para levantar o espírito deles. Rezo para que não me culpem por ter partido. Ajo como devo. Desejo-lhes todo o bem. Seu filho, Judas.

Então, ao fim e à parte:

Ana, você fez o que pôde por mim. Tome cuidado com Herodes Antipas. E que possa ser livre com a partida de Natanael.

Li o bilhete em voz alta para minha mãe.
Ela foi embora, deixando a tabuleta em minhas mãos.

No mesmo dia, minha mãe dispensou as fiandeiras e tecelãs que haviam passado as últimas duas semanas criando roupas para o meu dote. Fiquei observando enquanto ela dobrava túnicas, mantos, batas, cintos, lenços para a cabeça e guardava tudo no baú de cedro que no passado contivera meus escritos. Por cima das roupas, ela pôs o vestido de noiva, alisando-o com as mãos antes de fechar a tampa. Seus olhos pareciam nascentes. Seu lábio inferior tremia. Eu não conseguia determinar se seu pesar era pela morte de Natanael ou pela partida de Judas.

Eu lamentava a partida de meu irmão, mas ela não me deixava angustiada. Já a esperava, e ele fizera as pazes comigo em seu bilhete. Fiquei ali, tentando parecer impassível, mas minha mãe sentia minha alegria em relação ao destino de Natanael, percebia que dava um leve brilho a minha pele. "Você acha que escapou de um grande infortúnio", ela disse. "Mas seu sofrimento acaba de começar. Poucos homens vão querê-la agora, talvez nenhum."

Ela achava que *aquilo* seria um sofrimento para mim?

Minha mãe andava tão triste desde que ficara sabendo da morte de Natanael que era um milagre que não tivesse raspado a cabeça e vestido pano de saco em sinal de luto. Meu pai se mantinha retirado e desanimado, porque havia perdido não um amigo, e sim um bom negócio e a terra que agora nunca possuiria.

Sentindo pena de minha mãe, falei: "Sei que os homens relutam em se casar com uma viúva, mas só posso ser considerada uma na interpretação mais restrita. Sou apenas uma menina cujo noivo morreu".

Ela estava de joelhos, ao lado do baú. Pôs-se de pé e levantou uma sobrancelha, o que nunca era um bom sinal. "Mesmo em relação a *essas* meninas os homens dizem: 'Não cozinhe na panela em que seu vizinho cozinhou.'"

Corei. "Natanael não cozinhou na minha panela!"

"Na noite de ontem, no banquete, ouviram a filha de Natanael, Marta, dizer que você já havia se deitado com o pai dela na casa dele."

"Mas isso é mentira."

Pouco me importava se casais de noivos se deitavam juntos. Acontecia com bastante frequência; alguns homens reivindicavam como seu direito se deitar com uma mulher com quem já estavam legalmente unidos. O que me incomodava era a mentira.

Minha mãe riu, um chocalho de condescendência na garganta. "Se você não desprezasse Natanael tão completamente, talvez eu acreditasse nas palavras da menina. Mas não importa o que eu penso, só aquilo que os homens pensam. E olhos atentos a viram perambulando por toda a cidade, inclusive além das muralhas. Seu pai foi tolo em permitir isso. Mesmo depois que voltei a confiná-la em casa, você fugiu. Eu mesma ouvi falarem de suas andanças. Os homens e as mulheres de Séforis já tinham passado semanas especulando sobre sua virgindade, e agora essa menina, Marta, jogou mais lenha na fogueira."

Dispensei aquilo com um gesto. "Que pensem o que quiserem."

A raiva ardeu em seu rosto, então se desfez aos poucos, em farelos. Na luz sombria e cinza do meu quarto, seus ombros caíram e seus olhos se fecharam. Ela pareceu muito cansada. "Não seja tola, Ana. Ser viúva já é impedimento o bastante, e se também acreditam que você já foi corrompida..." Sua voz morreu em meio à ruína e à tristeza de ter uma filha sem marido.

Pensei em Jesus aquele dia na caverna, com o cabelo molhado da chuva, o sorriso torto, a porção de pão que ofereceu, as coisas que disse enquanto a tempestade caía lá fora. Senti um arrepio no estômago. Mas talvez ele tampouco me aceitasse agora.

"Maridos podem ser criaturas desprezíveis", minha mãe prosseguiu, "mas são necessários. Sem sua proteção, as mulheres podem ser facilmente maltratadas. Viúvas podem inclusive ser proscritas. As mais jovens recorrem ao meretrício; as mais velhas, à mendicância."

Como Sófocles, minha mãe era capaz de imaginar as piores tragédias.

"Meu pai não vai me proscrever", eu disse a ela. "Ele cuida de Yalta, que também é viúva. Acha que não cuidaria de mim, sua filha?"

"Seu pai não estará aqui para sempre. Ele também morrerá, e o que acontecerá a você depois? Não pode ficar com sua herança."

"Se meu pai morrer, você também ficará viúva. Quem cuidará da senhora? Tampouco pode ficar com a herança dele."

Ela suspirou. "Meus cuidados recairão sobre Judas."

"E acha que ele não cuidaria de mim? Ou de Yalta?"

"Não acho que ele seria capaz de cuidar de *nenhuma* de nós", minha mãe respondeu. "Seu irmão não faz nada além de buscar problemas. Quem poderá dizer com que meios contará? O tolo do seu pai o negou. Chegou ao ponto de repudiá-lo em um contrato. Agora, quando seu pai morrer, esta casa e tudo nela irão para seu irmão, Aram."

Levei um momento para compreender a magnitude do que ela havia dito. Aram tinha proscrito Yalta no passado. Não hesitaria em fazê-lo de novo e estenderia sua decisão a mim e a minha mãe. Uma onda de medo me percorreu. Nossas vidas e nossos destinos estavam na mão dos homens. Aquele mundo... aquele mundo esquecido por Deus.

De canto de olho, notei Yalta parada à porta. Será que ela tinha ouvido? Minha mãe também a viu e nos deixou. Minha tia entrou, e eu comecei a falar em tom de galhofa. Não queria que visse como as palavras de minha mãe haviam me perturbado. "Parece que todo o povo revirou o estado de minha virgindade, como um bando de carniceiros, e decidiu que ela é inexistente. Tornei-me uma mamzer."

Havia toda uma variedade de mamzers — bastardos, meretrizes, adúlteros, fornicadores, ladrões, necromantes, mendigos, leprosos, mulheres divorciadas, viúvas proscritas, os impuros, os destituídos, aqueles possuídos por demônios, gentios — todos devidamente evitados.

Yalta entrelaçou os dedos com os meus. "Faz muitos anos que vivo sem marido. Não vou enganá-la, menina: viverá ainda mais à margem que agora. Passei minha vida assim. Conheço a incerteza de que Adar falou. E, agora que Aram herdará esta casa, nosso destino se vê ainda mais ameaçado. Mas vamos ficar bem, eu e você."

"Vamos mesmo, tia?"

Ela apertou seus dedos nos meus. "No dia em que conheceu Natanael no mercado, você voltou para casa desolada, e visitei seu quarto à noite. Eu lhe disse que seu momento viria."

Eu tinha pensado que a morte de Natanael tinha sido meu momento, um portal que eu poderia atravessar para encontrar alguma liberdade, mas agora parecia que aquilo só levaria a desprezo e a um futuro desamparado.

Vendo meu abatimento, Yalta acrescentou: "Seu momento virá porque você fará com que venha".

Embora minha janela estivesse bloqueada e fosse permanecer assim até a primavera, coloquei-me diante dela. O ar frio entrava pelas frestas do painel de madeira. Eu me sentia incapaz de fazer vir qualquer momento que mudasse minhas circunstâncias para melhor. Meu coração ansiava por um homem que eu mal conhecia. Estava enterrado com minha bacia e meus escritos. Deus também estava escondido de mim agora.

Às minhas costas, Yalta disse: "Eu lhe contei como me livrei de meu marido, Ruebel, mas não como acabei casada com ele".

Fomos nos sentar entre as almofadas da cama, que pouco antes tinham recebido minhas risadas. Acomodando-se, minha tia disse: "No décimo quinto dia do av, as meninas judias de Alexandria que ainda não tinham sido prometidas, que tinham poucos atrativos, iam aos vinhedos durante a colheita da uva e dançavam para os homens que careciam de noiva. Íamos tarde, antes que o sol se pusesse, todas usando vestidos brancos e sinos costurados nas sandálias, e encontrávamos os homens ali, esperando. Você precisava ter nos visto, todas assustadas, agarrando-nos às mãos umas das outras. Carregávamos tambores e dançávamos em uma única fileira, que se movia como uma serpente pelas videiras".

Minha tia fez uma pausa em sua narrativa, e eu consegui visualizar claramente — o céu manchado de vermelho, as meninas cantando com apreensão, os vestidos brancos balançando, a dança longa que serpenteava.

Quando ela retomou a história, as bordas de seus olhos pareciam mais escuras. "Dancei todos os anos por três anos, até que finalmente alguém me escolheu. Ruebel."

Quis chorar, não por mim mesma, mas por minha tia. "Como uma menina sabe que foi escolhida?"

"O homem se aproxima e pergunta o nome dela. Às vezes, ele vai até o pai dela naquela mesma noite para que o contrato seja elaborado."

"E a menina pode recusá-lo?"

"Sim, mas é raro. Ninguém se arrisca a desagradar ao pai."

"Você não recusou Ruebel", eu disse. Aquilo me fascinava e consternava ao mesmo tempo. Quão diferente sua vida poderia ter sido.

"Não, não o recusei. Não tive coragem." Ela sorriu para mim. "Fazemos nossos momentos, Ana. Ou não fazemos."

Mais tarde, sozinha no quarto, com a casa mergulhada no sono, tirei o vestido branco de casamento do baú e, com uma tesourinha, fiz longos farrapos da bainha e das mangas. Então o vesti e me esgueirei para fora. O ar fazia com que centelhas frias de carne se erguessem em meus braços. Subi a escada que dava para o telhado como uma trepadeira noturna, com meu vestido em frangalhos esvoaçando. O vento agitou a escuridão, então pensei em Sofia, o sopro de Deus no mundo, e sussurrei para ela: "Venha, aloje-se em mim e vou amá-la com todo o coração, toda a mente e toda a alma".

Então, no telhado, tão perto do céu quanto possível, dancei. Meu corpo era um cálamo. Falava as palavras que eu não podia escrever: *Não danço para que um homem me escolha. Nem para Deus. Danço para Sofia. Danço para mim mesma.*

xxx

Quando os sete dias de luto passaram, fui até a sinagoga, no centro de Séforis, com meus pais e minha tia. Meu pai estava relutante quanto a aparecermos em público tão cedo — rumores sobre minha virgindade perdida cobriam a cidade como maná apodrecido, mas minha mãe acreditava que uma demonstração de minha devoção abrandaria a mordacidade alheia. "Devemos demonstrar a todos que não temos nada do que nos envergonhar", ela disse. "De outra maneira, acreditarão no pior."

Nem consigo imaginar como meu pai concordou com uma argumentação tão tola.

Era um dia fresco e bonito, o ar estava untuoso com o cheiro das azeitonas e todos usavam mantos de lã. Não parecia o tipo de dia em que problemas nos encontrariam; no entanto, meu pai ordenou que um soldado de Antipas viesse em nossa retaguarda. Yalta em geral não nos acompanhava à sinagoga, o que era um alívio tanto para meus pais quanto para minha tia, mas ali estava ela naquele dia, sempre ao meu lado.

Caminhamos em silêncio, como se prendêssemos o fôlego. Não usávamos nada chamativo; até minha mãe colocara seu vestido mais simples. "Mantenha a cabeça baixa", ela havia me dito ao sairmos, mas agora eu percebia que não podia fazê-lo. Andei com o queixo erguido e com os ombros abertos, enquanto o sol diminuto acima de mim se esforçava muito para brilhar.

Conforme nos aproximávamos da sinagoga, a rua ficou mais movimentada. Ao avistar nossa pequena comitiva subjugada e depois eu em particular, as pessoas paravam no lugar, agrupavam-se e ficavam olhando. Uma onda de murmúrios teve início. Yalta se inclinou para mim. "Não tema", ela disse.

"Foi ela quem riu da morte do noivo, Natanael, filho de Ananias", alguém gritou.

Então outra voz, que me soava vagamente familiar, gritou: "Meretriz!".

Seguimos adiante. Mantive os olhos fixos à frente, como se não ouvisse. *Não tema.*

"Ela está possuída pelo demônio."

"É uma fornicadora!"

O soldado se infiltrou na multidão, dispersando-a, mas, como uma criatura sombria e escorregadia, ela voltou a se formar do outro lado da rua. Pessoas cuspiam conforme eu passava. Senti o cheiro da vergonha que emanava dos meus pais. Yalta pegou minha mão quando a voz familiar repetiu: "Essa menina é uma meretriz!". Virei e descobri quem me acusava ao avistar o rosto redondo e bulboso. Era a mãe de Tabita.

XXXI

Esperei três semanas para falar com meu pai. Fui paciente e, sim, ardilosa. Continuei usando meu vestido cinza e austero, embora isso não fosse mais exigido de mim, e quando meu pai estava por perto me mostrava abatida e respeitosa. Esfregava ervas amargas nos olhos, um pedacinho de rábano ou tanaceto, para deixá-los vermelhos e lacrimosos. Passei óleo nos pés dele enquanto jurava que era pura e lamentava o estigma que trouxera à minha família. Servi-lhe frutas com mel. Disse que ele era abençoado.

Finalmente, um dia em que meu pai parecia mais cordial, quando minha mãe não estava por perto, ajoelhei-me à sua frente. "Compreenderei se recusar, meu pai, mas imploro que me permita retornar aos meus escritos e estudos enquanto espero e torço por outro noivado. Só desejo me manter ocupada, de modo a não ser consumida pelo desespero no triste estado em que me encontro."

Ele sorriu, porque minha humildade o agradava. "Concederei que leia e escreva por duas horas todas as manhãs, não mais do que isso. No restante do dia, fará o que sua mãe desejar."

Inclinei-me para beijar seu pé, mas recuei e franzi o nariz diante do cheiro de sua sandália nova. Isso o fez rir. Ele pôs a mão em minha cabeça, e eu soube que pelo menos sentia algo entre a pena e o afeto por mim. Meu pai disse: "Trarei papiro novo do palácio".

Tirei o vestido do luto, mergulhei o corpo no mikvá e depois vesti uma túnica sem tingimento nem padrão e um velho casaco marrom-claro. Coloquei uma única fita branca na minha trança e cobri a cabeça com um lenço que já fora azul como o céu, mas agora perdera toda a cor.

Foi pouco depois do nascer do dia que me dirigi à caverna, saindo pelo portão de trás com uma pá pequena e uma bolsa grande, contendo pão, queijo e tâmaras, nas costas. Eu estava determinada a não ficar um momento mais sem meus escritos e minha bacia. Ia escondê-los no quarto de Lavi se preciso, mas os teria perto de mim, e em breve poderia misturá-los aos novos rolos de pergaminho em que escrevia, de modo que meus pais nunca suspeitariam que eu havia impedido que fossem queimados. Minha mente estava inundada de narrativas que eu pretendia escrever, a começar pelas de Tamar, Diná e a concubina não nomeada.

Eu tinha saído sem Lavi e sem me preocupar com o que as línguas maliciosas iam dizer. Tudo já havia sido dito. Shipra voltava todos os dias do mercado pronta para compartilhar as histórias que havia ouvido sobre minha depravação, e, quando minha mãe ou eu saíamos de nossa posição, nos lançavam insultos criativos. As mais bondosas apenas nos davam as costas.

Quando cheguei ao portão da cidade, olhei em direção a Nazaré. O vale estava tomado por coentro, endro e mostarda, e trabalhadores já percorriam seu caminho até os locais de construção na cidade. Perguntei-me se encontraria Jesus rezando na caverna. Eu tinha me aventurado em um horário em que poderia vê-lo. Os dedos rosados do sol ainda envolviam as nuvens.

Estávamos perto do fim do shevat, quando as amendoeiras floresciam. A árvore vigilante, era como a chamávamos. No meio do caminho até a colina, eu já sentia o aroma rico e castanho. Avançando mais, deparei com a árvore em si, sua copa cheia de flores brancas. Entrei debaixo dela pensando no casamento de que havia escapado, em minha dança no telhado, na minha escolha. Peguei uma das florzinhas brancas e a coloquei atrás da orelha.

Jesus estava à entrada da caverna, com seu manto com franjas cobrindo a cabeça e os braços erguidos em prece. Aproximando-me, larguei a pá e a bolsa sobre uma pedra e esperei. Meu coração batia forte. Por um momento, foi como se tudo que tinha vindo antes não importasse.

Sua prece era um sussurro, mas repetidas vezes o vi se dirigir a Deus como *abba* — pai. Quando Jesus terminou, baixou o manto de volta aos ombros. Fui até ele com determinação e o passo firme. Não reconhecia a mim mesma naquela jovem com uma flor de amendoeira no cabelo.

"*Shelama*", chamei. "Receio ter interrompido."

Ele fez uma pausa, reconhecendo-me. Então veio o sorriso. "Então agora estamos iguais. Quando nos encontramos antes, fui eu quem a interrompi."

Temi que ele pudesse partir — não havia nenhuma chuva que o detivesse daquela vez. Um pouco inebriada por minha audácia, eu disse: "Por favor, tenha a bondade de compartilhar da minha refeição. Não desejo comer sozinha".

Da última vez, ele se provara um homem que interpretava a lei de maneira liberal, aberto quanto à interação com mulheres e gentios, mas um homem e uma mulher sem compromisso matrimonial nem acompanhantes ficarem juntos na encosta de uma colina certamente era proibido. Os fariseus, aqueles que rezavam alto apenas para ser ouvidos e usavam filactérios duas vezes maiores que o normal, considerariam aquilo um motivo para nos apedrejar. Até mesmo pessoas menos pias poderiam dizer que tal encontro obrigaria o homem a pedir ao pai da moça um contrato de matrimônio. Eu o vi hesitar por alguns momentos antes de aceitar.

Sentamo-nos em um trecho de luz do sol próximo à entrada da caverna e partimos o pão, enrolando-o depois em torno de pedaços pequenos de queijo. Mordiscamos as tâmaras e cuspimos os caroços, falando hesitantes sobre coisas pequenas e de pouca importância. Durante a conversa, Jesus ergueu a mão para proteger o rosto do sol e olhou na direção do caminho que levava ao bosque de bálsamos. Quando um silêncio longo e terrível se abateu sobre nós, tomei uma decisão. Falaria com ele como desejava falar. Diria o que queria dizer.

"Você chama Deus de pai?", perguntei. Referir-se assim a Deus não era inédito, mas era incomum.

Depois de uma pausa, talvez surpresa, ele disse: "Essa prática me é nova. Quando meu pai morreu, senti sua ausência como uma ferida. Uma noite, em meio ao pesar, ouvi Deus me dizer: 'Serei seu pai agora'".

"Deus lhe fala?"

Ele reprimiu um sorriso. "Só em meus pensamentos."

"Acabei de passar por um período de luto também", eu disse. "Meu noivo morreu há cinco semanas." Recusei-me a baixar os olhos, mas mantive a alegria distante deles.

"Sinto muito", Jesus disse. "Estou certo em pensar que se tratava do homem rico que estava aquele dia no mercado?"

"Sim, Natanael, filho de Ananias. Meus pais me levaram aquele dia ao mercado, e foi a primeira vez que pus os olhos nele. Você deve ter testemunhado minha repulsa. Arrependo-me de não ter sido capaz de nenhuma sutileza, mas, para mim, ficar noiva dele era como morrer. Não me ofereceram escolha."

Mais silêncio, só que daquela vez se acendeu entre nós como algo com asas. Ele observou meu rosto. A terra zumbiu. Vi meu corpo suspirar e a última de suas inibições desaparecer.

"Você sofreu muito", ele disse, e pareceu que falava de mais do que o noivado.

Pus-me em pé e entrei na sombra que beirava a abertura da caverna. Eu o havia enganado antes e não desejava repetir aquilo. "Não posso ser injusta com você", eu disse. "Deve saber com quem fala. Desde a morte de Natanael, tornei-me um flagelo para minha família. Em Séforis, sou uma pária. Corre o falso rumor de que sou uma fornicadora. E, como sou filha do chefe dos escribas e conselheiro de Herodes Antipas, esse escândalo tornou-se notório e grandioso. Quando saio de nossa casa, as pessoas atravessam a rua para me evitar. Cospem aos meus pés. Chamam-me de 'meretriz'."

Eu queria insistir na minha inocência, mas não consegui me forçar a fazê-lo. Esperei para ver se Jesus ia se retirar, mas ele se levantou e veio ficar ao meu lado na sombra escassa, com a expressão inalterada.

"As pessoas podem agir com crueldade", Jesus disse. Então, mais baixo: "Não está sozinha em seu sofrimento".

Não estou sozinha. Olhei em seus olhos, tentando compreender o que queria dizer, e outra vez vi como tudo ali parecia flutuar.

Ele disse: "Você também deve saber com quem fala. Sou um mamzer. Em Nazaré, alguns dizem que sou filho de Maria, mas não de José. Dizem que nasci da fornicação de minha mãe. Outros dizem que meu pai é José, mas que fui concebido ilicitamente antes que meus pais se casassem. Vivi vinte anos sob esse estigma".

Meus lábios se entreabriram, não em surpresa pelo que havia dito, mas por ter escolhido revelá-lo a mim.

"Ainda o evitam?", perguntei.

"Quando menino, só permitiram que eu estudasse na escola da sinagoga depois que meu pai implorou ao rabino. Em vida, ele me protegeu dos rumores e do menosprezo. Agora que partiu, tudo ficou ainda pior. Acho que é por isso que não consigo encontrar trabalho em Nazaré." Ele ficou esfregando a barra da manga entre os dedos enquanto falava, mas agora a soltou, endireitando-se. "Mas as coisas são como são. Só quis dizer que conheço a dor de que fala."

Ele pareceu desconfortável por ter voltado a conversa para si, mas não pude reprimir as perguntas. "Como suportou o desdém por tanto tempo?"

"Digo a mim mesmo que seus corações são de pedra e suas cabeças são de palha." Ele riu. "Retrucar não me fez nenhum bem. Quando pequeno, eu sempre voltava para casa machucado e ensanguentado por causa de alguma briga. Pode me achar brando em comparação com outros homens, mas agora, quando me insultam, tento virar o rosto. Não faz nenhum bem ao mundo retribuir maldade com maldade. Em vez disso, agora procuro me voltar ao bem."

Que tipo de pessoa é essa? Homens o julgariam fraco, sim. Mulheres também. Mas eu sabia da força necessária para não revidar.

Ele começou a caminhar. Era perceptível que algo se revirava dentro dele. "Tantos sofrem esse tipo de provação", Jesus disse. "Não posso me separar deles. São banidos porque são destituídos, doentes, cegos ou enviuvaram. Porque carregam lenha no sabá. Porque não nasceram judeus, mas samaritanos, ou nasceram fora do casamento." Ele falava como alguém cujo coração tinha transbordado. "São condenados como impuros, mas Deus é amor. Não seria cruel a ponto de condená-los."

Não respondi. Pareceu-me que ele tinha dificuldade de compreender por que Deus, seu novo pai, não argumentava mais insistentemente com seu povo para receber esses proscritos, assim como seu antigo pai, José, havia insistido com o rabino para deixar que o filho frequentasse a escola da sinagoga.

"Às vezes não suporto o que vejo à minha volta. Roma ocupa nossa terra, e judeus ficam ao lado dos romanos. Jerusalém está infestada de sacerdotes corruptos. Quando venho aqui rezar, peço a Deus que traga seu reino à terra. Não vejo a hora de isso acontecer."

Ele continuou falando sobre o reino de Deus, de modo parecido a como Judas falava — como um governo livre dos romanos, com um rei judeu e regras idôneas, mas também como uma grande festa de compaixão e justiça. Em nosso último encontro, eu o havia chamado de canteiro, carpinteiro, separador de fios e pescador. Agora via que, na verdade, ele era um sábio e, talvez, um agitador como Judas.

Mas nem aquilo o explicava totalmente. Eu não sabia de ninguém que colocasse a compaixão acima da santidade. Nossa religião pode pregar o amor, mas com base na pureza. Deus era sagrado e puro; portanto, devíamos ser sagrados e puros também. Mas ali estava um pobre mamzer dizendo que Deus era amor e, portanto, devíamos ser amor também.

Eu disse: "Você fala como se o reino de Deus não fosse apenas um lugar na terra, mas também dentro de nós".

"Porque acredito nisso."

"Então Deus vive no templo em Jerusalém ou em seu reino dentro de nós?"

"Não pode viver em ambos?", ele perguntou.

Senti algo se acender de repente dentro de mim e abri os braços. "Não pode viver *em toda parte*?"

Sua risada ecoou pelas paredes da caverna, mas seu sorriso se demorou em mim. "Também penso assim, que Deus não pode ser contido."

Tendo ficado mais frio na sombra, fui me sentar a uma pedra ao sol, pensando nos infinitos debates acerca de Deus que já tivera em minha mente. Haviam me ensinado que Deus era uma figura similar aos homens, só que muito mais poderoso, o que não me reconfortava, porque as pessoas podiam ser uma enorme decepção. No entanto, reconfortava-me pensar de repente em Deus não como uma pessoa igual a nós, mas como uma essência que vivia em toda parte. Deus podia ser amor, como Jesus acreditava. Para mim, era Eu Sou o Que Sou, a existência entre nós.

Jesus olhou para o céu como se julgasse que horas eram, e no calor do momento, em minha satisfação por estar ao seu lado, por conversar com ele sobre imensidões divinas, eu disse: "Por que continuar mantendo Deus em nossas concepções pobres e estreitas, que com frequência não passam de reflexos grandiosos de nós mesmos? Devemos libertá-lo".

Sua risada se levantou, e desceu, e se levantou de novo, e eu disse a mim mesma que poderia amá-lo apenas por isso.

"Gostaria de ouvir mais a respeito de como podemos libertar Deus", Jesus disse. "Mas preciso partir. Estou trabalhando no anfiteatro."

"E não mais na pedreira?"

"Não. Prefiro ficar ao ar livre. Transformo pedras em blocos que servirão como assento. Talvez um dia você vá ao anfiteatro e se sente em uma pedra que eu mesmo esculpi e talhei."

Tínhamos encontrado uma semelhança, um vínculo, mas suas palavras, embora pretendessem ser bondosas, haviam me lembrado de como estávamos separados — ele trabalhava a pedra, enquanto eu me sentava nela.

Eu o vi apertar o cinto de ferramentas. Jesus não tinha me perguntado por que eu estava ali — talvez imaginasse que seria muita intromissão, talvez tivesse concluído que eu estava caminhando pelas colinas, como afirmara antes —, mas agora eu queria revelar o motivo a ele. Não esconderia nada.

"Sou uma escriba", eu disse. A audácia da reivindicação me tirou o ar por um momento. "Desde que eu tinha oito anos, meu pai me permitiu estudar e escrever, mas, quando fiquei noiva, perdi esse privilégio e vi meus rolos de pergaminho serem queimados. Salvei quantos pude e enterrei nesta caverna. Vim esta manhã para desenterrá-los."

"Pude notar que você é diferente das outras mulheres. Não foi muito difícil." Ele olhou para minha pá, equilibrada sobre a pedra. "Vou ajudá-la."

"Não", eu disse, depressa. Queria fazê-lo sozinha. Não estava pronta para que ele visse meus escritos, minha bacia ou a maldição que eu havia escrito. "Não deve se tardar. Posso cavar eu mesma. Só falei a respeito porque quero que me conheça e me compreenda."

Ele me ofereceu um sorriso em despedida e se apressou na direção dos bálsamos.

Encontrei o ponto onde meu tesouro estava enterrado, então afundei a pá na terra dura e compacta.

XXXII

Oito dias depois, Herodes Antipas me convocou ao palácio para ver o mosaico terminado. Eu jurara nunca retornar e implorei para ser dispensada, mas meu pai se recusou a ouvir minhas súplicas. Eu temia me exceder em minha desobediência — não podia arriscar perder minha liberdade recém-recuperada. Já havia produzido uma boa tinta e estava trabalhando pelas manhãs e às vezes à noite. Tinha completado minhas narrativas das mulheres nas Escrituras que haviam sido estupradas. Juntei-as à história de Tabita e nomeei-as *Contos de terror*.

No meio da tarde, meu pai me acompanhou até o palácio, fazendo um esforço incomum pela conciliação. O papiro que ele me trouxera era do meu agrado? Eu ficava feliz em ter Fasélia como amiga no palácio? Estava ciente de que, embora se acreditasse que Herodes Antipas era implacável, ele costumava ser bondoso com aqueles que lhe eram leais?

Comecei a ouvir uma voz na minha cabeça, em alerta. Havia algo de errado ali.

Antipas, Fasélia e meu pai admiravam o mosaico como se tivesse caído do céu. Quase não consegui me convencer a botar os olhos nele. Os pequenos ladrilhos replicavam meu rosto quase à perfeição. Brilhavam na escuridão do frigidário — os lábios parecendo se entreabrir e os olhos, piscar, em uma ilusão, um truque de luz. Fiquei olhando para eles olhando para o mosaico — Herodes Antipas com malícia, com os olhos vorazes e salivando, Fasélia astuta demais para não perceber sua luxúria. Meu pai tinha se colocado entre mim e Antipas, como se formando uma barreira. De vez em quando, dava um tapinha no ponto entre meus ombros, mas, em vez de me reconfortar, seu comportamento fervoroso só me deixava mais cautelosa.

"Seu rosto é lindo", Fasélia disse. "Vejo que meu marido também acha isso." A promiscuidade de Antipas era notória, assim como a intolerância de Fasélia em relação isso. No reino nabateu de seu pai, a infidelidade era considerada uma forma hedionda de desrespeito à esposa.

"Deixe-nos!", Antipas gritou para a mulher.

Ela se virou e se dirigiu a mim, mas de modo que todos pudessem ouvir. "Tome cuidado. Conheço bem meu marido. Independente do que acontecer, não tema: continuaremos amigas."

Ele voltou a gritar: "*Deixe-nos!*".

Fasélia saiu devagar, como se tivesse sido ideia sua. Eu queria correr atrás dela. *Leve-me com você.* Algo traiçoeiro parecia ter se esgueirado para o cômodo. Eu conseguia sentir na nuca.

Antipas pegou minha mão, resistindo à minha tentativa de me soltar. Então disse: "Quero tê-la como minha concubina".

Puxei a mão de volta e recuei, até que a parte de trás dos meus joelhos colidiu com o banco de pedra que percorria a parede. Caí sentada nele. *Concubina.* A palavra deslizava no chão à minha frente.

Meu pai se aproximou e sentou ao meu lado, deixando Antipas sozinho junto ao mosaico, com os braços cruzados sobre a barriga. Falou em um tom baixo e grosso, que era estrangeiro aos meus ouvidos. "Ana, minha filha, ser a concubina do tetrarca é o máximo a que podemos aspirar no seu caso. Você seria como uma segunda esposa."

Voltei os olhos estreitos para ele. "Seria como se eu fosse o que sussurram que sou: uma meretriz."

"Uma concubina não é uma meretriz. Ela é fiel a um homem. Só difere da esposa no que diz respeito à posição de seus filhos."

Dei-me conta de que ele já tinha concordado com aquela proposta desprezível, mas parecia querer meu consentimento. Não podia arriscar que eu inflamasse Antipas com minha aversão e rejeição. Sua posição na corte do tetrarca certamente seria afetada.

"Nossos pais Abraão e Jacó tiveram concubinas e filhos com elas. Os reis Saul e Salomão também tiveram concubinas, assim como o pai de Herodes Antipas, o rei Herodes. Não há vergonha nisso."

"Há vergonha para *mim*."

Do outro lado do salão, Antipas nos observava. Seus olhos tinham um brilho amarelado. Ele parecia um falcão gordo avaliando sua presa.

"Não permitirei."

"Você precisa ser razoável", meu pai disse, ficando nervoso. "Não pode mais se casar. Não conseguirei arranjar-lhe um esposo agora que é uma viúva desonrada, mas o tetrarca de toda a Galileia e Pereia está disposto a aceitá-la. Você viverá no palácio e será bem tratada. Fasélia prometeu continuar sua amiga, e Antipas aceitou meu pedido de que tenha permissão de ler, escrever e estudar o quanto quiser."

Fiquei olhando para a frente.

"Não se paga por uma concubina", ele prosseguiu. "No entanto, Antipas concordou em dar a soma de duas minas. Isso mostra seu grande valor. Um contrato será feito para proteger seus direitos."

Com a paciência exaurida, Antipas atravessou o salão e se pôs à minha frente. "Preparei um presente para você." Ele fez um gesto para seu intendente, Chuza, que trouxe uma bandeja cheia de folhas de marfim, como aquela em que Fasélia havia me enviado seu convite. Também havia ali cálamos e frascos de tinta — duas verdes, uma azul e três vermelhas. Chuza foi seguido por um servo que carregava uma escrivaninha inclinada, feita de madeira de sequoia, com dois dragões esculpidos.

A visão dessas coisas criou ao mesmo tempo anseio e náusea dentro de mim. Levei as costas da mão à boca. "Minha resposta é não."

Antipas gritou com meu pai: "Por que ela não obedece como uma mulher deve fazer?".

Fiquei de pé. "Nunca vou me submeter", eu disse. Olhei para a escrivaninha e para a bandeja com meus presentes — toda aquela beleza e fartura. Por impulso, peguei uma única folha de marfim e a enfiei no bolso dentro da minha manga. "Aceito isso como um presente de despedida", falei, então me virei e fui embora.

Atrás de mim, ouvi Antipas gritar: "Chuza! Traga-a de volta!".

Comecei a correr.

XXXIII

Na rua, puxei o manto sobre a cabeça e caminhei depressa, mantendo-me debaixo das calçadas cobertas ao longo do cardo, olhando para trás à procura de Chuza e de vez em quando entrando em um pequeno comércio na esperança de despistá-lo. Era o dia antes do sabá, e a cidade estava cheia. Fiz o meu melhor para desaparecer em meio à multidão.

Pensei em ir me esconder na caverna, um refúgio do qual ninguém além de Jesus e Lavi sabiam, mas não podia dormir nem comer ali, e Jesus não apareceria àquela hora. Ele devia estar na construção do anfiteatro, na encosta norte. Uma constatação me deteve, como se uma mão tivesse sido posta no meu ombro. Ouvi a voz de Yalta flutuando: *Seu momento virá, e, quando vier, você deve aproveitá-lo com toda a coragem que puder reunir... Seu momento virá porque você fará com que venha.*

Virei-me na direção da encosta norte.

A construção era uma comoção de marretas batendo e pó de calcário no ar. Fiquei na rua, olhando para os carrinhos de duas rodas cambaleando em meio à movimentação, gruas e guindastes de madeira erguendo pedras, homens misturando areia e água com varas compridas. Eu não esperava que houvesse tantos trabalhadores. Finalmente o localizei perto do cume, inclinado sobre uma pedra, alisando-a com uma trolha.

O sol mergulhava na direção do vale, e a sombra de uma armação próxima caía sobre suas costas, formando uma pequena escada. As palavras do poeta começaram a ressoar em mim, por vontade própria. *Sob a macieira te despertei... As muitas águas não podem apagar o amor, nem os mares, afogá-lo...*

À minha volta, as ruas estavam cheias de vendedores oferecendo ferramentas, cortes de linho barato, animais abatidos e ensopado para os trabalhadores, em um bazar de segunda categoria quando comparado ao da basílica. Encontrei um lugar ao lado de uma barraca de vegetais onde poderia esperar que a jornada de trabalho se encerrasse.

O sol mergulhou ainda mais no vale, e meu ânimo diminuiu com a perda de luz. Perdida em meu ensimesmamento, pulei ao som de um corno de carneiro sendo soprado. Abruptamente, as marteladas cessaram e os homens começaram a guardar suas ferramentas. Passavam à rua, com Jesus entre eles, suas bochechas e sua testa cobertas de pó de pedra.

Um homem gritou: "Prendam-na!".

Jesus se virou na direção do grito, e depois eu também. Chuza estava na calçada, a uma curta distância de mim, apontando. "Prendam-na!", ele gritou de novo. "Ela roubou de meu amo."

Trabalhadores, vendedores, compradores e transeuntes pararam. A rua ficou muda.

Voltei à barraca. Ele me seguiu através dos cestos de cebola e grão-de-bico. Tinha certa idade, mas era forte. Pegando meu pulso, arrastou-me para a multidão, que olhava, cuspia e injuriava.

Encurralada por uma multidão raivosa, fui atingida pelo medo, como um raio se espalhando a partir do topo da minha cabeça pelas minhas pernas, pelas minhas costas e até as pontas dos dedos. Olhei para o céu, sem fôlego.

Chuza ergueu a voz. "Eu a acuso de roubo e blasfêmia. Ela roubou uma preciosa folha de marfim de meu amo e posou para um artesão enquanto ele reproduzia a imagem de seu rosto."

Fechei os olhos e senti o peso de meus cílios. "Não roubei nada."

Ignorando-me, ele falou à multidão. "Se não tiver nenhum marfim no bolso de sua manga, ficarei satisfeito em afirmar que não se trata de uma ladra. De qualquer maneira, ela não pode negar a imagem feita a partir de seu rosto."

Uma mulher abriu caminho através da multidão. "Ela é filha de Matias, chefe dos escribas de Herodes Antipas, uma notória fornicadora."

Gritei em protesto, mas minha negação foi engolida pela ira que borbulhava em seus corações.

"Mostre-nos o que tem no bolso!", um homem gritou. Um a um, todos se juntaram a ele.

Segurando meu antebraço, Chuza deixou que seus gritos se tornassem febris antes de estender a mão para minha manga. Contorci-me e chutei. Eu era uma mariposa esvoaçando, uma menina desgraçada. Minha resistência não levou a nada além de zombarias e risadas. Ele tirou a folha de marfim do meu manto e a ergueu sobre a cabeça. Um rugido irrompeu.

"Ela é uma ladra, uma blasfemadora e uma fornicadora!", Chuza gritou. "O que fazer com ela?"

"Apedrejar!", alguém gritou.

Teve início o cântico, a prece sombria. *Apedrejar. Apedrejar.* Fechei os olhos diante do borrão ofuscante de raiva. *Seus corações são de pedra e suas cabeças são de palha.* Não parecia ser uma multidão de pessoas, mas uma única criatura, um beemote se alimentando de sua fúria coletiva. Iam me apedrejar por todos os males que já lhes haviam feito. Iam me apedrejar por Deus.

Na maioria das vezes, as vítimas eram arrastadas até um penhasco fora da cidade e jogadas antes de ser apedrejadas, porque exigia menos esforço que ter que lançar tantas pedras — e, de certa forma, era mais misericordioso ou, pelo menos, mais rápido —, mas logo notei que não receberia essa indulgência. Homens, mulheres e crianças recolhiam pedras do chão. Pedras, o presente mais abundante de Deus à Galileia. Alguns correram para a construção, que continha pedras maiores e mais mortais. Ouvi o chiar de uma que passou voando sobre minha cabeça e caiu atrás de mim.

Então a comoção e o barulho diminuíram, alongaram-se, recuaram até algum pináculo distante, e, naquele estranho arrastar do tempo, não me dei mais ao trabalho de lutar. Senti que me curvava ao meu destino. Ansiava pela vida que nunca teria, mas ansiava ainda mais por escapar dela.

Afundei-me no chão, tornando-me tão pequena quanto possível, com os braços e pernas enfiados sob o peito e a barriga, a testa pressionada contra o chão. Transformei-me em uma casca de noz. Iam me quebrar, e Deus poderia ficar com o interior.

Uma pedra atingiu meu quadril em uma explosão de dor. Outra caiu ao lado da minha orelha. Ouvi o pisar de sandálias correndo na minha direção, e depois uma voz cintilando de indignação. "Cessem com a violência! Vão apedrejá-la com base apenas na palavra deste homem?"

A multidão se aquietou, e ousei levantar a cabeça. Jesus estava diante deles, de costas para mim. Fiquei olhando para os ossos de seus ombros. Para o modo como suas mãos se fechavam em punhos. Para como tinha se plantado entre mim e as pedras.

Chuza, no entanto, parecia mais uma raposa que meu pai, mais um chacal que Antipas. Ele desviou a multidão da questão levantada por Jesus. "Ela estava com o marfim. Viram com seus próprios olhos."

Senti que a vida retornava a mim. "Eu não o roubei. Foi um presente!", exclamei, pondo-me de pé.

A voz de Jesus ressoou. "Pergunto uma vez mais: quem é esse acusador cuja palavra aceitam tão facilmente?" Quando ninguém falou, Jesus gritou ainda mais alto: "*Respondam-me!*".

Sabendo que qualquer um associado a Herodes Antipas seria suspeito para eles, gritei: "É Chuza, intendente de Herodes Antipas". Uma erupção de murmúrios teve início.

Alguém gritou para Chuza: "É mesmo o sicofanta de Herodes Antipas?".

"Não pergunte quem eu sou", Chuza exclamou. "Pergunte quem é esse homem. Quem é ele para falar dela? Ele não tem voz aqui. Só o pai, o marido ou o irmão podem falar por ela. Esse homem é uma dessas coisas?"

Jesus se virou e olhou para mim. A raiva em sua mandíbula cerrada era evidente. "Sou Jesus, filho de José", ele disse, voltando a se virar para eles. "Não sou pai, irmão ou marido dela, mas logo serei seu noivo. Posso atestar que não é ladra, blasfemadora ou fornicadora."

Meu coração acelerou. Olhei para ele, confusa, e me esforcei para compreender se o que havia acabado de declarar era uma intenção verdadeira ou um meio astuto de me salvar. Eu não sabia dizer. Lembrava-me dele na caverna, de como tinha compartilhado meu desjejum, de como tinha se posto ao meu lado quando eu expusera minha vergonha, de tudo o que tínhamos revelado um ao outro.

Seguiu-se uma calmaria, enquanto a multidão deliberava entre acreditar no testemunho de Jesus ou no de Chuza. Jesus era um deles e se comprometera com minha defesa. Chuza era um subordinado de seu desprezado tetrarca.

A ferocidade da multidão minguava, eu podia sentir. No entanto, permaneciam todos ali, observando, as pedras ainda na mão.

Jesus ergueu as palmas para eles. "Aquele que não tem pecados que atire a próxima pedra."

Um momento se passou, uma breve vida. Ouvi o som das pedras indo ao chão. Pareciam montanhas se movendo.

XXXIV

Jesus permaneceu ao meu lado até que Chuza se retirasse furtivamente e as pessoas se dispersassem. A selvageria da multidão e o fato de que eu escapara por pouco da morte tinham me abalado, de modo que ele relutava em me deixar sozinha.

Jesus olhou para a luz que diminuía. "Vou acompanhá-la até sua casa." Quando partimos, ele perguntou: "Está ferida?". Embora meu quadril latejasse por causa da única pedra que havia me atingido, neguei com a cabeça.

Sua declaração de que eu logo me tornaria sua noiva foi como uma fogueira na minha mente. Eu queria perguntar o que aquilo significava, se sua afirmação fora sincera ou calculada para conquistar a multidão, mas tinha medo da resposta.

Fez-se silêncio. A cidade tremulava no crepúsculo sombrio, e metade do rosto dele estava nas sombras. A quietude durou apenas alguns momentos, mas achei que poderia engasgar com ela. Em um esforço para respirar, recontei toda a história do mosaico, incluindo como eu concordara em posar para o artesão com o intuito de salvar meu irmão, Judas. Quando mencionei a luxúria de Antipas e sua intenção de me tornar sua concubina, descrevendo minha fuga em pânico até o local da construção, vi a fúria de novo em seu maxilar tenso. Confessei que a folha de marfim, que estava de volta à minha manga, talvez tivesse sido mais tomada do que dada. Queria que ele soubesse a verdade, mas tinha a sensação de que minha narração tornava tudo pior, muito pior. Ele me ouviu. Não fez perguntas.

Quando chegamos ao portão de nossa residência palaciana, fiquei olhando para meus próprios pés. Olhar para Jesus era excruciante. Finalmente, erguendo o rosto, eu disse: "Duvido que volte a vê-lo, mas, por favor, saiba que sempre serei grata pelo que fez. Eu estaria morta se não fosse por você".

Sua testa se enrugou, e vi decepção em seus olhos. "Quando eu disse à multidão que logo estaríamos noivos, não presumi que você aceitaria", ele disse. "Eu me excedi em um esforço para afirmar minha autoridade diante deles. Aceito sua recusa. Separemo-nos bem, como amigos."

"Mas não achei que... não achei que tivesse falado a sério", eu disse. "Percorremos todo o caminho sem que você dissesse qualquer coisa."

Ele sorriu. "Percorremos todo o caminho com você falando."

Eu ri, e meu rosto queimou, de modo que fiquei feliz pela escuridão crescente.

"Devo me casar", ele disse. "Todos os homens judeus devem. O Talmude não sanciona um homem sem esposa."

"Está dizendo que é obrigado a se casar, portanto vai se contentar comigo?"

"Não, estou tentando dizer que é exigido dos homens que se casem, mas com frequência vejo as coisas de um modo diferente dos outros. Pode ser que para alguns homens seja melhor não se casar. Achei que fosse o meu caso. Antes de morrer, meu pai queria me arranjar um noivado, mas não deixei que o fizesse."

Olhei para ele, confusa. "Está me dizendo que não foi feito para o casamento, mas que é um dever que deve suportar?"

"Não, apenas me ouça."

Não parei. "Por que seria melhor para alguns não se casar? E por que você estaria em um grupo como esse?"

"Ana, ouça-me. Há homens que são convocados a fazer coisas ainda mais prementes que o casamento. São chamados para percorrer o país como profetas ou pregadores e devem estar dispostos a abrir mão de tudo. Devem deixar a família para trás para trazer o reino de Deus — não podem se entregar a ambas as coisas. Não seria melhor nunca se casar do que abandonar a esposa e os filhos?"

"E você acredita que é um desses homens? Um profeta ou pregador?"

Ele virou o rosto para mim. "Não sei." Eu o observei posicionar a ponta do dedão e do indicador entre as sobrancelhas e apertar. "Desde meus doze anos, sinto que Deus poderia ter algum propósito em mente para mim, mas agora isso me parece menos provável. Não recebi nenhum sinal. Deus não falou comigo. Desde que meu pai morreu, sou lembrado de minha posição como o filho mais velho. Minha mãe e meus irmãos dependem de mim. Seria muito difícil deixá-los com pouca provisão." Ele voltou a me encarar. "Tive dificuldade com isso, e cada vez mais acho que o chamado que senti estava mais na minha mente que na de Deus."

"Tem certeza?", perguntei. Porque eu não tinha.

"Não posso ter certeza, mas até o momento Deus não se pronunciou a respeito, e passei a acreditar que não posso abandonar minha família e deixá-la à própria sorte. Essa verdade me libertou para considerar o casamento."

"Então pensa em mim como o cumprimento de um dever?"

"Sou motivado pelo dever, não vou negar. Mas não falaria em me casar com você se também não fosse motivado pelo coração."

E o que seu coração diz?, eu queria perguntar, mas seria algo impetuoso e perigoso, e eu sentia que estava diante de um quebra-cabeça complicado, que envolvia Deus, destino, dever e amor, e não podia ser solucionado, muito menos explicado.

Se nos casássemos, eu sempre desconfiaria de Deus.

"Não sou apropriada para você", eu disse. "Certamente sabe disso." Eu não conseguia entender por que tentava desencorajá-lo, a não ser que fosse para testar sua determinação. "Não me refiro apenas à riqueza de minha família e a nossos laços com Herodes Antipas, mas à minha pessoa. Você disse que não é como os outros homens. Bem, eu não sou como as outras mulheres — como você mesmo observou. Tenho ambições tanto quanto os homens. Sou atormentada por anseios. Sou egoísta, voluntariosa e às vezes traiçoeira. Rebelo-me. Fico enraivecida com facilidade. Duvido dos caminhos de Deus. Sou uma pária aonde quer que vá. As pessoas me olham com desdém."

"Sei de tudo isso", ele disse.

"E ainda assim me aceita?"

"A questão é se você me aceita ou não."

Ouvi Sofia suspirar ao vento: *Pronto, Ana, aqui está.* Apesar de tudo o que Jesus havia dito, de todas as suas tergiversações e reservas, tomou conta de mim uma sensação muito curiosa, de que era meu destino chegar àquele momento.

Eu disse: "Eu o aceito".

XXXV

Não tendo pai nem irmão mais velho, recaiu sobre Jesus a responsabilidade de arranjar seu próprio noivado. Ele prometeu retornar pela manhã para falar com meu pai, uma promessa que me tornou quase imune à raiva com que deparei ao entrar em casa. Em retaliação por minha recusa a ser sua concubina, o tetrarca havia tirado meu pai de seu posto de chefe dos escribas e conselheiro, de modo que agora ele era apenas mais um escriba em meio a tantos outros. Foi uma impressionante queda em seu status. Meu pai ficou furioso comigo.

Eu não me sentia mal por ele. Sua disposição a me entregar, primeiro a Natanael, depois a Herodes Antipas, havia rompido os últimos laços que me uniam a ele. De alguma forma, eu sabia que meu pai encontraria uma maneira de voltar às graças de Antipas e recuperar sua posição. O tempo provaria que eu estava certa.

Aquela noite, enquanto meu pai me repreendia severamente, minha mãe andava de um lado para outro, interrompendo-o com seus acessos de fúria. Eles ainda nem sabiam que os bons cidadãos de Séforis tinham quase me apedrejado até a morte por roubo, fornicação e blasfêmia. Decidi deixar que o descobrissem por conta própria.

"Você não pensa em ninguém além de si mesma?", minha mãe gritou. "Por que persiste nos mesmos vergonhosos atos de desobediência?"

"Preferiria que eu me tornasse concubina de Herodes Antipas?", perguntei, genuinamente chocada. "Não seria isso ainda mais vergonhoso?"

"Preferiria que você..." Ela se interrompeu, deixando o resto por dizer, mas pairando visivelmente no ar. *Preferiria que você nunca tivesse nascido.*

Um mensageiro do palácio chegou na manhã seguinte, antes que meu pai fizesse o desjejum. Eu estava debruçada na galeria, esperando que Jesus chegasse, quando Lavi conduziu o mensageiro até o gabinete do meu pai. Teria ele feito algum acordo com Herodes Antipas durante a noite? Seria eu obrigada a me tornar sua concubina no final das contas? Onde estava Jesus?

A reunião foi breve. Afastei-me do parapeito quando meu pai saiu da sala. Depois que o mensageiro partiu, a voz de meu pai flutuou até mim. "Sei que está aí, Ana."

Olhei para baixo. Ele parecia derrotado, com a postura caída.

Então disse: "Ontem à noite, mandei uma mensagem implorando a Herodes para ignorar sua recusa e tomá-la como concubina mesmo assim, esperando que os efeitos da humilhação que lhe infligira tivessem passado. A resposta acabou de chegar. Ele me ridicularizou por pensar que aceitaria recebê-la no palácio depois que foi quase apedrejada na rua. Você poderia ter me contado isso e me preservado de mais essa desgraça". Meu pai balançou a cabeça, descrente. "Um apedrejamento? A cidade ficará ainda mais contra nós. Você nos arruinou."

Se tivesse coragem, eu perguntaria se ele se importava um pouco que fosse com o fato de que eu escapara da morte por um triz. Diria a ele que era Chuza o culpado pelo quase apedrejamento, e não eu. Mas contive a língua.

Meu pai começou a voltar para seu gabinete, um homem completamente vencido, mas parou no meio do caminho. Sem se virar, disse: "Fico grato que não tenha sido ferida. Foi-me dito que um construtor impediu sua morte".

"Sim. Ele se chama Jesus."

"E ele falou à multidão que logo seria seu noivo?"

"Sim."

"Você gostaria disso, Ana?"

"Gostaria. De todo o coração."

Quando Jesus chegou, pouco depois, meu pai redigiu e assinou um contrato de matrimônio sem consultar minha mãe. Jesus pagaria a humilde soma de trinta shekels e alimentaria, vestiria e abrigaria minha tia, que me acompanharia. Não haveria cerimônia de noivado. O casamento seria uma simples transferência da casa de meu pai para a do meu marido no terceiro dia do nissan, trinta dias depois, o tempo mínimo permitido.

NAZARÉ

17-27 d.C.

I

No dia em que entrei na casa de Jesus, sua família se manteve em silêncio, reunida no pátio, enquanto observava Lavi atravessar o portão guiando a carroça que continha a mim, minha tia e nossos pertences. Eram quatro além de Jesus — dois homens e duas mulheres, e uma delas repousava a mão sobre a barriga de grávida quase imperceptível.

"Acham que temos todo o espaço de um palácio?", ouvi a mulher grávida perguntar.

Eu achava que tínhamos trazido apenas um punhado de bens. Separara minhas roupas mais simples, uma tiara de prata comum, meu espelho de cobre, um pente decorativo de latão, dois tapetes de lã vermelha, lençóis crus, minha bacia de encantamento e, o mais importante, meu baú de cedro. Dentro estavam meus rolos de pergaminho, cálamos, uma faca de afiar, dois frascos de tinta e a folha de marfim que quase me fizera ser apedrejada. O papiro em branco que meu pai havia me obtido acabara — eu usara tudo durante o breve frenesi de escrita que se seguira à recuperação de minhas posses da caverna. Yalta havia trazido ainda menos coisas: três túnicas, sua esteira de dormir, o sistro e a tesoura egípcia.

Ainda assim, éramos um espetáculo. Apesar de meus protestos, meu pai nos enviara em uma carroça puxada por um cavalo do estábulo de Herodes Antipas e devidamente ornamentada. Tenho certeza de que pretendia impressionar os nazarenos, para lembrá-los de que Jesus estava se casando muito acima de sua posição. Ofereci um sorriso a minha nova família, esperando agradar, mas uma carroça forrada de tapetes de lã finos e puxada por um cavalo imperial conduzido por um serviçal não contribuía muito com a minha causa. Jesus havia nos encontrado nos limites do vilarejo, e até ele franzira o cenho antes de nos cumprimentar.

Para piorar, meu pai proibira que o casamento fosse realizado sob seu teto. Era costume posicionar a chupá na casa da noiva, mas ele temia aborrecer Antipas sediando um casamento de que o tetrarca certamente se ressentiria. Meu pai também não queria camponeses em sua casa. Sua recusa a receber Jesus e sua família devia ter sido um terrível insulto para eles. E quem sabia que histórias sobre minha fornicação, meus roubos e minhas blasfêmias não teriam chegado a eles?

Deixei meus olhos vagarem pelo terreno. Havia três pequenas moradias grosseiras, construídas com barro e pedras empilhadas. Contei cinco ou seis cômodos dando para o pátio. Uma escada levava aos telhados, cobertos de feixes de junco e barro compacto. Perguntei-me se Yalta e eu poderíamos subir ali para compartilhar segredos.

Avaliei rapidamente o pátio. Um fogão cheio de panelas e utensílios, lenha, uma pilha de esterco, almofariz e pilão, tear. Havia uma horta de vegetais queimados pelo sol e um pequeno estábulo com quatro galinhas, duas ovelhas e uma cabra. Uma única oliveira. Absorvi tudo. *É aqui que vou morar.* Esforcei-me para não sentir o choque que perpassava meu corpo.

A família dele estava reunida à sombra da árvore solitária. Perguntei-me onde estava a irmã de Jesus, a moça que eu havia visto no mercado — a fiandeira. A mãe usava uma túnica desbotada e um lenço amarelo-claro na cabeça, com mechas de cabelo escuro escapando pelas bordas. Imaginei que estivesse próxima à idade de minha mãe, embora mais maltratada pelos anos. Seu rosto, tão parecido com o de Jesus, parecia desgastado pelas tarefas domésticas e pela criação dos filhos. Seus ombros eram ligeiramente curvados, e os cantos de sua boca começavam a cair um pouco, mas pensei em como ela parecia encantadora ali ao sol filtrado pelas folhas, com moedas de luz no corpo. A confissão de Jesus aquele dia na caverna veio à minha mente. *Em Nazaré, alguns dizem que sou filho de Maria, mas não de José. Dizem que nasci da fornicação de minha mãe. Outros dizem que meu pai é José, mas que fui concebido ilicitamente antes que meus pais se casassem.*

"Seja bem-vinda, Ana", ela disse, vindo me abraçar. "Minha filha Salomé se casou há poucas semanas e agora vive em Besara. Uma filha se foi e outra chegou." Havia um toque queixoso sob seu sorriso, e ocorreu-me que, além da partida de sua filha, seu marido havia morrido apenas seis meses antes.

Os dois homens eram irmãos de Jesus, Tiago, de dezenove anos, e Simão, de dezessete. Ambos tinham pele escura e cabelo grosso, como Jesus, a mesma barba curta e a mesma postura — as pernas abertas, os braços cruzados —, mas seus olhos não demonstravam nada da paixão e da profundidade dele. A mulher grávida com a língua afiada era Judite, esposa de Tiago, que depois eu descobriria que tinha quinze anos, assim como eu. Todos me encaravam mudos.

Yalta não se conteve. "Seria de imaginar que uma ovelha de duas cabeças acabou de chegar a sua casa!"

Estremeci. "Esta é minha tia Yalta."

Jesus sorriu.

"Ela é impertinente", Tiago disse a Jesus, como se minha tia não estivesse bem ali.

Inflamada, falei: "É isso que a torna tão querida para mim".

Jesus, eu viria a descobrir, era pacificador e provocador em igual medida, mas ninguém poderia dizer qual deles seria a cada momento. Naquele, foi o pacificador. "São bem-vindas aqui. Ambas. São nossa família agora."

"De fato", Maria disse.

Judite permaneceu quieta, assim como os irmãos de Jesus. A honestidade de minha tia havia exposto o atrito existente.

Quando a carroça foi descarregada, despedi-me de Lavi. "Sentirei sua falta, meu amigo", eu disse a ele.

"Fique bem", Lavi respondeu, e seus olhos se encheram de lágrimas, provocando o mesmo em mim. Fiquei olhando enquanto ele conduzia o cavalo através do portão, ouvindo o estrépito do veículo vazio.

Quando me virei, a família havia desaparecido. Só Yalta e Jesus permaneciam ali. Ele pegou minha mão, e o mundo pareceu se endireitar.

Íamos nos casar naquele mesmo dia, quando o sol se pusesse, mas sem nenhuma cerimônia. Não haveria procissão. Nem virgens erguendo suas candeias e chamando pelo noivo. Nem cantoria ou banquete. Por lei, o casamento era o ato da união sexual, nada mais, nada menos. Íamos nos tornar marido e mulher na solidão dos braços um do outro.

Sem poder entrar na chupá de antemão, passei a tarde na despensa, onde Yalta havia aberto sua esteira de dormir. Maria havia se oferecido para dividir o quarto com ela, mas minha tia recusara, preferindo ficar sozinha em meio a potes de vidro, provisões, lãs e ferramentas.

"Acham que temos todo o espaço de um palácio?", eu disse quando estávamos a sós, imitando minha futura cunhada.

"Ela é impertinente!", Yalta disse, zombando do comentário de Tiago a seu respeito.

Caímos uma sobre a outra, rindo. Levei o dedo aos lábios. "Shhh, vão nos ouvir."

"Então preciso me comportar *e* me manter em silêncio?"

"De jeito nenhum", retruquei.

Comecei a perambular pelo cômodo diminuto, tocando ferramentas, passando os dedos em um tonel de tinta manchado. "Está preocupada quanto a entrar na chupá?", Yalta perguntou.

Eu provavelmente estava — que menina não ficou nervosa na sua primeira vez? —, mas neguei com a cabeça. "Desde que eu não conceba, receberei o ato com alegria."

"Então receba, porque não terá essa preocupação."

Yalta tinha comprado para mim óleo de cominho preto de uma parteira em Séforis, um líquido lodoso, mais potente que qualquer coisa que minha mãe usava. Eu o vinha tomando fazia uma semana. Concordamos que ela o esconderia ali, entre suas coisas. A maior parte dos homens não tinha nenhum conhecimento de como as mulheres evitavam a gravidez. Quando se tratava de filhos, eles não levavam em conta a agonia do nascimento e a possibilidade da morte; só pensavam na ordem divina de ser frutífero e se multiplicar. Aquele me parecia ser um comando que Deus proferira tendo os homens em mente, e era o único que eles eram universalmente bons em obedecer. Eu não achava que Jesus era como os outros, mas por enquanto estava determinada a manter segredo sobre o óleo de cominho preto.

Quando chegou a hora, vesti uma túnica azul-escura que minha tia disse ser mais azul que o Nilo. Ela alisou as rugas do tecido com as mãos e colocou a tiara de prata em mim. Enrolei um lenço branco de linho na cabeça.

Ao pôr do sol, entrei na chupá, onde Jesus aguardava. Ao adentrar o cômodo com paredes de barro, fui recebida pelo cheiro de argila, canela e um miasma indistinto interrompido pelo trecho de luz laranja entrando por uma janela alta.

"Esta será nossa residência", Jesus disse, dando um passo atrás e fazendo um movimento de braço. Ele estava com seu manto de borlas azuis. Seu cabelo estava molhado do banho.

O cômodo havia sido arrumado com cuidado — se por Jesus ou pelas mulheres, eu não sabia. Meus tapetes vermelhos tinham sido espalhados pelo chão de terra batida. Havia duas esteiras dispostas lado a lado, polvilhadas de canela, uma delas nova. Meu espelho, meu pente e uma pilha organizada de roupas tinham sido dispostos em um banco, enquanto o baú de cedro fora deixado a um canto. Minha bacia de encantamento estava em uma mesinha de carvalho debaixo da janela para que o mundo todo a visse, tão exposta que senti uma necessidade irracional de escondê-la em outra parte, mas me forcei a permanecer imóvel. "Se verificou minha bacia, tenho certeza de que viu a imagem gravada dentro dela", eu disse. "Desenhei a mim mesma."

"Sim, eu vi", ele respondeu.

Busquei por mostras de condenação em seu rosto. "Isso não o ofende?"

"Estou mais preocupado com o que há em seu coração do que com o que há em sua bacia."

"Olhar para a bacia é olhar para meu coração."

Jesus foi até a bacia e olhou para ela. Ele sabia grego? Pegando-a nas mãos, virou-se enquanto lia em voz alta. "*Senhor nosso Deus, ouça minha súplica, a súplica do meu coração.*" Ele ergueu os olhos e fixou-os nos meus por um momento antes de continuar. "*Abençoe a grandeza dentro de mim, não importa o quanto eu a tema. Abençoe meus cálamos e minhas tintas. Abençoe as palavras que escrevo. Que elas sejam belas a seus olhos. Que sejam visíveis a olhos ainda não nascidos. Quando eu for pó, entoe estas palavras sobre meus ossos: ela foi uma voz.*"

Jesus devolveu a bacia à mesa e sorriu para mim. Senti a dor insuportável de amá-lo. Fui até ele, e ali, nas esteiras finas de palha, com fragmentos de luz, conheci meu marido, e ele me conheceu.

II

Na manhã seguinte a ter me tornado sua esposa, acordei ouvindo-o repetir o shemá, e a voz de uma mulher no pátio dizendo: "É hora de ordenhar a cabra, Ana".

"Ouve, Israel, o Senhor nosso Deus é o único Senhor", Jesus entoou.

"Está me ouvindo?", a voz insistiu. "É preciso tirar o leite da cabra."

"Amarás, pois, o Senhor teu Deus com todo o teu coração, e com toda a tua alma, e com todas as tuas forças."

"Ana, *a cabra*."

Fiquei ali parada, olhando para Jesus do outro lado do cômodo, ignorando a necessidade urgente de leite de cabra, ouvindo sua voz subir e descer, em uma canção tranquila. De alguma maneira, em minha ignorância privilegiada, não me ocorrera que me seria dada minha parcela das tarefas da casa. A noção era vagamente alarmante — eu chegara sem nenhuma habilidade em qualquer tarefa atribuída a mulheres.

Jesus olhou para a janela, de costas para mim. Quando levantou as palmas, vislumbrei seus braços tremerem sob a túnica. A visão despertou a memória da noite anterior, momentos tão íntimos e belos que motivavam uma dor primorosa dentro de mim. Soltei um gemido involuntário, e ele encerrou a prece e veio se sentar ao meu lado na esteira.

"Sempre dorme até tão tarde?", Jesus perguntou.

Apoiei-me no cotovelo, inclinando o rosto para o dele, e tentei parecer recatada e inocente. "Não é culpa minha. Fui mantida acordada até tarde ontem à noite."

Sua risada ecoou das paredes ao teto, então saiu pela janelinha. Tirando o emaranhado de cabelos do rosto, ele me puxou para seu peito. "Ana, Ana. Você me despertou e me reviveu."

"Pois você fez o mesmo comigo", eu disse. "Só temo uma coisa agora."

Ele inclinou a cabeça. "E o que é?"

"Não tenho ideia de como ordenhar uma cabra."

Ele voltou a soltar sua risada estrondosa e me colocou de pé. "Vista-se e eu lhe mostro. A primeira coisa que deve aprender é que esta é uma cabra muito peculiar. Só come figos, flores de amêndoa e pães de cevada, e insiste em ser alimentada na boca e em ter suas orelhas coçadas..."

Ele prosseguiu com isso enquanto eu vestia uma túnica por cima da roupa de baixo e enrolava um lenço na cabeça, rindo baixo. Jesus ainda viajava até Séforis para trabalhar no anfiteatro, e pareceu-me que já devia estar a caminho a essa hora, mas ele não demonstrava nenhuma pressa.

"Espere", eu disse, quando Jesus foi para a porta. Abri o baú e peguei uma bolsinha, da qual retirei o fio vermelho. "Pode adivinhar onde consegui isso?"

Ele franziu o cenho.

"Caiu da sua manga no dia em que nos conhecemos, no mercado", eu disse.

"E você o guardou?"

"Guardei, e vou usá-lo o dia todo, enquanto você não estiver comigo." Estiquei o braço. "Amarre para mim."

Prendendo o fio ao meu pulso, ele voltou a brincar. "Sou tão vago em seus pensamentos que quando não estou por perto precisa disso para se lembrar de mim?"

"Sem esse fio, eu esqueceria que tenho um marido."

"Então mantenha-o por perto", Jesus disse, e beijou minhas bochechas.

Encontramos Judite no estábulo. A cabra estava de pé dentro do bebedouro, desafiando as ovelhas a matar a sede. Era uma criatura delicada com corpo branco, rosto preto e barba branca, com olhos bem espaçados, o esquerdo apontando para um lado e o direito para outro. Achei sua aparência extremamente divertida.

"Ela é uma ameaça!", Judite disse.

"Parece-me encantadora", retruquei.

Minha cunhada soltou um ruído irônico. "Então não vai se importar de cuidar dela."

"Não vou", falei. "Mas preciso de instruções."

Suspirando, ela olhou para Jesus como se pudessem se compadecer juntos de minha ignorância.

Ele pegou minha mão, passando o dedão sobre o fio. "Preciso ir. Terei que caminhar depressa para não chegar atrasado."

"Sua mãe preparou sua refeição", Judite disse a ele, olhando-me em acusação, de modo que me dei conta de que essa tarefa também cabia a mim. Eu nunca havia preparado nada além de tinta.

Quando Jesus nos deixou, Judite ergueu a cabra para tirá-la do bebedouro — o que a fez coicear, balir e espirrar água por toda parte — e a jogou de qualquer jeito no chão. Vi quando a cabra abaixou a cabeça para, com ela, golpear a coxa de minha cunhada.

Eu já sentia certa afinidade com aquela criatura.

Durante aqueles primeiros meses, ficou claro para todos, inclusive para mim, que havia passado minha vida como uma menina rica e mimada. Yalta era de pouca ajuda — tinha lido Sócrates, mas não sabia nada sobre transformar grãos em farinha ou secar linho. A mãe de Jesus me pôs sob sua asa, tentando me ensinar, e me protegeu tanto quanto possível das reprovações de Judite, que borbulhavam como uma nascente incessante. Eu não acendia o fogo corretamente. Deixava resíduo no trigo. Deixava lã nas ovelhas. Queimava as lentilhas ao fazer a sopa. Meu queijo de cabra ficava com gosto de casco.

Judite reclamava de mim com ainda mais ferocidade quando havia outros por perto, notavelmente meu marido, e chegou a dizer a ele que eu era ainda menos útil que um camelo coxo. Ela não apenas menosprezava minhas habilidades domésticas como eu suspeitava que se esforçasse para atrapalhá-las. Quando era minha vez de moer o trigo, o pilão desaparecia. Quando eu ia acender o fogo, estranhamente, o esterco estava úmido. Uma vez, quando Maria me instruiu a fechar o portão, ele se abriu miraculosamente, e as galinhas escaparam.

A única tarefa em que eu me saía bem era cuidar da cabra, a quem havia dado o nome de Dalila. Eu lhe dava frutas e pepino, e dei-lhe uma cestinha que ela gostava de jogar de um lado para outro, usando a cabeça. Eu falava com Dalila — *Olá, menina, tem leite para mim hoje? Está com fome? Quer que eu coce suas orelhas?*

Acha Judite tão irritante quanto eu acho? —, e às vezes ela me respondia com uma sequência de balidos. Alguns dias, eu amarrava um pedaço de corda em seu pescoço e o prendia em meu cinto para que me acompanhasse enquanto fazia minhas tarefas, esperando que o sol se aproximasse das colinas e Jesus voltasse. Ao vê-lo, Dalila e eu corríamos para o portão, onde eu o abraçava, alheia aos olhares de sua família.

Tiago e Simão se divertiam zombando de nossa devoção, o que Jesus aceitava, rindo com eles. Havia certa verdade naquela provocação, mas eu não achava que era tão bem-intencionada quanto meu marido pensava. Eles o faziam por inveja. Simão, que só teria uma esposa dali a dois anos, ansiava pelas intimidades do casamento, e a união de Tiago e Judite era como a de dois bois sob o mesmo jugo.

III

Em um dia quente do mês de elul, quando o pátio parecia cozinhar, ordenhei Dalila no estábulo, depois coloquei o jarro de leite espumante do outro lado do portão, para que as ovelhas não o virassem. Quando me virei de volta, Dalila estava de novo no bebedouro. Ela pegara o hábito de ficar de pé ou até sentada dentro dele, por longos períodos. Não fiz nenhum esforço para impedi-la. Pensei em entrar eu mesma. No entanto, quando Maria se aproximou com uma cesta de grãos, tentei fazer a cabra sair.

"Deixe-a", Maria disse, rindo. Ela parecia cansada e estava corada por causa do calor. Faltava pouco para que o bebê de Judite nascesse, por isso tínhamos assumido suas tarefas, e a maior parte delas recaía sobre Maria, porque eu ainda estava aprendendo.

Peguei a cesta dela. Até eu era capaz de alimentar as galinhas.

Ela se reclinou no portão. "Sabe o que devíamos fazer, Ana? Só nós duas? Ir até o mikvá do vilarejo. Yalta pode ficar com Judite, caso o bebê decida chegar."

Apontei para Dalila. "Eu sei, também a invejo."

Maria riu. "Vamos nos esquivar do trabalho e partir." Uma encantadora luz travessa era visível em seus olhos.

Uma fila de mulheres tinha se formado do lado de fora do recinto de pedra que abrigava o tanque, não porque de repente eram muito devotadas, mas porque, como nós, ansiavam por um descanso do calor. Juntamo-nos a elas, com nossos trapos para nos secar e nossas túnicas limpas. Maria cumprimentou a velha parteira sem dentes que logo cuidaria de Judite. A mulher a cumprimentou de volta, sem muito entusiasmo. As mulheres à nossa frente olhavam-me furtivamente, mantendo o corpo rígido, e me dei conta de que minha reputação me seguira desde Séforis. Eu não sabia se Maria não notava ou se, por minha causa, fingia não notar.

Quando entramos no recinto fresco e mergulhamos no mikvá, os comentários das mulheres ganharam altura. *Sim, é a filha do chefe dos escribas, que foi mandada embora por promiscuidade... Dizem que quase foi apedrejada por roubo... Que motivo o filho de Maria poderia ter para se casar com ela?* Tendo-as ouvido, as mulheres atrás de nós, incluindo a parteira, recusaram-se a entrar na água atrás de mim, preferindo esperar que eu saísse.

Minhas bochechas queimaram com a humilhação. Não porque eu me importasse com o que aquele bando pueril de mulheres pensava, mas porque Maria havia testemunhado tais indignidades. "Não dê atenção a elas", Maria me disse. "Ofereça a outra face." Mas aquele brilho encantador havia sumido de seus olhos.

Enquanto caminhávamos de volta para casa, ela disse: "Jesus e eu também fomos alvo desse tipo de malícia. Também fomos chamados de promíscuos. Diziam que ele havia sido concebido antes do casamento, e alguns falavam até que não era filho de José."

Não mencionei que Jesus já havia me dito aquelas coisas. Esperei que ela refutasse as acusações, mas Maria não disse nada, recusando-se a se defender.

Ela pegou minha mão enquanto caminhávamos, e senti como era difícil, como era corajoso, como era amoroso da parte dela se abrir assim para mim. "Jesus sofreu mais do que eu", Maria disse. "Foi marcado como uma criança nascida fora do casamento. Alguns ainda o marginalizam no vilarejo. Quando menino, ele voltava da escola da sinagoga com hematomas e arranhões, porque sempre brigava com aqueles que o atormentavam. Eu dizia a ele o que disse a você: 'Não lhes dê atenção e ofereça a outra face. Seus corações são de pedra e suas cabeças são de palha.'"

"Já ouvi Jesus dizendo essas mesmas palavras."

"Ele aprendeu bem, e seu sofrimento não o endureceu. É sempre de admirar quando a dor de alguém não se transforma em amargura, em vez disso trazendo à tona bondade."

"Acho que isso teve muito a ver com a mãe dele", eu disse.

Maria deu alguns tapinhas no meu braço e dirigiu sua preocupação a mim. "Sei que você também sofre, Ana, e não só por causa das fofocas e do escândalo, mas diariamente nas mãos de Judite. Sinto muito que ela dificulte as coisas para você."

"Aos olhos dela, não faço nada certo."

"Judite inveja sua felicidade." Abruptamente, ela nos conduziu para fora do caminho, rumo a uma figueira, e fez sinal para que eu me sentasse à sombra verde. "Há uma história que devo lhe contar", Maria disse. "Ano passado, quando Jesus estava perto dos vinte anos, muito antes que você aparecesse, José tentou arranjar uma noiva para ele. Meu marido já estava doente. Sentia-se fraco, tinha a respiração curta e um tom azulado predominava em seus lábios." Ela fez uma pausa, fechando os olhos, e vi o frescor de seu luto. "Acho que ele sabia que logo morreria, de modo que se sentiu pressionado a cumprir seu dever de encontrar uma esposa a seu filho mais velho."

Uma lembrança me ocorreu. Na noite em que Jesus pedira que eu me tornasse sua noiva, ele havia dito que o pai tentara lhe arranjar um casamento, mas que ele mesmo não concordara com aquilo.

"O pai de Judite, Urias, possui um pequeno lote de terra em que cria ovelhas, chegando a contratar dois pastores", Maria disse. "Ele era amigo de José e não dava atenção às histórias remanescentes envolvendo o nascimento de Jesus. José pretendia encontrar em Judite uma noiva para Jesus."

A revelação me surpreendeu.

"É claro que isso não aconteceu", Maria prosseguiu. "Nosso filho acreditava que nunca se casaria. Foi um grande choque para nós. Não se casar teria reforçado a condição de pária de Jesus. Imploramos a ele, mas seus motivos estavam relacionados aos desejos divinos, e Jesus pediu ao pai que não abordasse Urias. De modo que José não o fez."

A luz do sol encontrou passagem através dos galhos, e eu franzi o cenho, mais por confusão que por seu brilho. "Por que Judite teria inveja de mim se não sabe a respeito disso?"

"Mas ela sabe. José estava tão seguro do noivado que já havia sinalizado sua união a Urias. A mãe de Judite veio a mim, dizendo que a ideia agradava a sua filha. Pobre José. Sentiu-se culpado e ficou aliviado quando Tiago se ofereceu para desposar Judite no lugar do irmão. Ele mal tinha completado dezenove anos, era muito jovem. Naturalmente, a história se espalhou por Nazaré."

Judite devia ter ficado muito envergonhada — ficara com o segundo filho mais velho porque o primeiro a recusara. Devia ter sido difícil para ela me ver atravessando o portão poucos meses depois.

"Jesus acreditava que estava certo em sua decisão", Maria disse. "Ainda assim, sentiu-se mal pela vergonha que causara à família de Judite, de modo que foi até Urias e se rebaixou diante dele, dizendo que não pretendia faltar-lhe com o respeito, que não estava certo de que um dia viria a se casar, que ainda discutia a questão com Deus. Elogiou Judite como uma mulher digna, insistiu que valia mais do que rubis. Isso satisfez Urias."

Mas aparentemente não satisfez Judite. Eu agarrava um pedaço da minha túnica com tanta força que, quando o soltei, minhas juntas latejavam. Jesus não havia me contado nada daquilo.

Maria leu meus pensamentos. "Meu filho não queria colocar esse fardo em seus ombros. Acreditava que tornaria tudo ainda mais difícil para você, mas na minha opinião pode ajudá-la a compreender melhor Judite e talvez até facilitar as coisas."

"Tenho certeza de que assim será", eu disse, mas só conseguia pensar que meu marido tinha um lugar reservado dentro de si, onde guardava certas intimidades que eu nunca conheceria. Mas não tinha eu mesma um lugar igual?

Maria ficou de pé e me encarou quando também me levantei. "Fico feliz que meu filho tenha mudado de ideia quanto ao casamento. Não sei se foi Deus quem o convenceu ou você." Ela pôs as mãos em minhas bochechas. "Nunca o vi tão feliz quanto é agora."

Enquanto caminhávamos, disse a mim mesma que deixaria Jesus manter aquele lugar secreto que era só seu. Tínhamos nossa intimidade familiar — por que não deveríamos ter também nossa intimidade particular?

IV

Comecei a deixar a esteira de palha enquanto Jesus dormia, acender uma lamparina e abrir meu baú. Sentada de pernas cruzadas no chão, tentava não fazer nenhum ruído enquanto pegava os papiros e lia.

Às vezes me perguntava se Jesus alguma vez abrira meu baú de cedro para ver o que havia dentro. Nunca tínhamos falado sobre seu conteúdo, e, embora ele tivesse lido a súplica na bacia e soubesse da profundidade do meu anseio, não voltara a tocar no assunto.

Uma noite, ao despertar, ele me encontrou encolhida na pequena fresta de luz, debruçada sobre minha história não terminada da labuta de Yalta em Alexandria, em que eu havia me envolvido durante os insuportáveis últimos dias antes de partir de Séforis.

Vindo assomar sobre mim, Jesus olhou para o baú aberto. "Esses são os rolos de pergaminho que enterrou na caverna?"

A pergunta me fez perder o ar. "Sim. Havia treze enterrados ali, mas pouco depois de desenterrá-los acrescentei muitos outros à coleção." Minha mente vagou para os três rolos de pergaminho que continham meus contos de terror.

Passei a ele o pergaminho que estava lendo, sentindo a mão tremer. "Este é um relato da vida de minha tia em Alexandria. Sinto muito por não ter conseguido terminá-lo antes que o papiro acabasse."

Quando Jesus o pegou, dei-me conta de que aquele texto também estava repleto de brutalidade. Eu só avançara nele até descrever os maus tratos que minha tia suportara nas mãos do marido, Ruebel, sem poupar detalhes de sua crueldade. Reprimi o desejo de pegar o pergaminho de volta — Yalta era a única que já tinha lido minhas palavras, e de repente me senti exposta, como se tivessem me tirado de minha pele.

Jesus se sentou ao meu lado e se inclinou para a luz da lamparina. Após terminar, disse: "Sua história fez com que os sofrimentos de sua tia deixassem o papiro e entrassem em mim. Senti seu sofrimento como se fosse meu, e agora ela é uma nova pessoa para mim".

Senti um calor dentro do peito, uma espécie de radiação que se espalhava pelos meus braços. "Isso é o que mais desejo quando escrevo", eu disse a ele, lutando para manter a serenidade.

"Os outros rolos de pergaminho contêm histórias como esta?", Jesus perguntou.

Descrevi minha coleção de narrativas, incluindo meus contos de terror.

"Você voltará a escrever, Ana. Um dia."

Ele reconhecia o que nunca havia sido dito em voz alta: que tal privilégio não me era possível agora. Nem mesmo Jesus, o filho mais velho, poderia providenciar para que eu escrevesse e estudasse, não naquela casa pobre de Nazaré, onde não restavam moedas para papiro, onde os homens lutavam por trabalho e as mulheres labutavam do começo ao fim do dia. Os deveres e costumes das mulheres ali eram invioláveis, ainda mais do que em Séforis. O prazer e a afronta de produzir tintas e escrever eram tão impensáveis quanto transformar linho em ouro, mas tampouco me estariam para sempre perdidos — era isso que Jesus me dizia.

Ele apagou a lamparina e retornamos às nossas esteiras. Suas palavras tinham me inundado de uma estranha mistura de esperança e decepção. Eu disse a mim mesma que deixaria meu desejo de lado, que aquilo teria que esperar. A noção me entristeceu, mas a partir daquela noite não duvidei mais de que Jesus compreendesse meu anseio.

v

No dia em que fez um ano que eu e Jesus estávamos casados, Maria deu alguns tapinhas na minha barriga e brincou: "Já tem um bebê aí?". Ao ouvi-la, Jesus lançou para a mãe um olhar de quem achava graça, que me atravessou na hora. Ele também esperava e torcia por um filho?

Estávamos no pátio, amontoados sobre um inventivo forno que Jesus havia feito com barro e palha. Olhávamos dentro dele, para as bolas de massa grudadas em suas paredes lisas e curvas. Maria e eu tínhamos nos revezado jogando a massa contra as laterais, enquanto Jesus elogiava nossos esforços. Duas das minhas bolas tinham se recusado a grudar e aterrissado sobre o carvão quente no fundo, o que não era de surpreender. O cheiro de pão queimado tomava conta.

Do outro lado do terreno, Judite saiu pela porta e franziu o nariz. "Queimou o pão de novo, Ana?" Ela olhou de soslaio para Jesus.

"Como sabe que fui eu, e não minha sogra?", perguntei.

"Do mesmo jeito que sei que foi sua cabra quem comeu meu pano, e não as galinhas." Claro que ela ia tocar naquele assunto. Eu havia deixado Dalila vagando livre pelo terreno, e ela comera o precioso pano de Judite. Seria de pensar que eu tinha colocado o pano em um prato e dado para a cabra comer.

No momento perfeito, Dalila emitiu um balido desamparado, e Jesus começou a rir. "Ela a ouviu, Judite, e quer o seu perdão."

Judite foi embora bufando, com o bebê, Sarah, preso às suas costas. Fazia sete meses que a menina tinha nascido, e Judite já estava grávida de novo. Eu sentia um pouco de pena dela.

Maria retirava os pães do forno e os jogava em uma cesta. "Vou embrulhar estes para sua viagem", ela disse a Jesus.

Ele partiria amanhã, e viajaria de vilarejo em vilarejo oferecendo seus serviços como canteiro e carpinteiro. O anfiteatro de Séforis estava terminado, e os trabalhos na cidade tinham desaparecido, porque Herodes Antipas construía uma nova capital ao norte, que receberia o nome de Tiberíades, em homenagem ao imperador romano. Jesus poderia ter encontrado trabalho lá, mas Antipas, tolo e atrevido como era, tinha construído a cidade sobre um cemitério, e só aqueles que não se importavam muito com as leis de pureza aceitavam trabalhar lá. Meu marido era um crítico declarado daquelas leis, provavelmente declarado demais para seu próprio bem, mas acho que se vira aliviado por encontrar um motivo para não tomar parte nas ambições do tetrarca.

Passei o braço pela cintura de Jesus, como se fosse prendê-lo a mim. "Não apenas eu e Dalila não seremos perdoadas como meu marido partirá com todo o nosso pão", eu disse, fazendo um esforço para disfarçar a tristeza. "Gostaria que não tivesse que ir."

"Se eu pudesse escolher, ficaria, mas há pouco trabalho para mim em Nazaré, você sabe disso."

"O povo de Nazaré não precisa de arados, jugos e vigas?"

"Os trabalhos aqui vão mais facilmente para Tiago e Simão do que para mim. Tentarei não ficar longe por muito tempo. Irei primeiro a Jaffa de Nazaré, e, se não encontrar trabalho ali, partirei para Xalot e Dabira."

Jaffa de Nazaré. O vilarejo para o qual Tabita havia sido banida. Fazia um ano e meio que eu não a via, mas ela não desaparecera de meus pensamentos. Eu havia contado a Jesus a seu respeito, sem esconder nada. Tinha até cantado algumas de suas músicas para ele.

"Quando estiver em Jaffa de Nazaré, pode perguntar a respeito de Tabita por mim?", perguntei.

Ele hesitou apenas por um momento. "Perguntarei, Ana, mas, caso haja notícias, talvez não sejam do tipo que espera ouvir."

Mal o ouvi. A canção de Tabita sobre as meninas cegas soava espontaneamente em minha cabeça.

À tarde, encontrei Jesus misturando areia e água para consertar o muro de tijolos de barro, sujo até os cotovelos. Eu não aguentava mais guardar meu segredo. Entreguei-lhe um copo de água e disse: "Lembra-se de quando me disse que alguns homens ouviam um chamado interior que fazia com que deixassem suas famílias para ser profetas e pregadores?".

Ele olhou para mim, confuso, apertando os olhos sob a luz do sol.

"Você achava que talvez fosse um deles", continuei. "Bem, eu também sinto algo dentro de mim... dizendo que não fui feita para ser mãe, mas para outra coisa."

Era algo impossível de explicar.

"Você está falando sobre a súplica na bacia. Sobre as histórias que escreveu."

"Sim." Peguei suas mãos nas minhas, ainda que estivessem sujas. "E se minhas palavras pudessem vaticinar ou pregar, como as dos homens? Não valeria o sacrifício?"

Eu tinha apenas dezesseis anos — era muito nova e exorbitantemente esperançosa. Ainda acreditava que não teria que esperar muito. Algum milagre aconteceria. O céu se abriria. Deus faria chover papiro.

Estudei seu rosto. Vi pesar, incerteza. Não ter filhos era considerado um grande infortúnio, algo pior que a morte. De repente, pensei na lei que permitia que um homem se divorciasse de uma esposa que não houvesse tido filhos depois de dez anos, mas, ao contrário de minha mãe, eu não temia aquela possibilidade. Jesus nunca recorreria a uma lei daquelas. O medo que eu sentia era de decepcioná-lo.

"Mas precisa fazer esse sacrifício agora?", ele perguntou. "Temos tempo. Sua escrita estará aqui para você um dia."

Então compreendi com mais clareza — quando ele dizia "um dia", queria dizer um dia bastante distante.

"Não quero filhos", sussurrei.

Aquele era meu mais profundo segredo, que eu nunca havia dito em voz alta. Boas mulheres tinham filhos. Boas mulheres *queriam* filhos. Era ensinado precisamente a cada menina o que boas mulheres faziam e não faziam. Carregávamos aqueles ditames como pedras do templo. Uma boa mulher era modesta. Era silenciosa. Cobria a cabeça quando saía. Não falava com homens. Cumpria suas tarefas domésticas. Obedecia e servia ao marido. Era fiel a ele. Acima de tudo, dava-lhe filhos. Melhor ainda: filhos homens.

Esperei que Jesus respondesse, mas ele só mergulhou a trolha na mistura e a alisou sobre as pedras. Alguma vez ele me incitara a ser uma boa mulher? *Nenhuma.*

Esperei alguns momentos. Quando ele não falou, virei-me para ir embora.

"Então deseja dormir separado?", ele perguntou.

"Não, não. Mas desejo usar as ervas da parteira. Na verdade... já as uso."

Seus olhos se fixaram nos meus por muito tempo, e esforcei-me para não evitá-los. Estavam marcados por uma decepção que se abrandou lentamente, até se esgotar. "Pequeno Trovão", Jesus disse, "não vou julgar o que sabe em seu coração nem a escolha que fizer."

Foi a primeira vez que ele usou o apelido pelo qual me chamaria até o fim. Eu o aceitei como uma carícia. Jesus ouvira o tremor que havia em meu interior e não tentara silenciá-lo.

VI

Os dias em que ele não estava se arrastavam, com pés miúdos e sem pressa. Às vezes, à noite, a sensação de solidão era tão grande que eu levava Dalila para nosso quarto e lhe dava cascas de cítricos. Outras vezes, eu levava minha esteira até a despensa e dormia ao lado de Yalta. Eu marcava a ausência de Jesus com pedregulhos, colocando um a cada dia sobre sua esteira de dormir e vendo a pilha crescer. Nove... dez... onze.

No décimo segundo dia, despertei sabendo que Jesus voltaria antes do escurecer portando uma notícia auspiciosa. Não conseguia me concentrar nas minhas tarefas. À tarde, Maria se aproximou enquanto eu olhava indolente para uma aranha dependurada no bico de uma jarra de água. "Você está bem?", ela perguntou.

"Jesus voltará hoje. Tenho certeza."

Ela não questionou minha segurança. Só disse: "Vou preparar uma refeição para ele".

Eu me banhei e passei um pouquinho de óleo de cravo atrás das orelhas. Deixei o cabelo solto e vesti a túnica azul-escura que ele adorava. Servi vinho e pus o pão na mesa. Repetidas vezes, fui à porta e olhei para o portão. Uma labareda amarela na colina... Os primeiros grãos de escuridão flutuando no ar... O crepúsculo se escondendo atrás da casa.

Ele chegou com o último traço de luz, carregando suas ferramentas e com dinheiro o bastante para reabastecer o trigo e acrescentar um cordeiro ao estábulo. Na privacidade de nosso quarto, puxou-me em um abraço. Eu conseguia sentir o cheiro do cansaço dele.

Enchendo seu copo, eu disse: "Que notícias traz?".

Jesus descreveu seus dias e o trabalho que havia sido contratado para fazer.

"E Tabita? Teve notícias dela?"

Ele tocou o espaço ao seu lado no banco. "Sente-se."

A notícia era tão séria que eu devia recebê-la sentada? Afundei-me perto dele.

"Fui contratado por um homem em Jaffa de Nazaré para fazer uma porta para sua casa. Todos no vilarejo sabiam de Tabita, incluindo a esposa dele, que disse que poucos a haviam visto, mas muitos a temiam. Quando perguntei o motivo, ela disse que Tabita tinha sido possuída por demônios e era mantida trancada."

Não eram as notícias favoráveis que eu esperava. "Pode me levar até ela?"

"Tabita não está mais lá, Ana. A mulher disse que foi vendida para um homem de Jericó, um proprietário de terras."

"Vendida? Ela é escravizada em sua casa?"

"É o que parece. Perguntei a outras pessoas a seu respeito, e todas me contaram a mesma história."

Deitei a cabeça em seu colo e senti sua mão acariciando minhas costas.

VII

No ano que se seguiu, acostumei-me às ausências de Jesus. A perda temporária dele se tornou menos uma lança me atravessando e mais uma farpa no meu pé. Eu prosseguia com minhas tarefas, e era um alívio quando as completava e podia me sentar com Maria ou Yalta e implorar por histórias da infância de Jesus ou de Alexandria. Às vezes pensava nos meus pais, que ficavam a uma caminhada de uma hora de distância, e em Judas, que eu não sabia onde estava, e uma terrível desolação crescia dentro de mim. Nenhum deles entrara em contato. Eu tentava não pensar em Tabita, vendida para ser escravizada por um desconhecido.

Quando Jesus estava ausente, era meu costume usar o fio vermelho no pulso. No entanto, no começo daquela primavera, em um dia em que minha mente não sossegava por nada, notei como o fio tinha ficado fino no último ano, tanto que temi que em breve fosse se romper. Tocando-o com a ponta dos dedos, prometi a mim mesma que se tal coisa acontecesse não seria um sinal de mau agouro, mas então pensei na mancha de tinta na bacia de encantamento, na nuvem cinza sobre minha cabeça. Era difícil imaginar que *aquilo* não significava nada. Não, eu não arriscaria esperar que o fio se rompesse. Desfiz o nó e guardei meu bracelete esfarrapado na bolsa de pele de cabra.

Eu a estava fechando quando ouvi Maria gritar do pátio: "Venha depressa, Jesus voltou".

Nas duas semanas anteriores, ele estivera fazendo armários para um fabricante de vinhos em Besara, o que permitia que residisse na casa de sua irmã, Salomé. Eu sabia que Maria estava ansiosa por notícias da filha.

"Salomé está bem", Jesus relatou quando a afobação dos cumprimentos havia passado. "Mas tenho amargas notícias. Seu marido tem uma doença na perna e no braço e uma mácula na voz. Não pode mais sair de casa."

Olhei para Maria, para como se posicionava, com os braços envolvendo o próprio corpo, que dizia o que sua boca não ousava: *Salomé logo será viúva.*

Aquela noite, todos nós, com exceção de Judite e das crianças, nos reunimos em torno do fogo para especular quanto ao marido de Salomé e compartilhar histórias. Quando o calor tinha quase deixado as brasas, Tiago se dirigiu a Jesus. "Fará a peregrinação do Pessach por nós este ano?"

No ano anterior, Tiago, Simão e Maria haviam ido até o templo em Jerusalém, enquanto o restante de nós permanecera em casa, trabalhando e cuidando dos animais. Era sua vez de ir, mas Jesus hesitou.

"Ainda não sei", ele disse.

"Mas *alguém* da família precisa ir", Tiago respondeu, parecendo irritado. "Por que hesita? Não pode deixar o trabalho por alguns dias?"

"Não se trata disso. Estou tentando compreender se Deus deseja que eu vá ou não. O templo se tornou um antro de ladrões, Tiago."

O irmão revirou os olhos. "Precisa sempre se preocupar com essas coisas? Temos o dever de sacrificar um animal no Pessach."

"Sim, e os pobres levam seus animais e os sacerdotes se recusam a aceitá-los, alegando que estão maculados, e depois cobram preços exorbitantes por outros."

"O que ele diz é verdade", Simão concordou.

"Podemos falar de outra coisa?", Maria sugeriu.

Mas Jesus insistiu. "Os sacerdotes insistem em ter sua própria moeda e, quando os pobres vão trocar as suas, cobram-lhes taxas abusivas!"

Tiago se levantou. "Vai me forçar a fazer a viagem de novo este ano? Preocupa-se mais com os pobres do que com seu irmão?"

Jesus respondeu: "Não são os pobres também meus irmãos?".

Na manhã seguinte, quando o sol ainda despertava, Jesus foi até as colinas rezar. Era um hábito diário. Em outros momentos, eu o encontrava de pernas cruzadas no chão, com o talit sobre a cabeça, imóvel, de olhos fechados. Era assim desde que tínhamos nos casado, aquela devoção, aquele regozijar-se em Deus, e eu nunca havia me importado, mas naquele dia, vendo-o ir embora à meia-luz, compreendi o que até então só tinha vislumbrado. Deus era a terra abaixo dele, o céu acima de sua cabeça, o ar que respirava, a água que bebia. Aquilo me deixava intranquila.

Preparei seu desjejum, separando o milho do folhelho e tostando-o, e o aroma doce se espalhou pela casa. Eu ficava olhando para o portão, como se Deus espreitasse ali, pronto para roubar meu marido.

Quando Jesus retornou, sentamo-nos juntos sob a oliveira. Vi-o envolver um pedaço de queijo de cabra com pão e comer vorazmente, guardando o milho, que preferia, para o fim. Ele estava quieto.

Finalmente, Jesus disse: "Quando vi a enfermidade do meu cunhado, fui tomado pela piedade. Para onde quer que olhe, há sofrimento, Ana. No entanto, passo meus dias fazendo armários para um homem rico".

"Você passa seus dias cuidando de sua família", eu disse, talvez cortante demais.

Ele sorriu. "Não se preocupe, Pequeno Trovão, farei o que devo." Ele me envolveu em seus braços. "O Pessach se aproxima. Iremos a Jerusalém."

VIII

Tomamos a rota dos peregrinos, deixando as colinas verdes da Galileia e descendo para o denso matagal do vale do Jordão, viajando por extensões de vida selvagem repletas de chacais. À noite, apagávamos o fogo cedo e, abraçados a nossas varas, dormíamos sob pequenos alpendres que produzíamos com galhos quebrados. Estávamos a caminho de Betânia, que ficava na entrada de Jerusalém, onde nos hospedaríamos com amigos de Jesus, Lázaro, Marta e Maria.

A estrada de Jericó representava a última parte de nossa jornada, e a mais traiçoeira, não por causa dos chacais, mas dos ladrões que se escondiam nos despenhadeiros áridos que ladeavam o vale. Pelo menos era uma estrada movimentada; fazia quilômetros que seguíamos um homem com dois filhos e um sacerdote usando vestes elaboradas, mas eu não podia evitar certa inquietação. Notando que eu estava nervosa, Jesus começou a me contar histórias das visitas que fazia com sua família a seus amigos em Betânia quando ainda era menino.

"Quando eu tinha oito anos", Jesus disse, "Lázaro e eu encontramos um mercador de pombos que tratava seus pássaros de maneira cruel, cutucando-os com graveto e dando-lhes pedras para comer. Esperamos até que deixasse sua barraca, abrimos as gaiolas e os libertamos antes que ele retornasse. O homem nos acusou de roubo, e nossos pais foram obrigados a pagar pelo que havia perdido. Minha família se viu forçada a permanecer em Betânia por duas semanas a mais, enquanto meu pai e eu trabalhávamos para pagar a dívida. Na época, achei que tinha valido a pena. A visão dos pássaros voando para longe..."

Imaginando-os batendo suas asas rumo à liberdade, não notei que ele tinha retardado o passo e interrompido a frase no meio. "Ana." Jesus apontou para uma curva adiante, para uma pilha de vestes brancas salpicadas de vermelho à beira da estrada. Pensei: *Alguém as descartou*. Então vi a forma da pessoa abaixo delas.

À nossa frente, o pai com seus filhos e depois o sacerdote pararam, aparentemente considerando se a pessoa estava viva ou morta.

"Ele foi atacado por ladrões", Jesus disse, passando os olhos pelo terreno acidentado como se ainda pudessem estar por perto. "Venha." Ele caminhou depressa, e eu me esforcei para acompanhá-lo. Os outros já passavam pelo homem ferido, à distância.

Jesus se ajoelhou ao lado da figura, e eu fiquei atrás dele, reunindo coragem para olhar. Ouvi um gemido suave. "É uma mulher", ele disse.

Olhei para ela, vendo-a sem vê-la, minha mente relutando a se render ao que estava à minha frente. "Meu Senhor e meu Deus, é *Tabita*!"

Seu rosto estava coberto de sangue, mas não vi nenhum ferimento. "Ela tem um talho no couro cabeludo", Jesus disse, apontando para uma massa de sangue grudento e escuro em seu cabelo.

Inclinei-me e limpei seu rosto com a túnica. Seus olhos se entreabriram. Ela me encarou, piscando, e tive certeza de que me reconheceu. O que restava de sua língua se movimentava na boca, procurando por uma maneira de dizer meu nome.

"Ela está morta?", uma voz perguntou. Um jovem alto se aproximava. Dava para ver por seu dialeto e suas vestes que era um samaritano, e fiquei tensa na hora. Judeus não se envolviam com samaritanos e os consideravam piores que gentios.

"Está ferida", Jesus disse.

O homem pegou seu odre, inclinou-se e levou-o aos lábios de Tabita. A boca dela se abriu, e o pescoço se inclinou para trás. Ela parecia um filhote de pássaro ainda sem penas, esperando comida. Jesus levou a mão ao ombro do homem. "É um samaritano, e no entanto dá a uma mulher da Galileia sua água."

O homem não respondeu. Jesus tirou seu próprio cinto e enrolou-o em volta da ferida de Tabita. O samaritano a colocou nas costas de Jesus, e percorremos o restante do caminho em uma lentidão excruciante.

IX

Ouvi o barulho das sandálias no pátio, depois vozes de mulheres, agudas e ansiosas. "Já vamos... Estamos indo."

Tabita grunhiu. Eu disse: "Você está a salvo agora".

Durante o dia longo e torturante, Tabita parecera inerte, como se dormisse, despertando um pouco apenas quando os homens a passavam de um para o outro, enquanto eu lhe dava tapinhas no rosto e lhe oferecia água. O samaritano tinha se separado de nós pouco antes que chegássemos a Betânia, colocando uma moeda de cobre em minhas mãos, um sestércio. "Garanta que ela tenha um teto e comida", ele dissera.

Eu começara a protestar, mas Jesus interrompera. "Deixe que nos dê a moeda." Eu a guardara na algibeira.

Agora, ouvi o ranger de um trinco e duas mulheres apareceram. Baixas, de cintura larga, com rostos redondos e cheios quase idênticos. Sua exuberância perdeu o viço quando viram Tabita, mas elas não fizeram perguntas e nos conduziram depressa a um quarto, onde a deitamos em uma esteira de dormir com almofadas.

"Eu cuido dela", a mulher que se chamava Maria nos disse. "Vão fazer a refeição da noite com Marta e Lázaro. Devem estar com fome e cansados."

Quando me demorei, relutante em deixar Tabita, Jesus me puxou de leve.

Lázaro não era como eu esperava. Tinha constituição modesta, com um rosto pálido e olhos fracos e lacrimejantes. Era muito diferente das irmãs. Ele e Jesus se cumprimentaram como irmãos, dando-se beijos nas bochechas e se abraçando. Reunimo-nos em torno de uma mesa redonda de ripas que ficava apoiada no chão, uma disposição que me era nova. Em Séforis, nos reclinávamos em assentos confortáveis em torno de uma mesa comprida. Em Nazaré, não tínhamos mesa, de modo que nos sentávamos no chão e segurávamos nossas tigelas sobre as pernas.

"Quem é a moça ferida?", Lázaro perguntou.

"O nome dela é Tabita", respondi. "Eu a conheci quando éramos meninas em Séforis. Ela era minha amiga, minha única amiga. Foi mandada para viver com parentes, que a venderam a um homem em Jericó. Não sei por que foi maltratada e deixada à beira da estrada."

Lázaro disse: "Ela pode ficar conosco por quanto tempo quiser".

Era uma casa de barro com ladrilhos no chão, esteiras de lã tingida e mikvá próprio, uma residência muito melhor que a nossa em Nazaré, mas havia apenas um quarto para hóspedes. Aquela noite Jesus dormiu no telhado, e eu arrumei minha cama ao lado de Tabita.

Enquanto ela dormia, fiquei deitada no escuro, ouvindo sua respiração, um coaxar que às vezes se transformava em bufadas e gemidos. Seu corpo pequeno e ágil, que tinha dançado com tanta graça e entrega, parecia ossudo e rígido, como se em um estado perpétuo de retração. Suas maçãs do rosto protuberantes pareciam pequenas colinas íngremes em seu rosto. Maria a tinha banhado e vestido nela uma túnica limpa, cobrindo o ferimento com um emplasto de azeite e cebola por causa do pus. O cheiro azedo pairava no quarto. Eu queria falar com Tabita. Ela havia acordado mais cedo, apenas por tempo o bastante para beber um copo cheio de água com limão.

Pensei nas palavras de Lázaro. Até que ele as pronunciasse, eu não havia considerado para onde Tabita iria. O que aconteceria com ela? Se dependesse apenas de mim, levaria minha amiga para morar conosco em Nazaré, mas ainda que a família inteira a aceitasse, o que era improvável, posto que Judite era Judite e Tiago era Tiago, havia pouco espaço disponível na casa já apertada. Yalta já tinha que dormir na despensa. Simão estava noivo de uma menina chamada Berenice, que logo viria para a casa, e parecia que Salomé voltaria a qualquer momento como viúva.

Quando Tabita se virou na esteira, acendi a lamparina e acariciei sua bochecha. "Estou aqui. É Ana."

"'Chei que inha so'ado você."

O que ela está dizendo? O que restava de sua língua era capaz de providenciar apenas rudimentos de palavras — eu teria que adivinhar o resto. Concentrei-me, enquanto ela repetia. "Achou que tinha sonhado comigo?"

Ela assentiu, com um leve sorriso, sem tirar os olhos de mim. *Quanto tempo faz desde a última vez que a ouviram, e mais ainda: que a compreenderam?*

"Meu marido e eu a encontramos na estrada de Jericó."

Ela tocou o curativo, depois olhou para o quarto à sua volta.

"Você está em Betânia, na casa de amigos próximos de meu marido", eu disse, e de repente me dei conta de que ela devia pensar que meu marido era Natanael. "Casei-me há dois anos, não com Natanael, mas com um canteiro e carpinteiro de Nazaré." Seus olhos se iluminaram de curiosidade — a chama de seu antigo eu permanecia ali —, mas suas pálpebras pesavam com a fadiga e o efeito da camomila que Maria acrescentara à água com limão. "Durma agora", eu lhe disse. "Conto mais depois."

Mergulhei o dedo na tigela de azeite que Maria havia deixado e toquei sua testa. "Eu a unjo, Tabita, amiga de Ana", sussurrei, e vi a recordação em seu rosto.

X

Nos dias anteriores ao Pessach, o ferimento na cabeça de Tabita começou a cicatrizar. A força voltou a seus membros. Ela deixou a cama e se aventurou no pátio para fazer as refeições com o restante de nós, comendo vorazmente, às vezes com dificuldade para engolir. As colinas e os vales de seu rosto começaram a desaparecer.

Eu mal saía do lado de minha amiga. Quando estávamos sós, preenchia o silêncio com histórias do que havia acontecido desde que nos separáramos... como enterrei meus rolos de pergaminho, encontrei Jesus na caverna, Natanael morreu, tornei-me amiga de Fasélia, o que ocorreu com Herodes Antipas e o mosaico. Ela ouvia com os lábios entreabertos, oferecendo leves grunhidos, e, quando narrei a proposta para me tornar concubina de Antipas e quão perto cheguei de ser apedrejada, ela soltou um grito, pegou minha mão e beijou o nó de meus dedos, um de cada vez. "Sou motivo de escárnio tanto em Séforis quanto em Nazaré", eu disse. Queria que ela soubesse que não estava só. Eu também era uma mamzer.

Tabita me estimulou a falar de Jesus, o que me fez perceber a estranha maneira como acabei me casando com ele e o tipo de homem que era. Contei a ela sobre a casa em Nazaré, sobre Yalta, Judite e minha sogra. Falei e falei, sempre parando para dizer: "Agora me diga: como foi sua vida nesses últimos anos?". Todas as vezes, ela dispensava minha pergunta.

Então, uma tarde, quando Tabita, Maria e eu estávamos juntas no pátio, olhando para as oliveiras do vale do Cédrom, minha amiga começou a falar abruptamente. Tínhamos acabado de preparar ervas amargas para a refeição do Pessach — rábano, tanaceto e marroio-branco, símbolo da amargura que nosso povo experimentou durante a escravização no Egito —, e não pude evitar pensar que foi isso que a provocou a revelar suas próprias aflições.

Não consegui interpretar a frase alterada que saiu de seus lábios.

"Você fugiu?", Maria disse. As duas tinham se aproximado durante as horas em que Maria lhe dava colheradas de seu ensopado.

A cabeça de Tabita balançou furiosamente. Com palavras entrecortadas e gestos, ela nos contou que fugira do homem de Jericó que a havia comprado. Simulou tapas na cara e nos braços, que lhe tinham sido dados pela esposa dele.

"Mas para onde você estava fugindo?", perguntei.

Ela se esforçou para pronunciar "Jerusalém". Então juntou as duas mãos com as palmas curvadas para cima e as ergueu, como se implorasse.

"Pretendia se tornar uma pedinte em Jerusalém? Ah, Tabita."

Maria disse: "Não terá que esmolar nas ruas. Vamos nos certificar disso".

Tabita sorriu para nós. Nunca mais tocou no assunto.

No dia seguinte, ouvi um silvo agudo dentro da casa. Eu estava no pátio, ajudando Marta a assar o pão sem fermento do Pessach, e Jesus tinha ido acompanhar Lázaro na compra de um cordeiro de um comerciante fariseu nas cercanias de Betânia. No dia seguinte, Jesus e eu levaríamos a pobre criatura para ser sacrificada no altar do templo de Jerusalém, como exigido, depois a traríamos para casa para que Marta a assasse.

Ping-ping. Deixei a bacia de massa de lado e segui o som até o quarto de Tabita. Ela estava sentada no chão, segurando uma lira, tocando cada corda, uma a uma. Maria pegou sua mão e passou por todas as cordas de uma só vez, produzindo um som de ondas — de vento, água e sinos. Tabita riu com os olhos brilhando, o rosto admirado.

Olhando para mim, ela levantou a lira e apontou para Maria.

"Maria lhe deu a lira?"

"Não toco desde que era menina", Maria disse. "Achei que Tabita fosse gostar."

Fiquei ali um bom tempo, observando-a experimentar as cordas. *Maria, você lhe deu uma voz.*

XI

Atravessamos o vale com o cordeirinho nos ombros de Jesus e entramos em Jerusalém através da Porta da Fonte, perto do Tanque de Siloé. Planejávamos nos purificar antes de entrar no templo, mas o tanque estava lotado. Havia um grupo de aleijados no terraço, esperando que alguma boa alma os levasse até a água.

"Podemos nos purificar em um dos mikvás próximos ao templo", eu disse, sentindo certa repulsa pelas enfermidades e pelos corpos conspurcados.

Ignorando-me, Jesus passou o cordeiro para os meus braços. Ele levantou um menino paralítico de sua liteira; suas pernas eram retorcidas como raízes de árvores.

"O que está *fazendo*?", falei, indo atrás dele.

"Apenas o que eu gostaria que me fizessem se fosse esse menino", Jesus respondeu, levando-o até a água. Agarrei o cordeiro que se debatia e fiquei vendo enquanto meu marido fazia boiar o menino, que se jogava água e se banhava.

Naturalmente, seu feito despertou gritos e súplicas dos outros aleijados, e eu soube que ficaríamos ali por algum tempo. Meu marido levou cada um deles para o tanque.

Depois, pingando, revigorado, Jesus se divertiu me perseguindo, balançando a cabeça, lançando-me um jato de água que me fez gritar.

Passamos pelos becos apertados da cidade baixa com mascates, mendigos e adivinhos agarrando nossas vestes e finalmente chegamos aos níveis mais elevados, onde os cidadãos mais abastados e os sacerdotes viviam em casas mais grandiosas que as melhores de Séforis. Quando nos aproximamos do templo, a multidão se ampliou, assim como o cheiro de sangue e carne animal. Cobri o nariz com o lenço de cabeça, mas não ajudou muito. Havia soldados romanos em toda parte; havia sempre risco de revoltas e tumultos no Pessach. Parecia que todo ano um messias ou revolucionário era crucificado.

Fazia anos que eu não punha os olhos no templo, e a visão dele se estendendo ao longo do monte à frente me fez parar. Eu havia me esquecido de sua vastidão, de seu completo esplendor. Suas pedras brancas com filigranas douradas brilhavam ao sol, em um espetáculo de tanta grandiosidade que ficava fácil acreditar que Deus morava ali. *E ele mora?*, pensei. *Talvez, como Sofia, prefira um riacho tranquilo em algum ponto do vale.*

Como se nossos pensamentos estivessem em sincronia, Jesus disse: "Da primeira vez que nos encontramos na caverna, falamos do templo. Lembra? Você me perguntou se Deus morava nele ou dentro das pessoas".

"E você respondeu: 'Não pode viver em ambos?'."

"Então você disse: 'Não pode viver *em toda parte*? Devemos libertá-lo'. Foi então que eu soube que a amaria, Ana. Naquele momento."

Enquanto subíamos pela grande escadaria que conduzia ao templo, a cacofonia dos cordeiros balindo no Pátio dos Gentios era ensurdecedora. Centenas deles se amontavam em uma clausura improvisada, esperando para ser comprados. O cheiro de esterco queimava minhas narinas. A multidão empurrava, e senti Jesus apertar minha mão com mais força.

Quando nos aproximávamos das mesas onde os mercadores e cambistas se sentavam, Jesus fez uma pausa para olhá-los. "É um covil de ladrões", ele me disse.

Abrimos caminho até a Porta Formosa e entramos no Pátio das Mulheres, depois seguimos com a massa até a escada circular onde minha mãe uma vez me impedira de ir atrás de meu pai. *Só homens... só homens.*

"Espere-me aqui", Jesus disse. Fiquei olhando enquanto ele subia os degraus e se misturava à horda de homens do outro lado do portão. O cordeiro era um borrão branco sacudindo em meio à desordem.

Jesus retornou com o animal sem vida pendurado sobre seus ombros, sua túnica com manchas de sangue. Tentei não olhar nos olhos do animal, duas pedras pretas e redondas.

Voltando a passar pelas mesas dos cambistas, vimos uma velha chorando. Ela usava vestes de viúva e assoava o nariz em suas dobras. "Tenho apenas dois sestércios", a mulher disse. Ao ouvi-la, Jesus parou abruptamente e se virou.

"Pois precisa de três!", o cambista retrucou. "Dois para o cordeiro e um para trocar o dinheiro por moedas do templo."

"Mas só tenho dois", a mulher repetiu, estendendo-lhe as moedas. "Por favor. Como vou celebrar o Pessach?"

O cambista afastou a mão dela. "Vá embora!"

Jesus cerrou o maxilar com o rosto vermelho-escuro, cor de ocre. Pensei por um momento que fosse agarrar o homem e dar um chacoalhão nele ou ceder nosso cordeiro à viúva, mas certamente não ia nos privar do Pessach. "Ainda tem o sestércio do samaritano?", ele perguntou.

Tirei-o da algibeira e fiquei olhando enquanto Jesus se aproximava e punha a moeda à frente do cambista com um baque. O lugar era barulhento demais para que eu conseguisse ouvir o que Jesus dizia, mas eu sabia que ele estava criticando as faltas do templo, gesticulando indignado, com o cordeiro abatido nas costas sacudindo.

Não pode viver em toda parte? Devemos libertá-lo. Foi então que eu soube que a amaria, Ana.

Aquelas palavras ecoaram dentro de mim, e me lembrei da história que ele havia me contado pouco antes de encontrarmos Tabita na estrada, de quando havia libertado os pombos das gaiolas. Não parei para pensar. Fui até o cercado lotado que continha os cordeiros, abri o trinco e o portão. Eles se derramaram para fora, como uma enchente branca.

Mercadores frenéticos correram para conduzi-los de volta para o cercado. Um homem apontou para mim. "Ali. Foi ela quem abriu o portão. Parem-na!"

"Vocês roubam de viúvas pobres", gritei para ele e corri para o meio do pandemônio — cordeiros e pessoas se encontravam como dois rios, balindo e gritando.

"Parem-na!"

"Precisamos ir", eu disse, encontrando Jesus à mesa do cambista. "*Agora!*"

Ele pegou um cordeiro que passava e o colocou nos braços da viúva. Corremos para fora do pátio, descemos as escadas e passamos à rua.

"Foi você quem os soltou?", Jesus me perguntou.

"Sim."

"O que a possuiu?"

"*Você*", expliquei.

XII

No dia em que partimos de Betânia, encontrei Tabita em seu quarto, dedilhando a lira. Ela já a conseguia fazer cantar. Fiquei parada à porta sem que me notasse, enquanto entoava uma nova música que parecia estar compondo. Pelo que eu compreendia, era sobre uma pérola perdida. Quando minha amiga levantou o rosto e me viu, seus olhos cintilavam.

Ela ficaria, e eu partiria. Odiava ter que ir, mas sabia que Tabita ficaria melhor com Lázaro, Maria e Marta. Eles a tinham adotado como uma irmã mais nova.

"Ela vai ficar mais segura aqui", Jesus apontou. "Em Nazaré, estará perto demais de Jaffa de Nazaré." Eu não havia considerado aquilo. Se ela fosse a Nazaré, seus parentes certamente ficariam sabendo e iriam atrás dela. Mandariam Tabita de volta ao homem de Jericó ou a venderiam de novo.

"Antes que eu me vá, quero lhe dizer algo", falei a ela.

Tabita deixou a lira de lado.

"Anos atrás, depois daquele dia em que fui à sua casa, escrevi sua história no papiro. Escrevi sobre seu espírito feroz, sobre como foi à rua e contou aos gritos o que havia acontecido com você e sobre como foi silenciada por isso. Acho que toda dor neste mundo precisa ser testemunhada, Tabita. Foi por isso que você revelou seu estupro na rua, e foi por isso que escrevi a respeito."

Ela ficou me olhando, sem piscar, então me puxou para si e ficamos assim.

Quando atravessamos o portão de nossa casa em Nazaré, Yalta, Maria, Judite, Tiago e Simão se apressaram a nos cumprimentar. Até mesmo Judite beijou minha bochecha. Maria passou o braço no do filho e nos conduziu ao grande lavatório de pedra que havia no pátio. Era nosso costume que aqueles que tivessem ficado para trás lavassem os pés daqueles que haviam feito a peregrinação do Pessach. Maria fez sinal para que Judite tirasse minhas sandálias, mas minha cunhada se confundiu, talvez deliberadamente, talvez não, e se inclinou para desamarrar as sandálias de Jesus. Maria deu de ombros e me fez a honra de banhar ela mesma meus pés, jogando água fria nos meus dedos e traçando círculos com os dedões nos meus tornozelos.

"Como passaram no templo?", Tiago perguntou.

"Algo notável ocorreu", Jesus disse. "Houve uma debandada de cordeiros no Pátio dos Gentios. De alguma forma, eles escaparam do cercado." Meu marido sorriu para mim.

"Foi..." Busquei a palavra certa. "Inesquecível", disse ele. Debaixo da água, seu pé cutucou o meu.

XIII

Uma manhã de outono, vomitei o desjejum. Mesmo depois de esvaziar o estômago, permaneci inclinada sobre o cesto de descarte, com ânsia de vômito. Quando a sensação passou, lavei o rosto, limpei os respingos na túnica e fui encontrar minha tia a passos lentos e solenes. O óleo de cominho preto acabara por falhar.

Nos últimos anos, a casa se enchera de gente. O marido de Salomé havia morrido, e todos viajáramos a Besara para o banquete funerário, depois a trouxemos para casa, sem filhos e desolada, tendo as escassas propriedades do marido passado ao irmão dele. No ano seguinte, a esposa de Simão, Berenice, tinha chegado e tido um bebê, ao que Judite respondera com um terceiro filho. Agora haveria mais um.

Não fazia muito que o dia nascera, e Jesus estava nas colinas com o talit. Fiquei feliz que não estivesse presente — não queria que visse meu rosto em pânico.

Yalta estava sentada no chão da despensa comendo grão-de-bico e alho. O cheiro revirou meu estômago e quase me mandou de volta para o cesto de descarte. Depois que minha tia largou a tigela com seu conteúdo de odor repulsivo, deitei-me ao lado dela, descansando a cabeça sobre suas pernas. "Estou esperando um bebê", eu disse.

Yalta acariciou minhas costas, e nenhuma de nós falou por um tempo. Então ela perguntou: "E está certa disso?".

"Meu sangramento está atrasado, mas não dei muita atenção a isso, porque ocorreu muitas vezes. Foi só depois de vomitar o desjejum que eu soube. Estou grávida, sei disso." Sentei-me, de repente um pouco ansiosa. "Jesus vai voltar de suas preces em breve, e não posso contar a ele, ainda não, não quando estou *assim*." Eu me sentia possuída por um estranho entorpecimento, quase debilitante. Sob ele, decepção, medo e raiva se sacudiam dentro de mim.

"Dê-se o tempo necessário. Se ele questionar seu estado, diga que é só um incômodo no estômago. Há verdade nisso."

Fiquei de pé. "Por seis anos, engoli aquele óleo infernal", eu disse, a raiva extravasando de mim. "Por que ele falhou agora?"

"Nenhum preventivo é perfeito." Ela me lançou um olhar malicioso. "E você certamente testou os limites deste."

* * *

No dia seguinte, Jesus viajou para Tabor para encontrar trabalho, retornando quatro dias depois. Eu o encontrei no portão, beijei suas bochechas e suas mãos, depois seus lábios. "Está precisando cortar o cabelo", eu disse.

O sol se punha com um pequeno alvoroço no céu — vermelho, laranja e índigo. Jesus olhou para ele e um sorriso se formou em seu rosto, do tipo que eu tanto amava. "Estou?", meu marido disse. Seus cachos iam até os ombros. Ele os penteou com os dedos. "Achei que meu cabelo estava do comprimento certo."

"Então sinto muito em lhe dizer que amanhã de manhã eu o acompanharei até as colinas e esperarei enquanto reza, depois cortarei seu cabelo."

"Sempre cortei meu próprio cabelo", ele disse, lançando-me um olhar curioso.

"O que explica o estado dele", brinquei.

Eu queria tirá-lo de casa, só isso — afastá-lo das pessoas e da movimentação, para que pudéssemos ficar a sós sem ser interrompidos. Parece que ele adivinhava, que sentia que eu tinha alguma outra intenção além de cortar seu cabelo.

"Fico feliz que esteja em casa", acrescentei.

Ele me levantou e me girou em seus braços, o que precipitou uma onda de náusea. Meu incômodo no estômago, como Yalta chamara, não se restringia às manhãs. Fechei os olhos e levei a mão à boca, deixando que a outra fosse instintivamente para o novo e leve inchaço na minha barriga.

Jesus olhou para mim como se me investigasse profundamente.

"Você está bem?", perguntou.

"Sim, só um pouco cansada."

"Então vamos descansar." Mas ele se demorou olhando para o céu injetado. "Olhe", Jesus disse, apontando para leste, onde uma lua em formato de lasca se erguia, tão pálida que parecia não passar de bafo do inverno. "O sol se põe enquanto a lua se ergue."

Jesus disse essas palavras de modo deliberado, e senti que entendia o que ele estava falando, que era um sinal para nós. Minha mente retornou à história de Ísis, que Yalta contara a mim e a Tabita tanto tempo antes. *Pense a respeito*, ela dissera. *Uma parte de você pode morrer, mas um novo ser surgirá em seu lugar.*

Parecia que eu estava vendo minha antiga vida morrer em uma ostentação de cores enquanto uma nova e vaga vida começava a se insinuar. Era algo prodigioso, e a angústia que eu sentira quanto a ter um filho me deixou.

"Não corte demais", Jesus disse.

"Acredita que sua força reside no cabelo, como Sansão?", perguntei.

"Pretende me tosquiar, como Dalila?"

Nossa disputa era leviana e brincalhona, mas havia uma leve camada de tensão sob ela, como se estivéssemos ambos prendendo o fôlego.

Mais cedo, tínhamos encontrado um pequeno outeiro gramado onde sentar, e ele me deixara e se afastara para rezar, retornando mais cedo do que o esperado — duvidei que tivesse repetido o shemá mais que uma dúzia de vezes. Eu tinha trazido a tesoura egípcia de Yalta. Ergui as longas lâminas de bronze.

"Confio que você saiba como essa coisa funciona", ele disse. "Estou à sua mercê."

Ajoelhando-me atrás dele, apertei as lâminas, cortando as pontas de seus cabelos. Elas caíram como lascas de madeira escuras e espiraladas. Eu sentia o cheiro de sua pele morena e terrosa.

Quando ficamos em silêncio, deixei a tesoura de lado. "Há algo que preciso lhe contar." Esperei que ele se virasse e erguesse os olhos para mim. "Vou ter um filho."

"Então é verdade", Jesus disse.

"Não está surpreso?"

"Na noite de ontem, quando levou sua mão à barriga, achei que poderia ser isso." Ele fechou os olhos por um momento e, quando voltou a abri-los, brilhavam de preocupação. "Ana, seja sincera. Ficará feliz em ter esse filho?"

"Ficarei satisfeita", eu disse.

E era verdade. Àquela altura, depois de uma seca tão longa em termos de tinta, eu mal podia me lembrar do motivo pelo qual tomava o óleo de cominho preto.

Quando adentramos o pátio, Jesus convocou todos à oliveira, onde a família se reunia para anunciar noivados, gestações e nascimentos, e para discutir assuntos relacionados à casa. Maria e Salomé chegaram cheirando a amoras, seguidas por Judite e Berenice, e seu pequeno rebanho de filhos. Tiago e Simão saíram da oficina. Yalta não precisava ser convocada — já estava nos esperando quando chegamos. Todos pareciam curiosos, com exceção de minha tia, mas não desconfiavam de nada — não lhes ocorria que eu pudesse estar esperando um filho. Eu era a esposa estéril de Jesus.

Segurei-me ao braço de meu marido.

"Temos boas notícias", ele disse, voltando os olhos para a mãe. "Ana está esperando um filho!" Alguns estranhos momentos se passaram sem que ninguém se movesse, então Maria e Salomé correram até mim, Maria se inclinando para beijar minha barriga e Salomé sorrindo com tanto anseio em seu rosto que quase tive que desviar o meu. Pensei em como era incongruente que eu, que não desejara um filho, viria a parir um, enquanto Salomé, que desejava um, não podia fazê-lo.

Simão e Tiago deram tapinhas nas costas de Jesus e o arrastaram até o centro do pátio, onde os três passaram os braços sobre os ombros uns dos outros e dançaram. Seus irmãos gritavam de alegria — *louvado seja Deus, que o abençoou. Que Ele lhe conceda um menino.*

Meu marido parecia absolutamente feliz ali, com o cabelo desnivelado sacudindo em suas bochechas.

XIV

Os meses que se seguiram ao anúncio passaram rápido e sem incidentes. Mesmo quando eu não conseguia controlar minhas refeições no estômago ou minhas costas doíam por causa da barriga cada vez mais protuberante, eu me levantava pela manhã para cumprir minhas tarefas. No quinto mês, comecei a sentir um pezinho ou cotovelo se movimentando dentro de mim, a mais estranha das sensações, e experimentei uma onda de amor pela criança cuja intensidade me impressionava. Quando cheguei ao sétimo mês, fiquei ridiculamente desajeitada. Uma vez, observando meus árduos esforços para me sentar na esteira de dormir, Jesus me comparou de brincadeira a um besouro de costas, então colocou seus braços sob os meus e me levantou. Como rimos do meu desconforto. No entanto, durante a noite, quando ele estava viajando e eu não conseguia dormir, às vezes parecia que partes de mim estavam se afastando — Ana, a escriba de histórias perdidas; Ana e o sol minúsculo.

As dores do parto me despertaram antes do amanhecer. Deitada na esteira sob o chão de terra, em meio ao sono, à confusão e a uma dor afiada nas costas, estiquei o braço para Jesus na escuridão e encontrei sua esteira vazia. Precisei de um momento para lembrar que ele havia partido para Cafarnaum fazia três dias.

Ele não está aqui. Nosso bebê logo viria, e ele não estava ali.

Um espasmo envolveu minha barriga, apertando-a. Levei o punho à boca e ouvi um gemido me escapar entre os dedos, um som reprimido e lúgubre. A dor me atingia mais e mais forte, e eu vi como seria ter um filho. Suas presas morderiam e soltariam, morderiam e soltariam, e não haveria nada a fazer a não ser me entregar ao lento devorar. Passei os braços em volta da barriga inchada e balancei de um lado a outro. O medo inundou meu peito. Fazia só sete meses que eu estava grávida.

Nos últimos meses, Jesus tinha contribuído para nossa alimentação viajando a Cafarnaum para pescar no mar da Galileia. Ele recorria a sua camaradagem com os pescadores locais, que o levavam em seus barcos para lançar a rede e deixavam que ficasse com uma parte do obtido, o que quer que precisássemos.

Eu não podia me enraivecer com sua ausência. Talvez ele não se incomodasse com nossa separação tanto quanto eu, mas tampouco desfrutava dela. Daquela vez, tinha prometido retornar em menos de um mês, bem antes que minha hora chegasse. Não tinha como saber que a criança viria de maneira assim precipitada. Não ter estado comigo ia perturbá-lo.

Virei de lado e me pus de joelhos, esticando os braços rumo à parede, para me apoiar e levantar. Então a água do nascimento escorreu pelas minhas pernas. Comecei a tremer, primeiro as mãos, depois os ombros e as coxas, entorpecida pelo medo de forma incontrolável.

Acendi a lamparina e fui até a despensa. "Tia, acorde", gritei. "Tia! O bebê está vindo." Ela nem calçou as sandálias — correu até mim na escuridão tremeluzente, pondo a bolsa de parto debaixo do braço. Estava com cinquenta e dois anos agora, e era uma mulher curvada, cuja face parecia uma algibeira esticada. Pegou meu rosto nas mãos e avaliou minha apreensão. "Não tema. O bebê viverá ou não. Devemos deixar que a vida seja a vida."

Nenhuma garantia, nenhum lugar-comum, nenhuma promessa de misericórdia divina. Apenas um lembrete severo de que a morte era parte da vida. Ela não me ofereceu nada além de uma maneira de aceitar o que quer que viesse — *que a vida seja a vida*. Havia um desapego tranquilo em suas palavras.

Conduzindo-me de volta ao quarto, Yalta parou para bater à porta de Maria.

A mãe de Jesus dividia o quarto com Salomé, e eu as ouvi atrás da porta, acendendo lamparinas e falando em voz baixa. Eu havia tomado o cuidado de especificar quem desejava que cuidasse de mim. Não Judite nem Berenice. Nem a horrível parteira sem dente. Salomé, Maria e Yalta — apenas essa trindade ficaria ao meu lado.

Quando eu nasci, minha mãe se sentara em uma cadeira resplandecente com uma abertura embaixo, mas eu teria que me agachar sobre um buraco aberto no chão de terra de um quarto com paredes feitas de barro. Yalta o tinha feito no dia em que Jesus fora embora, como se soubesse que eu precisaria dele antes do previsto. Agora, quando sentei diante dele em um banquinho baixo, com a dor espiralando pelo meu torso, ansiei pela presença de minha mãe. Eu não a tinha visto nem ouvido a seu respeito desde meu casamento e não me importara muito, mas agora...

Maria e Salomé entraram, carregando recipientes com água, vinho e óleo, enquanto Yalta despejava o conteúdo da bolsa de parto sobre um pedaço de linho. Sal, tiras de pano, uma tesourinha, uma esponja marinha, uma bacia para depois, ervas para interromper o sangramento, um graveto para morder e, finalmente, um travesseiro coberto com lã cinza natural, onde ficaria o recém-nascido.

Maria fez um altar, colocando uma velha tábua de carvalho em meu campo de visão. Pôs três pedras nela, uma em cima da outra. Ninguém lhe deu atenção — aquilo era feito sempre que uma mulher tentava trazer ao mundo uma nova vida. Era uma oferenda à Deusa-Mãe. Fiquei olhando enquanto ela fazia a libação do leite de Dalila sobre as pedras.

Conforme as horas passavam, o calor do início do verão veio e a lua em minha barriga cresceu e minguou. As mulheres pairavam à minha volta — Maria, o lastro às minhas costas; Salomé, o anjo aos meus pés; e Yalta, a sentinela entre minhas pernas. Ocorreu a mim então que minha mãe não ia querer estar comigo e, mesmo que quisesse, nunca colocaria os pés em uma morada tão humilde. Yalta, Maria, Salomé — ali estavam minhas mães.

Ninguém falou da nuvem que pairava por todo o quarto, da compreensão de que o bebê vinha cedo demais. Eu as ouvia rezando, mas as palavras pareciam muito distantes. Sentia ondas violentas de dor e tréguas breves para descanso entre elas, e para mim isso era tudo.

Quando nos aproximávamos da nona hora, empurrei o bebê do meu corpo, agachada sobre o buraco. Ela deslizou sem produzir ruído para as mãos da minha tia. Vi Yalta virá-la de cabeça para baixo e dar um leve tapinha em suas costas. Repetiu a ação uma, duas, três vezes, quatro vezes. O bebê não se moveu, chorou ou respirou. Minha tia enfiou o dedo na boquinha para tirar o muco. Soprou em seu rosto. Segurou-a pelos pés e bateu mais e mais forte. Finalmente, deitou o bebê no travesseiro. Era pequena como um gatinho. Seus lábios, da cor de lápis-lazúli. Sua imobilidade, terrível.

Salomé soltou um soluço de choro.

Yalta disse: "A criança não vive, Ana".

Enquanto minha tia amarrava e cortava o cordão do nascimento, Maria chorava.

"A vida será vida, e a morte será morte", sussurrei, e com essas palavras o luto preencheu o espaço vazio em mim onde o bebê tinha estado. Eu o carregaria comigo, como um segredo, por todos os dias da minha vida.

"Quer dar um nome a ela?", Yalta perguntou.

Olhei para minha filha, deitada murcha no travesseiro. "Susana", eu disse. Significava "lírio".

Mais tarde no dia em que eu havia parido, enrolei o vestido azul-escuro que usara em meu casamento em volta da minha filha, porque era o melhor que eu tinha, e fui com Yalta e a família de Jesus até a caverna onde o pai dele estava enterrado. Insisti em carregar o bebê em meus braços, embora o costume fosse colocar o corpinho em um cesto ou em um esquife. Eu estava fraca, uma vez que tinha dado à luz poucas horas antes, e Maria segurava meu cotovelo enquanto eu caminhava, como se pudesse cair. Ela, Salomé, Judite e Berenice choraram e lamentaram. Não produzi nenhum som.

Na caverna, enquanto repetíamos o kadish, a filha de seis anos de idade de Judite e Tiago, chamada Sarah, puxou minha túnica. "Posso segurar o bebê?", ela perguntou.

Eu não queria soltar minha filha, mas me ajoelhei ao lado dela e coloquei Susana em seus braços. Judite pegou o embrulho azul no mesmo instante das mãos da filha e o devolveu a mim. "Vou ter que levar Sarah ao mikvá para purificá-la agora", ela sussurrou. Não pretendia ser desagradável, mas doeu. Sorri para Sarah e senti seus bracinhos envolvendo minha cintura.

Enquanto eles entoavam o shemá, pensei em Jesus. Quando ele retornasse, eu contaria da aparência de nossa filha, deitada no travesseiro, do cabelo preto lambuzado, do tom azul de suas pálpebras, das unhas como lascas de pérolas. Eu diria a ele que, no caminho rumo à caverna, em meio à colheita da cevada, os trabalhadores pararam e ficaram em silêncio enquanto passávamos. Descreveria como eu a pusera em uma fissura dentro da caverna e, quando me inclinara para beijá-la, ela cheirava a mirra e folhas de coentro. Eu diria que a amava como alguém ama a Deus, com todo o coração, com toda a alma, com toda a força.

Quando Tiago e Simão empurravam a placa de pedra para voltar a fechar a caverna, chorei pela primeira vez.

Salomé correu para o meu lado. "Ah, irmã, você terá outro filho."

Nos dias que se seguiram, mantive-me no quarto, separada dos outros. O parto tornava uma mulher cerimonialmente impura por quarenta dias se o bebê fosse menino e duas vezes mais se fosse menina. Meu confinamento duraria até o mês de elul, quando a bolha do verão já estava bem formada. De acordo com o costume, iríamos para Jerusalém oferecer um sacrifício e seríamos pronunciados puros por um sacerdote, e depois eu poderia voltar ao ciclo interminável de tarefas do lar.

Eu era grata por minha solidão. Dava-me tempo para lamentar. Eu dormia com o luto e acordava com ele. Estava sempre ali, uma tira negra em volta do meu coração. Não perguntei a Deus por que minha filha havia morrido. Sabia que Ele não podia evitar. A vida era a vida, e a morte era a morte. Ninguém tinha culpa. Só pedia que alguém encontrasse meu marido e o trouxesse para casa.

Dias se passaram e ninguém o buscou. Salomé me disse que Tiago e Simão eram contra. No dia posterior ao sepultamento, publicanos tinham vindo a Nazaré e tomado metade do que tínhamos de trigo, cevada, óleo, azeitonas e vinho, assim como duas galinhas, e os irmãos de Jesus estavam profundamente preocupados com a perda. De acordo com Salomé, eles haviam revirado o vilarejo em busca de trabalho de carpintaria, mas, depois dos coletores de impostos, ninguém tinha recursos para pagar por uma viga reparada ou uma nova padieira.

Pedi a Salomé que chamasse Tiago. Ele apareceu horas depois e manteve-se do outro lado da porta, como se não quisesse ser maculado. Sentada no banco do outro lado do cômodo, eu disse: "Eu lhe imploro, Tiago, mande vir meu marido. Ele deve voltar para chorar por sua filha".

Tiago não falou comigo, e sim com um trecho de luz que entrava pela janela. "Todos gostaríamos que ele estivesse aqui, mas é melhor que permaneça em Cafarnaum o mês todo, como planejado. Estamos desesperados para reabastecer nossos estoques de comida."

"Não vivemos só de pão", falei, repetindo as palavras que já havia ouvido saindo da boca de Jesus.

"Ainda assim, precisamos *comer*", Tiago disse.

"Jesus ia querer estar aqui para chorar a perda da filha."

Ele não se convencia. "Quer que eu o force a escolher entre alimentar sua família e chorar por sua filha?", perguntou. "Minha opinião é de que deve ficar feliz por ver esse fardo tirado dele."

"Mas, Tiago, a decisão deve ser *dele*. Foi a filha dele que morreu, e não a sua. Se tirar a escolha de seu irmão, ele ficará furioso."

Minhas palavras tiveram efeito.

Ele suspirou. "Vou mandar Simão atrás dele. Deixaremos que Jesus decida."

Cafarnaum ficava a um dia e meio de caminhada. De qualquer modo eu não veria meu marido antes de quatro dias, três no mínimo. Sabia que Simão ia pressioná-lo mencionando os coletores de impostos e descrevendo nosso estoque de comida com horror. Ele incentivaria Jesus a retardar seu retorno.

No entanto, meu marido certamente viria.

XV

No dia seguinte, Yalta veio ao meu quarto trazendo os cacos de um cântaro grande de barro nas dobras das vestes.

"Quebrei-o com um malho", ela disse.

Enquanto ela espalhava os fragmentos pelo tapete, eu a olhava com assombro. "Fez isso de propósito? Por quê, tia?"

"Um cântaro quebrado é quase tão bom quanto uma pilha de papiro. Quando eu vivia com os terapeutas, muitas vezes escrevíamos em cacos. Inventários, cartas, contratos, salmos, missais de todos os tipos."

"Cântaros são preciosos aqui. Não são facilmente substituíveis."

"Era o que usavam para dar água aos animais. Podem usar outro no lugar."

"Todos os outros são de pedra e puros — não podem ser usados para os animais. Ah, tia, você sabia disso." Dirigi-lhe um olhar severo e perplexo. "Quebrar um cântaro só para que eu escreva... vão achar que está possuída."

"Então que me levem a um curandeiro para que tire o demônio de dentro de mim. Só se certifique de que não quebrei o cântaro à toa."

Fazia dois dias que meu peito estava envolto em trapos apertados, e agora eu sentia o leite inchar meus seios, ao que se seguiu uma pontada de dor. Círculos escuros e úmidos surgiram nas minhas vestes.

"Menina", Yalta disse, pois, embora eu fosse uma mulher, ela às vezes ainda se referia a mim assim. "Não há sensação pior que a de ter os seios cheios de leite sem ninguém para sugá-lo."

As palavras abriram um espaço furioso e inflamado dentro de mim. Ela queria que eu escrevesse? Minha filha estava morta. Minha escrita também estava. *Um dia* nunca havia chegado. *Eu* era os cacos no chão. A vida tinha me atingido com um malho.

Perdi o controle. "Como pode saber o que sinto?"

Ela estendeu os braços para mim, mas me desvencilhei e deitei na esteira de dormir.

Yalta se ajoelhou e me embalou enquanto eu chorava pela primeira vez desde que Susana havia morrido. Quando terminei, ela trocou os panos em volta dos meus seios por panos limpos e enxugou meu rosto. Trouxe um odre de vinho cheio e encheu meu copo. Ficamos sentadas em silêncio.

Lá fora, no pátio, as mulheres se lançavam ao calor e às dores do trabalho. Serpentinas de fumaça do fogo aceso com o esterco entravam pela janela. Berenice gritava com Salomé para que voltasse ao poço do vilarejo para pegar mais água, culpando-a pela secura do canteiro dos legumes. Salomé gritou de volta que não era um burro de carga. Maria reclamou que o cântaro usado para dar água aos animais tinha sumido.

Yalta disse: "Sei, sim, o que é ter seios cheios sem um bebê".

Então me lembrei da história que minha tia me contara muitos anos antes, sobre os dois filhos que tivera, sem que nenhum deles sobrevivesse, e do marido, Ruebel, que a punira por isso com os próprios punhos. O remorso marcou minhas bochechas. "Peço perdão. Esqueci-me de seus filhos mortos. Minhas palavras foram cruéis."

"Suas palavras foram compreensíveis. Só a lembro de minha perda porque desejo contar-lhe algo. Algo que omiti de minha história." Ela respirou fundo. Lá fora, o sol mergulhava, e o quarto queimava. "Tive dois filhos que morreram bebês. Mas também tive uma filha que sobreviveu."

"*Uma filha.*"

Seus olhos lacrimejaram, o que era raro. "Quando fui enviada para os terapeutas, ela tinha dois anos. Seu nome é Chaya."

De uma vez só, uma lembrança me veio. "Em Séforis, quando você ficou doente, houve uma noite em que se perdeu em delírios e me chamou pelo nome dela. Você me chamou de Chaya."

"Chamei? Não posso dizer que fico surpresa. Se Chaya estiver viva, tem vinte e um anos, quase o mesmo que você. Ela tinha cabelos rebeldes como os seus. Às vezes penso nela quando olho para você. Tive medo de lhe contar a respeito. Medo do que pensaria de mim. Eu a deixei para trás."

"E por que está me contando sobre ela agora?" Eu não pretendia ser cruel. Só queria saber.

"Eu deveria ter lhe contado muito antes. Faço isso agora porque a morte de sua filha renovou minha perda. Pensei que poderia ser um pequeno consolo para você saber que sofri algo similar, que compreendo o que é perder uma filha. Ah, menina, não quero que haja segredos entre nós."

Eu não podia ficar brava com sua mentira — não era uma questão de perfídia. Nós, mulheres, mantemos nossas intimidades em lugares trancados em nossos corpos. Elas são nossas e podemos abandoná-las quando escolhemos.

"Pode fazer a pergunta", Yalta disse. "Vá em frente."

Eu sabia de qual estava falando. Então disse: "Por que a deixou?".

"Eu poderia lhe dizer que não tive escolha, e acho que em grande parte é verdade, ou pelo menos acreditei que fosse na época. É difícil olhar para trás agora e ter certeza. Eu lhe falei uma vez que a crença de que eu havia matado meu marido com feitiçaria e veneno era amplamente difundida em Alexandria, motivo pelo qual fui mandada para os terapeutas. Eles não recebiam crianças, e eu fui mesmo assim. Quem pode dizer se eu teria encontrado uma maneira de manter minha filha? Fiz o que fiz." A dor brilhou em seu rosto, como se a perda tivesse acabado de acontecer.

"E o que aconteceu com ela? Para onde foi?"

Yalta balançou a cabeça. "Meu irmão Aram me garantiu que tomaria conta dela. Acreditei nele. Durante todos os anos que passei com os terapeutas, mandei-lhe mensagens perguntando de minha filha, sem receber resposta. Depois de oito anos, quando Aram finalmente concordou que eu deixasse os terapeutas e partisse do Egito, implorei para levá-la comigo."

"E ele recusou? Como pôde mantê-la longe de você?"

"Aram disse que a havia dado para adoção. Não revelou com quem nem onde ela vivia. Por dias, insisti com ele, até que ameaçou reviver as antigas acusações contra mim. Por fim, parti. E a deixei para trás."

Visualizei a menina, Chaya, com o cabelo parecido com o meu. Era impossível imaginar o que eu teria feito se estivesse no lugar de minha tia.

"Fiz as pazes com o que aconteceu", ela disse. "Persuadi-me de que Chaya era desejada e bem-cuidada. Ela tinha uma família. Talvez nem se lembrasse de mim. Tinha apenas dois anos da última vez que a vi."

Minha tia levantou abruptamente, desviando do arranjo de cerâmica quebrada ao pisar. Ela esfregou os dedos, como se tentasse descascá-los.

"Você não parece em paz", eu lhe disse.

"Tem razão, a paz me deixou. Desde que Susana morreu, Chaya aparece em meus sonhos toda noite. De um cume, minha filha implora que eu vá até ela. Sua voz é como a música da flauta. Quando desperto, continua cantando para mim."

Levantei e passei por ela para ir até a janela, tomada por um pressentimento súbito de que minha tia iria embora e voltaria a Alexandria em busca da filha. Eu disse a mim mesma que não era uma premonição como as outras, e sim medo. Apenas medo. De qualquer modo, com que meios Yalta poderia deixar Nazaré? Ela não tinha mais acesso à riqueza e ao poder de meu pai, e, mesmo que tivesse, como uma mulher poderia viajar sozinha? Como poderia tentar localizar uma filha perdida havia dezenove anos? Não importava o quanto o chamado da flauta a assombrasse — Yalta não partiria.

Ela endireitou os ombros, como se tirasse um manto pesado deles, e baixou os olhos para os fragmentos. "Já chega de contar minha história. Diga-me o que vai fazer com esses cacos."

Ajoelhei-me e peguei um dos pedaços maiores, esperando disfarçar minha ambivalência. Fazia sete anos que eu não segurava um cálamo. Sete anos desde que Jesus despertara e garantira que eu voltaria a escrever um dia. Sem me dar conta, eu havia desistido da ideia de que aquele dia chegaria. Tinha até desistido da ideia de que era um dia distante. Já não abria o baú de cedro e lia meus rolos de pergaminho. O último frasco de tinta havia se transformado em uma goma grudenta anos antes. A bacia de encantamento estava enterrada no fundo do meu baú.

"Venho observando-a todos esses anos, desde que chegamos", Yalta disse. "Vejo que é feliz com seu marido, mas em todos os outros aspectos parece ter se perdido."

"Não tenho tinta", eu disse a ela.

"Então vamos fazer um pouco", minha tia disse.

XVI

Quando Jesus retornou, encontrou-me sentada no chão de nosso quarto escrevendo em um pedaço de cerâmica. Meus seios já haviam secado, mas a tinta que eu e Yalta havíamos feito a partir de ocre e fuligem do forno fluía todos os dias pelo meu cálamo. Ergui o rosto e o vi de pé à porta, ainda apertando o cajado. Estava coberto de pó da estrada. Eu sentia um vago fedor de peixe nele, mesmo do outro lado da sala.

Ignorando as leis de pureza, Jesus entrou no quarto e me envolveu com os braços, enterrando o rosto em meu ombro. Senti seu corpo tremer, então um leve arfar em seu peito. Acariciando sua nuca, sussurrei: "Ela era linda. Dei-lhe o nome de Susana".

Quando Jesus levantou o rosto, seus olhos estavam cheios de lágrimas. "Eu deveria ter estado com você", ele disse.

"Agora está."

"Teria chegado antes, mas tinha saído com um barco quando Simão chegou a Cafarnaum. Ele me esperou por dois dias até que eu voltasse à costa com a pescaria."

"Eu sabia que você viria assim que pudesse. Tive que implorar para seus irmãos irem buscá-lo. Eles parecem pensar que seus rendimentos são mais importantes que seu luto."

Eu o vi cerrar a mandíbula e imaginei que tivessem conversado a respeito.

"Você não deveria estar aqui", eu disse a ele. "Ainda sou considerada impura."

Jesus me puxou para mais perto. "Irei ao mikvá depois e dormirei no telhado, mas neste momento não aceitarei que me neguem a proximidade a você."

Enchi uma bacia com água e o conduzi até o banco, onde removi suas sandálias e lavei seus pés. Ele apoiou a cabeça na parede. "Ah, Ana."

Esfreguei seu cabelo com uma toalha úmida e lhe passei vestes limpas. Assim que as terminou de vestir, seus olhos foram para os fragmentos de cerâmica e o tinteiro no chão. Um dia, eu esperava continuar escrevendo histórias perdidas, mas as únicas palavras que tinha agora eram para Susana, pedacinhos do luto que se encaixavam nos pequenos cacos irregulares.

"Você está escrevendo", Jesus disse. "Fico feliz."

"Então você, Yalta e eu estamos sozinhos nessa felicidade em particular."

Tentei conter meu ressentimento, mas percebi que ele se revelava incontrolavelmente. "É como se sua família acreditasse que Deus decidiu destruir o mundo mais uma vez, não com uma enchente, mas com a escrita de Ana. Sua mãe e Salomé não disseram nada, mas acho que até elas desaprovam. De acordo com Judite e Berenice, as únicas mulheres que escrevem são pecadoras e necromantes. Pois eu lhe pergunto: como sabem disso? E Tiago... ele pretende falar com você a meu respeito, tenho certeza."

"Já o fez. Ele me encontrou no portão."

"E o que disse?"

"Que você quebrou um cântaro para escrever nos cacos, depois tirou os gravetos do forno para fazer tinta. Acho que teme que vá quebrar todos os cântaros e nos privar de comida quente." Jesus sorriu.

"Seu irmão ficou bem ali naquela porta e disse que eu deveria desistir do meu desejo perverso de escrever para me doar à prece e ao luto por minha filha. Ele acha que o que escrevo não são súplicas? Acha que porque seguro um cálamo não sofro?"

Parei para respirar e então continuei, mais tranquila. "Receio que tenha sido ríspida com Tiago. Disse a ele: 'Se com isso quer dizer que sinto um anseio, uma necessidade, então, sim, você está certo, mas eu não o chamaria de perverso. Chamaria de divino'. Ele foi embora na hora."

"Sim, meu irmão também mencionou isso."

"Vou ficar confinada por mais sessenta e oito dias. Salomé me trouxe linho para fiar e fios para separar, e Maria me deu ervas para moer — mas na maior parte sou aliviada de minhas tarefas domésticas. Pelo menos assim tenho tempo de escrever. Não tire isso de mim."

"Não tirarei, Ana. Se poderá escrever da mesma maneira passado o seu confinamento, não sei, mas pelo momento escreva o quanto quiser."

De repente, ele pareceu muito cansado. Por minha causa, havia retornado e descoberto que uma pequena guerra tivera início. Colei minha bochecha na dele e senti sua respiração roçar minha orelha. "Sinto muito", eu disse. "Por muito tempo tentei me encaixar, ser como eles precisavam que eu fosse. Agora quero ser eu mesma."

"Sinto muito, Pequeno Trovão. Eu também a impedi de ser você mesma."

"Não..." Jesus levou um dedo aos meus lábios, e eu deixei meu protesto cair no silêncio.

Ele pegou o caco em que eu vinha escrevendo. Letrinhas de coração partido diziam em grego: *Eu a amei com todo o coração, com toda a alma e com todas as minhas forças.*

"Está escrevendo sobre nossa filha", Jesus disse, e sua voz falhou.

XVII

Depois de respeitar os sete dias de luto, Jesus encontrou trabalho em Magdala, cortando pedras para uma sinagoga elaborada. A cidade não ficava tão longe quanto Cafarnaum, era só um dia de caminhada, e todas as semanas ele voltava para casa para o sabá, com histórias sobre a construção resplandecente que abrigaria duzentas pessoas. Contou-me de um pequeno altar de pedra em que gravara uma carruagem de fogo e uma menorá de sete braços.

"São as mesmas imagens do altar do Santíssimo Lugar em Jerusalém", eu disse, um pouco espantada.

"Sim", ele disse. "De fato." Jesus não precisou dizer mais nada — eu sabia o que ele estava fazendo, e me pareceu mais radical do que qualquer outra coisa que já tivesse feito. Meu marido declarava da maneira mais proeminente e irrevogável possível que Deus não podia mais ser confiado ao templo, que seu Santíssimo Lugar, sua presença, tinha se espalhado e estava em toda parte.

Em retrospectiva, vejo que o ato foi uma espécie de ponto de virada, um arauto do que estava por vir. Foi por volta dessa época que Jesus se tornou mais franco, criticando abertamente os romanos e os sacerdotes do templo. Vizinhos começaram a aparecer na nossa casa para reclamar com Maria e Tiago que Jesus estivera no poço, na prensa de azeitona ou na sinagoga escarnecendo da falsa piedade dos anciãos de Nazaré.

Um dia, enquanto Jesus estava fora, um fariseu rico chamado Menaém chegou. Maria e eu o encontramos no portão e o ouvimos trovejar. "Seu filho anda condenando os homens ricos, dizendo que a riqueza deles foi construída nas costas dos pobres. É um caluniador! Deve lhe pedir que pare ou haverá pouco trabalho para sua família em Nazaré."

"Preferimos passar fome a ficar em silêncio", eu disse a ele.

Depois que o homem foi embora, Maria se virou para mim. "Preferimos?"

Toda semana, quando Jesus voltava de Magdala, contava sobre os cegos e os doentes que via na estrada, sem ninguém que os ajudasse, sobre viúvas que eram tiradas de suas casas, sobre famílias que precisavam pagar impostos tão altos que eram forçadas a vender a terra e mendigar nas ruas. "Por que Deus não age para trazer o seu reino à terra?", ele dizia.

Um fogo se acendera nele, e eu o abençoei, embora também questionasse de onde viera a fagulha que o despertara. A morte de Susana o impedia de ficar à margem? A brevidade da vida e a necessidade de aproveitar o que tínhamos dela agora o atordoavam? Ou era inevitável, algo que aconteceria de qualquer jeito? Às vezes, quando eu olhava para ele, via uma águia em seu galho, sendo chamada pelo mundo. Eu temia o que viria a acontecer. Eu mesma não tinha nenhum galho.

Diariamente, escrevia palavras entre as paredes do meu quarto, em cacos que ninguém nunca leria.

Eu guardava os pedaços usados de barro em torres oscilantes ao longo das paredes do quarto. Eram pequenos pilares de luto. Não levavam a tristeza embora, mas eram um modo de dar algum tipo de sentido a tudo. Voltar a escrever parecia um retorno a mim mesma.

No dia em que usei o último caco, Yalta estava sentada comigo, chacoalhando o sistro. A escrita teria que acabar agora; até minha tia compreendia isso. Ela fora repreendida por Maria por ter quebrado o cântaro e não ia se arriscar a quebrar outro. Yalta me observou guardar o cálamo e cobrir o tinteiro. Não parou de tocar, o som do instrumento movendo-se rapidamente pelo quarto, como uma libélula.

* * *

Na semana seguinte, Jesus não retornou de Magdala antes do pôr do sol, como sempre acontecia. Veio o crepúsculo, depois a escuridão, e meu marido não apareceu. Fiquei à porta, olhando para o portão, feliz com a lua cheia. Maria e Salomé atrasaram a refeição do sabá e se sentaram com Tiago e Simão em um pequeno cepo debaixo da oliveira.

Quando Jesus apareceu, abandonei meu confinamento e corri para ele. Tinha um saco pesado nas costas. "Sinto muito pelo atraso", ele disse. "Fiz um desvio por Einot Amitai, passando pela oficina de vasos e pela caverna de greda."

Aquela estrada era conhecida por ser povoada por leprosos e salteadores, mas quando sua mãe começou a repreendê-lo pelo perigo que correra, Jesus ergueu uma mão para impedi-la e, sem fazer nenhum outro comentário, foi para nosso quarto, onde despejou o conteúdo do saco em uma pilha mágica ao lado da porta.

Cacos! Cacos *de pedra*!

Ri diante daquela visão. Beijei suas mãos e suas bochechas, depois o repreendi também. "Sua mãe tem razão. Não deveria ter viajado por uma região tão perigosa por minha causa."

"Pequeno Trovão, não fiz isso por você", ele brincou. "Trouxe os cacos para que escreva neles, de modo que os cântaros de minha mãe possam ser preservados."

XVIII

Conforme o fim de meu confinamento se aproximava, comecei a sonhar em retornar a Jerusalém.

Exigia-se que as mulheres oferecessem um sacrifício ao templo. Se ela tivesse meios para tal, comprava um cordeiro. Se passasse necessidade, oferecia dois pombos. As pobres mães que levavam pombos eram expostas ao ridículo e carregavam certo estigma. Eu não me importava de me tornar uma delas. Não tinha nenhum interesse no tamanho do meu sacrifício nem em se o sacerdote ia me professar pura, impura ou irrecuperavelmente esquálida. Tudo o que desejava era me afastar de casa — das paredes que encolhiam como figos ao sol, da hostilidade silenciosa, do cotidiano imutável. Viajar a Jerusalém durante o enfadonho mês de elul seria mais tranquilo que no Pessach e um bem-vindo descanso antes de retornar às minhas tarefas. Eu pensava naquilo diariamente. Jesus e eu voltaríamos a ficar com Maria, Marta e Lázaro. Eu me deleitaria ao ver Tabita. Iríamos ao Tanque de Siloé, onde eu sugeriria que Jesus levasse os paralíticos até a água. No templo, compraríamos pombos. Eu tentaria me manter distante dos cordeiros.

Pensar naquilo me enchia de júbilo, mas não era o meu verdadeiro intento. Eu queria trocar minha tiara de prata, meu espelho de cobre, meu pente de latão e até minha preciosa folha de marfim por papiro e tintas.

"Só resta uma semana para que minha reclusão acabe", sussurrei para Jesus. "No entanto, você não falou em irmos ao templo. Preciso fazer meu sacrifício."

Estávamos deitados no telhado, onde eu também havia começado a dormir, para fugir do calor, estendendo minha esteira a uma distância aceitável da dele. A família inteira, com exceção de Yalta, tinha passado a dormir ali. Ao longo do sapê e do barro, eu via seus corpos estendidos sob as estrelas.

Aguardei. Será que Jesus tinha ouvido minha pergunta? As vozes viajavam com facilidade ali em cima — agora mesmo, eu ouvia Judite, no extremo do telhado, murmurando com as crianças para tentar tranquilizá-las.

"Jesus?", sussurrei, mais alto.

Ele se aproximou um pouco, para que pudéssemos manter nossas vozes baixas. "Não podemos ir a Jerusalém, Ana. São cinco dias de viagem, em ritmo acelerado, para ir e cinco para voltar. Não posso ficar sem trabalhar por tanto tempo. Tornei-me um dos principais trabalhadores da sinagoga."

Eu não queria que ele ouvisse minha decepção. Deitei-me, sem responder, e olhei para a noite, para a lua começando a revelar sua testa.

Ele disse: "Em vez disso, você pode fazer sua oferenda ao rabino. Às vezes é feito assim".

"É só que... eu esperava..." Sentindo minha voz falhar, interrompi-me.

"Diga-me. O que espera?"

"Espero por *tudo*."

Depois de uma pausa, ouvi-o dizer: "Sim, também espero por tudo".

Não perguntei o que ele queria dizer, tampouco Jesus me perguntou. Ele sabia o que era meu tudo. E eu sabia o que era o seu.

Logo ouvi sua respiração se aprofundar no sono.

Uma imagem veio à minha mente e flutuou ali: *Jesus está no portão. Usa um manto de viagem, uma sacola transpassada no ombro. Estou ali também, com o rosto marcado pela tristeza.*

Meus olhos se abriram. Virei e olhei para ele, com uma tristeza repentina. O telhado estava silencioso, e a noite nos banhava com seu calor. Ouvi algum tipo de criatura — um lobo, talvez um chacal — uivar à distância, depois os animais agitados no estábulo. Não dormi, mas fiquei ali deitada, lembrando o que Jesus havia admitido na noite em que me pedira para ser sua noiva. *Desde meus doze anos, sinto que Deus poderia ter algum propósito em mente para mim, mas agora isso me parece menos provável. Não recebi nenhum sinal.*

O sinal viria.

O *tudo* dele.

Oitenta dias depois do nascimento e da morte de Susana, comprei dois pombos de um fazendeiro e os levei até o mais próximo que tínhamos de um rabino em Nazaré, um homem instruído que era dono da prensa extratora de óleo do vilarejo e que ficava ali, tentando parecer ter prática ao declarar as mulheres puras. Ele estava alimentando o burro que movimentava o rebolo quando cheguei. Vinha acompanhada de Simão e Yalta; Jesus só voltaria de Magdala dali a quatro dias.

O rabino pegou um punhado de palha em uma mão enquanto recebia os pombos, que batiam as asas freneticamente dentro da gaiola. Ele parecia incerto quanto a recitar a Torá em seu pronunciamento, o que ocasionou uma mistura fascinante das Escrituras com sua própria criação.

"Vá, seja frutífera de novo", o rabino disse quando nos virávamos para partir. Notei que Yalta levantava seus olhos para mim.

Cobri bem a cabeça com o lenço, pensando em Susana, em sua beleza e doçura. Meu confinamento tinha acabado. Eu reassumiria meu lugar em meio às mulheres. Quando Jesus retornasse, eu voltaria a ser sua esposa. Não haveria mais tinta ou cacos de cerâmica. Nem papiro de Jerusalém.

No caminho de volta para casa, Yalta e eu seguimos bastante atrás de Simão. "O que vai fazer?", ela perguntou, e eu soube que se referia às últimas palavras do rabino, sobre ser frutífera de novo.

"Não sei."

Ela me avaliou. "Você sabe, sim."

Duvidei que fosse verdade. Todos aqueles anos, tinha usado ervas para prevenir a gravidez, acreditando que não pertencia à maternidade, mas a alguma outra vida amorfa, perseguindo sonhos que provavelmente nunca realizaria — aquelas coisas de repente me constrangeram, aquela busca incessante por algo que não poderia ser atingido. Pareceu-me tolice.

Voltei a pensar em Susana, e minhas mãos deslizaram para minha barriga. O vazio ali parecia impossivelmente pesado. "Penso que escolherei ser frutífera novamente", eu disse.

Yalta sorriu. "Você pensa com a cabeça. Mas *sabe* com o coração."

Minha tia duvidava de mim. Parei e mantive-me firme. "Por que não deveria dar à luz outro filho? Traria felicidade a meu marido, e talvez a mim também. Eu voltaria aos braços da família de Jesus."

"Já a ouvi dizer mais de uma vez que não desejava ter um filho."

"Mas, por fim, eu desejei Susana."

"Sim. É verdade."

"Devo me doar a algo. Por que não à maternidade?"

"Ana, não duvido de que deva se doar à maternidade. Só questiono o que é que você deve dar à luz."

Por dois dias e duas noites, ponderei suas palavras, tão vastas e inescrutáveis. Para uma mulher, dar à luz algo que não fossem filhos e depois cuidar disso com o mesmo senso de propósito, com a mesma atenção e com o mesmo carinho era espantoso, e eu não era exceção.

Na noite antes do dia em que Jesus era esperado, reuni os cacos de cerâmica, todos cobertos de palavras, guardei-os em um saco de lã e deixei-os a um canto. Varri nosso quarto, enchi as lamparinas de argila e bati nossas esteiras de dormir.

Quando a escuridão caiu, ouvi os outros indo para o telhado, mas não me juntei a eles. Dormi com a fragrância da esteira, e sonhei.

Estou dando à luz, agachada sobre o buraco no canto. Susana escorrega de mim para as mãos de Yalta, e eu estico os braços, surpresa porque dessa vez ela chora, e seus punhos diminutos se sacodem no ar. Quando Yalta a coloca em meus braços, no entanto, fico assustada ao ver que o bebê não é Susana. Sou eu mesma. Minha tia diz: "Veja só: você é a mãe e o bebê ao mesmo tempo".

Acordei no escuro. Quando despontou a primeira luz, fui para o lado de Yalta e a despertei com delicadeza.

"O que foi? Você está bem?"

"Estou bem, tia. Tive um sonho."

Ela se enrolou no xale. Pensei em seu próprio sonho com Chaya, chamando por ela do alto, e pensei se minha tia também pensava a respeito.

Contei a ela o que tinha sonhado, então, colocando minha tiara de prata em suas mãos, disse: "Vá à velha senhora e troque por óleo de cominho preto. E, para garantir, harmina e raiz de funcho".

Dispus as ervas sobre a mesa de carvalho do quarto. Quando Jesus chegou, mais tarde naquele dia, eu o cumprimentei com um beijo e vi seus olhos passarem pela minha coleção de preventivos. Era importante para mim que ele compreendesse. Jesus reconheceu as ervas com um aceno de cabeça — não haveria mais filhos. Senti alívio nele, um alívio triste, desprovido de palavras, e compreendi que, se chegasse o momento em que ele viria a partir, seria muito mais simples fazê-lo assim.

Deitamo-nos juntos, e eu me agarrei a ele, sentindo que meu coração ia se abrir e se derramar. Seus dedos tocaram minhas bochechas. "Pequeno Trovão", Jesus sussurrou.

"Amado", respondi.

Descansei a cabeça em seu peito e vi a noite passar pela janela alta. Nuvens claras e escarpadas, estrelas flutuantes, pedaços do céu. Pensei em como éramos parecidos, ambos rebeldes, ousados, marginalizados. Ambos tomados por paixões que precisavam ser liberadas.

Quando acordamos, antes mesmo que Jesus rezasse o shemá, descrevi a ele o sonho que me fizera trocar a tiara de prata pelas ervas. Como poderia esconder aquilo dele? "A recém-nascida era eu mesma!", exclamei.

Uma leve sombra tomou seu rosto — preocupação, parecia, pelo que o sonho profetizava para o futuro —, então foi embora.

Ele disse: "Pelo jeito, você vai nascer de novo".

XIX

Buscar água.
Cardar o linho.

Fiar.
Tecer roupas.
Consertar sandálias.
Fazer sabão.
Moer o trigo.
Fazer o pão.
Recolher o esterco.
Preparar a comida.
Ordenhar as cabras.
Alimentar os homens.
Alimentar os bebês.
Alimentar os animais.
Cuidar das crianças.
Varrer o chão sujo.
Esvaziar o cesto de descarte...

Como as de Deus, as tarefas das mulheres não tinham começo nem fim.

Conforme o verão quente arrefecia e os meses passavam, o cansaço sobrecarregava meus ossos como pesos de tear. Era difícil imaginar que minha vida poderia vir a ser diferente daquilo. Despertar no início da manhã para cumprir minhas tarefas, com os dedos esfolados de manusear o pilão e o tear. Jesus passando pelas cidades e pelos vilarejos da região do mar da Galileia, ficando em casa apenas dois dias em sete. Os duros julgamentos de Judite e Berenice.

Na floresta escondida em meu peito, as árvores perdiam lentamente suas folhas.

XX

No aniversário de um ano de Susana, Jesus e eu fomos até a caverna onde ela estava enterrada e recolhemos seus ossos, depositando-os em um pequeno ossuário de calcário que ele mesmo fez. Fiquei olhando enquanto meu marido colocava a caixinha em uma saliência da caverna, então deixou a mão descansar sobre ela por alguns momentos.

Meu pesar às vezes era insuportável, e eu o sentia agora — a dor tão cortante que eu me perguntava se conseguiria permanecer de pé. Estiquei o braço para Jesus em meio à luz cinzenta e o vi movendo os lábios em silêncio. Se eu suportava a dor através da palavra escrita, Jesus a suportava através da prece. Com que frequência não havia me dito: "Deus é como uma galinha, Ana. Ela acolhe todos os seus filhos sob suas asas"? Mas eu nunca me sentia acolhida naquele lugar que ele parecia habitar sem muito esforço.

Saí da caverna para a luz e absorvi o ar do verão, verde e adstringente. Seguíamos pelo vale, rumo a Nazaré, quando Jesus parou em um planalto onde os lírios cresciam soltos.

"Vamos descansar um pouco", ele disse, e nos sentamos na grama, sob o denso aroma doce. Eu sentia Susana em toda parte, e talvez Jesus também a sentisse, porque se virou para mim e disse: "Às vezes pensa em como ela seria se estivesse viva?".

A questão me transpassou, mas aproveitei o momento, porque precisava falar dela. "Teria seus olhos", eu disse. "E seu nariz *muito* comprido."

"Meu nariz é assim comprido?", ele perguntou, sorrindo.

"Sim, muito. Ela também teria sua risada estrondosa. E seu bom coração. Mas não seria nem de perto tão devotada. Aprenderia sobre religião comigo."

Quando fiz uma pausa, ele disse: "Eu a imagino com o seu cabelo. E ela seria vivaz, como você. Eu a chamaria de Minúsculo Trovão".

Aquilo me trouxe um consolo repentino e profundo, como se eu tivesse sido acolhida, mesmo que apenas por um momento, no lugar inescrutável sob as asas de Sofia.

XXI

Parada diante do poço do vilarejo, eu tinha a sensação peculiar de estar sendo observada. Durante meus primeiros anos em Nazaré, a sensação vinha com frequência; na verdade, todas as vezes que eu saía de casa. *Olhem! É a menina rica de Séforis, que agora não passa de uma camponesa.* Eventualmente, no entanto, tornei-me familiar demais para que me notassem, e os olhares cessaram, mas de novo os pelos dos meus braços se levantavam em atenção, ao sentir que me observavam.

Era a primeira semana do tishrei, tendo acabado de passar a colheita do figo, no fim do verão. Limpei a testa, deixei o cântaro de pedra sobre o muro construído em torno da nascente e olhei em volta. O poço estava cheio — mulheres circulavam com jarras sobre os ombros e crianças agarradas a suas vestes. Viajantes faziam fila para encher seus odres. Um grupo de meninos puxava um camelo obstinado. Ninguém parecia interessado em mim. Mas eu havia aprendido a confiar nas estranhas maneiras como sabia das coisas — imagens, sonhos, pontadas no corpo. Alerta, esperei minha vez de pegar água.

Foi quando prendia a corda em torno da alça do cântaro e o baixava no poço que ouvi os passos atrás de mim. "*Shelama*, irmãzinha", uma voz disse.

Sobressaltei-me. "Judas!" Ele pegou a corda quando minhas mãos a soltaram, em surpresa. "Então era você que estava me observando."

"Sim, por todo o caminho desde sua casa." Fiz menção de abraçá-lo, mas Judas recuou. "Não aqui. Não devemos chamar a atenção."

Seu rosto estava fino e sua pele lembrava um couro marrom, tão rígida quanto a de uma cabra. Uma cicatriz branca na forma de uma cauda de escorpião descia do olho direito. Parecia que o mundo o havia mordido e, achando-o cartilaginoso demais, cuspira-o de volta. Enquanto Judas puxava o cântaro do poço, notei a adaga enfiada em seu cinto e o modo como ele olhava para a esquerda e para a direita, e por cima do ombro.

"Venha comigo", Judas disse, e foi embora com o cântaro.

Puxei o capuz do manto e corri atrás dele. "Aonde estamos indo?"

Ele se virou para a seção mais tumultuada de Nazaré, onde as casas se espremiam em meio a um labirinto de becos, então entrou por uma passagem entre dois pátios, vazios a não ser por três homens. Ali, entre o odor de burro, urina e figos fermentando, Judas me ergueu e me girou no ar. "Você parece bem."

Olhei para os homens.

"Eles estão comigo", Judas disse.

"São seus amigos zelotes?"

Ele assentiu. "Quarenta de nós vivemos nas colinas. Fazemos nossa parte para livrar Israel dos porcos romanos e de seus simpatizantes." Judas sorriu e fez uma leve reverência.

"Isso parece..." Hesitei.

"Perigoso?"

"Eu ia dizer pouco sensato."

Ele riu. "Vejo que continua falando o que pensa."

"Tenho certeza de que você e seus zelotes são um espinho enorme no flanco de Roma. Mas é só um *espinho*, Judas. Não pode rivalizar com seu poder."

"Você ficaria surpresa com o medo que têm de nós. Somos bons em incitar a revolta, e não há nada que Roma tema mais que um levante. E o melhor de tudo: é a maneira mais certeira de nos livrarmos de Herodes Antipas. Se ele não conseguir manter a paz, Roma vai substituí-lo." Judas fez uma pausa, inquieto, e olhou para trás, para a entrada do beco. "Uma companhia de oitenta soldados foi destacada para nos capturar. No entanto, em todos esses anos, nenhum de nós foi pego. Alguns foram mortos, mas não pegos."

"Então meu irmão é um homem de má fama." Dei-lhe um empurrão de brincadeira. "É claro que aqui em Nazaré não ouvi *nada* a seu respeito."

Ele sorriu. "Infelizmente, minha glória parece confinada às cidades maiores. Séforis, Tiberíades, Cesareia."

"Mas, Judas, olhe só para você", eu disse, ficando séria. "É caçado, dorme em cavernas, comete atos de rebeldia que poderiam levar à sua morte. Nunca quis desistir de tudo isso para se casar e ter filhos?"

"Eu tenho uma esposa. Ester vive com quatro outras esposas de zelotes, em uma casa em Naim lotada de crianças, três delas minhas." Ele sorriu. "Dois meninos, Josué e Jônatas, e uma menina, Ana."

Ao ouvir das crianças, pensei em Susana e senti o corte de faca que sentia toda vez que a lembrança dela me vinha. Decidi não falar dela. Fingindo animação, eu disse: "Três filhos... Espero conhecê-los um dia".

Judas soltou um suspiro, e eu ouvi o anseio nele. "Não vejo Ester há muitos meses."

"Nem ela o vê." Eu queria lembrá-lo de que fora *ela* a ser deixada para trás.

Ouvi um fragor de cascos de cavalo e vozes masculinas. A mão de Judas foi instintivamente para o cabo da adaga. Ele nos puxou mais para o fundo do beco.

"Como sabia onde me encontrar?", perguntei.

"Lavi. Ele me mantém informado de muitas coisas."

Então meu fiel amigo tinha se tornado um espião. Eu disse: "Você desapareceu da minha vida e agora voltou. Deve haver um motivo".

Judas franziu a testa à luz oblíqua, e a cauda de escorpião se ergueu sobre o osso da bochecha, como se preparada para ferroar. "Tenho notícias tristes, irmã. Vim lhe contar que nossa mãe está morta."

Não fiz nenhum ruído. Tornei-me um pedaço de nuvem, olhando para baixo, vendo as coisas como os pássaros as veem, pequenas e indiferentes. O rosto de minha mãe parecia vago e distante.

"Ana, você me ouviu?"

"Ouvi, Judas."

Olhei para ele, impassível, e pensei na noite em que minha mãe me trancou no meu quarto, gritando: *Sua vergonha recai sobre mim. Permanecerá confinada aqui até que consinta com o noivado.*

Por que recordava algo tão horrível naquele momento?

"Sabe qual foi a última coisa que ela me disse?", perguntei. "Que eu passaria o resto dos meus dias como uma camponesa em um vilarejo miserável e afastado, e que era o que eu merecia. Ela me disse isso um mês antes que eu partisse de Séforis e me casasse com Jesus, e não me dirigiu mais a palavra. No dia em que subi na carroça e Lavi fez com que o cavalo partisse, ela nem saiu do quarto para me ver indo embora."

"Ela era cruel com você", Judas disse, "mas era nossa mãe. Quem se condoerá por ela se não nós?"

"Shipra que o faça."

Judas me olhou em reprovação. "Seu luto virá. Melhor antes que depois."

Eu não achava que ele estava certo a respeito daquilo, mas lhe disse: "Tentarei, irmão". Então, incapaz de me impedir, perguntei: "Por que nunca voltou para me ver? Deixou-me com nosso pai e com nossa mãe e nunca retornou. Eu me casei e você não estava lá. Você se casou e nem pensou em me contar. Eu não sabia se estava vivo ou morto. Todos esses anos, Judas".

Ele suspirou. "Sinto muito, irmãzinha. Não pude retornar a Séforis por medo de ser pego, e teria sido perigoso me ter por perto. Depois que se casou, não soube de seu paradeiro. Não faz muito tempo que comecei a conseguir informações com Lavi. Mas você tem razão: eu poderia ter tentado encontrá-la antes. Deixei-me envolver demais por minha guerra contra os romanos." Ele abriu um sorriso penitente. "Mas estou aqui agora."

"Venha para minha casa e passe a noite conosco. Jesus está lá. Precisa conhecê-lo. Ele também é um radical. Não do mesmo modo que você, mas a seu próprio modo. Tenho certeza de que considerará que valeu a pena conhecê-lo. Verá."

"Ficarei feliz em ir conhecê-lo, mas não posso passar a noite. Eu e meus homens devemos deixar Nazaré bem antes do amanhecer."

Andamos lado a lado, com a jarra no meu ombro e os homens nos seguindo à distância. Eu não havia retornado a Séforis nem uma vez em todos aqueles anos, nem mesmo para ir ao mercado, e estava ávida por notícias. "Jesus disse que nosso pai voltou a ser chefe dos escribas e conselheiro de Antipas", eu disse. "É difícil imaginá-lo em Tiberíades. E mais ainda imaginar nossa mãe enterrada lá."

"Então você não sabe? Quando Antipas transferiu o governo para Tiberíades, seu pai foi com ele, mas nossa mãe se recusou. Ela passou os últimos cinco anos acompanhada apenas de Shipra em Séforis."

A revelação me sobressaltou, mas apenas por um momento. Minha mãe devia ter ficado aliviada por finalmente se ver livre de meu pai. E eu duvidava que ele tivesse se importado de deixá-la para trás.

"E quanto a Lavi?", perguntei.

"Seu pai o levou a Tiberíades, para ser seu criado pessoal. O que me foi muito útil."

"*Meu* pai. Duas vezes o chamou assim. Não o reivindica mais para si?"

"Esqueceu? Ele me renegou. Fez isso em um contrato que foi assinado pelo rabino."

Eu tinha mesmo me esquecido. "Sinto muito", disse. "Ele podia ser tão cruel com você quanto nossa mãe comigo."

"Fico feliz em não ter mais nenhuma associação com ele. Só me desagrada o fato de que não vou herdar a casa de Séforis. Depois que nossa mãe se foi, ficou vazia. Quando seu pai morrer, irá para o irmão dele, Aram. Eles trocaram cartas a respeito. Lavi as passou a mim. Aram escreveu que, quando o momento chegar, enviará um emissário de Alexandria para vender a casa e tudo o que contém." Aconteceria como nossa mãe havia previsto: a casa iria para Aram, o antigo adversário de Yalta.

Eu disse: "Se meu pai já escreveu a seu irmão a esse respeito... ele não se encontra bem?".

"De acordo com Lavi, seu pai sofre de tosse e às vezes precisa dormir sentado para conseguir respirar. Não viaja mais, embora de resto continue cumprindo seus deveres."

O rosto de meu pai também tinha quase se perdido para mim.

Quando encontramos Jesus, ele tinha na mão uma ferramenta para aplainar o telhado de sapê. Meu marido procurava fortalecer a superfície antes que as chuvas viessem. Limpei uma mancha de barro de seu queixo.

"Este é meu irmão, Judas", eu disse. "Ele veio me dizer que minha mãe morreu."

Jesus colocou o braço sobre meus ombros e me olhou com ternura. "Sinto muito, Ana."

"Não encontro lágrimas", eu disse a ele.

Nós três nos sentamos em esteiras no pátio e falamos não sobre Judas ser um zelote, mas sobre coisas comuns — o trabalho de Jesus na sinagoga em Magdala, a infância que eu e Judas compartiláramos — e, ao fim, minha mãe. Ela havia cortado a mão em uma caixa de pó, abrindo uma ferida que se enchera de veneno. Shipra tivera que enterrá-la. Ainda assim, meus olhos se mantinham secos.

Quando a luz começou a minguar, Jesus conduziu Judas à escada que levava para o telhado. Eu os segui, mas meu marido disse, baixo: "Pode nos deixar a sós por um momento para conversarmos?".

"Por que não posso subir também?"

"Não se ofenda, Pequeno Trovão. Só queremos falar de homem para homem."

Seu estômago roncou, e ele riu. "Talvez possa pedir para minha mãe e Salomé nos prepararem a comida."

Ele não pretendia me menosprezar, mas me senti menosprezada mesmo assim. Jesus estava me banindo. Não me recordava de algo assim já ter acontecido.

Pouco tempo antes, quatro desconhecidos cheirando a peixe tinham acompanhado Jesus até nossa casa, e nós mulheres tivéramos que lhes servir o jantar. Eu não pedi para me juntar à conversa dos homens, mas os observei enquanto se reuniam debaixo da oliveira e falavam atentamente até escurecer. Quando partiram, perguntei a Jesus: "Quem eram aqueles homens?".

"Amigos", ele disse. "Pescadores de Cafarnaum. Era no barco deles que eu estava quando você pariu Susana. Estão a caminho de Séforis, para trocar os peixes."

"E sobre o que falaram por tanto tempo? Certamente não sobre peixes."

"Falamos de Deus e de seu reino", ele respondeu.

Naquela mesma noite, Maria, que devia tê-los entreouvido enquanto lhes servia a comida, resmungou para mim e Salomé: "Ultimamente, meu filho não fala sobre nada que não o reino de Deus".

"Falam a respeito dele no vilarejo", Salomé disse. "Dizem que conversa com coletores de impostos e leprosos." Salomé olhou para mim, então baixou o rosto. "E meretrizes."

Eu disse: "Ele acredita que todos eles têm um lugar no reino de Deus, só isso".

"Dizem que ele confrontou Menaém", ela prosseguiu. "O homem que veio ao nosso portão. Jesus o repreendeu por condenar os pobres que carregam lenha no sabá. Ele proclamou seu coração um sepulcro!"

Maria pôs uma tigela com pão molhado em vinho sobre o forno, com um baque. "Você deve falar com ele, Ana. Temo que ele vá encontrar problemas."

Eu temia que ele não apenas encontrasse problemas, mas também os criasse. Associar-se com meretrizes, leprosos e coletores de impostos só levaria a mais rejeição, mas e daí? Não me incomodava que ele se aproximasse daquelas pessoas. Não, era seu novo hábito de falar contra as autoridades que me preocupava.

Agora, enquanto eu observava Jesus e Judas subindo os degraus, a sensação de mau agouro que tive naquela noite retornava.

Esgueirei-me até a lateral da casa, onde seria difícil me verem, e ali, sob o dossel da oficina, esperei que sua conversa chegasse até mim. O estômago de Jesus teria que roncar por um pouco mais de tempo.

Judas falava das façanhas de seus zelotes. "Duas semanas atrás, em Cesareia, arrancamos os emblemas romanos e desfiguramos uma estátua do imperador, que fica do lado de fora de seu templo a Apolo. Não encontramos nenhuma maneira de profanar o templo em si — ele era fortemente guardado —, mas incitamos a multidão, que lançou pedras nos soldados. Em geral, não somos tão inflamados. Com mais frequência, procuramos por pequenos contingentes de soldados na estrada, onde podem ser facilmente atacados. Ou roubamos dos ricos, enquanto viajam pelo interior. Se não precisamos de suas moedas, distribuímos entre o povo, para pagar seus impostos."

Jesus devia estar de costas para mim, porque sua voz me veio débil. "Eu também acredito que chegou a hora de nos livrar de Roma, mas o reino de Deus não virá pela espada."

"Até que o Messias venha, a espada é tudo o que temos", Judas argumentou. "Meus homens e eu vamos usá-las amanhã para fugir com uma porção de grãos e vinho rumo ao depósito de Antipas, em Tiberíades. Tenho uma fonte confiável no palácio, que me informou..." O restante das palavras morreu no ar.

Esperando ouvi-los melhor, dei a volta na casa, encolhendo-me nas sombras, e ouvi Judas narrar os esplendores de Tiberíades — um vasto palácio sobre uma colina, decorado com imagens gravadas, um estádio romano, uma colunata brilhante que se estendia desde o mar da Galileia ao longo de toda a encosta. Então Judas disse meu nome, o que me fez prestar ainda mais atenção. "Eu disse a Ana que o pai dela não está bem. Ele morrerá em breve, mas continua tão traiçoeiro quanto antes. Pedi para falar com você sem a presença dela porque recebi notícias que hão de perturbá-la. Minha irmã talvez se sinta compelida a... bem, quem sabe como ela vai reagir? Minha irmã é impetuosa e destemida demais para seu próprio bem." Judas riu. "Mas talvez você já saiba disso."

Impetuosa e destemida. Eu havia sido aquelas coisas. Mas tal parte de mim parecia uma das mulheres esquecidas das histórias que eu escrevia, reduzida por anos de tarefas domésticas, pela morte de Susana e pelas longas penúrias de espírito no período em que eu não pudera escrever.

Meu irmão disse: "O pai de Ana teceu uma última trama para convencer o imperador Tibério a tornar Antipas rei dos judeus".

Meu pai era decepcionantemente previsível. Mas aquela não chegava a ser uma notícia que me alarmaria tanto quanto Judas previra.

Houve um silêncio desconfortável antes que a voz de Jesus voltasse a ressoar. "Foi profetizado que o *Messias* ostentará o título de rei dos judeus. Seria puro escárnio se Antipas roubasse esse título para si!"

"Devo dizer que a trama dele é astuta. Temo que vá funcionar."

Do outro lado do terreno, Maria, Salomé e Judite se dirigiam ao pequeno pátio da cozinha para preparar a refeição noturna, deixando Berenice para cuidar das crianças. A qualquer momento me chamariam e, quando eu não respondesse, sairiam para me procurar.

"Matias elaborou sua trama em detalhes meticulosos", Judas disse. "O criado dele, Lavi, não sabe ler, então me passa tantos documentos do pai de Ana quanto pode. Fiquei chocado ao deparar com a descrição de seu plano. Antipas viajará a Roma no mês que vem e fará um apelo oficial ao imperador para ser nomeado rei."

"Não parece provável que Tibério conceda", Jesus disse. "É amplamente sabido que o imperador se opõe a que Antipas tenha esse título. Ele se recusou a fazê-lo mesmo depois que Antipas nomeou sua nova cidade como Tiberíades."

A conversa das mulheres do outro lado do terreno tornava difícil escutar o que eles diziam. Esgueirei-me até a escada e subi até a metade.

Judas estava falando: "Antipas é odiado. O imperador lhe negou o título de rei no passado porque teme que o povo se insurja. Mas e se houvesse uma maneira de diminuir essa possibilidade? Essa é a questão que Matias aborda em sua trama. Ele escreveu que nós, judeus, nos opomos a Antipas como rei porque ele não tem sangue real, porque não é da linhagem do rei Davi". Meu irmão bufou. "De modo algum é o único motivo, mas é um importante, e Matias conspira para contorná-lo. No caminho para Roma, Antipas vai parar em Cesareia de Filipe supostamente para visitar seu irmão, quando na verdade estará em busca da esposa dele, Herodíade. Ela é descendente da dinastia asmoneana de reis judeus."

Antipas tomaria uma nova esposa? Teria alguma tragédia acontecido com Fasélia, minha antiga amiga? Confusa e sentindo meu estômago se revirar, subi mais dois degraus.

Judas disse: "Herodíade é ambiciosa. Antipas não terá dificuldade em convencê-la a se divorciar de Filipe para se casar com ele. Prometerá a ela o trono. Quando Antipas chegar a Roma, terá a segurança de um casamento real. Se isso não o ajudar a se tornar rei, nada o fará."

Jesus fez a pergunta que abria um buraco ao queimar na minha língua. "Mas Antipas já não tem uma esposa?"

"Sim, a princesa Fasélia. Antipas vai se divorciar dela e encarcerá-la em segredo em algum lugar. Provavelmente vai se livrar dela discretamente e alegar que morreu vítima de uma febre."

"Acha que Antipas iria tão longe?", Jesus perguntou.

"Matias diz que, se ela continuar viva, vai incitar o pai a se vingar. Como sabe, o pai de Antipas executou a própria esposa, Mariana, e duvido que o filho hesite em seguir seus passos. Agora entende por que preferi não revelar tudo a Ana, não? Fasélia já foi amiga dela."

Tonta, apoiei a testa em um degrau. Enquanto eu me segurava à escada, a noite havia se fechado sobre nós. Uma lua voluptuosa iluminava tudo. O cheiro do pão se espalhava na escuridão.

Eles continuaram a conversar, suas vozes como abelhas zumbindo ao longe, em uma giesteira.

Comecei a descer da escada, e minhas mãos, úmidas de suor, escorregaram por um momento da madeira, fazendo a escada sacudir contra a casa. Antes que eu pudesse voltar a descer, ouvi Jesus perguntar: "Ana, o que está fazendo aqui?". Seu rosto sombrio me espiava da beira do telhado.

Então o rosto de Judas apareceu ao lado do dele. "Então você me ouviu."

"O jantar está pronto", eu disse a eles.

Ajoelhando-me no meu quarto, removi o conteúdo do baú de cedro item a item — a bacia, os rolos de pergaminho, os cálamos, as tintas, o fio vermelho dentro da bolsinha. A fina folha de marfim que havia me colocado em sérios perigos estava no fundo, brilhando branca como uma pérola. Eu não sabia na época, nem sei totalmente agora, por que ainda não havia escrito nela ou a negociado. Parecera-me uma relíquia que devia ser preservada — e sem a qual meu casamento com Jesus nunca teria acontecido. Agora, parecia que eu a tinha guardado para aquele momento. De qualquer maneira, eu não tinha mais onde escrever.

Levantei o último frasco de tinta diante da chama da lamparina de argila e trouxe o vagaroso líquido preto à vida com uma sacudidela. A menina destemida não havia me abandonado por completo. Escrevi rapidamente em grego, sem me importar em aperfeiçoar as letras.

Fasélia,
Esteja avisada! Antipas e meu pai tramam contra você.
Seu marido conspira para se casar com Herodíade, cuja
ascendência real pode convencer o imperador a coroá-lo rei.
Conto-lhe em segredo que, depois que Antipas partir de
Roma, vai se divorciar de você e torná-la prisioneira dele.

*Sua vida também pode estar em perigo. Uma fonte fidedigna
me revelou que Antipas partirá este mês. Fuja, se puder.
Meu coração anseia pela sua segurança.
Ana*

Ergui a bainha da minha túnica e abanei a tinta até secar, então envolvi a carta com um pedaço de linho sem tingimento. Quando adentrei o pátio, Judas já estava ao portão. "Irmão, espere!" Corri para ele. "Ia embora sem se despedir?"

Ele me ofereceu um olhar culpado. "Não poderia arriscar que você fizesse o que acredito que está prestes a fazer. O que tem aí?"

"Achou que eu não faria nada? É uma carta alertando Fasélia." Eu a estendi a ele. "Precisa entregá-la para mim."

Ele levantou as mãos, recusando-se a pegá-la. "Você me ouviu dizer que viajarei a Tiberíades, mas não vou me aventurar dentro da cidade e certamente não chegarei perto do palácio. Planejamos interceptar a caravana de grãos e vinhos do lado de fora da cidade."

"A vida dela corre risco. Como pode não se importar?"

"Importo-me mais com a vida de meus homens." Ele se virou para o portão. "Sinto muito."

Peguei seu braço e estendi-lhe o pacote uma vez mais. "Sei que vai encontrar uma maneira de evitar os soldados de Tiberíades. Gabou-se de que nenhum de vocês foi pego até agora."

Judas era mais alto que eu e Jesus, e olhou por cima da minha cabeça para a oliveira sob a qual Yalta, meu marido e os outros comiam sentados, como se esperasse que um deles viesse resgatá-lo. Olhei para trás e vi Jesus nos observando, deixando que eu tivesse um momento a sós com meu irmão.

"Você está certa", Judas disse, "podemos evitar os soldados. Mas você não pensou nisso direito. Se sua carta for encontrada e você for identificada como a remetente, estará em perigo. Assinou com seu nome?"

Assenti. Não me dei ao trabalho de informar que, mesmo sem minha assinatura, Antipas e meu pai adivinhariam quem tinha escrito. Eu não havia roubado a folha de marfim sob seus olhares?

"Preciso que faça isso por mim, Judas. Posei para o mosaico de Antipas para garantir sua liberdade. Certamente pode fazer isso por mim."

Ele inclinou a cabeça para trás e gemeu em resignação. "Dê--me a carta. Colocarei nas mãos de Lavi e pedirei que garanta que seja contrabandeada até ela."

Jesus esperava por mim no quarto. Acendeu não uma, mas duas lamparinas. Luzes e sombras tremeluziam em seus ombros. "Estou certo em achar que Judas está levando um alerta seu a Fasélia?"

Assenti.

"É perigoso, Ana."

"Judas me disse o mesmo, mas não me repreenda. Eu não poderia abandoná-la."

"Não vou repreendê-la por tentar ajudar uma amiga. Mas temo que tenha agido impulsivamente. Talvez houvesse outro meio."

Tomada pela exaustão, olhei para ele, magoada com sua reprovação. Também sentia algo crescendo em mim, que não tinha nada a ver com Fasélia, uma necessidade excruciante que eu não conseguia compreender. Balancei um pouco sobre os pés.

"Foi um dia de sofrimento para você", Jesus disse, e as palavras abriram um desfiladeiro de tristeza em mim. Meus olhos ficaram vidrados, e um soluço de choro subiu pela minha garganta.

Jesus abriu os braços. "Venha aqui, Ana."

Descansei a cabeça no tecido áspero de sua túnica. "Minha mãe morreu", eu disse, e chorei por ela. Por tudo o que poderia ter sido.

XXII

No outono, antes da Festa dos Tabernáculos, Jesus voltou para casa com notícias de que um homem de Ein Kerem imergia pessoas no rio Jordão. Chamavam-no de João, o imersor.

Durante a refeição noturna, Jesus não cessou de falar sobre aquele homem, que perambulava pelo deserto da Judeia, usando uma tanga e comendo gafanhotos assados e mel. Na minha opinião, aquilo não sugeria uma figura particularmente atrativa.

A família inteira estava sentada ao lado do fogo no pátio, enquanto Jesus descrevia a sensação que o profeta vinha causando: grandes multidões se reuniam no deserto a leste de Jerusalém, tão fervorosas que entravam no rio gritando e cantando, e depois entregavam seus mantos e sandálias. "Encontrei dois homens perto de Caná que o ouviram pregar pessoalmente", Jesus disse. "Ele incentiva as pessoas a se arrependerem e a se voltarem a Deus antes que seja tarde demais. Dizem que condena Antipas por desrespeitar a Torá."

Tudo o que Jesus recebeu foram olhares em silêncio.

Perguntei: "Quando João imerge as pessoas no rio, o significado é o mesmo de quando entramos no mikvá?".

Jesus deixou seu olhar se demorar em mim. Meu esforço o fez sorrir. "De acordo com essas pessoas, representa uma purificação muito mais radical do que a do mikvá. A imersão de João é um ato de penitência, um afastamento dos pecados."

A quietude retornou, ainda mais sufocante. Jesus se agachou diante do fogo. Observei o reflexo das chamas brilhar em seus olhos e senti como nossas vidas agora pareciam quase incendiárias. Ele parecia muito sozinho, quase solitário. Tentei de novo. "Esse João, o imersor... Ele acredita que o apocalipse está vindo?"

Não havia um de nós que não soubesse o que o apocalipse significava. Seria uma grande catástrofe e um grande enlevo. Os homens falavam a respeito na sinagoga, analisando as profecias de Isaías, Daniel e Malaquias. Quando viesse, Deus estabeleceria seu reino na terra. Governos cairiam. Roma seria derrubada. Herodes seria retirado do trono. Líderes religiosos corruptos seriam expulsos. Os dois Messias apareceriam: o rei, da linhagem de Davi, e o sacerdote, da linhagem de Aarão, que juntos vigiariam a vinda do reino de Deus.

Seria perfeito.

Eu não sabia o que pensar daquelas coisas, ou do frenesi de anseio que as cercava. Muito tempo antes, tentando me explicar aquilo, Yalta dissera que nosso povo era desolado por tanto sofrimento que fazia nascer uma profunda esperança de um futuro ideal. Ela pensava que era isso que havia por trás das profecias de fim dos tempos. Mas estaria certa? Jesus parecia acreditar fervorosamente nelas.

Ele me respondeu: "João prega que está próximo o dia do julgamento, quando Deus intervirá para consertar o mundo. Já estão dizendo que ele é o Messias do sacerdócio. Se for verdade, o rei Messias deve aparecer logo".

Uma sensação de tremor tomou conta de mim. Quem quer que fosse o rei Messias, estava em algum lugar na Judeia ou na Galileia, seguindo com sua vida. Eu me perguntei se ele sabia quem era ou se Deus ainda estava por lhe contar a terrível notícia.

Maria se levantou e começou a recolher as tigelas e colheres. Quando falou, sua voz traiu seu medo. "Filho, esse homem que descreve poderia ser um profeta ou um louco. Quem poderá julgar?"

Tiago se apressou a se juntar à dissuasão da mãe. "Não temos como saber que tipo de homem ele é nem se as coisas que diz vêm realmente de Deus."

Jesus se levantou e colocou uma mão no braço de Maria. "Mãe, está certa em levantar essa questão. Você também, Tiago. Sentados aqui, não temos como saber."

Pressenti o que ele estava prestes a dizer. Meu coração acelerou.

"Decidi viajar para a Judeia e descobrir por mim mesmo", Jesus disse. "Partirei amanhã ao nascer do sol."

Enquanto o seguia até nosso quarto, eu tremia de raiva, furiosa porque ele iria embora — não, furiosa porque ele *podia* ir embora, enquanto eu não tinha a mesma liberdade gloriosa. Ficaria ali para sempre, cuidando de fiar, recolher o esterco e moer o trigo. Eu queria gritar para o céu. Jesus não via como me magoava ser deixada para trás, não ter a liberdade de transitar ou fazer coisas, sempre ansiar por *um dia*?

Quando atravessei a porta a passos pesados, Jesus já estava preparando a bolsa de viagem. Ele disse: "Pegue peixe salgado, pão, figos secos, queijo, azeitonas e o que não fará falta na despensa. O bastante para nós dois".

Nós dois? "Deseja me levar com você?"

"Quero que venha, mas se preferir ficar aqui para ordenhar a cabra..."

Eu me joguei sobre ele, cobrindo seu rosto de beijos.

"Sempre levaria você comigo se pudesse", Jesus disse. "Além do mais, quero ouvir o que pensa de João, o imersor."

Incluí comida e odres em nossas bolsas, amarrando-as com tiras de couro. Lembrando-me do pente de latão decorativo que havia trazido comigo de Séforis dez anos antes, voltei a abrir uma bolsa e o guardei nela. Aquilo e meu espelho de cobre eram minhas últimas posses que tinham algum valor. O pente poderia ser trocado por comida. Jesus gostava de dizer que não devíamos nos preocupar com o que comeríamos ou beberíamos, porque, se Deus alimentava os pássaros, não nos alimentaria também?

Ele confiava em Deus. Eu levaria o pente.

Mais tarde, fiquei deitada acordada, ouvindo-o dormir, enquanto o vapor suave de sua respiração se espalhava pelo quarto. Eu nem conseguia fechar os olhos, de tanta felicidade. Ela crescia em mim como brotos verdes e viçosos. Naqueles momentos, perdi o medo de ser deixada para trás. Se Jesus ia desistir de tudo e seguir João, o imersor — ora, ainda que partisse para ser ele mesmo um profeta —, ia me levar consigo.

XXIII

Ao nascer do dia, procurei Yalta para me despedir. Ela dormia em sua esteira na despensa, com o manto de lã puxado até o queixo, a cabeça descoberta e o cabelo espalhado pelo travesseiro.

Na parede atrás dela havia uma representação grosseira do calendário egípcio, que minha tia fizera com um pedaço de madeira queimada. Desde que eu a conhecia, Yalta mapeava os doze meses lunares, anotando nascimentos, mortes e eventos auspiciosos. Quando morávamos em Séforis, ela havia desenhado o calendário em papiro, usando as tintas que eu fabricara. Ali, só lhe restava traçar o círculo na parede de barro com fuligem. Aproximando-me para examinar, notei que minha tia registrara a morte de minha mãe no mês de av sem destacar um dia específico. No quarto dia do tevet, dia do meu nascimento, ela havia escrito meu nome e, ao lado, minha idade, vinte e quatro. Então notei algo que nunca havia visto. Era o décimo segundo dia do tishrei, e ao lado minha tia havia escrito o nome de sua filha perdida, Chaya. Aquele era o dia do aniversário de seu nascimento. Ela também tinha vinte e quatro anos.

Virei para Yalta e notei seus olhos se movendo por trás das pálpebras fechadas — estaria sonhando? Naquele momento, um raio de luz entrou por uma rachadura no telhado, caindo sobre seu ombro e se espalhando pelo chão de terra aos meus pés.

Meus olhos o consideraram com curiosidade. Um feixe de luz, conectando-nos. Vi aquilo como um sinal da promessa que havíamos feito uma à outra quando eu tinha catorze anos: de que estaríamos sempre juntas, como Noemi e Rute — aonde eu fosse, ela iria; minha gente seria sua gente. Mas, enquanto eu estava ali, observando, o feixe de luz perdeu força, depois desapareceu em meio à claridade do dia.

Ajoelhei-me e beijei a testa de minha tia. Ela abriu os olhos.
"Partirei com Jesus."
Yalta ergueu a mão em uma bênção. "Que Sofia a acompanhe e guarde", ela disse, com a voz grogue de sono.

"E você também. Agora volte ao seu sonho." Fui embora depressa.

No pátio, Jesus se despedia de Maria e Salomé. "Quando vai retornar?", sua mãe perguntou.

"Não posso afirmar com certeza. Em duas semanas, talvez três."

Olhei para trás, para o depósito, e um temor tomou conta de mim. Eu disse a mim mesma que Yalta estava bem para sua idade e não sofria de nenhuma doença. Disse a mim mesma que, se Jesus decidisse seguir João, o imersor, e me levasse com ele, levaria Yalta também; não ia nos separar. Disse a mim mesma que o feixe de luz que nos conectava não podia ser rompido.

XXIV

Levamos alguns dias para chegar ao vilarejo de Aenon, onde trocamos meu pente de latão por grão-de-bico, damascos, pão e vinho, reabastecendo nossas algibeiras vazias. Ali, entramos em Pereia e viajamos ao longo da margem esquerda do Jordão. Jesus acordava cedo pela manhã e caminhava uma curta distância para rezar a sós, então eu ficava deitava em meio aos aromas verdes, enquanto o dia nascia acima de mim, e murmurava preces a Sofia. Depois me levantava, sentindo câimbras nas pernas, o estômago doendo de fome, bolhas nos calcanhares — mas, ah, o mundo era grande e misterioso, e eu estava longe de casa, viajando com meu amado.

No sexto dia, encontramos João, o imersor, nas margens cobertas de seixos do rio, não muito longe do mar Morto. A multidão era tamanha que ele tinha subido em um afloramento de pedras e pregava gritando. Atrás dele, distante da multidão, havia um grupo de homens, talvez doze ou catorze, que imaginei que fossem seus discípulos. Dois deles me pareciam estranhamente familiares.

Embora Jesus tivesse me preparado para a aparência de João, surpreendi-me ao vê-lo. Ele estava descalço e era magro como um varapau. Sua barba preta sacudia sobre o peito, e seu cabelo balançava sobre os ombros em cachos emaranhados. O mais estranho era que ele vestia tecido de pelo de camelo, em um traje grosso e confuso, amarrado na cintura, que mal chegava ao meio da coxa. O espetáculo me fez rir, não o ridicularizando, mas apreciando sua peculiaridade e a constatação de que alguém podia se vestir daquela maneira e ainda ser considerado um dos escolhidos de Deus.

Seguimos pelos limites da multidão, aproximando-nos tanto quanto possível. Era o fim do dia, e nuvens se reuniam acima das colinas, esfriando o ar. Pequenas fogueiras queimavam aqui e ali ao longo da costa, e fomos até uma delas, esquentando as mãos enquanto ouvíamos.

João incitava a multidão a se afastar do dinheiro e da ganância. "Que bem suas moedas lhes farão agora? O machado do julgamento está pronto para cortar a raiz da árvore. O reino de Deus está à espera."

Observei Jesus. Como se deleitava com as palavras do profeta — seus olhos brilhando, as rugas de concentração em seu rosto, a respiração rápida visível em seu peito.

Achei que o discurso de João sobre o apocalipse nunca terminaria — o que me enervou —, mas por fim ele dirigiu sua língua ferina a Herodes Antipas, atacando-o por sua ganância, por ter dado as costas às leis divinas, por decorar seu palácio em Tiberíades com uma variedade de imagens gravadas. João tampouco poupou os sacerdotes do templo, acusando-os de enriquecer com os sacrifícios de animais que realizavam ali.

Eu sabia que Jesus ia me perguntar o que eu achava daquele homem peculiar. E o que eu diria? *Ele é excêntrico e estranho, e desconfio de toda essa conversa sobre o fim do mundo, mas há algo de carismático e poderoso nele, e, embora não tenha estimulado minha imaginação, estimulou a da multidão.*

Um homem usando as vestes em branco e preto dos saduceus, a elite de Jerusalém, interrompeu as críticas ferinas de João, gritando: "Quem é você? Alguns dizem que é Elias ressuscitado. Quem *você diz que é?* Os sacerdotes me enviaram aqui para descobrir".

Um discípulo de João, um dos que me pareciam familiares, gritou de volta: "Você é um espião?".

Virei-me para Jesus. "Esse discípulo... Ele é um dos pescadores de Cafarnaum que se sentou com você no pátio, aquele em cujo barco você pescou!"

Jesus o tinha reconhecido também. "É meu amigo Simão." Ele olhou para os outros discípulos. "E o irmão dele, André."

Simão continuou gritando para o saduceu, exigindo saber quem ele era. "Hipócrita! Deixe-nos e volte ao seu lucro em Jerusalém!"

"Seu amigo se inflama com facilidade", eu disse a Jesus.

Ele sorriu. "Uma vez o vi ameaçar jogar um homem do barco por ter acusado seu irmão de ter roubado na contagem dos peixes."

João levantou as mãos para conter o tumulto. "Pergunta-me quem sou. Pois direi a você. Sou uma voz que grita no deserto."

Aquelas palavras, aquela proclamação, impactaram-me de fato. Pensei nas palavras escritas na minha bacia de encantamento: *Quando eu for pó, entoe estas palavras sobre meus ossos: ela foi uma voz.* Fechei os olhos e imaginei as palavras se erguendo de sua cama de tinta e escapando pela lateral da bacia. A figura de mim mesma, que eu havia desenhado no fundo, pulou e dançou ao longo da borda.

Jesus se virou e pôs uma mão no meu ombro. "O que foi, Ana? Por que está chorando?"

Levei a mão às pálpebras e vi que estavam úmidas. "João é uma voz", consegui falar. "Que belo deve ser poder dizer isso a respeito de si mesmo! Estou tentando imaginar."

Quando João incitou a multidão a se arrepender e ser purificada de seus pecados, fomos para o rio junto com os outros. Não fui desejando me voltar à lei de Deus — fui desejando me purificar do medo e do entorpecimento do espírito. Fui arrependida do meu silêncio e da escassez de minhas esperanças. Fui pensando no ser que eu sonhara parir.

Prendi o fôlego enquanto João me empurrava gentilmente para baixo da água. O frio se fechou sobre mim. O silêncio da água, o peso da escuridão, a barriga de uma baleia. Abri os olhos e vi pequenos traços de luz no fundo do rio e o leve cintilar dos seixos. Um único momento depois, uma batida de coração, voltei à tona, espirrando água.

Minha túnica se colava em mim em dobras pesadas enquanto eu caminhava penosamente até a margem. Onde estava Jesus? Ele estivera perto de mim quando eu entrara na água, mas agora parecia perdido na confusão de penitentes. Comecei a tremer de frio. Caminhei ao longo da margem, com os dentes batendo, chamando seu nome. "Je-Je-Jesus."

Localizei-o ainda no rio, de pé à frente de João, com as costas viradas para mim, imergindo. Fiquei olhando para o ponto onde desaparecera, para como os círculos de água se espalharam lentamente, deixando a superfície tranquila e imóvel a seguir.

Jesus emergiu, balançando a cabeça, borrifando água em um semicírculo. Ele ergueu o rosto para o céu. O sol se punha na direção das colinas, derramando-se sobre o rio. Uma ave, um pombo, voou para longe de seu esplendor.

XXV

Aquela noite, deitamo-nos à margem da estrada para Jericó, sob um sicômoro retorcido, nossas vestes ainda úmidas do batismo. Fiquei ao lado de Jesus, absorvendo o calor de seu corpo. Olhamos para os galhos, para os cachos de frutos amarelos, para o céu preto pontilhado por estrelas. Como estávamos despertos, como estávamos vivazes. Pressionei a orelha contra seu peito e ouvi as batidas lentas. Pensei em nós como inseparáveis. Um único timbre.

Minha mente voltou a Tabita, como acontecera com frequência em nossa viagem, mas, até então, eu não a tinha mencionado.

"Não estamos longe de Betânia", eu disse. "Podemos ver Tabita e Maria, Marta e Lázaro."

Achei que Jesus ficaria feliz com a sugestão, mas ele hesitou por um longo tempo antes de responder. "É um dia inteiro de caminhada", disse. "E na direção oposta a Nazaré."

"Mas não temos pressa para retornar. O desvio valeria a pena."

Jesus não disse nada. *Algo o atormenta.* Ele tirou o braço de baixo de mim e se sentou. "Pode esperar aqui enquanto vou rezar?"

"Rezar? No meio da noite?"

Jesus se levantou, e seu tom se tornou mais cortante. "Não me detenha, Ana. Por favor."

"Aonde você vai?"

"Estarei a uma pequena distância, onde possa ficar sozinho."

"E vai me deixar aqui?", perguntei.

Ele foi embora, pisando em algum portal de escuridão e desaparecendo.

Fiquei ali sentada, enraivecida por minha solidão. Por um momento, considerei ir eu mesma a algum lugar. Imaginei sua confusão e seu medo quando retornasse e descobrisse que eu havia partido. Jesus procuraria por mim, afastando os arbustos de amoras. Quando me encontrasse, eu diria: *Eu também adentrei a noite para rezar. Achou que era o único cujo espírito estava inquieto?*

No entanto, esperei, sentada com as costas apoiadas no tronco da árvore.

Ele retornou pouco antes do nascer do dia, com a testa suada. "Ana, preciso falar seriamente com você." Jesus se sentou na cama dura de folhas. "Decidi me tornar discípulo de João, o imersor. Deixarei Nazaré e o seguirei."

O pronunciamento me assustou, ainda que houvesse pouca surpresa naquilo. Se Jesus podia ouvir o trovão dentro de mim, eu podia ouvir o ruído da busca de Deus dentro dele. Estava lá desde que eu o conhecia, à espera.

"Não posso fazer diferente. Hoje, no rio..."

Peguei a mão dele. "O que aconteceu no rio?"

"Eu disse a você uma vez que, quando meu pai morreu, Deus se tornou meu pai, e hoje, no Jordão, eu o ouvi me chamar de filho. Amado filho."

Eu podia ver que ele havia feito as pazes com o menino que tinha sido rejeitado pelo vilarejo, o menino que, segundo os rumores, não tinha um pai real, o menino em busca de quem era. Jesus se levantou, o enlevo de sua experiência parecendo colocá-lo de pé. "Haverá uma grande revolução, Ana. O reino de Deus se aproxima. Veja só! Quando voltei à tona, senti que Deus estava me pedindo que o ajudasse a trazê-lo. Agora vê por que não posso ir a Betânia. Uma vez que meu rumo está determinado, quero evitar atrasos."

Ele ficou quieto enquanto avaliava meu rosto. Uma sensação de perda me atravessou. Eu o seguiria até a revolução divina, claro, mas nada entre nós permaneceria igual. Meu marido pertencia a Deus a partir de então... todo ele.

Levantei-me e, com grande esforço, disse: "Tem minha bênção".

A tensão em seus lábios se aliviou. Ele me puxou para si. Esperei que dissesse: *Você virá comigo. Seguiremos João juntos.* Eu já pensava em como persuadir Yalta a se juntar a nós.

O silêncio se endureceu. "E quanto a mim?", perguntei.

"Vou levá-la para casa."

Balancei a cabeça, confusa. "Mas..." Eu queria fazer objeção, mas nada saiu da minha boca. *Ele pretende me deixar para trás.*

"Sinto muito, Ana", Jesus disse. "Preciso aceitar essa missão sem você."

"Não pode me deixar em Nazaré", sussurrei. A dor ao dizer aquelas palavras foi tão grande que senti minhas pernas dobrando na direção do chão.

"Antes de me juntar a João, devo me recolher no deserto uma vez mais, de modo a me preparar para o que está por vir. Só posso fazer isso sozinho."

"Depois disso... então poderei acompanhá-lo." Ouvi o desespero em minha voz — como odiava o som dele.

"Não há mulheres entre os discípulos de João. Você viu isso, assim como eu."

"Mas você, logo você... não me excluiria."

"Não, eu a levaria junto se pudesse." Ele passou os dedos pela barba. "Mas o movimento é de João. O argumento para que profetas não tenham discípulas..."

Inflamada, eu o cortei. "Ouvi esses argumentos inúmeras vezes. Vagar pelos campos nos exporia a perigos e dificuldades. Causamos dissenso entre os homens. Somos tentações. Somos distrações." Minha raiva inchou, e fiquei feliz que aquilo ocorresse. Afastava a mágoa. "Acredita-se que somos fracas demais para encarar o perigo e a dificuldade. Mas não parimos? Não trabalhamos dia e noite? Não somos comandadas e silenciadas? O que são bandidos e chuvas em comparação com tais coisas?"

Ele disse: "Pequeno Trovão, estou ao seu lado. Eu ia dizer que o argumento para que profetas não tenham discípulas é fraco".

"No entanto, seguirá João mesmo assim."

"E de que outra maneira podemos esperar corrigir esse erro? Farei o que puder para convencê-lo. Dê-me tempo. Voltarei para buscá-la no inverno ou no começo da primavera, antes do Pessach."

Olhei para ele. Eu tinha segurado o mundo perto demais, e ele escorregara dos meus braços.

XXVI

Jesus me levou de volta a Nazaré, como dissera que faria, e ali, com uma pressa desnecessária, despediu-se de nós. Naquelas terríveis primeiras semanas de ausência, permaneci no quarto. Não queria testemunhar sua mãe chorando com amargura nem ouvir as exclamações e perguntas que seus irmãos e as esposas deles dirigiam a mim. *Jesus foi atingido na cabeça? Ele está possuído? Pretende seguir um homem louco e nos deixar à nossa própria sorte?*

Imaginei meu marido sozinho, em algum poço de areia no deserto da Judeia, afastando javalis selvagens e leões. Ele tinha comida e água? Lutava com anjos, como Jacó? Voltaria para me buscar? Estaria vivo?

Eu não tinha forças para executar minhas tarefas. O que importava se as azeitonas não fossem prensadas ou se o pavio das lamparinas não fosse cortado? Eu fazia as refeições no quarto, com ajuda de Yalta.

Deixava a reclusão apenas à noite, esgueirando-me pelo pátio, como um dos ratos. Preocupada comigo, Yalta movera sua esteira de dormir para meu quarto e me levara vinho quente polvilhado com mirra e flor de maracujá para me ajudar a dormir, a mesma mistura que servira a Shipra muito tempo atrás, quando minha mãe me trancara em meu quarto. A bebida fizera Shipra mergulhar em um sono imperturbável, mas tinha pouco efeito em mim além do entorpecimento dos sentidos.

Uma manhã, descobri que não podia me forçar a levantar da esteira nem engolir a fruta e o queijo. Yalta levou a mão à minha testa para verificar se eu tinha febre e, ao constatar que não, inclinou-se para mim e sussurrou na minha orelha: "Basta, menina. Já lamentou o bastante. Compreendo que ele a abandonou, mas precisa abandonar a si mesma?".

Pouco depois, Salomé apareceu à minha porta com a notícia de que viria a se casar na primavera. Tiago havia assinado um contrato de matrimônio com um homem de Caná, que era um completo desconhecido para ela.

"Ah, irmã, sinto muito", eu disse.

"Não é um pesar para mim", ela respondeu. "O preço da noiva ajudará a manter nossa família alimentada, ainda mais agora que Jesus..."

"Partiu", eu disse por ela.

"Tiago diz que meu novo marido será bom comigo. Ele não se importa que eu seja viúva. Ele também é viúvo. Perdeu duas esposas no parto." Salomé se esforçou para sorrir. "Preciso fazer meu enxoval. Pode me ajudar?"

Era uma trama bem pouco convincente, com o objetivo claro de me atrair de volta às minhas tarefas e à vida em si, porque quem em sã consciência pediria a *mim* para ajudar a fiar e tecer — até mesmo Sarah, que tinha dez anos, podia fazer um trabalho melhor. De alguma maneira, no entanto, a tática funcionou. Ouvi-me dizer: "É claro que ajudarei você".

Fui ao baú de cedro e desenterrei o espelho de cobre, minha última posse de valor. "Aqui", eu disse, colocando o espelho nas mãos de Salomé. A superfície refletiu o sol que entrava pela janela, em um lampejo de luz avermelhada. "Eu me olho nesse espelho desde que era pequena. Quero que fique com ele, como presente de noivado."

Salomé ergueu o espelho diante do rosto. "Ora, eu sou..."

"Encantadora", eu disse, dando-me conta de que talvez ela nunca tivesse visto sua aparência tão claramente antes.

"Não posso aceitar algo tão valioso."

"Por favor. Aceite." Não disse a ela que queria me ver livre de quem eu via refletida ali.

Depois disso, retornei à vida cotidiana da casa. Salomé e eu tecíamos o linho e tingíamos de vermelho com uma rara solução de alizarina, tirada das raízes de uma árvore. Yalta a havia conseguido por meios que eu preferia não saber. Talvez a tivesse trocado pelo fuso gravado de Judite, que desaparecera misteriosamente na mesma época. Tecíamos sentadas no pátio, nossas lançadeiras indo e voltando, criando tecidos vermelho-vivos que Judite e Berenice achavam pouco modestos.

"Nenhuma mulher em Nazaré usaria tal cor", Judite disse. "Certamente, Salomé, você não se casará usando isso." Ela se queixou a Maria, que devia ter suas próprias reservas, mas Maria a ignorou.

Costurei um lenço de cabeça vermelho para mim e o usava todos os dias, enquanto cumpria minhas tarefas. Da primeira vez que fui com ele ao vilarejo, Tiago disse: "Jesus não gostaria que você saísse com um lenço desses".

"Bem, ele não está aqui, está?", retruquei.

XXVII

O inverno chegou devagar. Eu marcava os meses de ausência de Jesus no calendário de Yalta. *Duas luas cheias. Três. Cinco.*

Eu me perguntava se àquela altura Jesus já havia convencido João, o imersor, a deixar que eu me juntasse a seus discípulos. Ficava pensando na imagem que tinha vindo à minha mente perto do meu confinamento. Jesus e eu estávamos no telhado, tentando dormir, quando eu o vira no portão, usando seu manto e sua bolsa de viagem, enquanto eu chorava. Parecera um presságio tão sombrio naquele momento — Jesus partindo enquanto eu chorava —, mas minhas visões podiam ser imprevisíveis e astutas. Não era possível que eu tivesse me visto no portão porque estava partindo *com* Jesus, e não me despedindo dele? Talvez sofresse por conta de minha separação de Yalta. A explicação me deu esperanças de que Jesus convenceria João a me aceitar. *Sim*, pensei. *Ele aparecerá logo, dizendo: "Ana, João quer que venha se juntar a nós".*

Pedi a Yalta que retornasse sua esteira de dormir à despensa, e estiquei a de Jesus ao lado da minha. Conforme os dias passavam, meus olhos corriam para o portão. Eu me sobressaltava ao menor ruído. Sempre que conseguia escapar de minhas tarefas, subia ao telhado e vasculhava o horizonte.

Então, quando o inverno já havia quase terminado, em um dia frio com muita luz e muito vento, quando eu estava no pátio fervendo raiz de saponária e azeite para fazer sabão, ergui os olhos e vi uma figura de capuz ao portão. Soltei a colher, e o azeite espirrou na pedra. Eu estava usando meu lenço de cabeça vermelho, que já tinha desbotado ao sol. Ouvia-o roçar nos meus ouvidos conforme eu corria.

"Jesus", gritei, embora pudesse ver que o homem era muito diferente do meu marido. Mais baixo, mais magro, mais moreno.

Ele tirou o capuz. *Lavi.*

Minha decepção por não ser quem eu pensara me abandonou rapidamente assim que reconheci meu leal e antigo amigo. Eu o conduzi até a despensa, onde Yalta providenciou um copo de água fresca. Lavi fez uma reverência de cabeça, demorando-se a aceitá-lo, porque ainda era uma pessoa escravizada e não estava acostumado a que o servissem. "Beba", minha tia ordenou.

Embora fosse o meio do dia, ela acendeu uma lamparina para afastar as sombras, e nós três nos sentamos no chão de terra batida e ficamos olhando um para o outro, em uma admiração sem palavras. Não nos víamos desde o dia do meu casamento, quando Lavi atravessara o portão conduzindo uma carroça puxada por cavalo.

Seu rosto tinha amadurecido, suas bochechas estavam mais cheias, sua testa, mais saliente. Ele fazia a barba rente, à moda grega, e usava o cabelo curto. As dificuldades tinham levado a rugas nos cantos de seus olhos. Lavi já não era um menino.

Ele esperou que eu falasse. "Você é uma visão bem-vinda, Lavi", eu disse. "Está bem?"

"Bem o bastante. Mas trago..." Ele ficou olhando para o copo vazio.

"Traz notícias do meu pai?"

"Faz quase dois meses que ele morreu."

Senti o frio entrando pela porta. Podia ver meu pai no salão luxuoso de nossa casa em Séforis, usando seu belo manto vermelho, com chapéu combinando. Ele tinha partido. Minha mãe também. Por um momento, senti-me estranhamente abandonada. Olhei para Yalta, lembrando-me de que meu pai também era seu irmão. Ela retribuiu meu olhar de um jeito que dizia: *Que a vida seja a vida, e a morte seja a morte.*

Com a voz um pouco trêmula, eu disse a Lavi: "Quando Judas veio me contar sobre a morte de minha mãe, informou que meu pai estava doente, então essa notícia não me surpreende, embora o fato de que seja você a comunicá-la, sim. Judas o mandou?".

"Ninguém me mandou. Não vejo Judas desde o último outono, quando ele me levou sua mensagem para a esposa do tetrarca."

Não me movi ou falei. *Então Fasélia recebeu meu alerta? Estará segura? Estará morta?*

Lavi prosseguiu com sua história. Ela jorrou sem parar. "Eu estava com meu amo quando ele morreu. Antipas tinha voltado de Roma havia apenas algumas semanas, furioso porque sua trama para se tornar rei dos judeus não tinha dado em nada. Enquanto morria, seu pai murmurou seu pesar por ter falhado com Antipas. Foi a última coisa que o ouvi dizer."

Meu pai. Rastejando aos pés de Antipas até o fim.

"Depois que ele se foi, fui mandado para trabalhar na cozinha, onde me espancaram por derrubar um barril de xarope de uva", Lavi disse. "Então decidi que partiria. Fugi do palácio seis noites atrás. Vim para servi-la."

Ele pretendia viver conosco naquela casa pobre? Não havia espaço para mais alguém, a despensa já não dava conta e eu mesma não sabia se ficaria ali por muito tempo mais. Ninguém tinha serviçais em Nazaré — a mera ideia era absurda.

Olhei para Yalta. *O que diremos a ele?*

Ela foi direta, mas bondosa. "Não pode ficar aqui, Lavi. Será melhor se for servir Judas."

"Judas nunca se mantém num mesmo lugar. Eu não saberia como encontrá-lo", Lavi disse. "Quando o vi pela última vez, falava em se juntar ao profeta que faz batismos no Jordão. Ele acreditava se tratar do Messias."

Fiquei de pé. Meu pai estava morto. Lavi tinha fugido e se proclamado meu servo. E, aparentemente, Judas passara a seguir João, o imersor. À porta, vi que o tempo havia virado, com as nuvens nervosas e escurecendo. As chuvas de primavera tinham chegado cedo. Por meses, nada havia acontecido, e de repente as notícias caíam sobre nós como uma chuva de granizo.

"Pode ficar aqui até decidir aonde ir", eu disse. Com Jesus longe, talvez Tiago não se importasse em ter Lavi conosco por um tempo; talvez a ajuda dele fosse bem-vinda. No entanto, Lavi era um gentio. Tiago não aceitaria aquilo muito bem.

"Você sempre foi muito bondosa comigo", Lavi disse, o que me fez estremecer. Na maior parte do tempo, eu mal lhe dava atenção.

Era-me difícil manter a paciência. Voltei a me sentar ao seu lado. "Diga-me: entregou minha mensagem a Fasélia?"

Ele baixou os olhos, como era seu hábito, mas tive a impressão de que temia compartilhar uma notícia. "Fiquei amigo de um criado da cozinha que levava comida até o quarto dela e pedi que colocasse a folha de marfim em sua bandeja. Ele relutou em fazê-lo; há espiões mesmo dentro do palácio. Mas Antipas estava em Roma, e, com a ajuda de um pequeno suborno, o criado colocou sua mensagem sob uma jarra de prata."

"Está certo de que Fasélia a leu?"

"Estou. Três dias depois, ela deixou Tiberíades e foi a Maquero, dizendo que desejava passar algum tempo ali, desfrutando das águas do palácio de Antipas. Uma vez lá, ela fugiu com dois servos e atravessou a fronteira para Nabateia."

Soltei o ar. Fasélia estava segura com o pai.

"Gostaria de ter visto Antipas quando retornou de Roma com a nova esposa e descobriu que a antiga havia fugido", Yalta comentou.

"Dizem que ele ficou furioso, rasgou as próprias vestes e virou a mobília dos aposentos de Fasélia." Eu nunca havia visto Lavi falando tão livremente. Considerava-o quieto, cauteloso, reservado, mas nunca tínhamos nos sentado e falado como iguais. Na verdade, eu o conhecia muito pouco.

"Os soldados que escoltaram Fasélia a Maquero foram presos. Os servos dela foram torturados, incluindo aquele que entregou sua mensagem."

Comecei a sentir uma enorme pressão no peito — uma onda de tristeza por conta do destino daquele servo e dos soldados, seguida por uma pontada de remorso por minha participação em seu sofrimento, mas principalmente medo, um medo esmagador. "O servo da cozinha contou a seus torturadores sobre minha mensagem?", perguntei. "Estava assinada."

"Não sei dizer o que ele confessou. Não pude falar com ele."

"Ele sabe ler grego?", Yalta perguntou. Ela estava sentada de maneira muito rígida, com o rosto sério como eu nunca havia visto. Quando Lavi não respondeu de imediato, ela soltou: "Sabe ou não sabe?".

"Sabe um pouco... talvez mais. Quando pedi que entregasse a mensagem, ele a avaliou e disse que era perigoso demais."

As paredes pareceram se afastar e depois se fechar depressa sobre mim. Ele teria sido capaz de contar tudo a Antipas, e, com o auxílio da tortura, talvez o tivesse feito. "O pobre homem tinha razão, não é?", eu disse. "Era perigoso demais. Sinto muito por ele."

"Alguns dizem que foi a nova esposa de Antipas, Herodíade, que ordenou que os soldados e servos fossem punidos", Lavi continuou. "E ela instiga constantemente o marido a prender João, o imersor."

"Herodíade quer colocá-lo na prisão?", perguntei.

"O imersor continua a atacar tanto Antipas quanto ela", Lavi disse. "Ele defende que seu casamento é incestuoso, porque Herodíade é sobrinha de Antipas e esposa de seu irmão. Insiste que não é um casamento válido, porque, como mulher, Herodíade não pode se divorciar do marido, Filipe."

A chuva começou a tamborilar no telhado, depois a castigá-lo. Aquele desastre ruinoso tivera início com a trama de meu pai para tornar Herodes Antipas rei. Ele persuadira o tetrarca a se divorciar de Fasélia e se casar com Herodíade, e ao fazê-lo desencadeara uma perigosa sequência de eventos: minha mensagem avisando Fasélia, as condenações do profeta e a vingança de Antipas e Herodíade. Era como uma pedra que bate em outra e faz toda a montanha cair.

Tiago deu permissão para que Lavi dormisse no telhado. Àquela altura, a chuva havia parado, mas recomeçou antes do amanhecer, com torrentes que transformavam a lua em listras claras e finas.

Despertada pelo ruído contínuo, corri à porta e vi a figura turva de Lavi descendo a escada para se abrigar sob o teto da oficina. Aquilo me fez lembrar de quando ele segurara o dossel de sapê sobre minha cabeça no dia em que eu encontrara Jesus na caverna.

Quando a chuvarada se transformou em chuvisco, esquentei um copo de leite para Lavi. Quando me aproximava da oficina com ele, ouvi vozes — Yalta estava lá.

"Quando Judas esteve aqui", ela falou, "disse que, depois da morte de Matias, meu irmão em Alexandria enviaria um emissário a Séforis para vender a casa e suas posses. Sabe algo a respeito disso?"

Parei na hora para ouvir, derramando um pouco de leite. Por que ela havia abordado Lavi em particular com aquela pergunta? A preocupação tomou conta de mim, junto com um sentimento antigo de mau augúrio.

Lavi disse: "Antes de fugir de Tiberíades, soube que um homem chamado Apião tinha sido enviado de Alexandria para executar a venda da casa. É provável que já esteja em Séforis".

Ela não está apenas curiosa. Pretende retornar a Alexandria com o emissário de Aram. Pretende procurar Chaya.

Então não era eu quem ia deixá-la, como havia imaginado, e sim ela quem ia me deixar.

Quando apareci, Yalta não me encarou, mas eu já tinha lido sua expressão. Entreguei o leite a Lavi. O sol permanecia tímido, e o cinza se espalhava por toda parte.

Eu disse: "Quando ia me contar sobre seus planos de retornar ao Egito?".

Seu suspiro pairou no ar frio e úmido. "Eu ia contar, mas era cedo demais para tocar no assunto. A hora não tinha chegado."

"E agora? A hora chegou?" Sentindo a tensão no ar, Lavi foi discretamente até a porta da oficina, escondendo o rosto sob a sombra oval do capuz.

"O tempo está passando, Ana. Chaya ainda me chama em meus sonhos. Ela quer ser encontrada — eu sinto no meu íntimo. Se não aproveitar essa chance de retornar, não terei outra."

"Você pretendia partir, mas manteve isso escondido de mim."

"Por que deveria incomodá-la com meu desejo de partir quando não via nenhuma maneira de colocá-lo em prática? No início do último outono, quando foi revelado que Aram mandaria um emissário, ocorreu-me que eu poderia voltar a Alexandria com ele, mas eu não sabia que era algo realmente possível até agora." Seus olhos se encheram de angústia. "E não está você mesma planejando deixar Nazaré, menina? Espera o retorno de Jesus todos os dias, torcendo para que volte para buscá-la. Não posso permanecer aqui sem você. Já perdi uma filha; agora serão duas."

Cheia de remorso, levei as mãos ao rosto dela. As rugas suaves e caídas. A pele de cera de vela. "Não a culpo por procurar sua filha. Estou triste porque seremos separadas, só isso. Se Chaya a chama, é claro que deve ir."

Acima de nossas cabeças, o céu era uma pequena larva se contorcendo atrás das nuvens. Nós o vimos emergir, sem dizer nada. Eu me virei para minha tia. "Lavi e eu iremos imediatamente a Séforis procurar esse emissário, Apião. Vou me anunciar como sobrinha de Aram e negociar sua viagem."

"E se Jesus retornar enquanto estiver fora?"

"Diga-lhe que pode esperar. Já esperei muito por ele."

Ela gargalhou.

XXVIII

Tiago e Simão, pensando que era seu dever impor as restrições de um marido sobre mim na ausência de seu irmão, proibiram-me de deixar Nazaré e viajar até Séforis. Estavam muito equivocados. Preparei minha algibeira de viagem e amarrei o lenço vermelho na cabeça.

Enquanto Lavi esperava por mim no portão, beijei Maria e Salomé, tentando ignorar os olhares petrificados. "Ficarei bem; Lavi estará comigo." Então, sorrindo para Salomé, acrescentei:

"Você mesma costumava atravessar o vale com Jesus para vender seus fios em Séforis".

"Tiago ficará contrariado", ela disse, e me dei conta de que não era com minha segurança que se preocupava, mas com minha desobediência.

Parti sem sua bênção. Enquanto me afastava, o vento ergueu seus braços e a oliveira lançou o brilho de suas folhas sobre minha cabeça.

Quando Lavi bateu à porta da minha antiga casa em Séforis, ninguém atendeu. Momentos depois, ele se esticou por cima do muro dos fundos e destrancou o portão. Adentrei o pátio e parei. Ervas daninhas cresciam entre as pedras, chegando à altura dos meus quadris. A escada que levava ao telhado estava no chão, os degraus pareciam uma fileira de dentes quebrados. Senti um cheiro fétido vindo da escada que levava ao mikvá e concluí que o cano tinha entupido. Excremento de pássaro e mistura de areia seca. A casa ficara vazia por pouco mais de seis meses e a ruína já havia se instalado.

Lavi fez sinal para que eu entrasse na despensa abobadada, onde encontramos a porta de passagem dos criados destrancada. Tirando as teias de aranha da frente, subimos os degraus que levavam para o salão. O cômodo permanecia igual — os sofás com almofadas em que comíamos, as quatro mesinhas de três pés espiralados.

Subimos a escada até a loggia, passando pelos dormitórios. Ao ver meu quarto, pensei na menina que havia estudado, lido e implorado por um tutor, que fizera tintas e altares de palavras, que sonhara com seu rosto em um pequeno sol. Na minha juventude, eu ouvira o velho rabino Simeão, filho de Yohai, dizer que cada alma possuía um jardim com uma serpente sussurrando tentações. A menina de que eu me lembrava sempre seria a serpente no meu jardim, incitando-me a comer coisas proibidas.

"Venha", Lavi disse com urgência da porta.

Eu o segui até o quarto de Judas, onde ele apontou para um odre semiabastecido, cobertas reviradas, velas parcialmente queimadas e um manto de linho fino jogado sobre um banco. Em uma mesa perto da cama, dois rolos de pergaminho estavam abertos.

O emissário de Aram havia chegado e ficado à vontade em nossa casa. Não, não em *nossa* casa, tive que lembrar a mim mesma. Ela e tudo o que havia dentro agora pertenciam a Aram.

Fui até a mesa e passei os olhos pelos rolos de pergaminho desenrolados. Um continha uma lista de nomes — de oficiais e proprietários de terras — com o registro de somas de dinheiro ao lado. No outro, fora feito um inventário do conteúdo da casa, cômodo a cômodo.

"Ele pode chegar a qualquer momento. É melhor sairmos e retornar quando estiver aqui", Lavi disse. O cuidadoso e prudente Lavi.

Ele estava certo; no entanto, quando passamos pelo quarto de meus pais, parei. Uma ideia surgiu na minha cabeça, revelando-se ao sol. Movimentando seu rabo escamoso. Falei: "Aguarde na galeria e me alerte se ouvir alguém".

Um protesto se formou no rosto de Lavi, mas ele fez o que pedi.

Entrei no quarto de meus pais, onde a visão da cama de minha mãe me atingiu com um fluxo agudo de perda. O baú de carvalho dela estava coberto por uma camada de poeira. Eu o abri, e minha mente retornou à infância — Tabita e eu revirando o conteúdo do baú em preparação para nossa dança.

A caixa de joias de madeira estava no meio, sob túnicas e mantos muito bem dobrados. Quando a peguei, seu peso me garantiu que ainda estava cheia. Eu a abri. Quatro braceletes de ouro, dois de marfim, seis de prata. Oito colares — âmbar, ametista, lápis-lazúli, cornalina, esmeralda e folheado a ouro. Sete pares de brincos de pérolas. Uma dúzia de tiaras de prata com joias. Anéis de ouro. Tanto. Demais.

Eu pediria a Lavi que trocasse as joias por moedas no mercado.

Não roubarás. A culpa me fez parar. Agora eu ia me tornar uma ladra? Fui de um lado a outro do quarto, envergonhada ao pensar no que Jesus diria. A Torá também ordenava amar ao próximo, argumentei, e eu não estava pegando as joias por amor a Yalta? Duvidava de que conseguiria arranjar sua viagem a Alexandria sem um vultoso suborno. E eu havia roubado a folha de marfim de Antipas — já era uma ladra.

"Este é seu presente de despedida para mim, mãe", eu disse.

Na galeria, passei correndo por Lavi, seguindo na direção da escada. "Vamos embora."

Quando chegamos ao piso inferior, ouvimos alguém à porta, tirando a lama das sandálias. Apressamo-nos para a passagem dos criados, mas tínhamos dado apenas alguns passos quando um homem entrou. Ele tocou a faca que carregava na cintura. "Quem são vocês?"

Lavi se colocou à minha frente. Era como se eu tivesse um pardal engaiolado dentro das minhas costelas, batendo as asas. Contornei o corpo de Lavi, torcendo para que o homem não notasse minha apreensão. "Sou Ana, sobrinha de Aram de Alexandria, filha de Matias, que foi o principal conselheiro de Herodes Antipas até sua morte. Este é meu criado, Lavi. Este foi meu lar antes do casamento. Posso perguntar quem é o senhor?"

Ele relaxou o braço ao lado do corpo. "Seu tio me mandou para vender a propriedade, que agora lhe pertence. Sou Apião, tesoureiro dele."

Tratava-se de um jovem de força bruta e tamanho considerável, mas que tinha traços delicados, quase femininos — olhos alinhados, lábios carnudos, sobrancelhas bem definidas e cabelo preto encaracolado.

A bolsa de viagem atravessada no meu peito tinha volume e contorno estranhos. Passei-a para trás, sorri e fiz uma reverência com a cabeça. "Então nosso Senhor me abençoou, pois é aquele que eu vim ver. Através do palácio, Aram me mandou a notícia de que estava na Galileia, e vim imediatamente, com a bênção do meu marido, implorar que me faça um favor."

As mentiras fluíam dos meus lábios como a água pelas pedras de um rio.

Os olhos de Apião, incertos, passaram de mim para Lavi. "Como conseguiram entrar na casa?"

"A passagem do pátio estava aberta. Não achei que se importaria que eu me abrigasse aqui." Levei a mão à barriga, que projetei tanto quanto podia. "Espero um filho e estava cansada." O caminho audacioso que minhas mentiras tomavam surpreendia até mesmo a mim.

Ele esticou o braço na direção de um dos sofás. "Pois descanse, por favor."

Sentei-me na almofada, franzindo o nariz diante da poeira que se levantou.

"Diga-me que favor é esse", Apião prosseguiu.

Organizei meus pensamentos rapidamente. Ele aceitara minhas mentiras com facilidade, e seus modos eram bondosos — seria necessário o suborno? Era melhor postergar aquilo até ter trocado as joias? Avaliei o homem. Ele havia passado óleo de nardo em seus cachos, o que era caro. Havia um anel de ouro com um escaravelho em seu dedo, o qual ele sem dúvida usava para imprimir o selo de Aram em documentos.

"Posso retornar amanhã?", pedi. "Encontro-me cansada demais."

O que ele poderia dizer? Uma mulher esperando um filho era uma criatura misteriosa.

O homem assentiu. "Venha na sexta hora e apresente-se na porta principal. A passagem do pátio estará trancada."

XXIX

No dia seguinte, retornamos na hora marcada. Eu estava confiante. Lavi havia trocado a caixa de joias de minha mãe por seis mil dracmas, o equivalente a um talento. Era uma medida inesperada de riqueza. Cunhadas em prata, as moedas eram tão volumosas que Lavi tivera que comprar uma bolsa de couro de tamanho considerável para transportá-las. Gastara mais dracmas com um quarto em uma hospedaria, passando ele mesmo a noite no beco. Eu dormira só um pouco e sonhara que Jesus retornava a Nazaré montado em um camelo.

Se Lavi estava chocado porque eu havia pegado as joias, escondeu bem. Ele não pareceu surpreso quando expliquei que não havia nenhuma criança em meu ventre, só uma língua falsa em minha boca. Chegou inclusive a sorrir de leve. O fato de ter espionado e recorrido a subterfúgios no palácio, em nome de Judas, parecia ter dado a ele certo apreço pela astúcia.

"Eu ofereceria comida e vinho, mas não tenho nenhum dos dois", Apião disse, abrindo a porta. "Tampouco tenho muito tempo."

Voltei a me sentar no sofá empoeirado. "Serei rápida. A irmã de Aram, Yalta, vive comigo há muitos anos. Ela conheceu seu pai e se lembra de você ainda menino. Inclusive ajudou-o com o alfabeto grego."

Apião me olhou com certa cautela, e me ocorreu que ele provavelmente sabia muitas coisas sobre minha tia, nenhuma delas favorável. Devia ter ouvido os rumores que circulavam em Alexandria de que ela havia matado o marido. Se fosse o caso, Apião saberia que Aram a havia banido primeiro entre os terapeutas e depois na Galileia. A confiança que eu sentia antes de repente fraquejou.

"Ela está velha, mas goza de boa saúde", continuei. "E é seu desejo retornar à terra onde nasceu. Yalta deseja voltar para casa e servir ao irmão, Aram. Vim pedir que a leve com você para Alexandria quando retornar."

Ele não disse nada.

"Yalta seria uma companheira de viagem agradável e dócil", falei. "Nunca causa problemas." Era uma mentira desnecessária, mas a proferi mesmo assim.

Apião olhou impaciente para a porta. "O que está me pedindo não pode ser feito sem a permissão de Aram."

"Ah, mas ele já a concedeu", eu disse. "Enviei uma carta com o pedido, que chegou depois de você partir. Em sua resposta, meu tio expressou seu desejo de que você providencie para que minha tia retorne em segurança a Alexandria."

Ele hesitou, incerto. Dificilmente teria havido tempo para tal correspondência. "Mostre-me a carta e ficarei satisfeito."

Virei-me para Lavi, que estava de pé alguns passos atrás de mim. "Dê-me a carta de Aram."

Lavi olhou para mim, confuso.

"Você a trouxe conforme instruí, não foi?"

Ele hesitou por um momento. "A carta, ah, sim. Perdoe-me, temo tê-la deixado para trás."

Procurei demonstrar raiva. "Meu criado falhou comigo", eu disse a Apião. "Mas não há motivo para ignorar o consentimento de meu tio. Pagarei a você, é claro. Quinhentas dracmas seriam suficientes?"

Agora veríamos se ele amava o dinheiro tanto quanto eu amava as palavras.

Suas sobrancelhas se ergueram. Vi a ganância assim que passou por seus olhos. "Seriam necessárias pelo menos mil dracmas. E eu esperaria que a transação não fosse mencionada a Aram."

Fingi debater o assunto mentalmente. "Muito bem, será como deseja. Mas deve tratar minha tia com respeito e bondade ou ficarei sabendo e relatarei nosso acordo a Aram."

"Vou tratá-la como se fosse minha própria tia", ele garantiu.

"Quando acredita que concluirá seus negócios e retornará a Alexandria?"

"Achei que seriam necessárias semanas, mas depois de alguns poucos dias estou pronto para concluir a venda da casa. Partirei para Cesareia em cinco dias, de modo a embarcar no próximo navio mercante." Ele fixou os olhos na bolsa atravessada no peito de Lavi. "Podemos concluir nosso negócio?"

"Retornarei em cinco dias com minha tia, de manhã cedo. Só aí você será pago, e não antes."

Seus lábios se curvaram. "Cinco dias, então."

XXX

Conforme Lavi e eu nos aproximávamos de casa, o aroma de cordeiro assado preencheu minhas narinas. "Jesus está em casa", eu disse.

"Como pode saber disso?"

"Sinta o cheiro, Lavi. Um cordeiro gordo!"

Seria necessário um evento considerável, tal como o retorno do filho, para Maria adquirir algo tão caro quanto um cordeiro.

"Como sabe que o cheiro não vem de outro pátio?", Lavi perguntou.

Acelerei o passo. "Eu *sei*. Simplesmente sei."

Cheguei ao portão resfolegando e corada. Yalta estava sentada perto do forno do pátio, onde Maria, Salomé, Judite e Berenice se ocupavam de virar o cordeiro no espeto. Fui até minha tia e me ajoelhei para abraçá-la. "Seu marido está em casa", ela disse. "Ele chegou na noite passada. Não lhe contei sobre seu pai, mas expliquei sua ausência antes que Tiago tivesse a chance de lhe entregar seu relato."

"Irei até ele", eu disse. "Onde está Jesus?"

"Passou toda a manhã na oficina. Mas antes: persuadiu Apião?"

"Ele não foi persuadido por mim, mas por mil dracmas."

"*Mil*... Como conseguiu tamanha riqueza?"

"É uma longa história, uma que não desejo que ouçam. Não há pressa."

As mulheres mal haviam me cumprimentado, mas, quando corri na direção da oficina, Judite gritou: "Se tivesse respeitado o mandamento de Tiago em vez de partir, teria estado aqui para receber seu marido".

Sua língua era uma peste. "O mandamento? Tiago o recebeu em uma tábua de pedra? Deus falou com ele de uma sarça ardente?"

Judite bufou, mas vi de relance Salomé segurando uma risada.

Jesus deixou de lado a serra que vinha afiando. Fazia mais de cinco meses que eu não o via, e ele parecia um estranho. Seu cabelo estava comprido, na altura dos ombros. Sua pele estava mais morena e marcada pelo vento do deserto. Os traços de seu rosto pareciam severos. Ele parecia muito mais velho que seus trinta anos.

"Você ficou fora por tempo demais", eu disse, deixando minhas mãos descansarem em seu peito. Queria senti-lo, sentir sua carne. "E está magro demais. É por isso que Maria está preparando um banquete?"

Ele beijou minha testa. Não disse nada sobre meu lenço vermelho. Suas únicas palavras foram: "Estava com saudade, Pequeno Trovão".

Sentamo-nos na bancada de trabalho. "Yalta disse que você estava em Séforis", Jesus falou. "Conte-me tudo o que aconteceu desde que parti."

Descrevi a aparição inesperada de Lavi. "Ele me trouxe notícias", eu disse. "Meu pai morreu."

"Sinto muito, Ana. Sei como é perder um pai."

"Meu pai não era como o seu", eu disse. "Quando Nazaré o tratou como um mamzer, seu pai o protegeu. O meu tentou fazer com que eu me tornasse concubina do tetrarca."

"Não tem nada de bom a dizer sobre ele?"

A capacidade de misericórdia de Jesus me deixou perplexa. Eu não sabia se podia esquecer todo o mal que meu pai havia feito, considerando que os carregava como um ossuário com ossos preciosos e antigos dentro. Jesus fazia parecer que eu podia simplesmente deixá-lo de lado.

"Posso dizer uma coisa por ele", arrisquei. "*Uma* coisa. Meu pai às vezes me fornecia papiro e tinta, e me contratou um tutor. Relutantemente, ele tolerou minha escrita. Isso, acima de tudo, me tornou quem eu sou."

Eu sabia daquela verdade simples, mas colocada em palavras ela continha uma potência inesperada. Senti as lágrimas vindo. Finalmente, lágrimas por meu pai. Jesus me puxou para si, enterrando meu nariz em sua túnica, e senti o cheiro do rio Jordão debaixo de sua pele.

Tirei o lenço de cabeça e sequei o rosto com ele, despenteando o cabelo, então prossegui, desejando relatar o restante da história. Falei da minha visita a Séforis, de como tinha sido entrar na casa de novo, de Apião e do acordo para que levasse Yalta a Alexandria. Não mencionei algumas coisas — as joias, as moedas, as mentiras. Quando relatei as notícias que Lavi havia trazido do palácio, não fiz nenhuma menção à folha de marfim ou ao criado da cozinha.

No entanto, havia informações que eu não podia esconder. Hesitei por um momento antes de contar a ele. "Herodíade quer João preso."

"Ele já foi preso", Jesus disse. "Os soldados de Herodes Antipas o pegaram duas semanas atrás, enquanto conduzia batismos em Aenon, perto de Salim. Ele foi levado à fortaleza de Maquero e preso. Não acho que Antipas vá soltá-lo."

Levei a mão à boca. "Prenderão os discípulos dele também?"

Ele sempre me dizia para olhar os lírios dos campos, que não tinham ansiedades e estavam sob os cuidados de Deus. Eu não queria ouvir aquilo. "Não me diga para não me preocupar. Temo por você."

"Os discípulos de João se espalharam, Ana. Não acredito que estejam procurando por nós. Quando João foi preso, fugi para o deserto da Judeia com Simão e André, os pescadores, e dois outros homens, Filipe e Natanael. Lá nos escondemos por uma semana. Quando fazia a viagem de volta a Nazaré, evitei Aenon e vim por Samaria. Estou tomando cuidado."

"E Judas? Lavi acredita que também se tornou discípulo de João. Sabe algo do meu irmão?"

"Ele se juntou a nós no fim do último outono. Depois que João foi preso, partiu para Tiberíades em busca de notícias. Prometeu vir para cá assim que puder."

"Judas virá?"

"Pedi que me encontrasse aqui. Quero discutir alguns planos com ele... do movimento."

Do que ele estaria falando? O movimento tinha se dispersado. Era o fim. Jesus estava em casa agora. Voltaríamos a como éramos antes. Peguei sua mão. Tinha a impressão de que algo horrível estava coalescendo à minha volta. "Que planos?"

Ouvi gritinhos à porta, e três das crianças — as duas meninas de Judite e o menino mais novo de Berenice — entraram na oficina em meio a uma brincadeira de pegar. Jesus agarrou o menino e o girou em seus braços. Depois de ter dado uma volta com cada um deles, disse: "Vou lhe contar tudo, Ana, mas vamos encontrar um lugar tranquilo".

Ele me conduziu pelo pátio e através do portão. Conforme deixamos o vilarejo e entramos no vale, senti o cheiro da época da colheita de cítricos, sinalizando a chegada da primavera. Jesus começou a cantarolar.

"Aonde vamos?", perguntei.

"Se eu lhe contar, não haverá surpresa." Seus olhos estavam acesos. Algo de quando brincara com as crianças permanecia nele.

"Desde que não esteja me levando para os campos para olhar os lírios, irei voluntariamente."

Sua risada pareceu o badalo de um sino, e senti os meses de separação caírem por terra. Quando pegamos a estrada que levava ao portão oriental de Séforis, eu soube que estávamos indo à caverna, mas não disse nada, desejando que ele tivesse o prazer da surpresa, querendo que a leveza perdurasse.

Caminhamos pelo pomar de bálsamos e através do cheiro denso de pinheiros até o afloramento de rocha. Meu coração saltitou dentro do peito. Ali estava. Fazia dez anos.

Quando entramos na caverna, olhei para o fundo, para onde no passado havia enterrado treze rolos de pergaminho e minha bacia de encantamento; eles continuavam parecendo enterrados para mim, definhando no fundo do meu baú de cedro. Mas Jesus estava ali, e eu estava ali — não lamentaria nada.

Sentamos à entrada da caverna. Eu disse: "Conte-me tudo, como prometeu".

Seus olhos buscaram os meus. "Ouça-me até o fim antes de me julgar."

"Muito bem, vou ouvi-lo até o fim." O que ele estava prestes a dizer mudaria tudo — eu sabia que seria indelével.

"Quando fazia dois meses que eu estava com João, ele se aproximou uma manhã e disse que acreditava que Deus havia me enviado, que eu também havia sido escolhido por Ele. Pouco depois, comecei a batizar e a pregar ao seu lado. Por fim, João seguiu para o norte, para Aenon, de onde podia fugir rapidamente para Decápole, ficando fora do alcance de Antipas. Mas ele queria atingir todo o país e pediu que eu permanecesse no sul para pregar sua mensagem de arrependimento. Um pequeno número de discípulos ficou comigo — Simão, André, Filipe, Natanael e Judas. Multidões vinham — você não pode imaginar o volume de pessoas. Começaram a dizer que João e eu éramos os dois Messias." Ele inspirou fundo, e quando soltou o ar senti o sopro quente no meu rosto.

Eu já imaginava para onde aquela história iria e não sabia se queria que ele prosseguisse. Jesus havia me levado até ali, o lugar onde começamos, mas só depois eu pensaria na cobra mordendo o próprio rabo, em como o início se torna o fim que se torna o início.

"O movimento se espalhou como água na enchente", ele disse. "Agora, no entanto, com João preso, foi silenciado. Não posso deixar que morra."

"Pretende assumi-lo sozinho?", perguntei. "Vai se tornar *seu* movimento agora?"

"Seguirei em frente ao meu modo. Minha visão difere da visão de João. A missão dele era abrir caminho para que Deus derrubasse o domínio romano e estabelecesse Seu governo na terra. Também espero por isso, mas minha missão é trazer o reino de Deus para o coração das pessoas. As massas iam até João, mas eu irei até elas. Não farei batismos como ele, mas comerei e beberei com essas pessoas. Exaltarei os humildes e os párias. Pregarei a proximidade de Deus. Pregarei o amor."

Ele me contara sobre sua visão do reino de Deus pela primeira vez naquela mesma caverna... a festa de compaixão em que todos seriam bem-vindos. "Deus com toda a certeza o escolheu", eu disse a ele, sabendo que era verdade.

Jesus pressionou a testa contra a minha e a deixou ali. Ainda penso nisso, nesses momentos, em nós dois apoiados um no outro, na tenda de nossas vidas juntas. Então ele se levantou e caminhou alguns passos. Eu o observei ali de pé como uma lâmina, resoluto, e me senti dominada por tudo aquilo. Não haveria volta.

Ele disse: "Depois do casamento de Salomé, em Caná, vou me anunciar na sinagoga de Nazaré, e então eu e Judas iremos a Cafarnaum. Simão, André, Filipe e Natanael já me esperam lá, e sei de outros que querem se juntar a nós, como os filhos de Zebedeu e um coletor de impostos chamado Mateus".

Levantei-me. "Irei com você também. Aonde for, eu o seguirei." Eu falava sério, mas as palavras soaram estranhamente desafortunadas aos meus ouvidos, sem que eu soubesse o motivo.

"Você pode vir, Ana. Não tenho nenhuma objeção a mulheres se juntarem a nós. Todos são bem-vindos. Mas haverá dificuldades. Viajaremos de vilarejo a vilarejo sem ter onde pousar a cabeça. Não temos patronos nem dinheiro com o qual nos alimentar e nos vestir. E será perigoso. Minha pregação colocará os sacerdotes e fariseus contra mim. Já há aqueles que dizem que sou o novo João que organizará a resistência contra Roma. Isso certamente chegará aos ouvidos dos espiões de Antipas. Ele me verá como um messias que incita à revolução, como aconteceu com João."

"E prenderá você também", eu disse, sentindo o medo se espalhar por mim.

Naquele momento improvável, seu sorriso torto apareceu em seu rosto. Ele sentiu meu medo e, desejando romper seu feitiço, disse: "Olhe para os lírios do campo. Não têm ansiedades, e no entanto Deus toma conta deles. Quão mais não tomará conta de você?".

XXXI

Nos dias após o retorno de Jesus, desapareci em meio aos preparativos para nossa partida. Yalta e eu lavamos suas parcas roupas e as penduramos para secar na despensa. Bati sua esteira de dormir e costurei uma tira de couro nela, de modo que pudesse carregá-la nas costas. Enchi odres de água, embrulhei peixe salgado, queijo e figos secos em tiras de linho limpo e ocupei toda a sua bolsa de viagem.

Refiz a costura de nossas sandálias, colocando um pedaço extra de couro por dentro. Jesus produziu novos cajados a partir de galhos de oliveira. Ele insistia que levássemos apenas uma túnica extra cada. Coloquei duas com um pequeno estoque de ervas medicinais, então me sentei por um momento com os preventivos que tinham me impedido de ficar grávida na mão. Perguntei-me se teríamos um lugar reservado para nos deitar juntos depois que partíssemos, então guardei o que podia dos preventivos na bolsa.

Fiz questão de ajudar Maria com suas tarefas, mesmo que só para passar algum tempo com ela. Quase metade de sua família partiria — Salomé, Jesus, eu e Yalta —, e, embora ela simulasse alegria, a tristeza se mostrava em sua tentativa de impedir o queixo de tremer enquanto observava Jesus esculpir os cajados e em seus olhos cheios de lágrimas ao abraçar Salomé. Maria assou bolos de mel para nós. Deu alguns tapinhas na minha bochecha, dizendo: "Ana. Querida Ana".

"Tome conta de Dalila", eu disse a ela. "Mantenha Judite longe dela."

"Tomarei eu mesma conta da sua cabra."

Lavi perguntara se poderia ir comigo e com Jesus quando partíssemos, e não pude recusar. "Você é um homem livre agora", eu disse a ele. "Se vier conosco, será como seguidor de Jesus, e não como servo." Lavi assentiu, talvez sem entender totalmente o que seguir Jesus significava. Ele mantinha a bolsa de couro com a reserva de moedas transpassada sobre o peito mesmo enquanto dormia. Quando Jesus me falara na caverna sobre a necessidade de financiar seu ministério, eu me determinara a me tornar sua patrona. As dracmas que restariam depois de pagar o suborno de Apião poderiam financiá-lo por muitos meses, talvez um ano. No entanto, eu sabia que, se Jesus tomasse conhecimento de como havia obtido o dinheiro, talvez o recusasse. Minhas mentiras eram uma armadilha. Eu teria que lançar mentira sobre mentira para encontrar uma maneira de manter minha patronagem anônima.

Um dia antes de voltarmos a Séforis para encontrar Apião, despertei com o estômago se revirando. Não consegui comer.

"Temo que nunca mais vá vê-la", eu disse a Yalta.

Estávamos de pé ao lado da parede da despensa, na qual ela havia desenhado seu calendário, e vi que minha tia havia marcado o dia seguinte, o sexto do nissan, com seu nome e a palavra "fim", não em grego, mas em hebraico. Ela me viu olhando para aquilo. "Não é o *nosso* fim, menina. Só o fim de meu tempo aqui em Nazaré."

A ideia de me separar dela, e de Maria e Salomé, era como um Leviatã em meu peito.

"Vamos nos encontrar de novo." Minha tia parecia muito segura.

"Como saberei onde está? Como terei notícias de você?" Cartas eram enviadas por entregadores pagos que viajavam a barco e depois a pé, mas eu logo partiria com Jesus e passaria a ter uma vida itinerante, de modo que parecia improvável que uma carta chegasse a mim.

"Vamos nos encontrar", ela repetiu. Daquela vez, só pareceu enigmática.

Segui com meu trabalho, sem encontrar consolo.

Perto do meio da tarde, Yalta e eu estávamos debaixo da oliveira cortando cevada quando ergui os olhos e vi Judas no portão. Levantei os braços em cumprimento, enquanto Jesus atravessava o pátio para recebê-lo.

Os dois homens vieram na nossa direção como irmãos, os braços nos ombros um do outro — no entanto, identifiquei um mau presságio no rosto de Judas: o sorriso ligeiramente tenso, os olhos tomados pelo medo, a inspiração profunda antes de se dirigir a mim.

Ele beijou as bochechas de Yalta, depois as minhas.

Sentamo-nos em um trecho de sombra e sol, e, quando as gentilezas se encerraram, falei: "Por que sempre nos traz notícias preocupantes?".

Aquilo deu fim ao esforço de Judas de manter as aparências. "Gostaria que não fosse assim", ele disse, e desviou o rosto, demorando a falar. Nem Jesus, nem Yalta, nem eu rompemos o silêncio. Aguardamos.

Ele se virou para mim e fixou os olhos nos meus. "Ana, Antipas ordenou sua prisão."

Jesus olhou para mim, com o rosto imóvel. Em um momento de estranheza e descrença, sorri para ele.

O criado da cozinha e a folha de marfim. Antipas ficou sabendo da minha cumplicidade. Então o medo veio, e o sangue correu para minhas orelhas, um galopar selvagem dentro do meu corpo. *Não pode ser.*

Jesus se aproximou de mim, para que eu pudesse sentir sua solidez, seu ombro contra o meu. "Por que Antipas mandaria prendê-la?", perguntou, com calma.

"Ele a acusa de envolvimento na fuga de Fasélia", Judas disse. "O criado que levou o aviso de Ana para Fasélia confessou seu conteúdo."

"Está certo disso?", Yalta perguntou a Judas. "Sua fonte é confiável?"

Judas franziu o cenho para ela. "Eu não alarmaria vocês se não achasse que é verdade. Boatos relacionados a Fasélia continuam circulando por Tiberíades. Dizem que os soldados que a levaram a Maquero foram mortos, além de dois de seus criados, todos acusados de conspiração. E muito se fala sobre uma mensagem de alerta entregue a Fasélia em uma bandeja com comida. Eu sabia que se tratava da folha de marfim de Ana."

"Mas isso é mexerico. Acha que vão prendê-la com base em mexericos?", Yalta perguntou, e pude ver que a novidade também a impactara, porque se recusava a acreditar nela.

"E há mais, temo", Judas disse, com um toque de exaspero na voz. "Ouvi falar de uma velha senhora chamada Joana, que era criada de Fasélia."

"Eu a conheço", disse. "Ela era casada com o intendente de Antipas, Chuza." Lembrei-me dela da primeira vez que encontrei Fasélia. Como eu era jovem. Tinha catorze anos. Estava noiva de Natanael. *Você não é um cordeiro, tampouco eu.* Olhei para Jesus. Estaria se recordando de Chuza no dia em que incitara a multidão a me apedrejar? Eu muitas vezes me perguntara se estaríamos casados se não fosse por aquele homem terrível.

"Chuza morreu há muito tempo", Judas prosseguiu. "Mas Joana vive entre os servos do palácio, parcialmente cega e velha demais para ter utilidade. Ela está entre aqueles que agora servem Herodíade. Salvou-se condenando Fasélia e jurando lealdade à nova esposa de Antipas. Quando a encontrei sentada do lado de fora dos muros do palácio, Joana se retratou, dizendo que soubera da trama de Fasélia e que teria fugido com ela se fosse mais jovem e ainda tivesse sua visão." Judas se virou para Yalta. "Foi Joana que me contou sobre a confissão do criado da cozinha e a intenção de Antipas de prender Ana. Ela a ouviu dos lábios de Herodíade."

À nossa volta, o mundo ordinário seguia em frente: as crianças brincavam, Tiago e Simão desbastavam a madeira, Maria e minhas cunhadas sovavam massa perto do forno. O dia se mantinha no curso. Minha respiração ficou presa dolorosamente sobre uma chama no fundo da garganta. "Joana está certa de que Antipas agirá?"

"Ele agirá, Ana. Há pouca dúvida quanto a isso. O rei Aretas está mobilizando uma guerra para vingar sua filha. A fuga dela deu início a um cataclismo, e Antipas culpa todos que favoreceram sua primeira esposa, incluindo você. Para piorar a situação, Herodíade descobriu que seu novo marido foi fascinado por você... e que encomendou o mosaico com seu rosto. Também foi Joana quem me contou isso, e suspeito que tenha sido ela quem divulgou a informação a Herodíade, como uma maneira de se manter em suas boas graças. Herodíade vem pressionando Antipas a prender você, como fez no caso de João. E posso dizer que vai garantir que sua vontade seja feita."

Jesus se mantinha inexplicavelmente silencioso. Cobriu minha mão com a sua e a apertou. Ele e Judas tinham ficado contrariados quando eu mandara o alerta a Fasélia. Agora eu tentava imaginar como teria sido se não o tivesse mandado. Mas não era possível. Com tal constatação, o medo começou a deixar meu corpo. Havia uma paz incongruente em meu desamparo, no conhecimento de que o que estava feito não podia ser desfeito, e mesmo que pudesse eu não desfaria.

"Sinto muito", Judas me disse. "Eu nunca deveria ter concordado em entregar sua mensagem."

"Não desejo questionar o passado", eu disse.

"Está certa, irmãzinha. Devemos pensar no futuro e fazê-lo logo. Joana acredita que os soldados de Antipas virão buscá-la em questão de dias. Vim para cá depressa, mas os soldados de Antipas viriam a cavalo. Podem estar a caminho agora. Temos pouco tempo."

Jesus inclinou o corpo para a frente. Esperei que dissesse que devíamos partir e nos esconder nas montanhas da Judeia, como ele mesmo havia feito depois da prisão de João. Envolveria grandes dificuldades, e quem podia saber por quanto tempo teríamos que ficar ali, naquele deserto abandonado, mas que escolha havia?

Quando ele falou, usou palavras firmes e medidas. "Deve ir a Alexandria com sua tia."

Era um dia quente, e uma luz amarelo-limão brilhava, mas ainda assim senti um calafrio me percorrer. "Não podemos nos esconder no deserto, como você fez?"

"Nem ali você estaria a salvo", ele disse.

O desespero tomou conta de mim — eu passara quase seis meses sem ele, e a ideia de voltarmos a nos separar era excruciante. "Podemos ir juntos para a Síria, para Cesareia de Filipe, para Decápole. Lugares que não estão sob a jurisdição de Antipas."

Os olhos de Jesus estavam mergulhados em tristeza. "Minha hora chegou, Ana. Devo assumir meu ministério na Galileia, na esteira do movimento de João. Isso não pode esperar."

Alexandria.

"Será temporário", Jesus disse. "Deve permanecer no Egito com seu tio Aram até que a raiva de Antipas passe e sua ideia de vingança esfrie. Enviaremos uma carta a você quando for seguro retornar."

Fiquei olhando para ele, e afinal gaguejei: "Mas... mas isso pode levar... pode levar meses. Até um ano".

"Odeio pensar em ser separado de você", Jesus disse. "Mas estará a salvo, e eu poderei seguir com meu ministério. Quando retornar, poderá se juntar a mim."

Yalta colocou uma mão na minha bochecha. "Seu marido está certo. Amanhã iremos para Alexandria, eu e você. Jesus tem seu destino. Deixe que o cumpra. Você também tem o seu. Não é isso o que Sofia queria o tempo todo?"

Lavi se juntou ao nosso conclave sob os ramos de oliveira. Ficamos ali sentados conspirando pelo que pareciam horas. O plano fora definido. Ao nascer do dia, Judas ia nos acompanhar até Séforis, onde encontraríamos Apião, então viajaria conosco até Cesareia para garantir que embarcássemos em segurança no barco que iria até Alexandria. Jesus pretendia nos escoltar, mas eu havia sido inflexível. "Não quero que perca o casamento de sua irmã", disse a ele. Salomé ia se casar em poucos dias. "Tampouco desejo prolongar nossa despedida. Vamos dizer adeus aqui, no lugar onde passamos onze anos juntos."

Eu dizia a verdade a meu marido, mas não toda a verdade. Convencer Apião a me levar para Alexandria — e Lavi, porque ele implorara para nos acompanhar, e eu pretendia negociar sua passagem também — exigiria mais suborno, o que eu não queria que Jesus presenciasse.

Quando finalmente saímos de baixo da árvore e nos dispersamos, puxei Judas de lado, levei-o até a despensa e contei que havia trocado a caixa de joias de nossa mãe por moedas. Ele não fez nenhuma careta de reprovação — meu irmão já tinha roubado muito dos ricos para financiar sua sedição.

"Tenho certeza de que Apião vai aceitar levar a mim e Lavi para Alexandria por duas mil dracmas", eu disse. "Se for assim, hão de nos restar três mil. Jesus precisa de um patrono que financie seu ministério. Desejo dividir o restante do dinheiro com ele. A quantia poderá sustentar seu trabalho por meses, talvez todo o tempo em que eu estiver longe. Quero que guarde a parte dele, Judas, sem nunca lhe dizer de onde veio. Prometa-me isso."

Ele hesitou por um momento. "E como explicarei? Ele vai me pressionar para saber quem é seu patrono."

"Diga que é alguém em Tiberíades. Diga que Joana enviou moedas em agradecimento por sua interferência para ajudar Fasélia. Diga que é um doador anônimo. Não me importo, só não revele minha participação nisso."

"Ele é meu amigo, Ana. Acredito no que Jesus está fazendo. Ele é nossa maior esperança de conquistar a liberdade de Roma. Não quero começar já mentindo para ele."

"Também odeio mentir para Jesus, mas temo que não aceitará o dinheiro de outra maneira."

"Farei como pede, mas sinto que, quando se trata de você, sou indulgente demais."

"Só mais uma coisa", eu disse. "Deve me escrever. Reserve algumas moedas para comprar rolos de pergaminho e contratar mensageiros. Mande-me notícias de Jesus e me chame de volta assim que for seguro retornar. Jure que o fará."

Ele me puxou em um abraço. "Eu juro."

XXXII

Desenterrei a bacia de encantamento do fundo do baú de cedro, onde passara anos negligenciada e alqueivada. Era do tamanho da bacia de massa, grande demais para ir na minha bolsa de viagem, mas eu não podia deixá-la para trás. Nem meus rolos de pergaminho. Quando as moedas de prata fossem tiradas da bolsa maior, eu colocaria a bacia e os rolos de pergaminho no lugar. Até lá, carregaria tudo em meus braços.

Olhei para a bolsa de lã com os cacos de cerâmica nos quais escrevera meus versos durante o luto por Susana. Teria que ficar para trás.

A tarde havia dado espaço à escuridão da noite. Chegavam vozes sussurradas do pátio. Da porta, eu podia ver Jesus e sua família. Havia uma estrela solitária no céu, um ponto de luz.

"Sua esposa agiu de maneira impensada", ouvi Tiago dizer. "Agora trará os soldados de Antipas à nossa porta."

"O que diremos a eles?", Simão perguntou.

Jesus colocou uma mão no ombro de cada um — aquele era seu jeito de lembrá-los de que éramos todos irmãos. "Digam que a mulher que procuram não vive mais aqui. Digam que ela me deixou e partiu com o irmão, não sabemos para onde."

"Fará com que recorramos à mentira?", Tiago perguntou.

A sugestão de Jesus de que tergiversassem em relação ao meu paradeiro surpreendeu a mim também.

Maria tinha se mantido à margem, mas então se colocou à frente de Tiago e Simão. "O que Jesus deseja é que preservem a vida de sua esposa", ela disse, cortante. "E farão como ele pede!"

"Devemos fazer como manda nossa consciência", Simão disse.

Salomé soltou uma espécie de choramingo. Um suspiro? Uma lamúria? Eu não sabia dizer.

"Vamos beber um pouco de vinho e conversar", Jesus disse.

Fechei a porta. Na calmaria, um grande peso se abateu sobre mim. Acendi as lamparinas. Jesus logo entraria. De maneira apressada, limpei meu rosto e minhas mãos, vesti vestes brancas e limpas, e alisei o cabelo com óleo de cravo.

As palavras de Yalta sobre o destino retornaram a mim: *você também tem o seu*. Elas fizeram meus antigos anseios se remexerem, a terrível necessidade de ter minha própria vida.

Voltei a abrir o baú e peguei o frasco com tinta grudenta até a metade, então busquei um cálamo na bolsa de viagem. Escrevendo em letras miúdas e apressadas entre as linhas da súplica antiga, incluí uma nova em minha bacia de encantamento.

Sofia, sopro de Deus, volte meus olhos para o Egito. Permita que aquela que uma vez foi a terra da servidão se torne a terra da liberdade. Leve-me ao lar do papiro e da tinta. Ao lugar onde nascerei.

XXXIII

Despertei antes do nascer do dia, com a cabeça enterrada no pescoço de Jesus. Sua barba roçava minha testa. Sua pele emanava calor, cheirando a vinho e sal. Não me movi. Fiquei deitada no escuro e o absorvi.

A luz veio, lenta e coxa, sem realmente chegar. Acima de nossas cabeças, um trovão — o som de algo estilhaçando —, depois outro e outro, como se as madeiras do céu estalassem. Jesus se moveu, produzindo um zumbido suave com os lábios. Achei que fosse se levantar e rezar.

Em vez disso, ele disse: "Pequeno Trovão, é você que ouço?". Então riu.

Forcei uma cadência animada na voz ao provocá-lo de volta. "Sou eu, Amado. A ideia de deixá-lo para trás me faz rugir."

Ele virou de lado para me olhar, e senti que via meu íntimo. "Abençoo sua grandeza, Ana", ele disse.

"E eu abençoo a sua", eu disse.

Jesus se levantou e abriu a porta, então lançou um olhar tão puro e profundo na direção do vale quanto o que havia usado comigo. Fui para o seu lado, olhando na mesma direção que ele, e por um instante pareceu que eu via o mundo como ele via, órfão, destroçado e incrivelmente lindo, algo para se defender e reparar.

A separação estava diante de nós agora. Eu desejava com todo o meu ser que pudéssemos permanecer juntos.

Comemos em silêncio. Depois de me vestir e me aprontar para a jornada, abri a bolsinha de pele de cabra que continha o fio vermelho. Era frágil, o mais fino dos filamentos, mas naquele dia eu ia usá-lo, por ele. Jesus me ajudou a amarrá-lo ao pulso.

A família aguardava no pátio. Abracei cada um antes que Jesus me acompanhasse até o portão, onde Judas, Yalta e Lavi já estavam. A garoa havia parado, mas o céu continuava pesado.

Não nos demoramos na despedida. Beijei os lábios de Jesus. "Que esta separação não nos divida, mas nos una", eu disse. Segurando a bacia e meus rolos de pergaminho junto ao peito, virei o rosto na direção do Egito.

ALEXANDRIA
LAGO MAREÓTIS, EGITO
28-30 d.C.

I

Entramos no grande ancoradouro de Alexandria depois de oito dias de mares turbulentos. Embora nosso barco — que levava milho egípcio a Cesareia e retornava a Alexandria com azeitonas — tivesse se mantido próximo da costa, as ondas tinham me tornado incapaz de segurar a comida ou a bebida. Durante toda a viagem, eu me mantivera encolhida em minha esteira abaixo do deque, pensando em Jesus. Às vezes, minha angústia por viajar para cada vez mais longe dele era tão grande que eu me perguntava se meu enjoo na verdade se devia não ao balanço do barco, mas à dor e à agitação de tê-lo deixado.

Ainda fraca e nauseada, forcei-me a deixar o interior do barco para dar uma primeira olhada na cidade com que sonhava desde que Yalta começara a me contar histórias sobre sua grandeza. De pé ao lado de minha tia, inalei o ar enevoado e puxei o manto para cobrir o pescoço, com o clamor da vela mestra batendo ferozmente acima de nossas cabeças. O ancoradouro estava tomado por barcos — grandes navios mercantes como o nosso e galés menores.

"Ali!", disse minha tia, apontando em meio à escuridão. "Aquele é o grande farol."

Quando me virei, deparei com um espetáculo que nem poderia ter imaginado. Em uma ilha menor, de frente para o ancoradouro, uma enorme torre de mármore branco se erguia na direção das nuvens em três grandes blocos, com uma luz intensa e magnífica se projetando do topo. Nem o templo de Jerusalém chegava aos pés daquilo. "Como produzem essa luz?", murmurei, deslumbrada demais para me dar conta de que externava o pensamento.

"O fogo é refletido por espelhos de bronze enormes", Yalta respondeu, e vi em seu rosto o orgulho que sentia da cidade.

Uma estátua de um homem apontando para o céu coroava o pináculo do domo do farol. "Quem é aquele?", perguntei.

"Hélio, o deus grego do sol. Vê? Ele aponta para o sol."

A cidade se estendia ao longo da orla, suas construções brancas brilhando à distância. Tendo esquecido a náusea, permaneci imóvel enquanto encarava uma delas, um edifício deslumbrante que parecia flutuar na água. "Veja", Yalta disse, olhando para o meu rosto. "O palácio real. Contei-lhe uma vez sobre a rainha que viveu ali. Cleópatra VII."

"Aquela que foi a Roma com César."

Yalta riu. "Sim, entre outras coisas. Ela morreu no ano em que nasci. Cresci ouvindo histórias a seu respeito. Meu pai — seu avô — me contou que ela só escrevia em papiro feito na oficina de nossa família. Cleópatra dizia que era o melhor papiro do Egito."

Antes que eu pudesse absorver a informação de que Cleópatra se referira à minha família, uma estrutura imponente com colunas assomou sobre nós. "Aquele é um dos templos a Ísis", Yalta disse. "Tem um maior, perto da biblioteca, conhecido como Ísis Médica, que abriga a escola de medicina."

Minha mente estava tonta de maravilhamento. Como aquele lugar me era estrangeiro, gloriosamente estrangeiro.

Ficamos em silêncio, deixando que a cidade passasse por nós como os contornos de um sonho. Pensei no meu amado, em como estava distante dele. Jesus já devia ter ido ao casamento de Salomé em Caná e partido para Cafarnaum para reunir seus seguidores e iniciar seu ministério. A lembrança dele de pé ao portão quando parti me provocou uma pontada de dor. Eu ansiava por estar com ele. Mas não na Galileia. Não, não lá... *aqui*.

Quando voltei a olhar para Yalta, seus olhos estavam turvos, embora eu não soubesse dizer se por causa da neblina, de sua felicidade ou de sua própria pontada de dor em relação a Chaya.

Quando desembarcamos, Apião contratou uma liteira com cobertura plana para nós quatro, com cortinas nas janelas e assentos almofadados, puxada por dois burros. Chacoalhamos ao longo da Via Canópica, o principal corredor da cidade, com calçamento de pedras arredondadas e tão larga que poderiam passar cinquenta liteiras lado a lado. Dos dois lados da rua havia edifícios com telhado vermelho e pessoas circulando: mulheres com a cabeça descoberta, e meninas, não só meninos, trotando atrás de seus tutores com tábuas de madeira presas por cordas à cintura. Ao ver uma mulher egípcia pintada em tons brilhantes dentro de um pórtico, ajoelhada e alada, exclamei surpresa, e Yalta se inclinou para mim e disse: "Ísis alada. Vai vê-la em toda parte". Chegamos a uma fileira de bigas puxadas por cavalos e conduzidas por homens de elmo, que, segundo Apião nos informou, estavam a caminho do hipódromo.

Um frontão triangular de aspecto resplandecente apontou de súbito à distância. Meu coração deu um salto no peito. Eu não conseguia ver a fachada do edifício, mas seu telhado parecia presidir sobre a cidade. "É a grande biblioteca?", perguntei a Yalta.

"Sim", ela confirmou. "Iremos lá, você e eu."

Durante o caminho, minha tia descreveu como o meio milhão de rolos de pergaminho da biblioteca estava meticulosamente catalogado e disposto, com todos os textos existentes em todo o mundo. Ela me contou dos estudiosos que viviam ali, os quais haviam determinado que a terra era redonda e medido não apenas sua circunferência, mas sua distância em relação ao sol.

E nós entraríamos ali.

Foi só quando a liteira chegou à casa de Aram que minha animação se transformou em apreensão. Eu havia enganado Apião insistindo que meu tio havia mandado uma carta dando permissão para que Yalta voltasse. Como minha mentira poderia passar despercebida? E se Aram se recusasse a nos receber? Eu não podia ir para outro lugar — Judas enviaria suas cartas à casa de Aram.

Antes de embarcar, em Cesareia, eu tinha me certificado de que Apião explicasse com precisão a Judas como sua correspondência devia ser endereçada. "Aram, filho de Filipe Levias, Bairro Judeu, Alexandria", ele dissera.

"Não é preciso mais nada?", eu perguntara.

"Seu tio é o judeu mais rico de Alexandria", ele dissera. "Todo mundo sabe onde ele mora."

Diante daquilo, Yalta deixara escapar um grunhido de escárnio, fazendo com que o Apião voltasse os olhos para ela.

Yalta terá que esconder melhor sua amargura, pensei enquanto entrávamos na residência palaciana de Aram. Como encontraria Chaya sem a ajuda de seu irmão?

Aram se parecia com meu pai: uma careca grumosa, orelhas grandes, peito largo e rosto sem barba. Apenas os olhos eram diferentes — menos curiosos e lembrando um falcão, um predador. Ele nos encontrou no átrio, onde um óculo deixava a luz entrar pelo alto. Meu tio estava de pé, bem embaixo de seu brilho branco e implacável. Não havia sombra no cômodo. Aquilo me pareceu um mau agouro.

Yalta se aproximou dele devagar, com o rosto abatido. Fiquei chocada ao ver que ela fazia uma reverência elaborada. "Estimado irmão", minha tia disse, "é com humildade que retorno. Imploro que me receba." Eu não precisava ter me preocupado. Ela sabia muito bem como jogar aquele jogo.

Aram olhou para ela, de braços cruzados. "Veio sem ser convocada, Yalta. Quando a enviei a nosso irmão na Galileia, foi com o conhecimento de que não deveria voltar."

Ele se virou para Apião. "Não lhe dei autoridade para trazê-los aqui."

A revelação da minha manobra vinha mais cedo do que eu havia previsto.

"Perdoe-me, senhor." A boca de Apião cuspia as palavras. "A mulher mais jovem disse que..." Ele olhou para mim, com suor se acumulando nas têmporas, e vi seu dilema. Temia que, se me acusasse, eu revelaria o suborno que ele havia aceitado.

Compreendendo a situação, Aram disse: "É possível, Apião, que tenha recebido dinheiro por isso? Se for assim, entregue-o a mim agora e considerarei a possibilidade de mantê-lo como meu tesoureiro".

Ocorreu-me então que eu deveria salvá-lo. Parecia-me que seríamos mandados embora de toda maneira e decidi arriscar tudo com o intuito de ganhar a amizade de Apião.

Dei um passo adiante. "Sou Ana, filha de Matias. Não culpe seu empregado por ter nos trazido aqui. Não o subornei. Só o levei a acreditar que eu havia recebido uma carta do senhor consentindo com nossa vinda e permanência nesta casa. A única falha dele foi ter acreditado na minha palavra."

Yalta olhou para mim, incerta. Lavi pareceu inquieto. Não olhei para Apião, mas ouvi quando o ar escapou por seus lábios.

Aram disse: "Você vem aqui e confessa que chegou à minha casa por meio de um *engodo*?". Ele começou a rir, e não havia traço de mofa naquilo. "Por que vieram?"

"Como sabe, tio, meu pai morreu. Minha tia e eu não temos outro lugar aonde ir."

"Não tem marido?", ele perguntou.

Eu deveria ter antecipado aquela pergunta tão óbvia, mas ela me pegou de surpresa. Hesitei por tempo demais.

"O marido a mandou embora", Yalta disse, resgatando-me. "Ela tem vergonha de falar a respeito."

"Sim", murmurei. "Ele me expulsou." Então, antes que Aram perguntasse que coisa terrível eu havia feito para merecer tal destino, prossegui: "Viajamos até aqui com nosso guardião porque o senhor é o irmão mais velho de meu pai e nosso patriarca. Meu engodo foi consequência do desejo de vir servi-lo. Peço seu perdão".

Ele se virou para Yalta. "Ela é astuta, essa aí. Gosto dela, não posso evitar. Agora, diga-me, irmã há muito perdida, por que retornou após todo esse tempo? Não me diga que também veio esperando me servir. Sei que não é verdade."

"Não tenho nenhum desejo de servi-lo, é verdade. Queria voltar para casa, só isso. Faz doze anos que estou no exílio. Não é o bastante?"

Os lábios dele se curvaram. "Então não voltou com a esperança de encontrar sua filha? Qualquer mãe desejaria ser reunida com a filha perdida antes de morrer."

Ele não era apenas cruel, mas muito perspicaz. Disse a mim mesma que nunca o subestimaria.

"Minha filha há muito foi adotada", Yalta disse. "Eu a perdi. Não tenho falsas esperanças de revê-la. Se deseja me contar o paradeiro dela, isso seria muito bem-vindo, mas fiz as pazes com nossa separação."

Aram disse: "Não sei nada do paradeiro dela, como você sabe muito bem. A família insistiu em um acordo legal que nos impede de ter contato".

"Como eu disse, ela se foi", Yalta reiterou. "Não vim por ela, vim por mim mesma. Deixe-me voltar para casa, Aram." Como ela parecia arrependida, como parecia convincente.

Aram deu um passo para fora do duro feixe de luz e caminhou, com as mãos cruzadas atrás de si. Dispensou Apião com um gesto, e o tesoureiro quase correu para deixar o cômodo.

Meu tio parou à minha frente. "Vai me pagar quinhentas dracmas de bronze ao mês para ficar sob meu teto."

Quinhentas! Eu tinha em minha posse mil e quinhentas dracmas de prata herodianas e nenhuma ideia de quanto aquilo representava em bronze egípcio. Precisávamos que a soma durasse por até um ano de aluguel mais a passagem de volta para casa.

"Cem", eu disse.

"Quatrocentas", ele propôs.

"Cento e cinquenta, e servirei como sua escriba."

"Escriba?", ele desdenhou. "Já tenho um escriba."

"Ele sabe escrever em aramaico, grego, hebraico e latim? Nas quatro línguas?", perguntei.

"Ele cria letras e manuscritos tão lindos que fazem com que as pessoas atribuam importância ainda maior às palavras?", Yalta perguntou.

"Você faz tudo isso?", Aram me perguntou.

"Faço."

"Muito bem. Cento e cinquenta dracmas de bronze e seus serviços como escriba. Fora isso, exijo apenas que não deixem esta casa."

"Não pode ter a intenção de nos confinar aqui", eu disse. Era um golpe maior que o preço do aluguel.

"Se precisarem de bens do mercado, seu guardião, como o chamou, pode trazê-los." Aram encarou Yalta. "Como sabe, a acusação de assassinato não expira. Se eu descobrir que qualquer uma de vocês deixou esta casa ou perguntou a respeito de sua filha, vou fazer com que seja presa." Seu rosto se endureceu. "A família de Chaya não quer que ela se envolva com você, e não vou arriscar que me processem por causa disso."

Meu tio fez um gongo pequeno soar e uma jovem gentia, uma egípcia de pescoço longo com os olhos fortemente delineados, apareceu. "Mostre a elas os aposentos das mulheres e ponha o guardião com os serviçais", Aram disse a ela, então nos deixou abruptamente.

Nós a seguimos, ouvindo o rastejar de suas sandálias sobre o piso, vendo seu cabelo preto balançar de um lado para outro. Ao que parecia, éramos cativos ali.

"Aram tem uma esposa a quem possamos recorrer?", sussurrei para Yalta.

"Ela morreu antes que eu deixasse Alexandria. Não sei se ele voltou a se casar", ela sussurrou de volta.

A criada parou diante de uma porta. "Vocês viverão aqui", ela disse, em um grego com sotaque. Então acrescentou: "Ele não tem esposa. Não há ninguém mais vivendo sob este teto além de Aram e seus serviçais".

"Que bom ouvido tem", comentei.

"Todos os serviçais têm bons ouvidos", ela respondeu, e vi Lavi sorrir.

"Onde estão os filhos de Aram?", Yalta perguntou.

"Eles cuidam das terras do pai no delta do Nilo." Ela fez um sinal para Lavi e foi embora, balançando o cabelo e os quadris. Ele a olhou com os lábios entreabertos antes de correr atrás dela.

A câmara em que eu dormia era separada da câmara de Yalta por uma sala que se abria para um pátio com jardim — uma pequena floresta de tamareiras. Ficamos à porta, olhando para ela.

"Aram não confia em você", eu disse. "Ele sabe exatamente por que estamos aqui."

"Sim. Sabe."

"Mas é estranho que se esforce tanto para mantê-la afastada de Chaya, não é? E que nos confine a esta casa? Que mal haveria se você a visse? Talvez haja um acordo legal com a família, mas me pergunto se ele não a esconde apenas para punir você. Pode sua necessidade de vingança ser assim forte?"

"Os rumores em torno da morte de meu marido são uma desgraça para ele, acreditarem que sua própria irmã é uma assassina. Aram perdeu negócios por causa disso. Perdeu favores na cidade. Foi manchado pela vergonha. Nunca superou isso e nunca parou de me culpar. Sua necessidade de vingança não tem fim."

Ficamos em silêncio por alguns momentos, e pensei ter visto algo em seu rosto, uma consciência. Minha tia disse: "E se Aram esconde Chaya não por vingança, mas para ocultar alguma injustiça dele próprio?".

Minha pele se arrepiou. "O que quer dizer com isso, tia?"

"Não tenho certeza", ela disse. "O tempo dirá."

No centro do jardim, uma lagoa transbordava de lótus-azuis. *Pelo menos temos um teto aqui*, pensei.

Enquanto Yalta arrumava suas coisas, fui lá para fora e me

ajoelhei ao lado da lagoa. Estava examinando a maneira estranha como as plantas cresciam a partir da lama no fundo quando ouvi passos. Ao virar, deparei com Apião de pé atrás de mim. "Sou-lhe grato", ele disse. "Salvou-me às suas próprias custas."

"Não poderia fazer menos."

Ele sorriu. "Então, sobrinha de Aram, o que quer de mim?"

"O tempo dirá", retruquei.

II

Eu passava as manhãs no pequeno scriptorium de Aram, fazendo cópias dos registros de seus negócios. "Um tolo possui uma única cópia", ele disse. "Um homem sábio, duas."

Meu tio era dono dos lucrativos campos de papiro que haviam sido do pai dele, e as transações que o envolviam eram profundamente entediantes — contratos, dívidas, prestações de contas, recibos. Pilhas do tamanho de montanhas de enfado. Por sorte, ele fazia parte do conselho de setenta e sete anciãos que supervisionava os assuntos judaicos na cidade, o que me fornecia documentos muito mais atraentes. Copiei uma maravilhosa variedade de queixas lúgubres contra viúvas grávidas, noras que não eram virgens, maridos que batiam na esposa, esposas que deixavam o marido. Havia um relato de uma mulher que fora acusada de adultério e que jurava sua inocência em termos tão insistentes que me fez sorrir, e outro da esposa de um rabino que afirmava que um criado dos banhos tinha escaldado suas pernas. O mais incrível era a petição de uma filha para conceder sua própria mão em casamento, em vez de permitir que o pai o fizesse. Como Nazaré era entediante em comparação.

Eu escrevia nos papiros mais lindos que já havia visto, brancos, de granulação fina, bem-acabados, e aprendi a colá-los de maneira a criar rolos com o dobro da minha altura. O outro escriba de Aram era um velho chamado Tadeu, que tinha tufos de cabelo branco saindo das orelhas e as pontas dos dedos manchadas de tinta, e todos os dias pegava no sono segurando o cálamo.

Encorajada por suas sonecas, eu também abandonava o trabalho e me voltava a minhas histórias das matriarcas. Não temia a aparição repentina de Aram, pois ele passava seus dias circulando pela cidade, entre reuniões do conselho, negócios na sinagoga e jogos gregos no anfiteatro. Quando meu tio estava em casa, nós nos mantínhamos longe dele, fazendo até mesmo as refeições em nossos aposentos. Eu só precisava produzir mais cópias que Tadeu, que era lento e ainda roncava. Assim, escrevia histórias sobre Judite, Rute, Miriam, Débora e Jezabel. Guardava os rolos de pergaminho em um vaso grande de pedra no meu quarto, junto com os outros.

Eu passava as tardes na nossa sala de visitas, muito ociosa e temendo por meu amado, que imaginava percorrendo a Galileia falando abertamente com leprosos, meretrizes e mamzers de todos os tipos, pedindo que os poderosos fossem derrubados, tudo aquilo na presença dos espiões de Antipas.

Para me distrair de meus medos, comecei a preencher meu tempo lendo minhas histórias para Yalta e Lavi. Minha tia ficava cada dia mais quieta e taciturna desde nossa chegada, o que era causado, parecia, por nossa incapacidade de buscar Chaya, e eu esperava que minhas histórias a tirassem de sua tristeza também. Elas pareciam animá-la de fato, mas era Lavi quem mais se deleitava.

Um dia, ele apareceu à nossa porta sem ser esperado. "Posso trazer Panfile para ouvir suas histórias?", Lavi pediu.

A princípio, pensei que ele tivesse pedido por causa do toque especial que vinha dando a minhas leituras. Em meu esforço para envolver Yalta, eu passara a fazer pequenas performances, não dançando, como Tabita costumava fazer, mas dando vida às minhas histórias por meio de ações e articulações dramáticas. Minha interpretação de Judite cortando a cabeça de Holofernes tinha feito Lavi e Yalta arfarem.

"Panfile?", repeti.

"A jovem egípcia bonita", Yalta explicou. "A criada."

Sorri para Lavi como quem havia entendido tudo. "Vá buscá-la para que eu possa ler."

Ele correu para a porta, então parou. "Gostaria que lesse a história de Raquel, cujo rosto era mais lindo que mil luas, e de como Jacó trabalhou por catorze anos para se casar com ela."

III

Yalta se sentou na cadeira entalhada de forma elaborada que ficava em nossa sala, lugar que ocupava o dia todo, muitas vezes com os olhos fechados e as mãos se retorcendo sobre as pernas enquanto se perdia em seus pensamentos.

Tínhamos passado a primavera e o verão presas na casa de Aram, impossibilitadas de visitar a grande biblioteca, o templo, o obelisco ou mesmo uma das pequenas esfinges sobre a murada do ancoradouro. Havia semanas que Yalta não mencionava Chaya, mas eu imaginei que era nela que pensava enquanto refletia e se remexia na cadeira.

"Tia", eu disse, incapaz de suportar nossa impotência por mais tempo. "Viemos para cá com o intuito de encontrar Chaya. Vamos fazer isso mesmo se tivermos de desafiar Aram."

"Em primeiro lugar, menina, esse não era nosso único propósito aqui. Também viemos para que *você* não fosse jogada na prisão de Herodes Antipas. Se ficarmos por aqui por tempo o bastante, pelo menos isso conquistaremos. Quanto a Chaya..." Ela balançou a cabeça, e a expressão triste e remota retornou a seu rosto. "É mais difícil do que pensei."

"Se ficarmos confinadas aqui, nunca a encontraremos", eu disse.

"Ainda que fôssemos livres para perambular pela cidade... Sem que Aram nos aponte a direção certa, eu nem saberia por onde começar."

"Podemos perguntar sobre ela nos mercados e nas sinagogas... Podemos..." Minhas palavras pareceram patéticas até mesmo a mim.

"Conheço Aram, Ana. Se formos pegas nos aventurando além destes muros, ele cumprirá sua palavra e reavivará as acusações contra mim. Às vezes, acho que ele quer que eu viole seus termos só para poder fazer isso. Eu seria presa, e você e Lavi, jogados na rua. Para onde iriam? Como você receberia a notícia de Judas de que é seguro retornar?"

Fui me sentar no tapete de pele de leopardo aos seus pés, deixando minha bochecha descansar em seu joelho, e olhei de lado para a fileira de afrescos de lírios-d'água ao longo da parede. Pensei nas paredes de barro da casa em Nazaré, no chão de terra, no telhado de sapê e lama que tivera que ser reforçado para as chuvas. Eu nunca me importara com tamanha humildade, mas não podia dizer que sentia falta daquilo. Sentia, porém, falta de Maria e Salomé mexendo em algo na panela. Da minha cabra me seguindo pelo terreno. E de Jesus, sempre de Jesus. Todas as manhãs, depois de abrir os olhos, eu era inundada pela noção de que ele estava longe. Imaginava-o levantando-se da esteira e repetindo o shemá, com o talit sobre os ombros, enquanto caminhava pelas colinas para rezar, até que a falta que sentia dele se tornava tão forte que eu também me levantava, erguia a bacia de encantamento e cantava as súplicas dentro delas.

Sofia, sopro de Deus, volte meus olhos para o Egito.
Permita que aquela que uma vez foi a terra da servidão
se torne a terra da liberdade. Leve-me ao lar do papiro
e da tinta. Ao lugar onde nascerei.

Saber que ambos rezávamos de manhã cedo todos os dias era como uma corda que nos unia, mas havia mais um motivo pelo qual eu levantava minha bacia. Ansiava não só por Jesus, mas por mim mesma. Mas como alguém poderia nascer de quarentena naquela casa?

Enquanto estava sentada ali, observando os lírios-d'água na parede, uma ideia me ocorreu. Endireitei-me e olhei para Yalta. "Se há alguma referência a Chaya nesta casa, deve estar enterrada em algum lugar do scriptorium de Aram. Tem um armário grande lá. Não sei o que contém, só que ele toma o cuidado de mantê-lo trancado. Posso tentar abri-lo. Se não somos livres para sair, pelo menos isso posso fazer."

Ela não respondeu e seu semblante não se alterou, mas eu sabia que estava me ouvindo.

"Procure pela transação da adoção", disse afinal. "Procure por qualquer coisa que possa nos ajudar."

IV

Na manhã seguinte, quando as pálpebras de Tadeu começaram a pesar e seu queixo a cair em direção ao peito, esgueirei-me até o gabinete de Aram e procurei a chave do armário que ficava nos fundos do scriptorium. Encontrei-a com facilidade, parcamente escondida em um vaso de alabastro em sua mesa.

Quando destranquei o armário, suas portas rangeram como cordas de lira tocadas errado, e congelei quando Tadeu pareceu despertar, mas logo voltou a dormir. Havia centenas de rolos de pergaminho empilhados apertados em compartimentos, fileira após fileira deles, as pontas redondas me encarando como olhos que não piscavam.

Imaginei — corretamente, depois ficaria claro — que tinha descoberto os arquivos pessoais de meu tio. Estariam organizados por assunto, ano, língua, alfabeto ou outra ordem misteriosa que só era conhecida por Aram? Dando uma olhada em Tadeu, puxei três rolos de pergaminho do compartimento superior à esquerda e fechei o armário sem trancá-lo. O primeiro era um certificado em latim da cidadania romana de Aram. O segundo implorava que um homem chamado Andrômaco devolvesse uma jumenta preta que havia sido roubada do estábulo de Aram. O terceiro era seu testamento, deixando todas as suas propriedades e sua riqueza para seu filho mais velho.

Toda manhã a partir de então, eu pegava a chave e removia um punhado de rolos de pergaminho. Os cochilos de Tadeu costumavam durar pouco mais que uma hora, mas, temendo que ele pudesse despertar de repente, eu me permitia ler por apenas metade desse tempo, tomando o cuidado de marcar o exterior de cada documento que já tivesse tirado com um pontinho de tinta. Longos manuscritos de filosofia se misturavam a cartas, convites, comemorações e horóscopos. Parecia que nada era deixado sem registro. Se um besourinho comesse uma única folha de um papiro em sua propriedade, Aram escrevia um lamento que exigia o sacrifício de *três* plantas. Meu progresso era lento. Ao fim de dois meses, eu havia lido apenas metade dos documentos.

"Encontrou algo interessante hoje?", Yalta perguntou uma tarde, quando voltei para nossos aposentos. Sempre a mesma pergunta. Entre todas as emoções, a esperança era a mais misteriosa. Crescia como a lótus-azul, a partir de corações enlameados, e era linda enquanto durava.

Neguei com a cabeça. Sempre a mesma resposta.

"A partir de amanhã, irei com você ao scriptorium", ela disse. "Juntas, poderemos avaliar os rolos de pergaminho muito mais rápido."

Aquilo me surpreendeu, agradou e preocupou. "E se Tadeu acordar e encontrá-la debruçada sobre os documentos de Aram? Uma coisa seria se encontrasse a mim com um pergaminho sem autorização para tal: eu poderia dizer que tinha sido um engano, que estava no lugar errado. Mas você... ele poderia ir falar com Aram."

"Tadeu não será motivo de preocupação."

"Por que não?"

"Porque vamos servir a ele uma de minhas bebidas especiais."

Na manhã seguinte, cheguei ao scriptorium com bolos e cerveja, uma bebida que os egípcios consumiam a qualquer hora do dia, como se fosse água ou vinho.

Coloquei ambos diante de Tadeu. "Merecemos um refresco, não acha?"

Ele inclinou a cabeça, incerto. "Não sei se Aram..."

"Tenho certeza de que meu tio não se importa, mas se for preciso direi a ele que fui eu quem trouxe. O senhor foi tão bom comigo que desejo retribuir, só isso."

Tadeu sorriu, então levantou o copo, e a culpa me atingiu. Ele tinha mesmo sido bom comigo, sempre paciente com meus erros e me ensinando a repará-los removendo a tinta com um líquido fermentado amargo. Eu suspeitava que soubesse que eu furtava papiro para meus próprios fins, no entanto, não dizia nada. E como eu retribuía? Enganava-o com uma mistura que Yalta produzira com a ajuda de Panfile e um destilado sedativo feito a partir da flor de lótus.

Ele mergulhou no sono de maneira rápida e miraculosa. Joguei a cerveja que tinha no meu próprio copo pela janela do gabinete de Aram e, quando minha tia apareceu, já tinha destrancado o armário. Desenrolamos um pergaminho após o outro, segurando-os abertos com pesos, e lemos lado a lado à minha mesa. Yalta era uma leitora incomumente barulhenta. Fazia sons vibrantes o tempo todo, *hums*, *uhs* e *ahs* sugerindo estupefação ou frustração.

Lemos cerca de uma dúzia de rolos de pergaminho, sem encontrar qualquer menção a Chaya. Yalta partiu depois de uma hora — não achamos que pudéssemos arriscar por mais tempo. No entanto, Tadeu continuou dormindo. Eu encarava sua forma inerte para me assegurar de que estava respirando. Seu fôlego parecia curto e espaçado demais, e fiquei muito aliviada quando o homem acordou, com os olhos embaçados, bocejando, o cabelo caindo de um lado da cabeça. Ambos fingimos, como sempre, não notar que ele havia dormido.

Mais tarde, ao encontrar Yalta em nossos aposentos, eu disse: "Você e Panfile têm de segurar a mão ao preparar a bebida dele. Metade da dose será suficiente".

"Acha que ele desconfiou da cerveja?"

"Não, acho que ele descansou bastante."

V

Em um dia de primavera, em meados do mês que os egípcios chamavam de famenoth, Yalta e eu estávamos sentadas à beira da lagoa, ela lendo a *Odisseia* de Homero, copiada em um códice grosso, um dos textos mais preciosos da biblioteca de Aram. Eu o tinha levado a ela com a permissão de Tadeu, esperando que preenchesse suas tardes e distraísse sua mente de Chaya.

Nossas horas clandestinas no scriptorium tinham perdurado por outono e inverno. Depois do primeiro mês, Yalta passara a limitar suas visitas a uma vez por semana, de modo a afastar quaisquer suspeitas que Tadeu pudesse ter — e havia uma quantidade limitada de cerveja que podíamos oferecer a ele. Nossos esforços também foram retardados quando Aram sentiu uma indisposição no estômago e não saiu de casa por inúmeras semanas. Ainda assim, recentemente tínhamos acabado de examinar todos os rolos de pergaminho no armário trancado. Sabíamos mais das questões pessoais de Aram do que gostaríamos. Tadeu tinha engordado por causa da cerveja. E não havíamos descoberto nada que sugerisse que Chaya houvesse existido.

Deitei-me na grama e fiquei olhando para as nuvens, perguntando-me por que Judas não havia me escrito. Em geral levava três meses para que uma carta da Galileia chegasse. Já fazia doze que estávamos em Alexandria. Será que Judas havia recorrido a um mensageiro pouco confiável? Talvez alguma calamidade tivesse acontecido com o homem ao longo do caminho. Parecia possível que Antipas já tivesse desistido de me procurar havia muito tempo. Enterrei as unhas na carne macia dos dedões. Por que Jesus não havia me procurado?

No dia em que meu marido me contara que assumiria um ministério, inclinara a testa contra a minha e fechara os olhos. Agora, eu tentava visualizar aquilo... visualizar Jesus. Suas feições já estavam um pouco borradas em minha mente. Aquilo me assustava, o lento desaparecimento.

Panfile entrou no pátio, trazendo a ceia. "Preferem comer aqui no jardim?"

Sentei-me, já com a imagem de Jesus se dispersando, deixando-me em uma solidão aguda e repentina.

"Vamos comer aqui", Yalta disse, deixando o livro de lado.

"Chegou alguma carta hoje?", perguntei a Panfile. Ela concordara em me avisar se um mensageiro viesse, mas, mesmo assim, eu lhe perguntava a respeito diariamente.

"Não. Sinto muito." Ela olhou para mim, curiosa. "Essa carta deve ser muito importante."

"Meu irmão prometeu escrever quando for seguro retornarmos à Galileia."

Panfile parou abruptamente, balançando a bandeja. "Lavi partirá com vocês?"

"Não podemos viajar sem a proteção dele." Dei-me conta tarde demais de que havia falado sem pensar. O coração de Lavi era dela, e parecia que o coração dela também era dele. Se Panfile sabia que a carta implicaria a partida de Lavi, ia escondê-la de mim? Eu podia confiar nela?

Panfile serviu vinho no copo de Yalta e no meu, e nos entregou tigelas de ensopado de lentilha e alho. "Se Lavi voltar comigo", eu disse, "garantirei que ele tenha dinheiro o bastante para comprar uma passagem de volta a Alexandria."

Ela assentiu sem sorrir.

Yalta franziu o cenho. Não tive dificuldade em ler sua expressão: *Compreendo que queira assegurar sua lealdade, mas haverá dinheiro para cumprir essa promessa?* Além da soma que eu reservara para nosso retorno, só tínhamos dracmas para pagar aluguel a Aram por mais quatro meses e nada mais.

Quando Panfile foi embora, Yalta mergulhou a colher na tigela. Já eu não tinha apetite. Voltei a me deitar no chão, fechei os olhos e busquei seu rosto. Não consegui encontrá-lo.

VI

Pus cinco dracmas na palma de Lavi. "Vá ao mercado e compre uma bolsa de viagem feita de lã, uma em que caibam meus rolos de pergaminho." Eu o conduzi até o vaso de pedra da minha câmara, tirei os rolos de pergaminho um a um e espalhei sobre a cama. "Como vê, nossa velha bolsa de couro já não é grande o bastante."

Ele passou os olhos pela pilha.

"São vinte e sete", eu disse.

A luz da tarde entrava pela pequena janela, em um tom de verde-claro, por causa das árvores. Olhei para os rolos, para anos e anos implorando e furtando pelo privilégio de escrever — cada palavra, cada precioso traço de tinta conquistado com dificuldade —, e senti algo me inundando. Não sei se poderia chamar de orgulho. Era mais a simples consciência de que, de alguma maneira, eu havia feito aquilo. De repente, fiquei maravilhada. Vinte e sete rolos de pergaminho.

Durante o ano que passáramos ali, eu havia completado minhas narrativas das matriarcas da Bíblia e escrito um relato sobre Chaya, a filha perdida, e Yalta, a mãe à procura. Levei-o a minha tia antes que a tinta estivesse completamente seca. Depois de ler, ela disse: "Chaya está perdida, mas sua história, não". Senti que minhas palavras foram um bálsamo para ela. Recriei os versos de luto por Susana que eu havia escrito nos cacos de cerâmica que deixara em Nazaré. Não conseguia me lembrar de todos eles, mas já era o bastante para me deixar satisfeita. Eu escrevera a história de minha amizade com Fasélia, e de sua fuga de Antipas. Por fim, escrevera sobre a casa de Nazaré.

Lavi levantou os olhos da pilha de histórias. "A bolsa nova implica que vamos viajar em breve?"

"Ainda espero pela carta me dizendo que é seguro entrar na Galileia. Quero estar pronta quando chegar."

Eu precisava de uma bolsa maior, era verdade, mas tinha um motivo inconfesso para enviar Lavi à cidade. Estava pensando em como tocar no assunto quando ele disse: "Quero me casar com Panfile".

Pisquei para ele, surpresa. "E Panfile deseja ser sua esposa?"

"Casaríamos amanhã se pudéssemos, mas não tenho os meios necessários para cuidar dela. Terei que encontrar trabalho aqui em Alexandria, pois ela não deseja deixar o Egito."

Ele pretendia permanecer ali? Senti meu estômago afundar.

"Quando eu encontrar trabalho", Lavi prosseguiu, "vou fazer o pedido ao pai dela. Só conseguiremos uma licença com sua sanção. Ele é vinhateiro no vilarejo de Dionísias. Não sei se vai dar seu consentimento a um estrangeiro."

"Imagino que o pai dela não vá recusá-lo. Escreverei recomendando-o, se achar que pode ajudar."

"Sim, muito obrigado", Lavi disse.

"Preciso saber: ainda retornará à Galileia conosco? Yalta e eu não podemos viajar sozinhas. É perigoso demais."

"Não vou abandoná-la, Ana", ele disse.

O alívio percorreu meu corpo, depois o prazer. Não acreditava que ele já tivesse se dirigido a mim como "Ana", nem mesmo depois que eu o pronunciara um homem livre. Parecia não apenas um ato de amizade, mas uma declaração silenciosa de sua autonomia.

"Não se preocupe, vou conseguir o dinheiro para pagar sua passagem de volta para Alexandria", eu disse, mas as palavras mal haviam me deixado quando percebi que já o tinha. Com ou sem a carta de Judas, não tínhamos escolha a não ser partir quando o dinheiro acabasse. De modo que poderíamos simplesmente partir mais cedo, *antes* que eu tivesse que pagar o último mês de aluguel. O excedente cobriria a passagem de volta de Lavi.

"Agora se apresse até o mercado", eu disse. "Vá ao que fica perto do ancoradouro."

"Aquele não é o mais próximo nem o maior. Seria melhor..."

"Lavi, isto é muito importante. Preciso que também vá ao ancoradouro. Procure por um barco vindo de Cesareia. Procure qualquer pessoa que desembarque dele: mercadores, marinheiros, quem for. Preciso de notícias de Antipas. É possível que nem esteja mais vivo. Se estiver doente ou morto, podemos retornar à Galileia com a mente tranquila."

Fiquei andando de um lado a outro de nossos aposentos enquanto Yalta lia, fazendo uma pausa de vez em quando para tecer algum comentário sobre Odisseu, que a exasperava ao levar dez anos para retornar à esposa depois da Guerra de Troia. Penélope, que o esperava, não a irritava menos. Já eu sentia certa afinidade com a personagem. Entendia bem como era esperar pelos homens.

No pátio, o dia já se retirava. Quando finalmente veio, a batida de Lavi consistiu em toques leves e rápidos. Abri a porta, e ele não sorriu. Parecia tenso e alerta.

Eu não esperava *de fato* descobrir que estávamos livres de Antipas — qual era a chance de que o tetrarca tivesse morrido ao longo daquele ano? Mas não imaginava que as informações que Lavi obtivera pudessem ser ainda mais desfavoráveis.

Ele retirou uma bolsa de lã cinza de tamanho generoso do bolso e a entregou a mim. "Custou três dracmas."

Enquanto Lavi se acomodava de pernas cruzadas no chão, servi-lhe um copo de vinho tebano. Yalta fechou o códice, marcando onde estava com uma tira de couro. A lamparina tremeluziu e estalou.

"Tem notícias?", perguntei.

Ele desviou o rosto, ainda que o capuz já cobrisse seus olhos. "Quando cheguei à enseada, percorri o ancoradouro de um lado a outro. Havia barcos de Antiopia e Roma, mas nenhum de Cesareia. Identifiquei três barcos se aproximando, além do farol, um com a carmim na vela, então aguardei. Como pensara, tratava-se do barco de carga romano vindo de Cesareia. Trazia alguns judeus, que retornavam da peregrinação do Pessach a Jerusalém, mas nenhum quis falar comigo. Um soldado romano me perseguiu..."

"*Lavi*", interrompi. "O que foi que descobriu?"

Ele olhou para as pernas e prosseguiu. "Um dos homens a bordo não parecia tão rico quanto os outros. Eu o segui. Quando estávamos a uma distância segura das docas, ofereci a ele as outras duas dracmas em troca de notícias. Ele ficou feliz em aceitar."

"E esse homem tinha notícias de Antipas?", perguntei.

"O tetrarca está vivo... e tornou-se pior em muitos aspectos."

Suspirei, mas aquilo não era inesperado. Peguei a jarra de vinho e enchi o copo de Lavi.

"Há mais", ele disse. "O profeta que Judas e seu marido seguiam... aquele que Antipas prendeu..."

"Sim. João, o imersor. O que tem ele?"

"Antipas o executou. Cortou sua cabeça fora."

As palavras entraram em meus ouvidos e ficaram ali, como poças de absurdos. Por um minuto, não me movi nem falei. Ouvi Yalta conversando comigo, mas estava muito distante, de pé no Jordão, com as mãos de João me imergindo. A luz chegando ao fundo do rio. O chão de seixos. O silêncio boiando. A voz abafada de João dizendo: *ascenda para uma vida nova*.

Decapitado. Olhei para Lavi, com uma agitação doentia dentro de mim. "O serviçal com quem falou... ele estava certo disso?"

"Ele disse que o país inteiro fala da morte do profeta."

Algumas verdades pareciam insolúveis, pedras que não podiam ser engolidas.

"Dizem que a esposa de Antipas, Herodíade, esteve por trás disso", Lavi acrescentou. "Sua filha fez uma dança que agradou tanto Antipas que ele prometeu lhe dar o que quisesse. Incitada pela mãe, ela pediu a cabeça de João."

Cobri a boca com a mão. A recompensa por uma bela dança: a cabeça de um homem.

Lavi me observou, com a expressão séria. Ele disse: "O homem também falou de outro profeta que percorre a Galileia com suas pregações".

Senti o coração subir à garganta.

"Ele próprio ouviu o profeta pregar para uma grande multidão em uma colina próxima a Cafarnaum. Contou-me isso com admiração. Falou que o profeta criticou a hipocrisia e proclamou que era mais fácil um camelo passar pelo buraco de uma agulha que um homem rico entrar no reino de Deus. Ele abençoou os pobres, os humildes, os proscritos e os misericordiosos. Pregou o amor, dizendo que se um soldado o forçar a caminhar uma milha com ele, deve caminhar duas; que se lhe atingem uma face, deve oferecer a outra. O homem disse que o profeta tem mais seguidores que o imersor e que as pessoas falam dele como um Messias. Como rei dos judeus." Depois daquilo, Lavi ficou quieto.

Eu também fiquei. A porta de madeira que dava para o pátio estava bem aberta para a noite egípcia. Fiquei ouvindo o vento sacudir as folhas das palmeiras. O mundo sombrio caindo.

VII

Quando Yalta abriu o véu que envolvia minha cama, fechei os olhos, fingindo dormir. Já passava da meia-noite.

"Sei que está acordada, Ana. Conversaremos agora." Ela carregava uma vela de cera de abelha, e a luz tremulava sob seu queixo e sobre suas maçãs do rosto pronunciadas. Ela deixou o suporte da vela no chão, e a doçura asfixiante da cera preencheu minhas narinas. Yalta se espremeu ao meu lado, sobre os travesseiros, e me virei de costas para ela.

Desde as notícias que Lavi trouxera sete dias antes, eu fora incapaz de falar sobre a morte terrível de João ou o medo de que meu marido tivesse o mesmo destino. Não conseguia comer. Dormia pouco e, quando o fazia, sonhava com messias mortos e fios rompidos. Jesus na colina, semeando sua revolução — era uma coisa boa, e eu não podia evitar sentir orgulho por ele. O propósito que queimava dentro dele havia tanto tempo finalmente se realizara; no entanto, um temor profundo e imutável me inundava.

A princípio, Yalta me deixou em meu silêncio, acreditando que eu precisava de um tempo sozinha, mas agora ali estava ela, com a cabeça no meu travesseiro.

"Evitar um medo só o encoraja", ela disse.

Eu não disse nada.

"Tudo ficará bem, menina."

Aquilo fez com que eu me levantasse. "Ficará? Você não tem como saber! Como poderia saber disso?"

"Ah, Ana, *Ana*. Quando lhe digo que tudo ficará bem, não quero dizer que a vida não trará tragédias. A vida será a vida. Só quero dizer que você ficará bem apesar disso. Tudo ficará bem, *não importa o que aconteça*."

"Não posso imaginar que tudo ficará *bem* se Antipas matar meu marido como fez com João."

"Se Antipas o matar, você ficará devastada e será tomada pelo luto, mas há um lugar inviolável dentro de você. Sua parte mais segura, um pedaço de Sofia em seu interior. Vai encontrar seu caminho para lá quando precisar. E então saberá do que falo."

Deitei a cabeça em seu braço, vigoroso e duro como ela mesma. Não conseguia compreender o que dizia. Caí no sono sem sonhos, uma ladeira sem fim, e quando despertei minha tia continuava ali.

Enquanto fazíamos o desjejum na manhã seguinte, Yalta disse: "Precisamos falar sobre seu plano de voltar à Galileia". Ela mergulhou o pão no mel e o levou à boca, derramando o néctar no queixo, e senti meu apetite voltar. Rasguei um pedaço do filão.

Minha tia prosseguiu: "Você teme pela segurança de Jesus. Eu temo pela sua".

Uma lousa de claridade se formou no chão ao nosso lado. Olhei para ela, desejando que rabiscos mágicos aparecessem para me dizer o que fazer. Voltar era perigoso, talvez tanto quando na época em que havíamos fugido, mas minha necessidade de ver Jesus se tornara urgente e intransponível.

"Se há uma chance de que Jesus esteja em perigo", eu disse, "quero vê-lo antes que seja tarde demais."

Minha tia se inclinou para a frente, e seus olhos se abrandaram. "Se voltar para ele agora, temo que Antipas se sinta ainda mais tentado a derrubar Jesus também."

Eu não havia considerado aquilo. "Acha que minha presença o deixaria em perigo ainda maior?"

Ela não me respondeu, só me olhou e levantou as sobrancelhas. "Você não acha?"

VIII

Eu não havia aparecido no scriptorium a semana toda, mas fui para lá aquela manhã, resolvida a permanecer em Alexandria por ora. Sentei no banquinho à minha mesa, que notei que tinha sido limpo — a madeira amarelada brilhava, cheirando a óleo cítrico.

"Sua falta foi sentida", Tadeu comentou do outro lado da sala.

Sorri para ele e comecei a trabalhar, copiando o pedido de uma mulher por redução dos impostos sobre seu estoque de grãos, citando que sua cultura não tinha podido se beneficiar da irrigação das enchentes do ano — uma solicitação muito pouco convincente. Fiquei feliz, no entanto, de dar à minha mente algo com que se ocupar além de minhas próprias preocupações e, conforme a manhã passava, perdi-me no movimento rítmico e distraído da minha mão, que formava letras e palavras.

Tadeu permaneceu acordado, talvez revigorado com meu retorno. Perto do meio do dia, ao me pegar olhando para ele por cima do ombro, o escriba disse: "Posso perguntar, Ana, o que é que você e sua tia estavam procurando nos rolos de pergaminho?".

Olhei para ele, em silêncio. Um calor subiu pelo meu corpo. "O senhor sabia?"

"Desfrutei do sono e agradeço a você por isso, mas eu acordava de vez em quando, mesmo que não totalmente."

Quanto ele havia visto de fato? Passou pela minha mente dizer que Yalta precisava de tarefas para preencher o tempo, então me ajudava com meu trabalho, e nada mais, só que as palavras chegaram ao precipício de minha língua e empacaram. Eu não queria mais mentir para ele.

"Peguei a chave que destranca o armário", eu disse. "Lemos os rolos de pergaminho que havia dentro na esperança de encontrar algum registro da filha de Yalta."

Ele coçou o queixo, e por um momento terrível pensei que iria direto para Aram. Pus-me de pé e me forcei a falar com calma. "Sinto muito por tê-lo enganado. Não queria envolvê-lo no que estávamos fazendo, para o caso de sermos descobertas. Se puder me perdoar, por favor..."

"Não há problema, Ana. Não guardo nenhum rancor de você ou da sua tia."

Senti meu corpo relaxar um pouco. "Não contará a Aram?"

"De modo algum. Ele não é um amigo. Paga-me pouco e reclama do meu trabalho, que me parece tão tedioso que tiro alguns cochilos para fugir dele. Sua presença, no entanto, trouxe certo... ânimo." Ele sorriu. "Agora, quais registros estava procurando?"

"Qualquer coisa que possa indicar onde a filha de Yalta está. Aram a deu para adoção."

Nem Tadeu nem nenhum dos criados trabalhavam para Aram naquela época — Yalta tomara o cuidado de perguntar a respeito quando chegáramos. Perguntei se ele tinha ouvido os rumores sobre minha tia.

Tadeu assentiu. "Dizem que ela envenenou o marido e que Aram a mandou aos terapeutas para que não fosse presa."

"Ela não envenenou ninguém", afirmei, indignada.

"Qual é o nome da filha dela?", Tadeu perguntou.

"Chaya", eu disse. "Ela tinha dois anos da última vez que minha tia a viu."

Ele apertou os olhos enquanto batia os dedos contra a têmpora, como se para decampar alguma lembrança. "Esse nome", Tadeu murmurou, mais para si mesmo que para mim. "Sei que o vi escrito em algum lugar."

Meus olhos se arregalaram. Seria demais pensar que saberia algo a respeito? Tadeu presidira o scriptorium e seus conteúdos por nove anos. Sabia mais sobre os negócios de Aram que qualquer outra pessoa. Eu queria ir até ele e bater com os dedos do outro lado de sua cabeça, mas permaneci à espera.

Tadeu se levantou e traçou um círculo pela sala. Tinha começado uma segunda volta quando parou. "Ah", disse. Uma expressão passou por seu rosto. Consternada, pareceu-me. "Venha comigo."

Entramos no gabinete de Aram, onde Tadeu pegou uma discreta caixa de madeira com tranca, que ficava em uma prateleira baixa. Pintada na tampa, havia uma imagem da deusa Néftis, guardiã dos mortos, com asas de falcão, detalhe que Tadeu gentilmente me explicou. Ele tirou uma chave de um pino debaixo da mesa de Aram e a enfiou no buraco da fechadura, depois abriu a tampa e revelou um amontoado de rolos de pergaminho, talvez dez ou doze. "É aqui que Aram esconde os documentos que deseja manter em segredo." Ele remexeu nos rolos. "Pouco depois que comecei a trabalhar para Aram, ele me mandou fazer cópias dos rolos nesta caixa. Se me recordo bem, há um aviso de falecimento de uma menina chamada Chaya aqui. É um nome incomum, por isso o gravei."

Todo o sangue deixou minha cabeça. "Ela está morta?"

Afundei-me na cadeira grandiosa de Aram, inspirando devagar enquanto Tadeu abria o papiro na mesa à minha frente.

> *Ao escriba real da metrópole, de Aram, filho de Filipe Levias, do conselho judaico*
>
> *Atesto que Chaya, filha de minha irmã, Yalta, morreu no mês do epip do 32º ano do imperador Augusto César. Como seu guardião e parente, peço que seu nome seja incluído entre aqueles que morreram. Ela não foi negligente no pagamento de impostos, uma vez que no momento de sua morte tinha dois anos de idade.*

Li o bilhete duas vezes, então o devolvi a Tadeu, que o examinou rapidamente. Ele disse: "As leis não exigem notificação do falecimento de crianças, apenas de homens adultos, sujeitos a impostos. Às vezes isso é feito, mas é raro. Lembro-me de ter pensado que era um pouco estranho".

Chaya está morta. Tentei me imaginar diante de Yalta, dizendo aquelas palavras, mas nem na minha imaginação conseguia fazê-lo.

Ele voltou a guardar o rolo de pergaminho e trancou a caixa. "Sinto muito, mas é melhor saber a verdade."

Eu estava tão chocada, tão sufocada pelo medo de precisar transmitir aquela notícia terrível que não tinha certeza de que era melhor saber. Naquele momento, preferi continuar vivendo na incerteza, imaginando que Chaya estava viva em algum lugar.

Encontrei Yalta caminhando no jardim. Fiquei observando-a da porta por um tempo, então fui em sua direção, tentando manter a calma.

Sentamo-nos na beira da lagoa, e contei-lhe sobre a notificação de falecimento. Minha tia olhou para o céu, onde não havia nenhum pássaro, nenhuma nuvem, e desceu o queixo até o peito enquanto um soluço escapava de seus lábios. Abracei seus ombros caídos e ficamos assim por um longo tempo, quietas e entorpecidas, ouvindo o jardim. Pássaros piando, lagartos se movendo e o vento oeste nas palmeiras.

IX

Passaram-se dias com Yalta sentada, olhando para o jardim através da porta aberta da nossa sala. Acordei uma noite para dar uma olhada nela e a encontrei ali, mirando a escuridão. Não a perturbei. Sofria à sua maneira.

Voltei para a cama, e o sono veio trazendo um sonho consigo.

Um forte vento se levanta. O ar se enche de rolos de pergaminho. Eles voam à minha volta como pássaros brancos e marrons. Ao erguer os olhos, vejo a deusa-falcão Néftis atravessar o céu.

Acordei com o sonho ainda no meu corpo, enchendo-me de leveza, e o que veio à minha mente foi a caixa de madeira na qual Aram guardava seus documentos secretos. Era como se em meu sonho Néftis tivesse escapado de seu confinamento na tampa, como se a caixa tivesse sido aberta e todos os rolos de pergaminho tivessem sido libertados.

Fiquei deitada, imóvel, tentando me lembrar de tudo do momento em que Tadeu me mostrou a caixa — a chave, o ranger da tampa quando a ergueu, a variedade de rolos de pergaminho dentro dela, as duas leituras que fiz do aviso de morte. Então, em minha mente, ouvi Tadeu dizer: *As leis não exigem notificação do falecimento de crianças, apenas de homens adultos, sujeitos a impostos. Às vezes isso é feito, mas é raro. Lembro-me de ter pensado que era um pouco estranho.*

O comentário me parecera irrelevante na hora, mas agora eu me perguntava por que meu tio fizera questão de declarar Chaya morta sem que houvesse necessidade. Por que havia sido tão importante deixar aquilo registrado? Algo mais me veio à mente: ela tinha apenas dois anos quando morrera. Não era estranho que sua vida tivesse chegado ao fim logo depois que Yalta fora mandada embora?

Levantei-me de um salto.

Estava esperando no scriptorium quando Tadeu chegou. "Preciso olhar mais uma vez o conteúdo da caixa trancada no gabinete de Aram", eu disse a ele.

Tadeu balançou a cabeça. "Já viu o aviso de morte. O que mais há para ver?"

Eu sabia que não adiantaria contar a ele sobre o sonho e minha sensação de que havia algo de estranho naquela história. Então disse apenas: "Meu tio já partiu para conduzir seus negócios na cidade. Estaremos em segurança".

"Não é com Aram que me preocupo, mas com seu criado pessoal, aquele de cabelos bem curtos." Eu sabia de quem Tadeu falava. Diziam que ele rastejava diante de Aram e fazia qualquer coisa para cair em suas graças, inclusive bisbilhotar para ele.

"Seremos rápidos", prometi, com um olhar de súplica.

Tadeu suspirou e me conduziu ao gabinete de meu tio. Contei nove rolos de pergaminho dentro da caixa. Abri um e li um duro repúdio à segunda esposa de Aram, por ter ignorado seu juramento de fidelidade. O segundo pergaminho consistia em um acordo de divórcio.

Tadeu me observava, mas seus olhos sempre retornavam à porta. "Não sei o que está procurando, mas seria prudente ler mais depressa."

Nem eu sabia o que estava procurando. Abri um terceiro rolo de pergaminho, ancorando-o à mesa.

> *Choiak, filho de Dios e tratador de camelos do vilarejo de Soknopaiou, tendo sua esposa morrido e o deixado na labuta e no sofrimento, entrega sua filha de dois anos, Diodora, a um sacerdote do templo de Ísis pela soma de 1400 dracmas de prata.*

Parei de ler. Minha mente começou a girar.

"Encontrou alguma coisa?", ele perguntou.

"Uma menção a uma menina de dois anos." Tadeu começou a fazer outra pergunta, mas eu levantei a mão, sinalizando para que esperasse que eu terminasse de ler.

> *O comprador, a quem é concedido anonimato em virtude de sua posição como representante da deusa do Egito, recebe Diodora como sua propriedade legal e a partir deste dia apoderar-se-á, dominará e terá o direito de posse da menina. Doravante, Choiak abre mão de recuperar a filha e, através deste acordo de venda, escrito em duas vias, consente e reconhece o pagamento.*
>
> *Assinado em nome de Choiak, que não conhece as letras, por Aram, filho de Filipe Levias, neste dia do mês do epip, no 32º ano do reinado do ilustre imperador Augusto César.*

Levantei a cabeça. O calor passou do meu pescoço para o meu rosto, em espanto. "*Sofia*", sussurrei.

"O que foi? O que diz?"

"A menina de dois anos pertencia a um homem chamado Choiak, pai destituído cuja mulher morreu. Ele vendeu a filha para um sacerdote." Voltei a olhar para o documento. "O nome da menina era Diodora."

Revirei a caixa em busca do certificado de morte de Chaya e posicionei os dois documentos lado a lado. Chaya, de dois anos. Diodora, de dois anos. Chaya morreu e Diodora foi vendida no mesmo mês do mesmo ano.

Eu não sabia se Tadeu havia chegado à mesma conclusão que eu. E não tinha tempo de perguntar.

X

Encontrei Yalta tirando uma soneca ruidosa na cadeira ao lado da porta do pátio, com a boca aberta e as mãos cruzadas acima do peito. Ajoelhei-me diante dela e chamei seu nome suavemente. Quando minha tia não acordou, sacudi seu joelho.

Ela abriu os olhos, franzindo a testa. "Por que me acordou?", perguntou, parecendo irritada.

"Tia, tenho boas notícias. Encontrei um documento que talvez nos dê motivo para esperar que Chaya não tenha morrido."

Ela se endireitou na cadeira. Seus olhos de repente brilhavam, agitados. "Do que está falando, Ana?"

Por favor, que eu não esteja enganada.

Contei a Yalta sobre meu sonho e as perguntas que levantara, fazendo-me retornar ao gabinete de Aram e reabrir a caixa. Conforme descrevia o documento que havia encontrado dentro dela, minha tia me olhava, confusa.

Eu disse: "A menina que foi vendida tinha o nome de Diodora. Mas não acha peculiar que Chaya e ela tivessem a mesma idade? Que uma tenha morrido e a outra tenha sido vendida no mesmo mês e no mesmo ano?".

Minha tia fechou os olhos. "Era a mesma menina."

A certeza em sua voz me assustou. Também me impeliu e motivou. "Pense só", eu disse. "E se não foi um pobre tratador de camelos quem vendeu a menina de dois anos a um sacerdote, e sim o próprio Aram?"

Ela me olhou com um assombro triste e pasmo.

"Depois", continuei, "Aram escondeu o que havia feito com o aviso da morte de Chaya. Parece-lhe possível? Quer dizer, acha que seu irmão seria capaz disso?"

"Acho que ele seria capaz de qualquer coisa. E teria bons motivos para esconder seu ato. As sinagogas condenam a venda de crianças judias para serem escravizadas. Aram seria expulso do conselho se isso fosse descoberto. Poderia ser inclusive expulso da comunidade."

"Aram queria que as pessoas acreditassem que Chaya estava morta, no entanto, disse a você que ela foi adotada. Por que será? Acha que queria que você fosse embora de Alexandria acreditando que ela era amada e bem-cuidada? Talvez haja uma gota de bondade em algum lugar dele."

A risada de minha tia saiu amarga. "Aram sabia como eu ficaria angustiada de ter uma filha no mundo que estava perdida para mim. Sabia que ia me assombrar todos os dias. Nunca me reconciliei com o fato de ter perdido Chaya. Um momento, ela parece ao meu alcance, e no outro caiu em um abismo que nunca poderei encontrar. Aram deve ter ficado satisfeito em aplicar esse tipo muito especial de tortura em mim."

Yalta se recostou na cadeira, e eu observei sua raiva arrefecer e seus olhos se suavizarem. Ela soltou o ar audivelmente. "O documento continha o nome do sacerdote que comprou a menina ou o templo a que servia?", minha tia perguntou.

"Não mencionava nenhuma dessas coisas."

"Então Chaya pode estar em qualquer lugar do Egito. Aqui em Alexandria ou tão longe quanto Filas."

Encontrá-la de repente parecia impossível. Eu podia ver no rosto decepcionado de minha tia que ela concordava comigo.

Yalta disse: "Basta saber que Chaya está viva".

Mas é claro que não bastava.

XI

Uma manhã, pouco depois que eu havia chegado ao scriptorium, o criado de meu tio apareceu à porta. Ele fez uma leve reverência na minha direção. "Aram deseja vê-la em seu gabinete."

Nos muitos meses que eu passara ali, nunca fora requisitada por Aram. Na verdade, raramente o via, tendo passado por ele menos de duas dúzias de vezes em meu trajeto do scriptorium aos aposentos dos hóspedes. Era a Apião que eu pagava o exigido para morarmos ali.

É curioso como a mente de início se concentra no pior cenário. Pensei imediatamente que Aram tinha descoberto que eu andara bisbilhotando o armário trancado e sua caixa de segredos. Girando no banquinho, olhei para Tadeu, que pareceu tão surpreso e desconcertado quanto eu. "Devo ir junto?", ele perguntou.

"Aram convocou apenas a mulher", o criado disse, impaciente.

Meu tio estava sentado em seu gabinete, com os cotovelos apoiados na mesa, uma mão fechada sobre a outra cerrada em punho. Ele olhou para mim, depois sua atenção retornou para um conjunto de rolos de pergaminho, cálamos e frascos de tinta espalhados à sua volta, fazendo-me esperar. Eu não achava que seu criado tinha visto minhas intrusões, mas não havia como garantir. Plantei os pés no chão.

Minutos se passaram. "Tadeu me disse que seu trabalho tem sido satisfatório", ele falou. Finalmente. "Assim, decidi extinguir a necessidade de pagamento de aluguel. A partir de agora, podem permanecer como convidadas, em vez de pensionistas."

Convidadas. Prisioneiras. Não havia muita diferença.

"Agradeço, tio." Tentei sorrir para ele. Ajudou-me imensamente o fato de que ele tinha uma mancha de tinta na lateral do nariz, provavelmente consequência de ter tocado aquele ponto com o dedo sujo.

Aram pigarreou. "Partirei amanhã para inspecionar minhas culturas de papiro e oficinas. Viajarei a Terenoutis, Letópole e Mênfis, de modo que ficarei longe por quatro semanas."

Tínhamos ficado presas naquela casa por quase um ano e meio, mas ali estava *a doce liberdade*. Fiz tudo o que podia para não começar a cantar e dançar.

"Chamei-a aqui", meu tio continuou, "para avisá-la pessoalmente de que minha ausência não altera em nada nosso acordo. Se você ou minha irmã deixarem esta casa, perderão o direito de se hospedar aqui, e não terei escolha a não ser renovar a acusação de assassinato contra ela. Instruí Apião a vigiá-las. Ele relatará todos os seus movimentos a mim."

A doce, doce, doce liberdade.

* * *

Não encontrei Yalta em nossos aposentos, então me apressei até a ala dos criados, para onde ela às vezes se retirava. Encontrei-a com Panfile e Lavi, debruçada sobre um jogo de senet, movendo o peão de ébano pelo tabuleiro, tentando ser a primeira jogadora a passar para a vida após a morte. O jogo tinha se tornado um bálsamo, uma maneira de se distrair, mas a decepção com a possibilidade de encontrar Chaya ainda pairava sobre minha tia como uma nuvem que eu quase podia ver.

"Argh!", minha tia gritou, caindo em uma casa que simbolizava má sorte.

"Não tenho nenhuma pressa de que atinja a vida após a morte", eu disse, e os três me olharam, surpresos em me encontrar ali.

Minha tia sorriu. "Nem mesmo a vida após a morte torpe deste jogo de tabuleiro?"

"Nem mesmo essa." Coloquei-me ao lado dela e sussurrei: "Tenho boas notícias".

Ela derrubou o peão de lado. "Como Ana pediu que eu não visite a vida após a morte hoje, devo me retirar do jogo."

Eu a guiei até um lugar mais privado, perto da porta da cozinha, e contei o que havia se passado.

Os cantos de sua boca se retorceram. "Andei pensando. Uma pessoa teria ficado sabendo do engodo de Aram: Apolônio, pai de Apião. Ele era o tesoureiro de meu irmão antes do filho, mas também era seu confidente, executor de seus comandos. Provavelmente teria sido envolvido na questão."

"Então iremos até ele."

"Apolônio deve estar velho", ela disse. "Se é que continua vivo."

"Acha que ele nos ajudaria?"

"Sempre foi bondoso comigo."

"Falarei com Apião no momento certo", eu disse a ela, então observei minha tia inclinar a cabeça para trás e beber a vastidão do céu.

XII

Apião estava na saleta que ele chamava de tesouraria, escrevendo números em um pedaço de pergaminho revestido. Ergueu os olhos quando me aproximei. "Se trouxe o dinheiro para pagar o aluguel, Aram extinguiu essa exigência."

"Sim, ele me contou pessoalmente. Vim aqui cobrar o favor que me deve." Tentei parecer modesta, ser o tipo de pessoa cordial a quem se deseja conceder favores.

Ele suspirou audivelmente e baixou o cálamo.

"É do meu entendimento que meu tio colocou a mim e Yalta sob seu olhar vigilante enquanto se ausenta. Gostaria de pedir respeitosamente que abandone essa tarefa onerosa e deixe-nos por nossa própria conta."

"Se planeja se aventurar fora de casa, contrariando os desejos de Aram, e espera que eu não diga a ele, está muito equivocada. Eu colocaria minha própria posição em risco."

"Imagino que aceitar suborno e esconder o fato também a coloca em risco", eu disse.

Ele se levantou na hora. O óleo fazia seus cachos escuros brilharem. Senti o aroma de mirra. "Está me ameaçando?"

"Só peço que faça vista grossa enquanto Aram estiver fora. Faz mais de um ano que minha tia e eu vivemos aqui e não vimos nada da grande Alexandria. Algumas poucas excursões são pedir muito? Não desejo revelar a Aram o suborno que recebeu de mim, mas farei isso."

Ele me avaliou, parecendo pesar minha ameaça. Eu mesma duvidava que seguiria em frente com ela, mas Apião não sabia daquilo. Sustentei seu olhar. Ele disse: "Ignorarei o ir e vir de vocês, mas, uma vez que Aram tenha retornado, minha dívida estará paga. Deve me dar sua palavra de que não me extorquirá mais".

"Extorquir é uma palavra dura", eu disse.

"Mas é a correta. Agora jure para mim que quando seu tio retornar será o fim disso."

"Eu juro."

Ele voltou a se sentar, dispensando-me com um movimento de punho. Eu disse: "Preciso perguntar: seu pai ainda está vivo?".

Ele ergueu os olhos. "Meu pai? Por que isso interessa a você?"

"Talvez se lembre de que quando nos conhecemos em Séforis..."

Ele me interrompeu, contraindo os lábios: "Quando você me disse que estava *esperando um filho*?".

Precisei de um momento para compreendê-lo. Havia me esquecido da mentira que lhe contara, embora ele claramente ainda a recordasse. Quando eu fingira que estava grávida para obter dele o que precisava, não sabia que viajaria para Alexandria nem que os meses acabariam por revelar minha mentira. Senti o calor da vergonha nas minhas bochechas.

"Vai mentir novamente e me dizer que perdeu a criança?"

"Não, confesso que menti. Não farei isso de novo. Sinto muito."

Eu de fato sentia muito, no entanto, minha mentira havia nos ajudado a conseguir as passagens para Alexandria. E minha extorsão, como ele insistia em chamá-la, agora nos oferecia a liberdade de perambular pela cidade. Sim, eu sentia muito, mas, não, eu não me arrependia.

Ele assentiu, e seus ombros relaxaram. Minhas palavras pareceram apaziguá-lo.

Recomecei. "Como eu ia dizendo... quando nos conhecemos, mencionei que minha tia conhecia seu pai. Ela gostava muito dele e me pediu para perguntar sobre sua saúde."

"Diga a ela que ele está bem o bastante, embora tenha se tornado corpulento na idade avançada. Sua dieta é baseada em cerveja, vinho, pão e mel."

Apolônio está vivo. "Se por acaso Yalta desejasse vê-lo, como o encontraria?"

"Não pretendo lhe dar outro motivo para se afastar desta casa, mas parece que já planeja fazê-lo. Meu pai pode ser encontrado na biblioteca, aonde vai todos os dias para se juntar ao enclave de homens que se sentam sob as colunatas e debatem exatamente quão distante Deus está do mundo — mil esquenos ou sete vezes mil."

"Eles acham que Deus está longe?"

"São platônicos, estoicos e seguidores do filósofo judeu Fílon. Não sei o que pensam."

Daquela vez, quando ele fez um movimento de pulso, fui embora.

XIII

Avancei ao longo da Via Canópica como uma flecha deixando o arco, voando à frente de Yalta e Lavi, até que tive de parar para que os dois me acompanhassem.

No meio da rua, tanques estreitos de água cascateavam um no outro até onde a vista alcançava, e centenas de vasos de cobre cheios de gravetos se alinhavam dos dois lados, aguardando que os acendessem à noite, para que o fogo iluminasse a via. As mulheres vestiam túnicas azuis, pretas ou brancas presas abaixo dos seios com fitas coloridas, o que me deixava muito consciente de meu vestido simples de Nazaré, de linho insípido sem tingimento. Conforme elas passavam, avaliei seus braceletes de prata de serpentes retorcidas, seus brincos de argola com pingente de pérola, seus olhos delineados em verde e preto, seus cabelos pretos em um nó no alto da cabeça, com uma fileira de cachos cobrindo a testa. Coloquei minha trança comprida sobre o ombro e me segurei a ela como se fosse a ponta de uma corda.

Quando nos aproximamos do bairro real, avistei meu primeiro obelisco — uma estrutura alta e estreita que apontava para o céu. Inclinei a cabeça para trás e o avaliei.

"É um monumento a uma parte muito particular do corpo masculino", Yalta disse, perfeitamente séria.

Voltei a olhar para o obelisco, então ouvi Lavi rir, e depois Yalta. Eu não disse nada, mas facilmente acreditaria em sua brincadeira.

"São mais úteis para marcar as horas", ela disse, inspecionando a comprida sombra preta que o obelisco lançava. "Passa das duas. Já nos demoramos muito."

Saíramos ao meio-dia, partindo discretamente dos aposentos dos criados quando não havia ninguém por perto. Lavi insistiu em nos acompanhar. Ciente de nossa missão, ele carregava uma bolsa contendo o restante do nosso dinheiro caso fosse necessário subornar Apolônio. Lavi implorara constantemente para diminuir o ritmo e uma vez nos conduziu para o outro lado da rua quando uma legação de homens romanos de aparência oficial se aproximou. Olhei para ele agora, pensando em sua relação com Panfile — os dois não pareciam mais próximos de realizar seu sonho de se casar do que quando ele me contara a respeito.

Na entrada do complexo da biblioteca, parei e dei um suspiro reverente, enquanto as palmas de minhas mãos se uniam sob o queixo. Diante de mim, duas colunatas se estendiam de cada lado do vasto pátio que levava a uma magnífica construção de mármore branco.

Quando reencontrei minha voz, eu disse: "Não posso procurar Apolônio antes de ver a biblioteca por dentro". Eu sabia que ali havia dez salões contendo o meio milhão de textos que Yalta mencionara. Meu coração batia acelerado.

Minha tia enlaçou meu braço. "Nem eu."

Atravessamos o pátio, cheio de pessoas que eu imaginava serem filósofos, astrônomos, historiadores, matemáticos, poetas e todo tipo de estudioso, embora provavelmente fossem apenas cidadãos comuns. Ao chegar aos degraus de acesso, li a inscrição em grego sobre as portas — "Um santuário de cura" —, então os subi, dois por vez.

Lá dentro, foi primeiro a obscuridade que atingiu meus olhos, depois a luz de lamparinas. Um momento depois, as paredes ganharam vida com pinturas em tons fortes de homens com cabeça de íbis e mulheres com cabeça de leão. Movemo-nos ao longo de um corredor deslumbrante coberto de deuses e deusas, discos solares e olhos da providência. Havia barcos, pássaros, bigas, harpas, arados e asas com as cores do arco-íris — milhares de hieróglifos. Tive a sensação de flutuar em um mundo célebre.

Quando chegamos ao primeiro salão, mal consegui absorver o cômodo enorme, com cubículos chegando até o teto, cada um identificado e repleto de rolos de pergaminho e códices em encadernação de couro. A exaltação de Enheduana a Inana provavelmente estava ali, assim como pelo menos alguns trabalhos de filósofas gregas. Parecia absurdo pensar que meus próprios escritos um dia poderiam ser guardados ali também, mas me permiti imaginar aquilo.

Conforme seguíamos de um salão a outro, notei os jovens em túnicas brancas curtas por ali, alguns carregando braçadas de papiros, outros em escadas, dispondo os rolos em cubículos ou espanando-os com tufos de penas. Notei que Lavi os observava com atenção.

"Você está muito quieta", Yalta disse, colocando-se ao meu lado. "A biblioteca é tudo o que esperava?"

"É um santíssimo lugar", eu disse. E era mesmo, mas eu podia sentir um pequeno caroço de mágoa escondido sob meu deslumbre. Havia meio milhão de rolos de pergaminho e códices entre aquelas paredes — com exceção de um punhado —, todos escritos por homens. O mundo conhecido havia sido escrito por eles.

A pedido de Yalta, retornamos para procurar Apolônio e os homens que debatiam a distância de Deus. Nós os encontramos sentados sob uma das colunatas, como Apião previra.

"Ele é o mais largo, com roxo na túnica", Yalta disse, parando em um nicho para observá-lo.

"Como faremos para afastá-lo dos outros?", perguntei. "Terá coragem de interrompê-lo?" Naquele momento, o homem debatia ardentemente alguma questão.

"Vamos seguir os três pela colunata e, quando chegarmos perto dele, direi: 'Apolônio, é você! Que surpresa encontrá-lo!'. Ele não terá escolha a não ser se afastar para falar conosco."

Olhei-a com aprovação. "E se ele contar a Aram sobre nosso encontro?"

"Não acho que fará isso, mas não temos escolha. Ele é nossa única opção."

Fizemos como Yalta sugeriu, e Apolônio, embora ignorasse nossa identidade, deixou o banco e veio nos cumprimentar. "Não reconhece uma velha amiga?", minha tia perguntou. "Sou Yalta, irmã de Aram."

Rapidamente passou por seu rosto uma expressão de dor, à qual se seguiu uma torrente de prazer. "Ah, sim, agora vejo. Retornou da Galileia!"

"E trouxe comigo minha sobrinha Ana, filha do meu irmão mais novo." Ele passou os olhos por mim, depois por Lavi, esperando que ela o apresentasse também.

O velho tesoureiro sorriu para nós abundantemente. Sua barriga era tão rotunda que ele era forçado a se inclinar para trás como contrapeso. Ele exalava cheiro de óleo de canela. "Você vive com Aram?", ele perguntou a minha tia.

"Não tínhamos mais aonde ir", Yalta disse. "Estamos com ele há mais de um ano, e esta é a primeira vez que deixamos a casa, uma liberdade de que só podemos desfrutar porque meu irmão não está na cidade. Ele nos proíbe de sair." Ela fingiu uma expressão angustiada, ou talvez fosse real. "Posso confiar que não contará que escapamos?"

"Não, não, é claro que não. Ele foi meu empregador, mas nunca meu amigo. Parece-me notável que isole vocês da cidade."

"Faz isso para me impedir de perguntar a respeito de minha filha, Chaya."

Ele desviou os olhos dela para as nuvens no céu, franzindo a testa, então endireitou a coluna, com as mãos atrás das costas. Sabia de algo.

"Não posso ficar muito tempo de pé", Apolônio disse.

Abrimos caminho até um par de bancos próximo a seus companheiros, e o velho grunhiu pesadamente ao se sentar. "Retornou para procurar sua filha?"

"Estou ficando velha, Apolônio. Desejo vê-la antes de morrer. Aram não revela nada sobre seu paradeiro. Se estiver viva, é uma mulher de vinte e cinco anos agora."

"Posso ser capaz de ajudá-la, mas primeiro preciso da sua palavra e da palavra de sua sobrinha e de seu amigo que não vão revelar como ficaram sabendo o que estou prestes a lhe contar. Especialmente a Aram."

Nós lhe garantimos de imediato. De repente, o homem pareceu pálido e sem ar, com suor e óleo se acumulando nas dobras do pescoço. Ele disse: "Muitas vezes desejei poder tirar esse fardo de meus ombros antes de morrer". Apolônio balançou a cabeça e fez uma pausa longa demais antes de prosseguir. "Aram a vendeu a um sacerdote que servia no templo de Ísis Médica, aqui em Alexandria. Eu mesmo registrei a transação."

Tendo confessado aquilo, ele se afundou no banco, parecendo exausto, e descansou a cabeça sobre a grande esfera que era seu corpo. Esperamos.

"Desejei reparar-lhe de alguma maneira por minha participação nisso", Apolônio disse, incapaz de encarar Yalta. "Fiz como Aram pediu, mas me arrependi."

"Sabe o nome do sacerdote ou onde Chaya pode estar agora?", Yalta perguntou.

"Fiz questão de saber. Por todos esses anos, mantive os olhos nela à distância. O sacerdote morreu há alguns anos, mas a libertou antes disso. Chaya foi criada como serva no recinto curativo de Ísis Médica. Ainda está lá."

"Diga-me", Yalta falou, e notei o esforço em seu rosto para se manter composta, "por que Aram escolheu vender minha filha? Ele poderia tê-la dado em adoção, como me disse ter feito."

"Quem pode decifrar o coração dele? Só sei que seu irmão queria se livrar da criança de um jeito que não deixasse rastros. Uma adoção envolveria documentos em três vias, para Aram, para os pais adotivos e para o escriba real. E os pais seriam mencionados, ao contrário do sacerdote, que pôde permanecer no anonimato."

Ele empurrou o banco para se erguer. "Quando for a Ísis Médica, pergunte por Diodora. É o único nome que Chaya conhece. Ela foi criada como egípcia, não como judia."

Quando Apolônio se virou para ir embora, perguntei: "Os homens na biblioteca que usam túnicas brancas e sobem nas escadas... quem são eles?".

"Nós os chamamos de bibliotecários. Mantêm os livros em ordem e catalogados, e os recuperam para estudiosos na universidade. Poderá vê-los correndo em alta velocidade para entregá-los. Alguns vendem cópias ao público. Outros auxiliam escribas a adquirir tinta e papiro. Alguns poucos de mais sorte são enviados em expedições a terras distantes para comprar livros."

"Lavi daria um excelente bibliotecário", eu disse, olhando para meu amigo a fim de julgar sua reação. Ele endireitou a postura. Orgulhoso, imaginei.

"É uma posição que paga bem?", Lavi perguntou.

"Bem o bastante", Apolônio disse, de repente alerta e surpreso, aparentemente com o fato de que Lavi se dirigisse ele. "Mas é uma posição difícil de conseguir. Em geral passa de pai para filho."

"Você mencionou que gostaria de me compensar por sua participação no pecado de Aram", Yalta disse. "Pode fazê-lo obtendo esse cargo para nosso amigo."

Agitado, Apolônio abriu e fechou a boca algumas vezes antes de dizer: "Não sei. Seria difícil".

"O senhor é um homem muito influente", Yalta disse. "Deve haver muita gente que lhe deve favores. Conseguir o cargo para Lavi não compensará o fato de ter vendido minha filha, mas sua dívida comigo estaria paga. O fardo de culpa que carrega agora ficará mais leve."

O velho olhou para Lavi. "Ele começaria como um aprendiz, com soldo baixo, e teria que se submeter a um treinamento rigoroso. E precisa ler grego. Ele lê?"

"Leio", Lavi afirmou. A notícia me surpreendeu. Talvez ele tivesse aprendido em Tiberíades.

"Então farei o que puder", Apolônio disse.

Quando o velho foi embora, Lavi sussurrou para mim: "Pode me ensinar a ler grego?".

XIV

Fiquei feliz por Yalta e por Lavi também — ela tinha localizado a filha e ele talvez tivesse encontrado emprego —, e a lembrança de estar na biblioteca cintilava dentro de mim, mas minha mente correu para Jesus, como acontecia quase todas as horas de todos os dias. *O que está fazendo agora, Amado?* Eu não conseguia ver nenhuma saída para nossa separação.

Atravessando a cidade no caminho de volta para a casa de Aram, deparamos com um artista pintando o rosto de uma mulher em um pedaço de madeira de tília. A mulher se sentava à frente dele em um pequeno pátio público, toda adornada. Uma pequena multidão se reunira para acompanhar. Juntamo-nos a ela, e meu estômago se revirou quando recordei as horas que passara posando para o mosaico no palácio de Antipas.

"Ela está posando para sua múmia", Yalta explicou. "Quando morrer, a imagem será colocada sobre seu rosto, dentro do caixão. Até então, ficará pendurada em sua casa. O intuito é preservar sua memória."

Eu tinha ouvido dizer que os egípcios colocavam artigos estranhos dentro dos caixões — comida, joias, armas e uma miríade de coisas que poderiam ser necessárias na outra vida —, mas aquilo era novidade para mim. Fiquei observando o artista pintar um rosto idêntico ao dela em tamanho real na madeira.

Mandei Lavi perguntar quanto custava o retrato. "O artista disse que cinquenta dracmas", ele relatou.

"Pergunte se ele concorda em pintar o meu depois."

Yalta me olhou surpresa, parecendo achar graça. "Deseja ter um retrato seu para seu caixão?"

"Não para o meu caixão. Para Jesus."
Talvez para mim também.

Naquela noite, coloquei o retrato na mesa perto da cama, apoiando-o ao lado da bacia de encantamento. O artista havia me pintado como eu estava, sem ornamentos, usando a túnica desgastada, com uma trança simples sobre o ombro e cachos de cabelo soltos sobre o rosto. Era apenas eu, Ana. Mas havia algo mais ali.

Peguei o retrato em minhas mãos, erguendo-o sob a lamparina para avaliá-lo mais de perto. A tinta brilhava à luz, e o rosto que eu via parecia ser de uma mulher recém-descoberta. Seus olhos pareciam alertas e nivelados. Seu queixo se mantinha erguido em ousadia. Havia força em sua mandíbula. Os cantos de seus lábios se levantavam.

Eu disse a mim mesma que quando retornasse a Nazaré e visse Jesus de novo faria com que fechasse os olhos, então colocaria o retrato em suas mãos. Ele ia observá-lo com admiração, e eu diria com uma seriedade fingida: *Se ameaçarem me prender de novo e eu for mandada ao Egito uma vez mais, isso garantirá que não se esqueça do meu rosto.* Então eu riria, e ele também.

XV

De pé à porta do jardim de lótus, fiquei ouvindo os rangidos e estrondos do céu noturno. O dia todo, o calor parecera um filme viscoso cobrindo o ar, mas agora, de repente, o vento se agitava e a chuva caía, agulhas negras chacoalhando as tamareiras e surrando a superfície da lagoa, depois se dissipando quase tão depressa quanto chegavam. Saí para a escuridão, onde um pássaro, uma alvéloa, cantava.

Nas três semanas anteriores, eu passara as manhãs no scriptorium ensinando Lavi a ler grego, em vez de cumprir meus deveres costumeiros. Tadeu se juntara à tutoria, insistindo que nosso aluno começasse copiando o alfabeto de novo e de novo, no verso de rolos de pergaminho antigos descartados. Eu tomava o cuidado de destruir as evidências das lições para que Aram não descobrisse ao voltar. Panfile queimou tantos alfas, betas, gamas e deltas na cozinha que eu disse a ela que nunca havia existido um forno tão estudado em todo o Egito. Na segunda semana, Lavi já havia decorado as inflexões de verbos e nomes. Na terceira, localizava verbos na frase. Muito em breve estaria lendo Homero.

Na maior parte das tardes, Yalta e eu escapávamos para a cidade, percorrendo mercados, admirando-nos com o Cesário, o ginásio e os esplendores ao longo do ancoradouro, e retornando duas vezes à biblioteca. Tínhamos visitado todos os templos a Ísis na cidade com exceção de um: o de Chaya. Repetidas vezes, perguntei a minha tia por que o evitava, e ela sempre respondia da mesma maneira: *Ainda não estou pronta*. Da última vez que a perturbei com aquilo, ela mordera a resposta e a cuspira para mim. Nunca mais repeti a pergunta. Desde então, carregava certa mágoa, confusão e exasperação.

A alvéloa voou. O jardim ficou imóvel. Ouvi passos, então me virei e deparei com Apião se aproximando por entre as palmeiras.

"Vim avisá-la de que recebi uma mensagem de Aram", ele disse. "Ele voltará mais cedo. É esperado em dois dias."

Olhei para o céu, para a noite sem lua e sem estrelas. "Obrigada por me informar", respondi, sem expressão.

Quando ele partiu, corri para o quarto de Yalta, com a raiva extravasando. Surgi à sua frente sem ter batido na porta. "Chaya está nesta cidade, no entanto todo esse tempo se passou sem que você fosse até ela. Agora Apião me informou que Aram retornará em dois dias. Achei que sua filha fosse o motivo pelo qual veio ao Egito! Por que a evita?"

Ela enrolou o xale noturno em volta do pescoço. "Venha aqui, Ana. Sente-se. Sei que tem dificuldade de entender minha demora. Sinto muito. Só posso dizer que no dia em que falamos com

Apolônio... mesmo antes de deixar o pátio da biblioteca, fui possuída pelo medo de que Chaya não queira ser encontrada. Por que uma mulher egípcia que serve a Ísis desejaria ser reivindicada por uma mãe judia que a abandonou? Tenho medo de que ela me rejeite. Ou pior: que rejeite a si mesma."

Eu pensava na minha tia como invencível, como impenetrável — alguém assaltada pela vida, mas ainda assim imaculada. De repente, a vi como uma pessoa com falhas e marcas, como eu mesma. Havia um estranho alívio naquilo.

"Eu não sabia", disse. "Não devia tê-la jugado."

"Tudo bem, Ana. Eu também me julguei. Não é como se essa preocupação ainda não tivesse passado pela minha mente, mas não deixei que se assentasse sobre mim até agora. Acredito que minha necessidade de encontrar Chaya e consertar o que fiz ao abandoná-la não me tenha permitido considerar que ela pudesse me recusar. Tenho medo de perdê-la de novo." Minha tia fez uma pausa. A luz da vela tremeu com uma lufada de vento que passou despercebida. Quando ela falou de novo, notei o mesmo tremor em sua voz. "Não considerei a necessidade que ela pode ter de... permanecer como é agora."

Comecei a falar, mas me interrompi.

"Vá em frente", minha tia disse. "Fale o que pensa."

"Eu ia repetir o que você me disse: que resistir a um medo só o fortalece."

Ela sorriu. "Sim, eu resisti a esse medo também."

"E o que fará? Resta pouco tempo."

Do lado de fora, a chuva tinha recomeçado. Ficamos ouvindo-a por um tempo. Finalmente, minha tia disse: "Não tenho como saber se Chaya deseja ser encontrada ou como encontrá-la vai mudar qualquer uma de nós, mas é a verdade que importa, não é?". Ela se inclinou e apagou a vela com um sopro. "Amanhã iremos a Ísis Médica."

XVI

Eu estava nua sobre o piso de pedra calcária da sala de banho, tremendo enquanto Panfile despejava água fria sobre meu corpo, meus braços e minhas pernas. "Tem prazer em me torturar?", perguntei, enquanto meus pelos se arrepiavam em protesto. Agradavam-me as conveniências dos egípcios, com suas salas de banho e suas latrinas miraculosas com assento de pedra e água correndo embaixo para levar os dejetos — mas qual era a dificuldade de aquecer a água do banho?

Panfile deixou o cântaro de lado e me entregou uma toalha para me secar. "Vocês da Galileia têm pouca paciência", ela disse, sorrindo.

"Paciência é *só* o que temos", retruquei.

De volta ao meu quarto, recém-escovada e com a carne formigando, vesti a túnica preta nova que tinha comprado no mercado e a amarrei bem abaixo dos seios com uma fita verde, depois joguei um manto de linho vermelho sobre os ombros. Ia usá-lo apesar do calor lá fora, que era atroz. Por insistência de Panfile, permiti que delineasse meus olhos com um pigmento verde, então enrolei minha trança em uma pequena torre no alto da cabeça.

"Você poderia se passar por uma alexandrina", Panfile disse, inclinando para trás para me olhar bem. Aquela ideia pareceu agradá-la enormemente.

Alexandrina. Depois que Panfile saiu, a palavra ficou girando na minha cabeça.

Ao passar para nossa sala, ouvi Yalta em seu quarto, cantando enquanto se vestia.

Quando finalmente veio se juntar a mim, perdi o fôlego. Ela também usava uma túnica nova, cerúlea como o mar, e notei que Panfile a havia ajudado a se arrumar, porque minha tia tinha traços de tinta preta sob os olhos, e seu cabelo grisalho tinha sido trançado e preso em espirais intrincadas. Yalta parecia uma das deusas com cabeça de leão pintadas nas paredes da biblioteca.

"Vamos encontrar minha filha?", ela me disse.

* * *

Ísis Médica ficava no bairro real, perto do ancoradouro, e parecia uma ilha. Ao vê-la pela primeira vez à distância, desacelerei meus passos para absorver o complexo conjunto de paredes, pilares altos e telhados. Era mais extenso do que eu imaginara.

Yalta apontou. "Vê o frontão triangular daquele edifício maior? É o principal templo a Ísis. Os menores são dedicados a outras divindades." Ela apertou os olhos, tentando dar sentido àquele labirinto. "Ali... aquele é o santuário de cura em que Chaya serve. Atrás dele, onde não dá para ver, fica a escola de medicina. As pessoas vêm de tão longe quanto Roma e Macedônia para encontrar curas aqui."

"Já procurou uma cura neste lugar?", perguntei.

"Não. Só estive do outro lado dos muros uma vez, e por mera curiosidade. Cidadãos judeus não entram ali. É uma transgressão do primeiro mandamento."

Na noite anterior, eu havia aprendido a amar as fraquezas de minha tia; naquele dia, era sua ousadia que me cativava. "E você entrou no templo de Ísis?"

"É claro. Lembro-me de que havia um altar onde as pessoas deixavam estatuetas da deusa como oferenda."

"E o santuário de cura? Entrou ali também?"

Ela negou com a cabeça. "Para entrar, é preciso ter alguma doença e estar preparado para passar a noite ali. Os que buscam uma cura são postos para dormir com ópio e sonham com sua cura. Dizem que às vezes a própria Ísis aparece em seus sonhos e apresenta curas."

Aquilo tudo me era tão estranho que fiquei sem fala; mas, dentro de mim, sentia uma espécie de vibração.

O pátio externo estava cheio de pessoas tocando instrumentos. Sistros eram agitados e flautas eram sopradas, produzindo sons suaves que espiralavam no ar, como fitas. Observamos uma fileira de mulheres passando por entre os pilares escarlates da colunata, sua dança lembrando uma centopeia brilhante.

Yalta, que compreendia a língua egípcia, inclinou a cabeça enquanto ouvia a música. "Fala do nascimento do filho de Ísis, Hórus", ela disse. "Parece que viemos em um dia de celebração."

Ela me guiou pelo pátio e por entre as dançarinas, depois pelos templos menores sem nome e pelos relevos nos muros, com flores azuis, luas amarelas e íbis-brancas, até chegarmos ao templo principal, uma estrutura de mármore que parecia mais grega que egípcia. Entramos e nos vimos em meio a uma nuvem de fumaça de incenso. Kyfi emanava dos incensários, cheirando a passas embebidas em vinho, hortelã, mel e cardamomo. À nossa volta, um mar de gente esticava o pescoço para conseguir enxergar algo mais ao fundo. "O que eles vieram ver?", sussurrei.

Balançando a cabeça, Yalta me guiou até um nicho baixo na parede dos fundos, e subimos nele. Meus olhos correram por cima da multidão — não era *algo* o que todos desejavam ver, e sim *alguém*. Ela estava de pé, com vestes amarelas e vermelhas, e uma faixa preta que ia do ombro esquerdo ao quadril direito, coberta de estrelas prateadas e luas de ouro vermelho. Em sua cabeça, havia uma coroa de chifres de boi dourados.

Eu nunca tinha visto ninguém tão fascinante. "Quem é ela?"

"Deve ser uma sacerdotisa de Ísis, talvez a mais alta de todas. Está usando a coroa da deusa."

As estatuetas que Yalta havia mencionado estavam empilhadas no chão, em volta do altar, como conchas carregadas pelo mar.

A voz da sacerdotisa ecoou de repente, como uma batida de pratos. Inclinei-me para Yalta. "O que ela está dizendo?"

Minha tia traduziu. "Ah, sra. Ísis, deusa de todas as coisas, que faz o sol nascer e se pôr, que ilumina a lua e as estrelas, que faz o Nilo se derramar sobre a terra. É a senhora da luz e das chamas, mestra das águas..."

Comecei a balançar em conjunto com seu canto monotônico. Quando acabou, eu disse: "Tia, fico feliz que tenha permitido que seus medos relacionados a encontrar Chaya a tenham detido por tanto tempo. Se tivéssemos vindo antes, teríamos perdido esse grande espetáculo".

Ela olhou para mim. "Só tome cuidado para não cair do nicho e quebrar a cabeça."

Uma moça de túnica branca abriu caminho pelo altar, segurando uma bacia de água, dando passos leves como pena em sua tentativa de impedir o líquido de derramar. A sacerdotisa pegou a bacia e despejou a libação sobre uma estátua colorida de Ísis que havia no altar. A queda d'água banhou a deusa e se espalhou pelo chão. "Senhora Ísis, traga seu divino filho. Traga a cheia do Nilo..."

Quando a cerimônia terminou, a sacerdotisa deixou a câmara através de uma porta estreita nos fundos do templo, e a multidão se dirigiu à entrada. Yalta, no entanto, não se esforçou para descer do nicho na parede. Ficou olhando para a frente, em uma concentração extasiada. Chamei seu nome. Minha tia não respondeu.

Ao olhar na mesma direção que ela, não vi nada de incomum. Só o altar, a estátua, a bacia e a moça secando o chão molhado com um pano.

Yalta desceu do nicho e investiu contra a multidão. Eu a segui. "Tia? Aonde está indo?"

Ela parou a alguns passos do altar. Eu não compreendia o que estava acontecendo. Então olhei para a moça, que se levantava do chão seco, com os cabelos escuros como amoras.

Em uma voz tão abafada que eu mesma quase não ouvi, Yalta disse: "Diodora?".

Então sua filha se virou e olhou para ela.

Diodora deixou o pano no altar. "Precisa de alguma coisa, senhora?", ela perguntou em grego. Sua semelhança comigo era surpreendente, não apenas nos cachos e caracóis dos cabelos, mas nos olhos pretos grandes demais para o rosto, na boca pequena e franzida, no corpo alto e magro como galhos de salgueiro. Parecíamos mais irmãs que primas.

Yalta ficou paralisada. Seus olhos percorreram a filha como se não fosse feita de carne e osso, mas de ar e aparição, uma visão que era em parte sonho. Vi seu lábio tremer levemente, como asas de abelha batendo. Então ela abriu os ombros, como a havia visto fazer centenas de vezes. Segundos se passaram, segundos intermináveis.

Responda, tia.

"Desejo falar com você", Yalta disse. "Podemos encontrar um lugar para sentar?"

A incerteza fez o rosto de Diodora se contrair. "Sou apenas uma assistente", falou, e recuou um passo.

"Você também serve no santuário de cura?", Yalta perguntou.

"É ali que sirvo a maior parte do tempo. Hoje, requisitaram minha ajuda aqui." Ela pegou o tecido e o torceu sobre a tigela. "Eu a atendi lá no passado? Deseja buscar outra cura?"

"Não, não vim atrás de uma cura." Depois, eu concluiria que Yalta estava errada quanto àquilo.

"Se não precisa de minha ajuda, então... Fui encarregada de remover as oferendas. Preciso ir agora." Ela se apressou, desaparecendo pela porta dos fundos.

"Não achei que fosse ser tão linda", Yalta me disse. "Linda, crescida e muito parecida com você."

"Ela ficou confusa", respondi. "Receio que a tenhamos deixado desconfortável." Aproximei-me de minha tia. "Vai contar a ela?"

"Estou tentando encontrar uma maneira."

A porta se abriu, e Diodora surgiu, carregando dois cestos grandes e vazios. Ela moderou o passo quando viu que continuávamos ali, as duas desconhecidas peculiares. Sem reconhecer nossa presença, ajoelhou-se e começou a guardar as estatuetas de Ísis dentro da cesta.

Abaixei-me ao seu lado e peguei uma das esculturas grosseiras. De perto, vi que era Ísis embalando seu filho recém-nascido.

Diodora me olhou de lado, mas não disse nada. Ajudei-a a encher as duas cestas. Em minha alma, eu era judia, mas fechei os dedos em torno da estatueta. *Sofia*, sussurrei para mim mesma, chamando a figura pelo nome que eu amava.

Quando todas as oferendas tinham sido recolhidas, Diodora se levantou e olhou para Yalta. "Se deseja falar comigo, pode fazê-lo no pórtico da casa de nascimento."

A casa de nascimento era um santuário que honrava a maternidade de Ísis. A pequena construção de colunas ficava próxima ao pátio, que agora estava abandonado e silencioso, tendo as dançarinas ido embora.

Diodora nos guiou até uma série de bancos no pórtico e se sentou diante de nós, com as mãos bem entrelaçadas e os olhos se alternando entre mim e Yalta. Ela devia saber que algo importante estava prestes a ocorrer — a sensação parecia pairar acima de nossas cabeças, como uma ave prestes a arremeter. Uma centena de aves.

"Meu coração está pleno", Yalta disse a ela. "Tão pleno que me é difícil falar."

Diodora inclinou a cabeça de lado. "Como sabe meu nome?"

Yalta sorriu. "No passado, conheci-a por outro nome. Chaya. Significa vida."

"Sinto muito, senhora, mas não a conheço nem conheço esse nome."

"É uma história longa e difícil. Tudo o que peço é que me permita contá-la a você." Ficamos ali por um momento, ouvindo o farfalhar, então Yalta disse: "Vim de muito longe para contar que sou sua mãe".

Diodora levou a mão entre os seios, e com esse pequeno gesto senti uma ternura insustentável tomar conta de mim. Por Diodora, por Yalta, pelos anos que lhes haviam sido roubados, mas também por mim e Susana. *Minha* filha perdida.

"Esta é Ana, sua prima", Yalta disse.

Senti um nó na garganta. Sorri para ela e espelhei seu gesto, pondo uma mão entre os seios.

Ela ficou ali, assustadoramente imóvel, com o rosto tão impossível de ler quanto o alfabeto de cinzas que tínhamos criado no forno. Eu não conseguia me imaginar ouvindo algo como o que ela acabara de ouvir. Se Diodora nos atacasse com desconfiança, mágoa ou raiva, eu não poderia culpá-la. Quase preferiria tais reações àquela tranquilidade estranha e inescrutável.

Yalta prosseguiu com frases medidas, sem poupar Diodora de nada ao relatar os detalhes da morte de Ruebel, das acusações de assassinato contra ela e dos oito anos de exílio com os terapeutas. Ela disse: "O conselho judaico decretou que, se eu deixasse os terapeutas por qualquer motivo, receberia cem chibatadas, seria mutilada e exilada em Núbia".

Eu nunca soubera daquilo. Onde ficava Núbia? Mutilada como? Escorreguei para mais perto dela no banco.

Quando minha tia terminou sua história, Diodora perguntou: "Se o que diz é verdade e sou sua filha, onde eu estava?". Sua voz saiu baixa, mas seu rosto parecia em brasa.

Yalta tentou pegar a mão de Diodora, que logo a puxou.

"Ah, menina, você tinha pouco mais que dois anos quando fui mandada para longe. Aram jurou que ia cuidar de você e mantê-la em segurança na casa dele. Escrevi para meu irmão cartas perguntando a seu respeito, que permaneceram sem resposta."

Diodora franziu a testa, levando os olhos para o alto de uma coluna, coroada com a cabeça de uma mulher. Depois de um momento, disse: "Se você foi mandada para os terapeutas quando eu tinha dois anos e permaneceu com eles por oito... Eu tinha dez quando os deixou. Por que não veio atrás de mim naquela época?" Ela mexia os dedos sobre as pernas, como se contasse. "Onde esteve nos últimos dezesseis anos?"

Yalta tinha dificuldade em encontrar palavras, então falei em seu lugar. "Ela esteve na Galileia. Comigo. Mas não é como você pensa. Ela não recuperou a liberdade quando você tinha dez anos, só foi banida de novo, dessa vez para a casa do irmão em Séforis. Ela pretendia reivindicá-la e levá-la consigo, mas..."

"Aram me disse que você tinha sido adotada e que ele nunca revelaria seu paradeiro", Yalta disse. "Então parti. Senti que não tinha escolha. Achei que você estivesse sendo bem-cuidada, que possuía uma família. Não tive conhecimento de que Aram a havia vendido a um sacerdote até que retornei ao Egito para procurá-la, há mais de um ano."

Diodora balançou a cabeça quase violentamente. "Disseram-me que meu pai era um homem chamado Choiak, de um vilarejo em algum lugar ao sul, e que me vendeu como resultado de sua destituição."

Yalta colocou a mão sobre a da filha, que a puxou de novo. "Foi Aram que a vendeu. Ana viu o documento da venda, em que ele se faz passar por um pobre tratador de camelos chamado Choiak. Não a esqueci, Diodora. Ansiei por você todos os dias. Retornei para encontrá-la, apesar das ameaças contínuas de meu irmão de renovar as antigas acusações de assassinato contra mim caso eu a procurasse. Peço-lhe perdão por ter ido embora. Peço-lhe perdão por não ter vindo antes."

Diodora deixou a cabeça cair entre os joelhos e chorou. Não pudemos fazer nada além de deixar. Yalta se levantou e assomou sobre ela. Eu não sabia se Diodora estava triste ou se tinha sido reconfortada. Não sabia se estava perdida ou se fora encontrada.

Quando ela parou de chorar, Yalta perguntou: "Ele foi bondoso com você, seu mestre?".

"Foi bondoso, sim. Não sei se me amou, mas nunca levantou a mão nem a voz contra mim. Quando morreu, lamentei sua perda."

Yalta fechou os olhos e expirou.

Eu não tinha intenção de dizer nada, mas pensei nos meus pais e em Susana, que eu havia perdido, e em Jesus, em minha família em Nazaré, em Judas e em Tabita, todos muito distantes, sem que eu sentisse qualquer segurança de que voltariam para mim. Então falei: "Sejamos mais que primas. Sejamos irmãs. Seremos as três uma família".

A luz caía em faixas brilhantes através da colunata. Diodora olhou para mim sem dizer nada. Senti que havia dito algo tolo, que havia ultrapassado algum limite. Naquele momento, alguém chamou o nome dele à distância, cantarolando. "Diodooora... Diodooora."

Ela se levantou. "Negligenciei meus deveres." Diodora enxugou o rosto com a manga da túnica, depois devolveu a máscara estoica e contida ao rosto.

"Não sei quando poderei voltar", Yalta disse. "Aram retornará de sua viagem amanhã, e, como falei, não permite que deixemos sua casa. Mas encontraremos outra maneira."

"Não acho que devam retornar", Diodora afirmou. Ela se afastou, deixando-nos no pórtico da casa do nascimento.

Yalta gritou: "Filha, eu te amo".

XVII

No dia seguinte, no scriptorium da casa de Aram, tive dificuldade de me concentrar ao ouvir Lavi lendo a *Ilíada* de maneira entrecortada. Minha mente vagava para Diodora e para o que fora dito na casa de nascimento. A imagem dela se afastando ficava voltando à minha mente.

"O que faremos?", eu perguntara a Yalta durante a longa caminhada de Ísis Médica até a casa de Aram.

"Esperaremos", ela respondera.

Com esforço, retornei minha atenção a Lavi, que hesitava diante de uma palavra. Quando fiz menção de ajudá-lo, ele ergueu uma mão. "Vou lembrar." Foi preciso um minuto inteiro. "Barco!", ele gritou, sorrindo.

Lavi estava feliz, embora um pouco nervoso. Mais cedo aquela manhã, havia chegado um mensageiro com a notícia de que ele conseguira a posição na biblioteca. Seu treinamento teria início no primeiro dia da semana seguinte.

"Prometi terminar de ler as aventuras de Aquiles antes de começar", ele disse, baixando o códice. "Meu grego ainda é imperfeito."

"Não se preocupe, Lavi. Você é capaz de ler grego muito bem. Mas, sim, termine o poema. Precisa descobrir quem prevalecerá, Aquiles ou Heitor."

Lavi pareceu crescer diante do meu elogio, sentando-se mais ereto. "Amanhã irei ao pai de Panfile para solicitar um acordo de casamento."

"Ah, Lavi, fico feliz por você." Seu nervosismo, percebi, não se restringia às suas habilidades de leitura. "Quando pretende se casar?"

"Não é necessário um período de noivado aqui, como na Galileia. Assim que o pai dela e eu elaborarmos um contrato e assinarmos diante de testemunhas, Panfile e eu já seremos considerados casados. Ela me deu uma parcela de seu pagamento para que eu comprasse uma shabti de presente para ele. Não perguntarei o preço da noiva. Espero que consigamos concluir o contrato amanhã."

Fui até a mesa de Tadeu e reuni uma pilha de folhas de papiro, as mais caras e melhores do Egito. "Pode oferecer isso a ele também. Parece um presente apropriado para um bibliotecário da grande biblioteca."

Lavi hesitou. "Tem certeza? Não fará falta?"

"Aram tem mais papiro do que Séforis e Jerusalém juntas. Não vai sentir falta de algumas folhas."

Enquanto eu colocava o papiro em seus braços, chegou um ruído da porta. O criado que era fiel a Aram estava ali.

"Nosso mestre acaba de retornar", ele disse, com os olhos já vagando para o papiro.

"Ele requisitou minha presença?", perguntei, mais altiva do que deveria.

"Apenas me pediu para informar a todos de seu retorno."

Uma vez mais, éramos cativas.

* * *

A espera exigia um esforço insuportável. Eu me sentava, hesitava, remexia um caldeirão de perguntas. Oscilava entre aceitar a rejeição de Diodora e encontrar um meio de retornar a Ísis Médica. Pressionei Yalta para definir um curso, mas ela insistia em sua espera, dizendo que, vigiando uma panela por tempo o bastante, a resposta acabava borbulhando na superfície.

Então, em um dia em que o sol batia baixo sobre os telhados, Panfile irrompeu em nossa sala, sem fôlego. "Chegou visita perguntando por você", ela disse. Imaginei que fosse o tão esperado mensageiro com uma carta de Judas — *volte para casa, Ana. Jesus pede que volte* —, e meu coração começou a bater mais forte.

"Ela aguarda ambas no átrio", Panfile acrescentou.

Então eu soube de quem se tratava. Yalta assentiu para mim. Também sabia.

"Onde está Aram?", minha tia perguntou.

"Esteve ausente durante toda a tarde", Panfile respondeu. "Ainda não retornou."

"Traga-nos a visitante e não comente de sua presença com ninguém além de Lavi."

"Meu marido tampouco retornou." Ela deixou a palavra "marido" deslizar lentamente da língua. O acordo havia sido assinado, como Lavi esperara.

"Certifique-se de alertá-lo quando voltar. Peça que espere no jardim, fora de vista. Quando nossa visitante partir, vamos precisar que a conduza à saída pelos aposentos dos criados."

"Quem é ela?", Panfile perguntou, com preocupação estampada no rosto.

"Não há tempo para explicar", Yalta disse, e fez um aceno de mão impaciente. "Diga a Lavi que é Chaya. Ele saberá. Agora se apresse."

Yalta abriu a porta para o jardim, permitindo que o ar quente invadisse o cômodo. Eu a observei enquanto se preparava, alisando a túnica, respirando fundo e concentrada. Servi três taças de vinho.

Diodora hesitou à porta, olhando para dentro antes de atravessá-la. Usava um manto marrom de tecido grosseiro sobre a túnica branca e prendera o cabelo com dois ornamentos de prata. Seus olhos pareciam pintados com malaquita.

"Não sabia se voltaria a vê-la", Yalta disse.

Quando Diodora entrou, fechei rapidamente a porta, que tinha uma fechadura de ferro do lado de dentro e do lado de fora, mas para a qual não tínhamos chave. Lembrei a mim mesma que Aram não tinha vindo a nossos aposentos por todo o tempo que morávamos ali. Por que viria agora?

De pé no meio do cômodo, Diodora parecia magra e tinha um aspecto infantil. Saberia quão perigoso era aquilo? No entanto, havia uma bela ironia em sua presença ali: a menina de que Aram tanto se esforçara para se livrar estava em sua casa, sob seu teto, o que me dava vontade de rir. Ofereci-lhe uma taça de vinho, mas Diodora recusou. Peguei a minha e a bebi em quatro goladas.

Yalta se sentou, e eu cedi meu banco a Diodora e me acomodei no chão, de onde poderia olhar para o jardim em busca de Lavi.

"A notícia que me deu foi um grande choque", Diodora disse. "Não pensei em outra coisa desde então."

"Nem eu", Yalta disse. "Sinto muito por ter despejado tanto sobre você de uma só vez. Não sou conhecida por ser sutil. Minha delicadeza se desgastou muito anos atrás."

Diodora sorriu. Era a primeira vez que o fazia diante de nós, e foi como se um pequeno amanhecer tomasse conta da sala. "A princípio fiquei feliz por ter se mantido longe de Ísis Médica, como pedi, mas aí..."

Quando ela não disse mais nada, Yalta respondeu: "Eu queria voltar, mesmo que apenas para vê-la de novo, mas achei que devia respeitar seu desejo. Fico feliz que tenha vindo".

"Lembro-me do que disse sobre seu irmão mantê-la confinada aqui. Mesmo se tivesse decidido ignorar meus desejos, eu não sabia se conseguiria deixar sua casa. Então vim até você."

"Não se preocupou com a possibilidade de encontrar Aram?", perguntei.

"Sim, mas concebi uma história caso deparasse com ele. Fiquei aliviada em não ter precisado usá-la."

"Conte-nos, por favor."

Ela tirou uma bolsa do ombro e extraiu um bracelete de bronze com a cabeça de um abutre. "Eu pretendia mostrar a ele o bracelete e dizer: 'Uma de suas criadas pode ter deixado isto para trás no santuário de cura de Ísis Médica. Mandaram-me devolver. Pode fazer a bondade de me deixar falar com uma delas?'."

Sua história era astuta, mas tinha falhas que Aram era sagaz demais para deixar passar. Ele devia saber que Diodora servia em Ísis Médica. E só de olhar para ela veria que era igual a mim.

"E, quando falasse com a criada, o que planejava dizer?", perguntei.

Diodora voltou a mexer na bolsa e tirou um pequeno óstraco. "Eu planejava implorar a ela, de criada para criada, que entregasse isto a Yalta. Há uma mensagem nele... para minha mãe."

Ela baixou os olhos. A palavra "mãe" pairou no ar, dourada e imperdível.

"Você lê e escreve?", perguntei.

"Meu mestre me ensinou."

Ela entregou o óstraco a Yalta, que leu as três palavras em voz alta. "Suplico que retorne. D."

Lá fora, no jardim, eu via o último clamor laranja do sol. Aram em breve retornaria, no entanto, acendemos todas as lamparinas e conversamos, chegando até a rir. Yalta perguntou à filha sobre seu trabalho no santuário curativo e Diodora falou dos sangramentos, dos banhos sagrados e das plantas intoxicantes que induziam sonhos. "Sou a única assistente que anota os sonhos das pessoas quando acordam. Meu mestre me ensinou a ler e escrever para que eu pudesse atingir uma posição assim elevada." Ela nos entreteve por um breve momento com relatos dos sonhos mais absurdos de que se lembrava. "Levo os registros dos sonhos para o sacerdote, que decifra seu significado e prescreve curas. Não sei como ele faz isso."

"E as curas funcionam?", perguntei, perplexa.

"Ah, sim, quase sempre."

Notei um movimento no jardim e vi Lavi se esgueirando por entre as sombras pontiagudas das palmeiras. Nossos olhares se cruzaram, e ele levou o indicador aos lábios antes de se esconder atrás das folhagens próximas da porta aberta.

"Você vive nos arredores do templo?", Yalta estava perguntando.

"Desde que meu mestre morreu, quando eu tinha dezesseis anos, tenho uma cama na residência do templo, entre outras assistentes. Sou livre agora, e recebo uma pequena paga."

Prosseguimos fazendo perguntas enquanto ela gozava de nossa atenção genuína, mas, depois de um tempo, Diodora implorou a Yalta por informações sobre os dois anos que haviam passado juntas, antes de serem separadas. Minha tia lhe contou histórias sobre seu medo de crocodilos, sua canção de ninar preferida e sobre como derrubara uma tigela de farinha de trigo na cabeça.

"Você tinha uma bonequinha de remo de madeira", Yalta disse. "Uma boneca pintada em cores vivas, que eu encontrei no mercado. Você a chamava de Mara."

Diodora endireitou as costas, e seus olhos se arregalaram. "O cabelo dela era de fios de linho, com uma conta de ônix em cada ponta?"

"Sim, essa era a Mara."

"Eu ainda a tenho! É tudo o que me restou da vida antes que meu mestre me comprasse. Ele dizia que eu chegara agarrada a ela. Não me lembrava de seu nome." Diodora balançou a cabeça. "Mara", ela repetiu.

Assim, Diodora aceitava as peças que Yalta oferecia e começava a juntá-las para formar a história de quem ela era. Eu me mantive muito quieta, ouvindo. As duas pareciam habitar um reino só seu. Mas, depois de um tempo, Diodora notou minha reserva e disse: "Ana, conte-me sobre você".

Hesitei por um momento antes de lhe contar sobre sua família em Séforis — meu pai, minha mãe e Judas —, mas disse o que podia, deixando boa parte de fora. Descrevi Jesus, e meu coração bateu tão forte que recorri a historietas envolvendo Dalila de pé no bebedouro, só pelo alívio de um sorriso.

A escuridão veio, e, naquele abrandamento, Diodora se virou para Yalta. "Quando me contou quem era, eu não soube se deveria acreditar em você. Que pudesse ser minha mãe... parecia impossível. Mas me vi em você. Lá no fundo, sabia quem você era. Depois que ouvi sua confissão, a bile subiu dentro de mim. Eu disse a mim mesma: *Ela me deixou uma vez, agora eu é que vou deixá-la*, por isso parti. Então você me chamou de filha. Professou seu amor." Diodora se ajoelhou diante da cadeira de Yalta. "Não posso esquecer que me deixou. Esse conhecimento sempre permanecerá em um recanto dentro de mim, mas quero me permitir ser amada."

Não houve tempo de ponderar ou exultar o que ela havia dito. A porta se abriu de repente. Aram entrou na sala, com o criado obsequioso atrás de si.

XVIII

Yalta, Diodora e eu nos levantamos e nos colocamos lado a lado, nossos ombros se tocando, como se formássemos uma diminuta fortaleza. "Como não bateu, imagino que seja alguma emergência", Yalta disse a Aram, parecendo notavelmente contida, embora ao olhar para ela eu sentisse que havia pequenos raios cintilando em torno de sua cabeça.

"Disseram-me que tinham uma visita", ele falou. Seus olhos estavam fixos em Diodora. Ele sondou o rosto dela, curioso, mas só isso, então me dei conta de que aquilo era tudo o que ele sabia: *uma visita*.

"Quem é você?", Aram perguntou, colocando-se à frente de Diodora.

Eu procurava desesperadamente uma maneira de explicar a presença dela — talvez Diodora pudesse ser a irmã de Panfile, que tinha vindo por conta do casamento dela com Lavi. Nunca saberemos se minha invenção teria convencido meu tio, porque naquele momento Diodora tirou o bracelete com a cabeça de abutre da bolsa e ofereceu sua história canhestra, assustada demais para atentar ao fato de que fazia ainda menos sentido agora. "Sirvo em Ísis Médica. Uma de suas serviçais deixou isto para trás, no santuário de cura. Fui enviada para devolvê-lo."

Ele olhou para as taças de vinho e apontou para Yalta e para mim. "Essas são as serviçais que deixaram o bracelete?"

"Não, não", Diodora se apressou em responder. "Eu só estava perguntando se sabiam a quem pertencia."

Aram olhou de forma ardente e triunfante para Yalta. Depois, voltou a olhar para Diodora. Avançou um passo na direção dela. Então disse: "Vejo que voltou dos mortos, Chaya".

Ficamos ali, imóveis, como se um lampejo inexplicável nos tivesse cegado. Nem mesmo Aram se moveu. O cômodo ficou em silêncio. Só havia o cheiro do óleo da lamparina, um formigamento frio nos meus braços, o calor entrando pela porta do pátio. Olhei para o jardim e vi Lavi agachado nas sombras.

Foi Yalta quem quebrou o transe. "Achou mesmo que eu não procuraria minha filha?"

"Achei que fosse esperta e prudente demais para tentar", ele respondeu. "Agora, sou eu quem pergunto a *você*: achou que eu não ia cumprir minha promessa de ir aos romanos para garantir que seja presa?"

Yalta não respondeu. Só olhou para ele em desafio.

Eu também tinha uma pergunta, mas não a externei: *Gostaria que soubessem que o senhor declarou sua sobrinha morta e de-*

pois a vendeu, tio? Aquela vergonha teria seu custo para ele. Aram ia se ver envolvido em escândalo, humilhação pública e desterro, e percebi que aquele era seu maior medo. Decidi que ia lembrá-lo do que estava em jogo, mas delicadamente. Falei: "Não terá misericórdia de uma mãe que só queria conhecer sua filha? Não nos importamos com como Chaya passou à posse de um sacerdote de Ísis Médica. Isso aconteceu muito tempo atrás. Não tocaremos mais no assunto. Só nos importa que tenha sido reunida com a mãe".

"Não sou tão tolo a ponto de confiar que três mulheres segurem a língua, e certamente não vocês três."

Tentei de novo. "Não desejamos revelar nossos segredos. Retornaremos à Galileia, e você estará livre de nós."

"Vão me deixar para trás?", Diodora perguntou, virando-se para a mãe.

"Não", Yalta disse. "Virá conosco."

"Mas não quero ir à Galileia."

Ah, Diodora, não está nos ajudando assim.

Aram sorriu. "Reconheço que você é esperta, Ana, mas não vai me persuadir."

Dei-me conta de que ele era movido pela vingança e pelo medo da humilhação na mesma medida.

"Além disso, temo que não poderá ir a lugar nenhum. Foi-me informado por alguém confiável que você cometeu um roubo."

Um roubo? Tentei compreender o que ele havia dito. Observando minha confusão, Aram explicou: "É crime roubar papiro".

Ergui os olhos para o criado à porta. Podia ouvir a respiração de Yalta, um som rápido e áspero. Diodora se encolheu contra ela.

"Acuse-me, se deve fazê-lo", Yalta disse, "mas não acuse Ana."

Ele a ignorou, e continuou falando comigo. "A punição para roubo em Alexandria pode ser tão dura quanto para assassinato. Os romanos são pouco misericordiosos, mas farei o meu melhor para poupá-la do açoitamento e da mutilação. Pedirei que ambas sejam exiladas na Núbia ocidental. De lá, não há retorno."

Eu não ouvia mais nada a não ser as batidas de meu coração. Ele aumentou até que todo o cômodo pulsasse. Perdi o chão. Não havia sido inteligente. Fora descuidada e muito arrogante ao pensar que poderia exceder meu tio em esperteza, roubar e enganar sem que houvesse consequências. Eu preferia ser açoitada e mutilada sete vezes a ser enviada para um lugar de onde não havia retorno. Precisava ser livre para retornar para Jesus.

Olhei para minha tia, cujo silêncio me intrigava — por que não ralhava com ele? Mas minha voz também havia desaparecido na escuridão de minha garganta. O frio chapinhava em meu estômago. Parecia impossível que eu tivesse fugido da Galileia para evitar ser presa só para ser acusada no Egito.

Aram falava com Diodora. "Permitirei que retorne a Ísis Médica. Mas sob a condição de que nunca fale desta noite nem de suas origens, nem de mim e desta casa. E não tentará procurar Yalta e Ana. Dê-me sua palavra e poderá ir." Ele aguardou.

Os olhos de Diodora correram para Yalta, que assentiu para ela. "Dou-lhe minha palavra."

"Se a quebrar, ficarei sabendo e acusarei você também", ele disse. Aram achava que Diodora era uma menina frágil, que ele podia intimidar e fazer com que lhe fosse obediente. Naquele momento, eu não sabia se meu tio a avaliara corretamente ou não. "Agora vá", ele disse. "Meu criado vai acompanhá-la."

"Vá", Yalta ordenou. "Irei a você quando puder."

Ela abraçou a mãe, depois passou pela porta sem olhar para trás.

Aram atravessou o cômodo e fechou a porta que dava para o pátio. Ele deslizou a tranca horizontal, encaixando-a no mourão e a trancou com uma chave presa a um cordão em sua túnica. Quando se virou para nós, seu rosto tinha se abrandado um pouco, não por falta de determinação, parecia, mas por cansaço. Aram disse: "Ficarão confinadas aqui esta noite. Pela manhã, entregarei as duas aos romanos. É uma pena que tenha chegado a isso".

Ele partiu, fechando a porta principal atrás de si. O ferrolho externo encaixou com um som surdo e suave. A chave girou.

* * *

Corri para a porta do pátio e bati nela, com delicadeza a princípio, depois mais alto. "Lavi está no jardim", contei a Yalta. "Ele estava escondido ali." Chamei-o, através da porta grossa e impenetrável: "Lavi... Lavi?".

Não ouvi nada em resposta. Continuei tentando chamá-lo por alguns momentos, batendo a palma contra a madeira, absorvendo as pontadas afiadas. Finalmente, desisti. Talvez Aram o tivesse pegado também. Atravessei o cômodo e sacudi a maçaneta da porta principal, como se pudesse soltá-la à força das dobradiças.

Andei de um lado para outro. Minha mente girava. As janelas dos quartos eram altas ou estreitas demais para que passássemos por elas, e gritar por ajuda parecia inútil. "Temos que encontrar uma saída", eu disse. "Não irei a Núbia."

"Conserve suas forças", Yalta recomendou. "Vai precisar."

Ajeitei-me ao lado dela no chão, com as costas contra seus joelhos. Olhava de uma porta trancada para a outra, enquanto uma sensação de futilidade tomava conta de mim. "Os romanos realmente vão nos punir com base apenas na palavra de Aram?", perguntei.

Ela pôs uma mão em meu ombro. "Parece que Aram pretende apresentar seu caso à corte romana, em vez de à corte judaica, então não estou muito segura, mas imagino que vá apresentar testemunhas", Yalta disse. "Os velhos amigos de milícia de Ruebel devem estar ansiosos para afirmar que o envenenei. Diga-me, quem a viu pegar o papiro?"

"O odioso criado de Aram."

"Ele." Ela grunhiu, enojada. "Ele terá prazer em testemunhar contra você."

"Mas negaremos as acusações."

"Se tivermos permissão para falar, sim. Não desistiremos, Ana, tampouco devemos nos permitir ter falsas esperanças. Aram é cidadão romano, assim como os ouvidos do chefe de prefeitura romano em Alexandria. Ele conduz um negócio importante e é um dos mais elevados membros do conselho judaico. Eu, por outro lado, sou uma fugitiva, enquanto você é uma estrangeira."

Meus olhos começaram a arder.

"Também há a possibilidade de que meu irmão suborne as autoridades da corte."

Levei a cabeça aos joelhos. Fugitiva. Estrangeira.

Tap, tap.

Olhamos juntas para a porta do pátio. Então ouvimos o ruído da chave.

Os pinos da chave encontraram a tranqueta da porta e Panfile entrou, seguida por Lavi, que segurava uma chave de ferro identificada por um pedaço de pergaminho.

Abracei os dois. "Como encontraram a chave?", perguntei, mantendo a voz baixa.

"Aram tem duas para cada porta", Panfile disse. "As reservas ficam guardadas em uma algibeira na parede de seu gabinete. Lavi conseguiu ler as identificações." Ela sorriu para ele.

"Ouviu as ameaças de Aram?", perguntei a ele.

"Sim, cada palavra."

Virei-me para Yalta. "Aonde iremos?"

"Só sei de um lugar que Aram não ousaria invadir", ela disse. "Devemos ir aos terapeutas. Seu território é sagrado para os judeus. Ficaremos seguras lá."

"Eles vão nos aceitar?"

"Passei oito anos com eles. Teremos abrigo."

Desde o momento em que Aram havia nos trancado, o mundo balançara como um barco, mas naquele momento senti que se acomodava em uma imensa retidão.

"A comunidade fica à beira do lago Mareótis", Yalta explicou. "Levaremos quase quatro horas para cumprir essa distância a pé. Talvez mais, no escuro. Teremos que levar uma lamparina."

"Levarei vocês até lá em segurança", Lavi disse.

Yalta olhou para ele, franzindo a testa e retorcendo a boca. "Lavi, não pode continuar morando na casa de Aram."

Pareceu que o chão tinha se aberto sob os pés de Panfile. "Ele não pode partir."

"Estará em perigo se ficar", Yalta disse. "Aram concluirá que Lavi nos ajudou a escapar."

"Então partirei também", ela disse. "Ele é meu marido agora."

Toquei o braço dela. "Por favor, Panfile, precisamos que permaneça aqui por pelo menos um pouco mais. Ainda aguardo pela carta que me dirá que é seguro retornar à Galileia. Não suporto pensar que possa chegar sem que eu tome conhecimento dela. Preciso que fique atenta à carta e que garanta que chegue às nossas mãos. É egoísta de minha parte lhe pedir isso, mas eu imploro. Por favor."

Lavi disse: "Não contamos a ninguém de nosso casamento por medo de que Aram dispensasse Panfile de seu trabalho". Ele olhou para a mulher que era sua esposa havia apenas uma semana. "Aram não suspeitaria do seu envolvimento na fuga delas."

"Mas não desejo ser separada de você", ela disse.

Lavi falou com delicadeza com Panfile. "Ambos sabemos que não posso permanecer aqui. A biblioteca tem uma residência para bibliotecários que não contraíram casamento. Posso ficar lá, e desejo que fique aqui até que chegue a carta que Ana espera da Galileia. Então encontraremos moradia juntos."

Fazia um ano e seis meses que eu estava longe de Jesus. Uma eternidade. Ele viajava pela Galileia sem mim, pregando que o reino de Deus estava próximo, enquanto eu, sua esposa, estava longe. Compreendia Panfile, mas sua separação do marido seria um piscar de olhos em comparação à minha.

"Parece que não me dão escolha", ela disse, e suas palavras saíram marcadas de ressentimento.

Lavi entreabriu a porta para o jardim e espiou lá fora, depois entregou a chave a Panfile. "Devolva-a antes que descubram que não está lá. Então destrave a porta dos aposentos dos criados que dá para fora. Se alguém lhe perguntar onde estamos, diga que não sabe de nada. Comporte-se como se eu a tivesse traído. Externe sua raiva." Ele beijou suas bochechas e a conduziu porta afora.

Fui rápida ao apertar minhas posses em minhas duas bolsas de viagem. Meus rolos de pergaminho ocupavam uma, de modo que era preciso encher a outra com roupas, o retrato do meu rosto, a algibeira que continha o fio vermelho e o que restava do nosso dinheiro. De novo, eu partiria com a bacia de encantamento nos braços.

XIX

Quando Escépcis, a velha que liderava os terapeutas, olhou para mim, senti-me engolida. Ela me lembrava de uma coruja, empoleirada na beira do banco, com seus olhos penetrantes de um castanho-dourado e seus cabelos, que pareciam penas brancas, bagunçados do sono. Seu corpo atarracado estava curvado e imóvel, mas sua cabeça se virava para mim ou para Yalta conforme ouvia a explicação de minha tia de como tínhamos terminado no vestíbulo de sua casinha de pedra no meio da noite, implorando por um santuário.

Durante nossa longa e exaustiva viagem desde Alexandria, Yalta me ensinara sobre os estranhos trabalhos da comunidade. "Os membros são divididos em juniores e seniores", ela explicou. "Os juniores não são necessariamente os mais jovens, como se poderia pensar, e sim os membros mais recentes. Só fui vista como sênior depois de ter passado sete anos com eles."
"Os juniores e seniores são vistos como iguais?", perguntei. Se havia uma hierarquia, eu certamente estaria no fim dela.
"Todos são vistos como iguais, mas o trabalho é dividido de maneiras diferentes. A comunidade tem seus patronos, incluindo Aram, de modo que imagino que eles poderiam contratar serviçais, mas não acreditam neles. São os juniores que cultivam, preparam e servem a comida, cuidam dos animais e constroem as casas. Qualquer trabalho que precise ser realizado recai sobre os junio-

res, além de seu próprio trabalho espiritual. Eu costumava trabalhar no jardim pelas manhãs e retornar à minha solidão à tarde."

"Os seniores não fazem nada?"

"Eles fizeram por valer o direito de devotar todo o seu tempo ao trabalho espiritual."

Arrastamo-nos por vilarejos adormecidos, vinhedos, prensas, casas de campo e fazendas, com Lavi segurando a lamparina à nossa frente e contando com Yalta para indicar o caminho. Foi uma surpresa que não tenhamos nos perdido.

Minha tia disse: "A cada quarenta e nove dias, há uma vigília que dura a noite toda, com festividades, cantos e danças. Os membros entram em um estado de êxtase, que chamam de embriaguez sóbria".

Que tipo de lugar era aquele?

Ao nos aproximarmos das margens cheias de junco do lago Mareótis, ficamos em silêncio. Perguntei-me se Yalta estava pensando na primeira vez em que havia chegado ali, logo depois de ter sido separada de sua filha. Daquela vez não era diferente. Vi a lua refletida na água, as estrelas flutuando em toda parte. Podia sentir o cheiro do mar além da crista de pedra calcária. Senti a mistura de medo e júbilo que costumava experimentar muito tempo antes, quando esperava que Jesus aparecesse na caverna.

No nadir da noite, saímos da estrada para uma colina excepcionalmente íngreme. Na encosta, eu podia distinguir aglomerados de casas de telhado plano.

"São pequenas e simples", Yalta disse, seguindo meu olhar. "Cada uma tem um pequeno pátio, um quarto e o que eles chamam de sala sagrada, para o trabalho espiritual."

Era a terceira vez que ela usava aquela estranha expressão. "O que é esse trabalho espiritual?", perguntei. Depois de dez anos de trabalho pesado diário em Nazaré, era difícil imaginar ficar sentada em uma sala sagrada.

"Estudo, leitura, escrita, composição de cânticos, preces. Você vai ver."

Pouco antes de chegarmos à pequena guarita, paramos, e Lavi nos entregou as bolsas de viagem que vinha carregando. Revirei a minha atrás de um punhado de dracmas. "Leve com você", eu disse. "Quando a carta de Judas chegar, peça a Panfile para alugar uma carroça de modo a chegar até nós o mais rápido possível."

"Não se preocupe. Garantirei que o faça."

Ele se demorou por um momento, então se virou para partir. Peguei o braço dele. "Lavi, eu agradeço. Penso em você como em um irmão."

A noite obscureceu seu rosto, mas eu sabia que ele sorria, e o abracei.

"Irmã", Lavi disse, então se despediu de Yalta e se virou para iniciar a longa jornada de volta.

Um dos juniores vigiava a guarita. Era um homem magro, que a princípio recusou-se a nos deixar entrar. Seu trabalho, conforme disse, era manter à distância ladrões, charlatões e viajantes, mas, quando Yalta lhe disse que já havia sido membro sênior dos terapeutas, ele se apressou a fazer o que pedia.

Agora, de pé na casa de Escépcis, ouvindo Yalta contar por que eu havia roubado o papiro, eu me perguntava se teria a chance de presenciar as coisas que minha tia me havia descrito. Ela já tinha explicado que fugíramos da Galileia para evitar minha prisão. Tentei ler a expressão de Escépcis. Imaginei que estivesse considerando a persistência com a qual os problemas me buscavam.

"Minha sobrinha é uma escriba e estudiosa excepcional, superior a qualquer homem que já conheci", Yalta disse, terminando por compensar minhas deficiências com elogios.

Escépcis deu alguns tapinhas no espaço a seu lado no banco. "Venha se sentar comigo, Yalta." Ela já havia pedido que minha tia o fizesse antes, mas Yalta se recusara, dando voltas enquanto contava sobre nossa reunião com Diodora e as ameaças de Aram.

Agora, Yalta suspirou pesadamente e se afundou no banco. À luz da lamparina, parecia ter um aspecto selvagem.

Escépcis disse: "Veio até nós por desespero, mas apenas isso não é motivo para aceitá-la. Aqueles que vivem aqui o fazem por amor a uma vida tranquila e contemplativa. Vêm para estudar e para manter a lembrança de Deus viva. Pode dizer que está aqui por esses motivos também?"

Yalta respondeu: "Quando fui enviada para cá antes, fui recebida para não ser punida. Eu havia deixado minha filha para trás e estava aflita. Passei grande parte de meu tempo implorando que você me ajudasse a encontrar uma maneira de partir. Meu dia mais feliz aqui foi quando fez um acordo com Aram que me permitiu ir para a Galileia... embora tenha levado bastante tempo. Oito anos!". Escépcis riu. "Sinto-me hoje como me sentia naquela época", Yalta prosseguiu. "Não mentirei e direi que vim pelos motivos nobres que mencionou."

"Eu direi, no entanto", declarei.

Ambas se viraram para mim, sobressaltadas. Se eu pudesse me olhar em meu antigo espelho de cobre naquele momento, acredito que teria testemunhado a mesma expressão de surpresa em meu próprio rosto. "Vim com o mesmo desespero que minha tia, mas cheguei com tudo o que diz que é necessário para viver aqui. Vim com amor pela vida tranquila. Não desejo nada além de escrever, estudar e manter a lembrança de Sofia viva."

Escépcis escrutinou a bolsa em meu ombro, cheia de rolos de pergaminho, cujas pontas saíam pela abertura. Eu ainda carregava minha bacia de encantamento, segurando-a firme contra o abdome. Eu não tivera tempo, durante nossa fuga, de encontrar um tecido para embalá-la, de modo que a superfície branca estava suja no ponto em que eu a havia apoiado nos juncos enquanto me aliviava.

"Posso ver a bacia?", Escépcis perguntou. Era a primeira vez que se dirigia a mim.

Eu a entreguei a ela, então a vi erguer a lamparina e ler meus pensamentos mais íntimos.

Escépcis me devolveu a bacia, mas não antes de limpar a lateral e o fundo com a bainha da veste. "Posso identificar em sua súplica que as palavras que pronunciou um momento atrás são verdadeiras." Seus olhos foram para Yalta. "Velha amiga, como relatou tanto os seus pecados quanto os de Ana, sem esconder nada, sei que será honesta em todo o resto também. Como sempre, estou ciente de sua posição. Darei refúgio a ambas. Só peço uma coisa de Ana em troca." Ela se virou para mim. "Quero que escreva um hino a Sofia e o cante em nossa próxima vigília."

Foi como se ela tivesse dito: *Ana, deve subir no topo de um penhasco, abrir suas asas e voar.*

"Não sei nada sobre composição", soltei.

"Então essa chance de aprender será muito bem-vinda. Alguém deve apresentar uma nova composição a cada vigília, e elas andam tristemente parecidas e sem ousadia. A comunidade ficará satisfeita com um hino vivaz."

Um hino. Para Sofia. E ela queria que eu o apresentasse. Sentia-me ao mesmo tempo petrificada e cativada. "Quem há de me ensinar?"

"Você mesma", Escépcis disse. "Não haverá vigília por outros quarenta e seis dias, de modo que você terá bastante tempo."

Quarenta e seis dias. Eu certamente já não estaria ali.

XX

Nas primeiras duas semanas, atravessei meus dias como se vagasse em um transe lânguido. Horas de solidão, preces, leitura, escrita, canto antifônico, aulas de filosofia — eu sonhara com tais ocupações, mas a repentina inundação delas conjurara a sensação de perambular sem que meus pés tocassem o chão. Eu sonhava que flutuava, sonhava com escadas que se estendiam até as nuvens. Sentava-me na sala sagrada da casa e fixava os olhos sem enxergar totalmente, enterrando as unhas nos dedões para sentir minha própria carne. Yalta disse que a sensação de desgarramento derivava do simples choque de estar ali.

Pouco depois, Escépcis me destacou para o barracão dos animais, o que rapidamente me curou. Galinhas, ovelhas e burros. Esterco e urina. Grunhidos e acasalamento. A tempestade de insetos na calha. A sujeira levantada pelos cascos. Ocorreu-me que aquelas coisas talvez fossem sagradas também, um sacrilégio que guardei para mim mesma.

No primeiro dia frio desde nossa chegada, desci a encosta carregando um cântaro para pegar água da nascente perto da guarita para os animais. A inundação do verão, quando o Nilo transborda, tinha chegado ao fim, e ventos frios vinham do mar, de um lado da crista, e do lago, do outro, criando um pequeno redemoinho. Eu usava um manto felpudo de pele de cabra, fornecido por um dos juniores, tão impossivelmente grande que se arrastava no chão. Pelas minhas contas, fazia cinco semanas e meia que estávamos ali. Tentei determinar que mês seria na Galileia — cheshvan, parecia-me. Jesus ainda não devia estar usando o manto de lã.

Ele surgia constantemente em meus pensamentos. Quando eu acordava, permanecia deitada e o visualizava se levantando da esteira de dormir. Quando fazia a refeição da manhã, imaginava-o partindo o pão daquele seu modo sem pressa. E, naqueles dias, enquanto ouvia Escépcis ensinando o modo simbólico de ler as Escrituras, via-o na encosta de que Lavi havia nos falado, pregando para multidões.

Enquanto descia pelo caminho, passei pelo salão em que as vigílias do quadragésimo nono dia aconteciam. Restavam apenas oito dias para a próxima, e, embora eu tivesse passado horas tentado escrever um hino, não fizera nenhum progresso. Decidi informar Escépcis de que devia abandonar todas as esperanças de que eu compusesse ou apresentasse um hino. Ela não ficaria feliz, mas eu não achava que ia me mandar embora.

Havia trinta e nove cabanas de pedra espalhadas pela encosta, planejadas para abrigar uma única pessoa cada, embora na maioria delas houvesse duas. Yalta e eu dividíamos uma casa, dormindo lado a lado em esteiras de junco. Escépcis oferecera restabelecer Yalta em sua posição sênior, mas minha tia recusara aquilo, para poder trabalhar no jardim. Ela passava suas tardes em nosso minúsculo pátio, sentada sob a tamargueira solitária.

Agora que eu havia reencontrado meu equilíbrio, gostava de ter a sala sagrada só para mim. Tinha uma tábua de escrever de madeira e um suporte onde abrir rolos de pergaminho. Escépcis me dera papiro e tinta.

Ao chegar à nascente, agachei-me no chão para encher o cântaro. Quando ouvi vozes de homem na guarita, não dei muita atenção a elas — iam e vinham com frequência mascastes, a mulher que vendia farinha, o menino que carregava sacos de sal —, mas então notei certas palavras: "As fugitivas estão aqui... Sim, tenho certeza".

Apoiei o cântaro. Puxando o manto felpudo por cima da cabeça, engatinhei na direção das vozes até não ousar mais me aproximar. O membro júnior que ficava na guarita não estava à vista, mas um membro sênior estava ali, falando com dois homens que usavam túnicas curtas, sandálias de couro amarradas até os joelhos e lâminas curtas no cinto. Eram as vestes da milícia judaica. "Meus homens vigiarão a estrada caso tentem fugir", o mais alto disse. "Avisarei Aram. Se tiver informações para nós, pode deixar missivas na guarita."

Não era uma surpresa que Aram tivesse nos encontrado, e sim que houvesse levado tanto tempo. Yalta e Escépcis acreditavam piamente que ele não desafiaria a santidade dos terapeutas mandando alguém entrar para nos prender. "Os judeus de Alexandria certamente se voltariam contra ele", Escépcis havia dito. Eu não me sentia tão confiante quanto elas.

Quando os soldados partiram, abracei o chão e aguardei que nosso traidor passasse no caminho de volta para a colina. Tratava-se de um homem magro e curvado, com olhos que lembravam uvas-passas, cujo nome era Luciano. Ele era o segundo em senioridade, depois de Escépcis. Quando saiu do meu campo de visão, busquei o cântaro e corri até o jardim para informar Yalta.

"Aquela cobra já era espião de Aram da primeira vez em que estive aqui", ela disse. "Parece que não melhorou com a idade. Faz tempo demais que o homem jejua e mantém o celibato."

Dois dias depois, notei Escépcis e Yalta correndo para o abrigo de animais onde eu estava.

Eu juntava grama para dar de comer aos burros. Deixei o rastelo de lado.

Sem nem me cumprimentar, Escépcis ergueu um pergaminho. "Isto chegou hoje de Aram. Um dos soldados que guarda a estrada entregou na guarita."

"Você sabe a respeito dos soldados?", perguntei.

"Devo saber de tudo o que ameaça nossa paz. Pago o menino do sal para que me traga notícias deles."

"Leia para ela", Yalta disse.

Escépcis franziu a testa, desacostumada a ouvir ordens, mas obedeceu, segurando o pergaminho à distância de um braço e apertando os olhos.

> *Eu, Aram, filho de Filipe Levias, fiel patrono dos terapeutas há duas décadas, escrevo a Escépcis, a estimada líder da comunidade, e peço que minha irmã e minha sobrinha, que se encontram sob a guarda dos terapeutas, sejam entregues aos meus cuidados, para contar com toda a minha preocupação e todos os meus favores. Entregando-as aos homens acampados nas proximidades, os terapeutas continuarão a desfrutar de minha leal generosidade.*

Ela baixou a mão, como se o peso do pergaminho a cansasse. "Enviei-lhe uma mensagem, recusando-me a atender seu pedido. A comunidade perderá o apoio dele, claro. Sua ameaça foi bastante clara. O que implicará um pouco mais de jejum, só isso."

"Obrigada", eu disse, triste por sermos responsáveis por qualquer privação.

Ela guardou a mensagem dentro do manto. Enquanto a observava se afastar, compreendi que era a única entre nós e Aram.

Eu escreveria aquele hino.

XXI

A biblioteca consistia em uma sala pequena e restrita na assembleia, repleta de rolos de pergaminho espalhados pelo chão, pelas prateleiras e mesas, pelos nichos na parede, como pilhas de lenha. Eu passava por cima deles ou os contornava, espirrando devido à poeira. Escépcis me dissera que havia inscrições da letra e da melodia de algumas músicas ali, inclusive notações vocais gregas, mas como eu ia encontrá-las? Não havia catálogo. Nada estava organizado. O abrigo de animais era mais ordenado e a pelagem dos burros ali, menos empoeirada.

Escépcis tinha me avisado da desordem. "Teano, nosso bibliotecário, está velho e padece de uma doença que o impede de se locomover", ela havia dito. "Ele não cuida da biblioteca há mais de um ano, e ninguém se demonstrou disposto ou capaz de assumir seu lugar. Mas vá até lá procurar pelas músicas. Será instrutivo."

Ocorria-me naquele momento que Escépcis tinha outro motivo. Esperava que eu me tornasse sua bibliotecária.

Liberei um espaço no chão, deixando a lamparina bem distante dos papiros, e abri um rolo de pergaminho após o outro, encontrando não apenas as Escrituras e textos filosóficos judaicos, mas trabalhos dos platônicos, estoicos e pitagoristas, poemas gregos e uma peça cômica de Aristófanes. Comecei a organizar os manuscritos por assunto. No fim da tarde, já tinha categorizado mais de cinquenta rolos de pergaminho, escrevendo uma descrição de cada um, como faziam na grande biblioteca de Alexandria. Varri o chão e polvilhei os cantos com folhas de eucalipto. Estava tirando o cheiro das mãos quando algo maravilhoso ocorreu, algo que vinha sendo preparado o dia todo sem que eu soubesse.

Passos. Virei para a porta. Ali, à luz fragmentada, estava Diodora.

"Você está *aqui*", eu disse, precisando verbalizar o que via, mas sem conseguir acreditar.

"De fato", disse Escépcis, saindo de trás dela e entrando na biblioteca. Seus velhos olhos brilharam de prazer.

Puxei minha prima para junto de mim e senti sua bochecha úmida contra a minha. "Como veio parar aqui?"

Ela olhou para Escépcis, que puxou um banco de baixo da mesa e sentou nele. "Enviei uma mensagem para Isis Médica e pedi que viesse."

"Eu não sabia o que tinha acontecido com você e com minha mãe até receber a carta", Diodora disse, ainda segurando minha mão. "Quando não retornaram a Isis Médica, eu soube que algo tinha ocorrido. Precisava vir para ver com meus próprios olhos que estavam ambas bem."

"Permanecerá conosco por algum tempo?"

"As sacerdotisas me dispensaram por tanto tempo quanto eu desejar."

"Você dividirá a casa com Ana e Yalta", Escépcis disse. "O quarto é amplo o bastante para comportar três camas." Ajeitando-lhe algumas mechas soltas de cabelo atrás das orelhas, ela avaliou Diodora. "Pedi que viesse para que pudesse ficar perto de sua mãe e ela, de você, mas também o fiz por mim mesma. Ou, devo dizer, pelos terapeutas. Precisamos de você aqui. Alguns de nossos membros estão velhos e doentes, e não há ninguém que os atenda. Você é versada na arte da cura. Se permanecer conosco, poderemos nos beneficiar de seus cuidados."

"Deseja que eu viva entre vocês?", Diodora perguntou.

"Apenas se desejar uma vida tranquila e contemplativa. Apenas se desejar estudar e manter a memória de Deus viva." Eram as mesmas palavras que ela dissera a Yalta e a mim na noite em que havíamos chegado.

"Mas seu Deus é o Deus dos judeus", Diodora disse. "Não sei nada a respeito dele. É a Ísis que sirvo."

"Ensinaremos a você sobre nosso Deus, e você nos ensinará sobre os seus, e juntos encontraremos o Deus que existe entre eles."

Diodora não respondeu, mas notei que seu rosto se acendeu.

"Yalta sabe que está aqui?", perguntei.

"Ainda não. Acabei de chegar, e Escépcis queria que você nos acompanhasse."

"Não queria que perdesse a cara de Yalta quando visse quem veio", Escépcis disse. Seus olhos foram para minhas pilhas organizadas e metódicas de rolos de pergaminho. "Rezo para que em breve tenhamos uma curandeira e uma bibliotecária."

Yalta tinha pegado no sono sentada no banco no pátio ao lado de nossa cabana, com a cabeça apoiada na parede. Seus braços estavam cruzados sobre os seios pequenos, seu lábio inferior tremulando a cada expiração. Vendo que descansava, Escépcis, Diodora e eu paramos.

"Devemos acordá-la?", Diodora sussurrou.

Escépcis se aproximou e sacudiu seu ombro. "Yalta... Yalta, tem alguém aqui."

Minha tia abriu um olho. "Deixe-me."

"O que acha, Diodora?", Escépcis disse. "Devemos deixá-la sozinha?"

Yalta despertou, olhando mais além de Escépcis, para perto da entrada, onde Diodora estava.

"Acho que devemos deixá-la só", eu disse. "Volte a dormir, tia."

Yalta sorriu, fazendo um movimento para que Diodora se aproximasse e se sentasse ao seu lado. Depois de trocarem cumprimentos, minha tia me chamou também. Enquanto eu me sentava do outro lado dela, Yalta olhou para Escépcis. "Minhas filhas", ela disse.

XXII

Diodora e eu seguíamos o caminho em zigue-zague até o topo dos penhascos que se erguiam atrás da comunidade terapeuta. A luz do sol se lançava sobre o cume e as pedras brilhavam, brancas como leite. Correndo por entre as poucas papoulas restantes, fui possuída pela sensação efervescente de estar solta. Não gostava de pensar que eu podia ser feliz com Jesus tão longe, em circunstâncias que me eram desconhecidas; no entanto, era o que eu sentia — felicidade. A constatação veio com uma pontada de dor.

"Seu semblante se desfez", Diodora disse. Ela tinha sido treinada para observar o corpo, e pouca coisa escapava aos seus olhos.

"Eu estava pensando em meu marido", eu disse. Contei a ela sobre as circunstâncias de nossa separação e sobre o quanto lamentava estar separada dele. "Estou aguardando uma carta dizendo a nós que é seguro retornar."

Ela ficou imóvel. "Dizendo a *nós*? Acredita que Yalta voltará para a Galileia?"

Olhei para Diodora, em meio ao silêncio corrosivo. Na noite em que fora à casa de Aram, ela se afligira quando Yalta falara em retornar à Galileia e deixara claro que não tinha intenção de ir conosco. Por que eu havia mencionado uma possível partida?

"Não sei se Yalta partirá ou ficará", falei, percebendo que era verdade. Eu não sabia.

Diodora assentiu, aceitando minha sinceridade, e seguimos em frente, mais contidas. Ela chegou ao topo antes de mim, absorveu a vista e abriu os braços. "Ah, Ana. Veja!"

Acelerei nos últimos passos, e diante de mim estava o mar. A água se estendia até a Grécia e Roma, em estrias cintilantes em tons de azul e verde, com ondulações brancas. Nosso Mar, era como os romanos o chamavam. A Galileia estava a um milhão de braças de distância.

Encontramos uma fenda protegida do vento e nos sentamos, apertadas entre as rochas. Desde sua chegada, Diodora vinha sendo efusiva, contando-nos sobre seus dias crescendo em Ísis Médica. Ela também fizera perguntas, interessada em ouvir histórias a nosso respeito. Nossas conversas sussurradas sobre as esteiras de dormir me deixavam bocejando e sentindo as pálpebras pesar no dia seguinte. Mas valiam a pena. Agora, ela me contava sobre Teano, cuja doença o impedia de cuidar da biblioteca. "O coração dele está fraco. Vai parar de funcionar em breve."

Enquanto a ouvia fornecer um relato vívido demais das reclamações de males físicos que recebera, comecei a sentir que devia voltar para trabalhar em meu hino a Sofia. A vigília do quadragésimo nono dia seria na noite seguinte, e eu estava sentada ociosamente sobre uma pedra enquanto Diodora falava da úlcera no pé de alguém. "Surpreende-me", ela disse então, "que, depois de todos esses anos que passei em Ísis Médica, não sinta falta de lá."

"E quanto a Ísis? Sente falta dela?"

"Não tenho por que sentir. Eu a carrego dentro de mim. Ela é tudo." Diodora continuou falando por muitos minutos, embora eu não tenha ouvido mais nada. Senti a música que escreveria ganhar vida depressa dentro de mim. Não conseguiria continuar sentada ali.

Pus-me de pé. "Devemos ir."

Ela enlaçou meu braço com o seu. "No dia em que nos conhecemos, você disse: 'Sejamos mais que primas. Sejamos irmãs'. Ainda deseja isso?"

"Desejo ainda mais agora."

"É o meu desejo também", ela disse.

Enquanto descíamos pelo caminho, notei um homem sob o eucalipto de onde eu tirava minhas folhas aromáticas. Usava a túnica branca e o manto felpudo dos terapeutas, mas não o identifiquei. Mais adiante, ergui a mão para proteger os olhos do sol e vi que era o espião, Luciano.

"O dia está avançado", ele disse, quando nos aproximamos. "Por que não estão envolvidas no estudo e na prece?"

"Poderíamos perguntar o mesmo a seu respeito", respondi, assaltada por uma estranha sensação de que ele estava nos esperando.

"Eu estava rezando aqui, sob esta árvore."

Diodora retrucou: "E nós estávamos rezando lá em cima, nos despenhadeiros". Lancei a ela um olhar de aprovação.

"As pedras são perigosas e há animais selvagens lá em cima", ele disse. "Todos ficaríamos muito tristes se algo lhes acontecesse."

Seu rosto traía uma malevolência tranquila quando virei o meu. Ele parecia estar nos ameaçando, mas eu não sabia de que modo. "Sentimo-nos bastante seguras aqui", eu disse, tentando passar. As palavras "ela é tudo" eram como um fogo dentro de mim. Eu não tinha tempo para ele.

Luciano deu um passo à frente para bloquear o caminho. "Quando precisarem caminhar, seria mais seguro descer a colina, seguindo a estrada que dá no lago. Há lugares tranquilos na encosta, tão bonitos quanto o mar. Ficarei feliz em mostrar a vocês."

Ah. Ali estava. O lago estava abaixo da colina e do outro lado da estrada, além da proteção dos terapeutas.

Eu disse: "O lago parece um lugar muito agradável onde rezar. Iremos para lá em outro momento. Agora, temos deveres a cumprir".

Ele sorriu. Eu sorri de volta.

"Não tente ir até o lago", alertei Diodora quando estávamos a alguma distância dele. "Você acabou de conhecer Luciano, o espião de Aram. Ele pretende nos atrair até a estrada, onde a milícia aguarda para nos prender. O menino que traz o sal disse que os soldados param todos que vêm do oeste, procurando por uma senhora com um olho caído e uma jovem com cachos indisciplinados. Poderiam facilmente confundi-la comigo."

Diante de minhas palavras, ela ficou séria.

Quando chegamos à cabana, encontramos Yalta sentada em seu lugar no pátio, lendo um códice da biblioteca. Ao vê-la, Diodora disse-me em voz baixa: "Na verdade não se trata de Yalta escolher ir para a Galileia ou ficar no Egito, mas de qualquer uma de nós conseguir sair daqui ou não".

Ela havia exposto meu medo em voz alta.

Deixando Diodora e Yalta no pátio, limpei as mãos e o rosto em preparação para entrar na sala sagrada e escrever o hino que vinha queimando um buraco no meu coração. Deixei a lamparina na mesa e despejei tinta na paleta.

Mergulhei o cálamo.

XXIII

A vigília do quadragésimo nono dia começou no dia seguinte, ao pôr do sol. Cheguei tarde e encontrei o salão de refeições inflamado por lamparinas. Os seniores já estavam reclinados nos sofás, comendo. Os juniores carregavam travessas de comida. Diodora estava à mesa, repondo uma bandeja com peixes e ovos. "Irmã!", ela gritou, enquanto eu me aproximava. "Por onde andou?"

Ergui o rolo de pergaminho que continha minha composição. "Estava terminando a letra do meu hino."

"Luciano perguntou sobre seu paradeiro. Já comentou sobre sua ausência com Escépcis duas vezes."

Peguei uma tigela de sementes de romã para servir. "É muita bondade dele sentir minha falta."

Diodora sorriu e revirou os olhos para sua travessa. "Já repus a comida quatro vezes. Espero que deixem um bocado para nós."

Embora Yalta tivesse sido designada como júnior, notei que Escépcis permitia que se reclinasse em um dos sofás reservados para os seniores. Luciano deixou o sofá onde estava e se colocou à frente de Escépcis. "Yalta deveria estar nos servindo, assim como os outros juniores", ele disse, sua voz raivosa atravessando o salão.

"A raiva não requer esforço, Luciano. A bondade é algo difícil. Tente se empenhar."

"Ela não deveria estar aqui", ele insistiu.

Escépcis fez um aceno de mão. "Deixe-me comer em paz."

Olhei para Yalta, que mordia um nabo sem se deixar perturbar.

Quando o banquete arrefeceu, a comunidade abriu caminho para o outro lado do salão, em cujo centro se estendia um tabique na altura da cintura, os da esquerda para as mulheres e os da direita para os homens.

Sentei-me no último banco com Yalta e Diodora. "Encontrem uma posição confortável", Yalta nos disse. "Vamos ficar aqui o resto da noite."

"O resto da noite?", Diodora exclamou.

"Sim, mas não faltará entretenimento", Yalta disse.

Escépcis chegou por trás de nós, tendo ouvido o que disséramos. "Não nos reunimos por entretenimento, como Yalta bem sabe. Trata-se de uma vigília. Esperamos o alvorecer, que representa a verdadeira luz de Deus."

"E cantaremos até o estupor enquanto ele não chega", Yalta disse.

"Sim, essa parte é verdade", a outra concedeu.

Escépcis deu início à vigília com um longo discurso, que eu não sabia dizer do que exatamente tratava. Segurei firme o pergaminho no qual havia escrito meu hino. Minha música de repente parecia audaciosa demais.

Ouvi Escépcis chamar meu nome. "Ana... venha, ofereça seu hino a Sofia."

"Eu o chamo de O trovão: A mente perfeita", disse a ela quando cheguei à frente do salão. Alguém soou um adufe. Quando o toque do tambor teve início, ergui o pergaminho e cantei.

> *Fui enviada do poder...*
> *Cuidado. Não me ignore.*
> *Sou a primeira e a última*
> *Sou aquela que é reverenciada e aquela que é escarnecida*
> *Sou a meretriz e a santa*
>
> *Sou a esposa e a virgem*
> *Sou a mãe e a filha*

Parei e olhei para os rostos, notando tanto admiração quanto perplexidade. Diodora me observava intensamente, com o queixo apoiado nas mãos. Um sorriso se insinuou nos lábios de Yalta. Senti todas as mulheres que viviam dentro de mim.

> *Não me encare na pilha de esterco e deixe-me ser*
>   *[descartada*
> *Há de me encontrar nos reinos...*
>
> *Não tenha medo do meu poder*
> *Por que despreza meu medo e amaldiçoa meu orgulho?*
> *Sou aquela que existe em todos os medos e na coragem*
>   *[trêmula*

Fiz outra pausa, precisando recuperar o fôlego. As palavras que havia cantado pareciam girar sobre minha cabeça. Eu me perguntava de onde tinham vindo. Para onde iriam.

Eu, eu sou incrédula
E sou aquela cujo Deus é grandioso...

Sou a existência
Sou aquela que não é nada...

Sou a união e a separação
Sou a continuidade e a desintegração...
Sou a que todos podem ouvir e ninguém pode dizer

Continuei cantando e, quando o hino chegou ao fim, voltei devagar ao meu assento.

Conforme eu passava pelos bancos, uma mulher se levantou, então outra, até que todos estavam de pé. Olhei para Escépcis, incerta. "Estão lhe dizendo que é filha de Sofia", Escépcis disse. "Estão lhe dizendo que ela está muito satisfeita."

Lembro-me de maneira vaga do restante da noite. Sei que cantamos sem parar, primeiro os homens, depois as mulheres, finalmente nos juntando em um único coro. Sistros eram chacoalhados e tambores de pele de cabra eram rufados. Dançamos, fingindo atravessar o mar Vermelho, rodando para um lado e para o outro, exaustos e delirantes, até que o amanhecer veio, então nos viramos para o leste e encaramos a luz.

XXIV

Uma tarde, perto do fim do inverno, Escépcis entrou inesperadamente na minha sala sagrada com amostras de couro, papiro, uma haste de medição, agulhas, fio, cera e uma tesoura enorme. "Vamos transformar seus rolos de pergaminho em códices", ela disse. "Um livro encadernado é a melhor maneira de garantir que seus escritos perdurem."

Ela não esperou pelo meu consentimento, o qual eu teria dado cem vezes — já espalhava o material que trouxera pela mesa. A tesoura era idêntica àquela que eu usara para cortar o cabelo de Jesus no dia em que lhe dissera que esperava um filho.

"Com quais pergaminhos deseja começar?", Escépcis perguntou.

Eu a ouvira, mas não conseguia parar de olhar para as lâminas da comprida tesoura de bronze. A recordação despertava uma sensação de queda livre no meu peito.

"Ana?", Escépcis disse.

Balançando a cabeça para afastar a lembrança, peguei os rolos de pergaminho que continham minhas histórias das matriarcas e os coloquei sobre a mesa. "Desejo começar pelo começo."

"Observe com cuidado e aprenda. Mostrarei como fazer o primeiro livro, mas os outros deverá fazer sozinha." Ela mediu e marcou os pergaminhos e a capa de couro. Quando cortou, fechei os olhos, lembrando-me do som do corte, da sensação do cabelo dele em meus dedos.

"Viu? Não danifiquei nenhuma de suas palavras", Escépcis disse quando terminou, parecendo confundir minha aflição com inquietação quanto a suas habilidades com a tesoura. Não a corrigi. Segurando uma folha branca de papiro, Escépcis acrescentou: "Cortei uma folha a mais para que você possa escrever o título". Então começou a costurar as páginas dentro da capa de couro.

"Agora", ela disse, "o que a incomoda, Ana? É Aram?"

Hesitei. Tinha exposto meus medos e anseios a Yalta e Diodora, mas não a Escépcis. Então falei: "Quando a primavera chegar, fará dois anos que não vejo meu marido".

Ela sorriu levemente. "Entendo."

"Meu irmão prometeu me mandar uma carta quando fosse seguro retornar à Galileia. Uma criada da casa de meu tio deve trazê-la para mim, mas meu tio impedirá minha partida."

Parecia impossível que a milícia judaica ainda vigiasse a estrada depois de todos aqueles meses; seu acampamento havia se tornado um posto avançado permanente.

Escépcis enfiava e puxava a agulha, usando um martelinho de ferro para forçá-la a atravessar o couro. Ela falou: "O menino do sal me disse que os soldados construíram uma pequena cabana de pedra para dormir e um cercadinho para uma cabra. Também contrataram uma mulher local para preparar suas refeições. É uma prova da paciência de Aram e de sua necessidade de vingança."

Eu já havia ouvido aquilo de Yalta. Ouvir de novo me deixava ainda mais desconsolada.

"Não sei por que a carta não chegou", eu disse. "Mas não acho que consiga permanecer aqui por muito tempo mais."

"Vê como faço um pesponto para deixar um nó duplo?", ela perguntou, com toda a sua atenção focada no livro. Não falei mais nada.

Quando o códice estava terminado, Escépcis o colocou em minhas mãos. "Se sua carta vier, farei o que puder para ajudá-la", ela disse. "Mas ficarei triste em vê-la partir. Se seu lugar é na Galileia, Ana, assim será. Apenas quero que saiba que estaremos aqui caso deseje retornar."

Ela foi embora. Baixei os olhos para o códice, aquela pequena maravilha.

XXV

Então veio um dia fragrante de primavera. Eu tinha acabado de transformar meus últimos rolos de pergaminho em livros, uma tarefa a que me dedicara por semanas com uma urgência que não conseguia explicar. Agora, sozinha em casa, olhava para a pilha de códices com alívio, depois estupefação. Talvez minhas palavras de fato perdurassem.

Yalta deixara a casa para ir à biblioteca, e Diodora estava cuidando de Teano, que estava às portas da morte. Escépcis já havia ordenado que lhe fizessem um caixão — uma caixa simples de madeira de acácia. Mais cedo, enquanto dava água aos animais, eu ouvira o insistente martelar na oficina de carpintaria.

Ansiosa para mostrar a Diodora e Yalta minha coleção de códices, apressei-me a completar uma última tarefa antes que retornassem. Enchi a paleta de tinta e escrevi um título na página em branco de cada livro, soprando depois para secar.

As matriarcas
Os contos de terror
Fasélia e Herodes Antipas
Minha vida em Nazaré
Lamentações por Susana
Jesus, Amado
Yalta de Alexandria
Chaya: a filha perdida
Os modos dos terapeutas
O trovão: a mente perfeita

Lembrando-me de Enheduana, que assinou seus escritos, reabri os livros e incluí meu nome: Ana. Não Ana, filha de Matias nem Ana, esposa de Jesus. Só Ana.

Deixei apenas um códice sem assinar. Quando ergui o cálamo sobre a página de *O trovão: a mente perfeita*, minha mão não se moveu. As palavras naquele livro vinham de mim, mas também de algo além. Fechei a capa de couro.

Uma reverência tomou conta de mim enquanto dispunha os livros dentro do nicho na parede, por fim colocando a bacia de encantamento por cima. Quando dei um passo atrás para ver melhor, Yalta entrou na sala.

Panfile estava ao seu lado.

XXVI

Meus olhos dispararam para a algibeira de pele de cabra na mão de Panfile. Ela a ofereceu a mim sem dizer uma palavra, com o rosto tenso.

Aceitei a algibeira, mas me atrapalhei com o nó no cordão de couro, meus dedos parecendo grossos como pepinos. Soltando-o, olhei para dentro e encontrei um rolo de pergaminho. Queria tirá-lo de lá e lê-lo no mesmo instante, mas dei um nó solto para fechar a algibeira. Yalta olhou para mim e pareceu compreender que eu não desejava companhia enquanto lesse, nem mesmo a dela.

"Um mensageiro chegou com isso três dias atrás", Panfile disse. "Contratei uma carroça puxada por burro assim que pude. Apião acha que fui visitar minha família em Dionísias. Levei-o a acreditar que meu pai estava doente."

"Obrigada, Panfile. Fez bem."

"É a Lavi que deve agradecer", ela disse, endurecendo o rosto. "Foi ele que insistiu que eu permanecesse na casa de Aram por todos esses meses, aguardando por sua carta. Se dependesse de mim, teria ido embora de lá há muito tempo. Acho que meu marido é mais leal a você do que a mim."

Eu não sabia como responder àquilo — talvez ela estivesse certa. "Lavi está bem?", perguntei, esperando distraí-la.

"Está feliz com seu trabalho na biblioteca. Seus superiores o elogiam muito. Eu o visito sempre que posso. Ele alugou uma pequena habitação."

Cada momento que a carta permanecia sem ser aberta era uma agonia, mas era minha obrigação emprestar meus ouvidos a ela.

"Viu uma colônia de soldados na estrada, perto da guarita?", Yalta perguntou.

"Sim. E vi o mesmo tipo de soldado na casa de Aram. Um deles o visita toda semana."

"Sabe do que falam?", perguntei.

Ela me olhou fixamente. "Espera que eu fique ouvindo atrás da porta?"

"Não desejo que faça nada que a coloque em risco."

"Você deve estar preparada para passar pelos soldados na volta", Yalta disse. "Não há perigo para você, mas eles revistam todos que vão para o leste, em busca de Ana e de mim. Você será parada. Se perguntarem, diga que não sabe de nós, que veio vender papiro."

"Vender papiro", ela repetiu, então voltou a fixar seu olhar em mim. "Não sabia que teria que contar mais mentiras por você."

"Só mais uma, e apenas se perguntarem", eu disse.

"Quero que isso termine", Panfile afirmou. "Agora que sua carta chegou, desejo apenas deixar o trabalho na casa de Aram e ir morar com meu marido."

Apertei os dedos em torno da carta na algibeira. *Seja paciente, Ana*, eu disse a mim mesma. *Esperou por tanto tempo. O que são mais alguns minutos?*

"Que notícias traz de Aram?", Yalta perguntou a ela.

"Na manhã seguinte à sua partida, os gritos dele puderam ser ouvidos por toda a casa. Ele procurou vocês em um acesso de fúria, buscando qualquer sinal de para onde teriam ido. Aram arrancou cobertas e estilhaçou cântaros de água. Quem acham que ficou responsável pela limpeza? Eu, é claro. Aram também investiu contra o scriptorium. Encontrei rolos de pergaminho no chão, tinta derramada, uma cadeira quebrada."

"Meu tio suspeitou de sua ajuda?", perguntei.

"Ele ficou satisfeito de pôr toda a culpa em Lavi, mas não antes de interrogar a mim e ao resto dos criados. Nem mesmo Tadeu foi poupado." Ela cerrou as mãos em punho e imitou Aram. "'Como conseguiram fugir? Transformaram-se em fumaça e escaparam por baixo da porta trancada? Saíram voando pela janela? Quem de vocês destrancou a porta?' Ele ameaçou nos açoitar. Foi só com a intervenção de Apião que nos poupou."

Estava claro o quanto Panfile havia sofrido sob o teto de Aram, separada de Lavi. "Sinto muito", eu disse. "Você foi uma amiga corajosa e verdadeira." Empurrei um banco para ela. "Aqui, descanse. Voltarei em breve. Yalta vai lhe trazer comida e água. Você passará a noite conosco."

Deixei a casa, pouco à vontade, passei pela assembleia, pela oficina, pelo aglomerado de casas e pelo abrigo de animais, controlando-me para não correr. Quando passei pelos eucaliptos, acelerei o passo, depois peguei a escarpa em direção ao penhasco.

Encontrei uma pedra grande e arredondada no meio do caminho e sentei com as costas contra ela, deixando que sua força me desse apoio. Meu coração se alvoroçava. Inspirei fundo, abri a algibeira e tirei o pergaminho.

> *Querida irmã,*
> *Espero que tenha recebido minha carta anterior,*
> *explicando por que não era seguro voltar.*

Meus lábios se entreabriram. Judas havia me escrito antes. Por que eu não recebera a carta?

> *O perigo para você na Galileia ainda não passou*
> *por completo, embora tenha diminuído. Antipas*
> *está totalmente consumido pelo desejo de ser nomeado*
> *por Roma rei dos judeus.*
> *Na semana passada, entramos na Judeia em*
> *nosso caminho para Jerusalém, onde ficaremos durante*
> *o Pessach. Antipas não reina aqui. Venha até nós*
> *depressa. Pegue um barco com Lavi até Jafa e siga*
> *para Betânia. Estamos hospedados na casa de Lázaro,*
> *Maria e Marta.*
> *O reino está ao alcance da mão. Vastas multidões*
> *na Galileia e na Judeia agora aclamam Jesus como*

o Messias. Ele acredita que a plenitude do tempo chega e deseja tê-la ao seu lado. Pediu-me que dissesse que está bem. Eu, no entanto, devo alertá-la dos perigos. A aparição do Messias dá coragem ao povo, e fala-se muito em revolução. Jesus prega todos os dias no templo, e as autoridades judaicas destacaram espiões para nos vigiar assim que atravessamos os portões. Se houver tumulto, a guarda do templo certamente vai prendê-lo. Jesus continua acreditando que o reino de Deus virá sem a espada. Mas sou tão cínico quanto zelote. Só sei que não podemos deixar este momento passar. Se for necessário, farei o que for preciso neste Pessach para garantir que as massas se ergam e finalmente derrubem os romanos. O sacrifício de um por muitos.

No momento em que escrevo, estou sentado no pátio de Lázaro, onde sua amiga Tabita toca a lira, preenchendo o ar com a mais doce música. Jesus foi ao monte das Oliveiras para rezar. Ele sente sua falta, Ana. Pede-me que envie seu amor. Esperamos por você.

Seu irmão,
Judas
10º dia do shevat

As palavras de Judas me abalaram. *Farei o que for preciso neste Pessach... O sacrifício de um por muitos.* O que ele queria dizer com aquilo? O que estava tentando me comunicar? Comecei a respirar muito depressa, como se tivesse corrido uma longa distância. Minha cabeça girava em confusão. Virei o pergaminho, desejando que ele tivesse se explicado no verso, mas não havia palavras ali.

Reli a carta. Daquela vez, trechos diferentes tomaram minha mente, frases interrompidas. *Deseja tê-la ao seu lado... Pede-me que envie seu amor... Ele sente sua falta...* Como eu havia suportado aqueles dois anos sem Jesus? Comprimi a carta contra o peito e a mantive ali.

Tentei calcular o tempo. Judas a havia escrito no inverno, sete semanas antes. Faltavam catorze dias para o Pessach. Enfiei o pergaminho na algibeira e fiquei de pé. *Devo ir a Jerusalém, e depressa.*

XXVII

Yalta estava sozinha no pátio. Coloquei a carta em sua mão, sem perguntar sobre o paradeiro de Panfile. Enquanto minha tia lia, eu observava seu rosto e notei a surpresa em sua expressão perto do fim. "Finalmente retornará ao seu marido", ela disse. Esperei que continuasse falando, mas foi em vão.

"Devo encontrar uma maneira de partir pela manhã."

Yalta não mencionaria o estranho comentário de Judas sobre garantir que as massas se erguessem? Atrás dela, a luz diminuía. Centelhas dourado-escuras pairavam sobre o lago à distância. "O que meu irmão quis dizer com o sacrifício de um por muitos?", perguntei. "Do que falava?"

Observei-a entrar sob os ramos da tamargueira, pensativa. Sua necessidade de deliberar me deixou inquieta.

"Acho que sei o que ele quer dizer", falei, baixo. Soubera antes mesmo de terminar a carta, mas não suportara reconhecê-lo naquele momento. Parecera-me impossível que meu irmão fosse tão longe, mas, parada debaixo da árvore com Yalta, visualizei a criança cujo pai havia sido assassinado pelos romanos e cuja mãe havia sido vendida para ser escravizada, o menino que jurara se vingar deles, e soube — sim, ele iria assim longe.

"*Judas*", Yalta sibilou. De canto de olho, identifiquei um lagartinho verde subindo pela parede de pedra. "Sim, é claro que sabe o que ele quer dizer. Você o conhece melhor do que ninguém."

"Diga o que é, por favor. Não posso fazê-lo."

Sentamo-nos no banco, e ela levou uma mão às minhas costas. "Judas pretende ter sua revolução, Ana. Se Jesus não a realizar pacificamente, ele vai iniciá-la à força. E a maneira mais segura de incitar as massas é fazer com que os romanos executem o Messias."

"Ele entregará Jesus aos romanos", sussurrei. Ao dizer tais palavras, senti como se estivesse caindo da beirada do mundo. Durante o tempo que estávamos no Egito, eu havia guardado milhares de lágrimas, que deixei que corressem soltas agora. Yalta puxou minha cabeça para seu ombro e me deixou extravasar o medo, a impotência e a fúria.

O dilúvio prosseguiu por muitos minutos. Depois, experimentei um estado de calma. "Por que Judas seria tão imprudente a ponto de revelar sua intenção a mim?", perguntei.

"É difícil saber. Confessá-la a você talvez tenha sido um modo de aliviar sua culpa."

"Judas não sente culpa quando se trata de derrubar os romanos."

"Talvez estivesse tentando encontrar a coragem para seguir adiante com isso. Como se jogasse seu saco de dinheiro do outro lado do muro para garantir que ia escalá-lo."

Ela fazia seu melhor para atender minha necessidade de compreender pelo menos parte das intenções distorcidas de Judas, mas então me dei conta de que aquilo era inútil. "Nunca compreenderei nada disso", eu disse. "E, no momento, não importa. Só importa que eu chegue a Jerusalém." Levantei-me e espiei por cima do muro na direção da estrada, com outra ansiedade tomando conta de mim — Aram e seus soldados.

Naquele momento, Escépcis e Diodora adentraram o pátio. "Teano morreu", Escépcis anunciou. "Diodora e eu acabamos de preparar o corpo..."

"Aconteceu algo?", Diodora interrompeu, notando meus olhos vermelhos. Ou talvez o clima tenso e ameaçador.

Peguei a carta de Judas e a li para elas, então me esforcei ao máximo para elucidar o plano dele. Diodora, que não sabia nada de messias judeus e zelotes radicais, pareceu muito confusa. Ela me pegou em seus braços. "Fico feliz que verá seu marido, mas triste porque vai nos deixar." Então se virou para a mãe. "Partirá também?", perguntou de maneira despretensiosa. Seu rosto entregava o medo.

"Permanecerei aqui", Yalta disse, olhando para mim, em vez de para a filha. "Encontrei Diodora e não posso deixá-la de novo. Além disso, estou velha demais para fazer a jornada, e o Egito é o meu lar. Estou satisfeita aqui, entre os terapeutas. Ficarei triste por me ver separada de você, Ana, mas não posso partir."

Senti um aperto dentro de mim, mas me recusei a demonstrar minha decepção. "Eu compreendo, tia", disse. "Sua decisão é como deve ser."

Sombras começavam a escurecer as beiradas do pátio. Diodora entrou na casa para pegar uma lamparina, embora me deixasse a impressão de que saíra por delicadeza, de modo a evitar que eu notasse sua alegria.

Ela retornou com uma expressão confusa no rosto. "A mulher que dorme lá dentro... é a criada da casa de Aram que me levou até seus aposentos."

"Sim, Panfile", Yalta disse. "Ela entregou a carta de Judas. Estava cansada. Dei-lhe um pouco de camomila."

Nós nos acomodamos em torno do círculo de luz, e fiz a pergunta que pairava sobre tudo: "Como passarei pelos soldados?". Olhei em seus rostos — eu não tinha resposta. Elas me encararam de volta — tampouco tinham.

"Não há maneira de ir embora a não ser pela estrada que os soldados guardam?", Diodora perguntou. "Não há uma trilha que os contorne?"

Escépcis negou com a cabeça. "Estamos cercados por penhascos. A estrada é a única maneira de partir, e os soldados estão posicionados perto demais da guarita para deixar de notar quem quer que venha ou vá."

"Não pode se disfarçar de alguma maneira?", Diodora perguntou. "Como uma velha? Poderia cobrir a cabeça e usar uma muleta."

"Duvido que se deixariam enganar", disse Yalta. "É arriscado demais. Porém..."

Incitei-a a falar. "O quê? Devemos considerar tudo."

"Panfile partirá amanhã. A carroça em que chegou é grande o bastante para que você se esconda atrás." Ela olhou para Escépcis e encolheu os ombros, incerta. "E se a escondêssemos debaixo dos sacos de sementes?"

"Os soldados sempre vasculham as carroças que trazem farinha e sal", Escépcis disse. "Vasculharão a de Panfile também."

Elas ficaram quietas. Uma leve desesperança cinzenta se esgueirava. Eu não queria que desistissem. Era verdade que eu não acreditava mais no Deus da salvação, apenas no Deus da presença, mas acreditava em Sofia, que sussurrava coragem e sabedoria no meu ouvido dia e noite para que a escutasse, e era o que eu tentava fazer naquele momento.

O que ouvi foi um martelar. Vago, mas tão claro que por um momento pensei que Panfile havia despertado e batia na porta de dentro da casa. A constatação de que o som ecoando na minha cabeça na verdade era uma lembrança me sobressaltou. Soube no mesmo instante do que se tratava. Tinha ouvido naquela manhã, enquanto dava água aos animais. Era o martelar da oficina em que o caixão de Teano era feito.

O som levou a uma ideia. Eu disse: "Há uma única maneira de eu sair daqui em segurança: dentro do caixão de Teano".

Elas permaneceram ali, com o rosto sem expressão.

"Eu não ficaria muito tempo dentro do caixão, só enquanto Panfile guia a carroça até uma distância razoável dos soldados. Eu correria qualquer risco para chegar a Jesus, e esse é o menor de todos. Os soldados nunca pensariam em abrir o caixão."

"É verdade", Diodora disse. "Violar os mortos é uma ofensa grave. Abrir um caixão pode significar a morte."

"E, para os judeus, cadáveres são impuros", acrescentei. Tentei ler a expressão de Yalta, mas não fui capaz. Ela devia pensar que minha ideia era estranha demais. "Acredito que é a própria ousadia da ideia que vai fazê-la funcionar", continuei. "Discorda de mim, tia?"

Ela disse: "Acho que a ideia de sair daqui dentro do caixão de Teano é absurda, mas também engenhosa, Pequeno Trovão."

Meus olhos se arregalaram. Ninguém nunca havia me chamado daquele jeito a não ser Jesus. Recebi o nome vindo dela como uma responsabilidade. *Vá, seja nuvens borbulhando, arpões de luz e rugidos de partir o céu.*

"Agora", ela continuou, "vamos imaginar que você seja bem--sucedida nesse ato insano."

Todas nos viramos claramente para Escépcis, que encarava as linhas azuis nas costas de suas mãos. Nada daquilo poderia ser feito sem ela. Eu estava propondo que confiscássemos o caixão de Teano, de modo que precisariam fazer outro rapidamente para ele. Mais ainda: se Escépcis se envolvesse na trama, estaria enganando toda a sua comunidade.

"Luciano é nossa maior preocupação", ela disse. "Se suspeitar que não é Teano no caixão, dirá aos soldados, e Ana certamente será descoberta." Ela ficou quieta, ponderando. Quando ergueu o rosto, seus olhos dançavam, como os de uma coruja. "Teano desejava ser enterrado aqui, mas espalharei o boato de que pretendia ser enterrado na tumba de sua família em Alexandria. Isso é bastante típico de nossos membros mais abastados. A família de Teano não é rica, mas deve ter o bastante para uma tumba de tijolos e barro, estou certa disso. Direi a todos que a criada que entregou a carta... qual é o nome dela?"

"Panfile", respondi, espantada com os detalhes que ela antecipava. Até aquele momento, Luciano nem tinha vindo à minha mente.

"Explicarei que Panfile foi enviada pela família de Teano para levar seu corpo a Alexandria. Isso deve resolver o assunto."

"Será o fim do posto avançado de soldados ao nosso portão", disse Yalta. "Se Ana não estiver mais aqui, não haverá mais necessidade de soldados."

"E quanto a você?", perguntou Diodora, olhando para Yalta. "Aram ainda quer vê-la presa."

Escépcis ergueu um dedo. Eu sabia que aquilo era um bom sinal. "Quando Ana estiver distante, anunciarei à comunidade que ela retornou ao marido na Galileia e que Yalta fez seus votos para permanecer conosco pelo resto da vida. Não vai demorar muito para a notícia chegar aos ouvidos de Aram, através de Luciano. Acho que Aram ficará aliviado em ter um motivo legítimo para pôr um fim nisso."

"No mínimo, meu irmão ficará satisfeito em não precisar mais pagar os soldados de seu próprio bolso. Se manteve o posto avançado por todo esse tempo, foi para não parecer que recuou."

Admirei o plano que tinha acabado de se formar, temendo em igual medida que fracassasse.

Diodora disse: "O que faremos com o pobre Teano nesse meio-tempo?"

"Isso é fácil. Vamos mantê-lo escondido em sua casa até que Ana tenha partido", Escépcis disse. "Então, nós três e Gaio, nosso carpinteiro, daremos a ele um sepultamento apropriado, sem que Luciano saiba."

Aquilo parecia simples.

"Ele é confiável?", Yalta perguntou.

"Gaio? Com toda a certeza. Assim que eu partir, pedirei a ele para começar a trabalhar esta noite em um segundo caixão e para abrir dois buracos em um deles, para ventilação."

Aquele detalhe fez um arrepio percorrer meu corpo. Imaginei o espaço apertado e sem ar, e me perguntei pela primeira vez se conseguiria seguir em frente com aquilo.

"A comunidade foi notificada para se reunir à primeira hora do dia para rezar pelo falecido Teano", Escépcis disse. "É importante que esteja entre nós, Ana."

"Quando ela será colocada no caixão?", Diodora perguntou. Seus olhos estavam arregalados e pareciam preocupados, e imaginei que também devia estar pensando no espaço apertado e sem ar.

"Depois das preces, Ana deve se esgueirar para a oficina, onde Gaio pregará levemente a tampa do caixão com ela dentro. Quatro pregos curtos e nada mais. Vou instruí-lo a levar uma sovela na carroça para Panfile e outra dentro do caixão, para que Ana possa abrir a tampa sozinha. Então ele e seu ajudante carregarão a carroça. Enquanto isso, manterei Luciano ocupado."

Yalta estendeu as mãos nodosas para mim, e eu as aceitei. "Irei com Ana à oficina, para me certificar de que tudo será feito como devido", ela disse.

"Eu também", Diodora disse. "Não queremos que corra nenhum risco, irmã."

Um ruído chegou-nos de dentro da casa. Então passos. Panfile chamou: "Yalta? Ana?".

"Devo dizer que o maior risco é de que Panfile se recuse a abrir a tampa!"

Yalta riu. Ela foi a única que compreendeu meu gracejo desajeitado.

XXVIII

A princípio, Panfile pareceu concordar com nosso plano bem traçado, mas quando eu disse a ela que depois Lavi teria que viajar comigo para a Judeia, ela projetou o lábio inferior e cruzou os braços. "Então não ajudarei."

Atrás de mim, ouvi Yalta, Escépcis e Diodora suspirarem em uníssono. Na meia hora anterior, as três tinham se comportado como um coro grego diminuto, oferecendo refrãos e suspiros harmoniosos enquanto eu tentava convencer Panfile a participar de nosso subterfúgio. Estávamos reunidas na sala sagrada, que fora tomada pelo cheiro de óleo de palma das lamparinas. Yalta deixara aberta a porta que dava para o pátio, mas o pequeno cômodo estava abafado. Uma gota de suor descia por entre meus seios.

"Por favor, Panfile", pedi. "A vida do meu marido talvez dependa de sua resposta. Devo ir a Jerusalém impedir meu irmão."

"Sim, foi o que você disse."

Ela está gostando disso, pensei, *do poder que detém agora.* "Viajar sozinha é perigoso demais", insisti, sentindo as palavras como pedras na boca. "Sem Lavi, não poderei ir!"

"Então deve encontrar outra pessoa", ela disse.

"Não *há* outra pessoa."

"Isso precisa ser resolvido depressa", Escépcis interrompeu. "Se for partir dentro do caixão, devo alertar Gaio imediatamente. E Panfile deve vir comigo e passar a noite em minha casa. De outro modo, poderão perguntar o que uma criada da família de Teano fazia em sua casa."

Sim, por favor, leve-a.

Tentei de novo. "Se está preocupada que Lavi possa não retornar a Alexandria, garanto que tenho dinheiro o bastante para comprar a passagem de volta. Mostrarei a você, se quiser."

"Não preciso ver o dinheiro. Confio que o mandaria de volta."

"Então qual é o problema?", Diodora perguntou.

Os olhos de Panfile pareceram encolher. "Já passei cinco meses separada de meu marido por sua causa. Não pretendo prolongar isso."

Eu não sabia como convencê-la. Ela sentia falta do marido. Como eu poderia culpá-la? Impotente, olhei para Yalta, que passou por mim e se aproximou de Panfile, em um último esforço. Lembro-me de ter pensado: *É aqui que o rio se divide.* Fosse ou não verdade, eu sentia que minha vida seria decidida naquele momento. Correria por um ou outro caminho.

Yalta falou com uma gentileza que lhe era incomum. "Sabia que Ana está separada de seu próprio marido há dois anos?"

Então eu vi — uma suavização nas feições de Panfile.

"Sinto muito pelos meses que esteve separada de Lavi", eu lhe disse. "Conheço essa dor. Sei como é deitar na cama e ansiar pelo marido, despertar e sentir sua ausência." Ao dizer aquilo, senti Jesus se movendo nos limites dos meus olhos, como um sonho perdido.

Panfile disse: "Se Lavi partir, quanto tempo ficará fora?".

Um pingo de esperança. "Três semanas, talvez. Não mais."

"E o que acontecerá com sua posição na biblioteca? Será mantida para ele?"

"Eu me correspondo com um estudioso de lá", disse Escépcis, que batia um dedo impacientemente na mesa. "Posso garantir que deem uma licença a seu marido."

Panfile soltou os braços. "Que seja como querem", ela disse.

Não consegui dormir aquela noite, apesar da camomila de Yalta. Minha mente girava. Nas profundezas da noite, levantei-me da esteira e passei por Diodora e Yalta, que soltava ruídos baixos durante o sono.

De pé na escuridão da sala sagrada, senti o fim de minha estada ali. Minha grande bolsa de viagem feita de lã estava sobre a mesa, cheia de coisas. Diodora e Yalta tinham me observado em silêncio enquanto eu a preparava. Ali dentro estava a algibeira que guardava o fio vermelho, a carta de Judas, meu retrato, dinheiro, duas túnicas, um manto e roupas de baixo. Eu havia deixado o vestido alexandrino em preto e vermelho para Diodora. Não teria mais utilidade para ele.

Mal podia aguentar olhar para o nicho onde estavam meus dez códices, em uma torre inclinada, com a bacia de encantamento empoleirada em cima. Não poderia levá-los comigo. Poderia ter preparado uma segunda bolsa e apertado cinco códices dentro, talvez seis, mas algo inexplicável dentro de mim insistia para que os livros permanecessem juntos. Eu os queria ali, entre os terapeutas, onde poderiam ser lidos, preservados e talvez estimados. Movi-me pelo cômodo, despedindo-me de tudo.

A voz de Yalta chegou da porta. "Guardarei suas palavras até que retorne."

Virei-me para ela. "É improvável que eu retorne, tia. Sabe disso."

Ela assentiu, aceitando o que eu havia dito sem questionar.

"Depois que eu partir, leve meus escritos para a biblioteca, com os outros manuscritos", eu disse. "Estou pronta para que outros os leiam."

Ela veio para perto de mim. "Lembra-se daquele dia em Séforis em que abriu seu baú de cedro e me mostrou seus escritos pela primeira vez?"

"Não esqueci e nunca esquecerei", eu disse.

"Você era notável. Tinha catorze anos e era toda rebelião e anseios. Era a criança mais teimosa, determinada e ambiciosa que eu havia conhecido. Quando vi o que havia dentro do baú de cedro, eu soube." Ela sorriu.

"Soube o quê?"

"Que havia grandeza em você. Que possuía uma generosidade de talentos que muito raramente vêm ao mundo. E você também sabia, porque escreveu isso na sua bacia. Mas todos temos alguma grandeza em nós, não é mesmo, Ana?"

"Do que está falando, tia?"

"O que mais a destaca é seu espírito, que se rebela e persiste. Não é sua grandeza o que mais importa, é sua paixão em trazê-la à tona."

Olhei para ela, sem conseguir falar. Fiquei de joelhos. Não sei por quê, mas me sentia dominada pelo que ela havia dito.

Yalta colocou a mão na minha cabeça. Então disse: "Minha própria grandeza foi abençoar a sua".

XXIX

O caixão que se encontrava no chão no meio da oficina cheirava a madeira fresca. Yalta, Diodora e eu nos reunimos ao seu lado e olhamos sombriamente para seu interior vazio.

"Não pense nisso como um caixão", Diodora aconselhou.

"Não devemos demorar", Gaio disse. "Agora que as preces para Teano se encerraram, os membros vão se alinhar pelo caminho, desejosos de seguir a carroça até a guarita. Não podemos arriscar que um deles passe por aqui e as veja. Depressa." Ele segurou meu cotovelo enquanto eu entrava no caixão. Fiquei ali de pé um momento antes de me sentar, incapaz de pensar na caixa de madeira como qualquer outra coisa além do que era. Então disse a mim para não pensar em nada.

Diodora se inclinou e beijou minhas bochechas. Depois Yalta. Quando minha tia assomou sobre mim, tentei memorizar seu rosto. Gaio colocou a bolsa de viagem aos meus pés e a sovela na minha mão. "Segure bem." Deitei e olhei para o teto da sala iluminada. A tampa deslizou sobre mim. Então veio a escuridão.

O caixão tremeu enquanto Gaio prendia a tampa com quatro pregos, fazendo minha cabeça bater contra o fundo. Na imobilidade que se seguiu, tomei consciência de dois finos raios de luz. Eles me lembravam da trama fina de uma teia de aranha iluminada pelo sol e pelo orvalho. Virei a cabeça e encontrei a fonte, uma mínima perfuração de cada lado. Os buracos de ventilação.

O caixão foi erguido com um solavanco. Despreparada, deixei um gritinho escapar. "Terá que fazer mais silêncio que isso", Gaio disse, e a impressão era de que estava longe.

Enquanto me carregavam para fora, preparei-me para outro solavanco, mas o caixão foi deslizado suavemente para dentro da carroça. Não identifiquei o momento em que Panfile entrou, de modo que talvez já estivesse lá, mas ouvi um zurro do burro e senti o balanço da carroça quando começamos a descer a encosta.

Fechei os olhos para não ver a tampa do caixão, que estava a um palmo de distância do meu nariz. Concentrei-me no ruído surdo da carroça e na cantoria abafada que começou a nos acompanhar. *Não pense, não pense. Logo estará terminado.*

Depois que fizemos uma curva fechada para norte, a cantoria foi ficando cada vez mais distante, e eu soube que tínhamos passado pela guarita e entrado na estrada. Momentos depois, um dos soldados gritou "pare!", e as rodas da carroça obedeceram. As batidas do meu coração ficaram tão fortes que imaginei que o som fluísse pelos buracos da ventilação. Tive medo de respirar.

O soldado se dirigiu a Panfile. "Foi-nos dito que um membro dos terapeutas morreu. Aonde o leva?"

Foi difícil ouvir a resposta. "A sua família em Alexandria", pareceu-me que Panfile havia dito.

Um alívio percorreu meu corpo. Imaginei que fossem nos dar passagem, mas a carroça não se moveu. As vozes dos soldados se aproximaram, indicando que se dirigiam à parte posterior da carroça. Uma onda de pânico começou a tomar conta de mim. Abri os olhos, mas só vi a tampa do caixão. Arfei e fechei-os de novo. *Não se mova. Não pense.*

Ficamos ali por um momento interminável, por motivos que não consegui concluir. Então ouvi um deles dizer: "Não há nada nos fundos, só o caixão".

De repente, a carroça avançou.

Seguimos adiante, sacudindo pela estrada acidentada por muito mais tempo do que parecia necessário. Panfile tinha sido instruída a parar a carroça quando os soldados estivessem fora de vista, de preferência em um trecho vazio de estrada, para me libertar. O calor dentro do caixão aumentava. Peguei a sovela e bati contra a lateral do caixão. Não sabia se havia gente por perto, mas não me importava. Forcei a extremidade da ferramenta sob a tampa e tentei forçá-la para cima, mas não havia espaço suficiente dentro para que meus braços se levantassem ou fizessem pressão. Bati com mais força na lateral do caixão. "Panfile!", gritei. "Pare agora e me solte!"

A carroça viajou por mais alguns minutos antes de parar.

Ouvi o rangido da madeira quando ela colocou a sovela por baixo da tampa e abriu o caixão. Uma onda deslumbrante de luz me inundou.

Lavi e eu partimos para a Judeia no quinto dia do nissan.

JERUSALÉM
BETÂNIA
30 d.C.

I

Conforme eu e Lavi chegávamos às cercanias de Jerusalém, o declive do vale do Cédrom entrou em nosso campo de visão, iluminado por milhares de fogueiras de peregrinos. Espirais de fumaça clara vagavam pelo céu noturno, trazendo o cheiro de cordeiro assado. Era o décimo terceiro dia do nissan. Pessach.

Eu esperara chegar à casa de Lázaro, Maria e Marta antes que a noite caísse, cedo o bastante para fazer a refeição festiva com Jesus. Suspirei. Já devia ter acabado àquela altura.

Lavi e eu havíamos sofrido um atraso excruciante depois do outro. Primeiro, os ventos marítimos tinham nos abandonado, retardando nossa chegada. Então, andando para Jafa, tivéramos dificuldade de encontrar comida devido à multidão, o que nos forçara a fazer um desvio para comprar pão e queijo em vilarejos que não estavam em nosso caminho. Ficamos parados por horas em Lida por causa de uma tentativa dos soldados romanos de controlar a estrada movimentada para Jerusalém. Durante todo o percurso, eu repassara em minha mente o que diria a Judas, reassegurando-me de que ele ouviria. Eu era sua irmã mais nova, e ele me amava. Judas tentara me salvar de Natanael. Levara minha mensagem a Fasélia, contra seus próprios desejos. Ele ia me ouvir, e então abandonaria aquela insensatez de trair Jesus.

Enquanto eu olhava para a encosta, a urgência que sentia dentro de mim dificultava a respiração.

Lavi disse: "Precisa descansar?". Caminhávamos desde o nascer do dia.

"Meu marido e meu irmão estão do outro lado deste vale", respondi. "Descansarei depois de vê-los."

Percorremos o último trecho até Betânia em silêncio. Se eu não estivesse tão cansada, meus pés teriam começado a correr.

"As lamparinas no pátio ainda queimam", Lavi disse quando chegamos à casa dos amigos de Jesus, que agora eram meus amigos também. Ele bateu no portão, avisando que Ana, esposa de Jesus, havia chegado.

Eu esperava que Jesus viesse correndo abrir para nós, mas quem veio foi Lázaro. Ele parecia bem, nem de perto tão amarelo e pálido quanto o vira antes. Cumprimentou-me com um beijo. "Entrem, os dois."

"Onde está Jesus?", perguntei.

Seus passos ficaram mais lentos, mas ele avançou pelo pátio como se não tivesse ouvido. "Maria, Marta", chamou. "Vejam quem está aqui."

As irmãs se apressaram a sair da casa, abrindo os braços. Pareciam mais baixas e tinham o rosto mais redondo. Cumprimentaram Lavi com o mesmo calor com que no passado haviam recebido Tabita. Ao pensar nela, olhei em volta, mas minha amiga tampouco podia ser vista. Notei uma pilha de esteiras de dormir junto à parede do lado de fora. Acima delas, havia um manto desgastado de linho.

"Você e Lavi devem estar com muita fome", Marta disse. "Vou trazer as sobras da refeição do Pessach."

Enquanto ela o fazia, fui até o manto. Identifiquei meu trabalho rudimentar e desigual. Levei-o ao rosto — cheirava a ele. "Isto pertence a Jesus", eu disse a Maria.

Ela sorriu daquele seu modo sereno. "Sim, é dele."

"Isto também", Lavi falou, segurando um cajado feito de madeira de oliveira, aquele que Jesus entalhara sentado sob a árvore da casa de Nazaré.

Eu o peguei, cerrando os dedos em torno da madeira e sentindo o ponto liso e polido que sua mão havia desgastado.

"Faz algum tempo que Jesus e seus discípulos estão conosco", Maria disse, fazendo um sinal de cabeça para a pilha de esteiras. "Passam os dias na cidade e retornam à noite para dormir no pátio. Na semana passada, toda vez que Jesus entrava pelo portão, perguntava: 'Ana veio?'. Você parecia estar sempre na mente dele." Ela sorriu levemente. Mordi o lábio com força.

"Onde ele está?", perguntei.

"Celebrou o Pessach em Jerusalém, com seus discípulos."

"E não aqui com vocês?"

"Esperávamos que fizessem a refeição conosco, mas Jesus mudou de ideia hoje de manhã, dizendo que ficaria sozinho com seus discípulos na cidade durante o Pessach. Devo admitir que isso não agradou Marta. Ela havia preparado comida para todos eles, e posso atestar que comem bastante." Maria riu, mas sua risada saiu estranha, aguda e ansiosa.

"Judas estava entre eles?"

"Seu irmão? Sim. Dificilmente sai do lado de Jesus, a não ser..."

Esperei, mas ela não prosseguiu. "A não ser...?"

"Não é nada. É só que ontem, quando Jesus e os outros retornaram da cidade, Judas não estava com eles. Ouvi Jesus perguntar a Pedro e João se sabiam de seu paradeiro. Era bastante tarde quando seu irmão finalmente apareceu, e mesmo aí ele se manteve sozinho. Comeu à parte, ali no canto." Ela apontou para o outro lado do pátio. "Pensei que não devia estar se sentindo bem."

Duvidei que aquele estranho comportamento de Judas não tivesse importância, como ela sugeria, embora não pudesse dizer o que significava. Eu ainda segurava o cajado e o manto de Jesus, e com tanta força que tomei consciência de que meus dedos doíam. Abandonando os itens em um banco, caminhei até a abertura no muro do pátio e olhei para oeste, na direção de Jerusalém. "Jesus já não deveria ter retornado a esta altura?"

Maria veio se juntar a mim. "Ele tem o costume de rezar no monte das Oliveiras todas as noites, mas mesmo assim está bastante atrasado." Seu rosto estava ensombrecido, mas vi algo ali, algo mais que espanto com o atraso. Vi pavor.

"Ana?" A voz veio do outro lado do pátio, e eu não a ouvia fazia sete anos.

"Tabita!", gritei, correndo para ela ao mesmo tempo que ela corria para mim. Abraçamo-nos por um longo tempo, a orelha dela pressionada contra minha bochecha. Falávamos sem palavras e balançávamos juntas em uma espécie de dança. Fechei os olhos, lembrando-me das meninas que dançavam cegas.

"Nem consigo acreditar que está aqui", ela disse. "Não deve partir nunca mais." As palavras saíram lentas, medidas, através da língua grossa, como se fossem desajeitadas demais para a sua boca, mas cada sílaba estava ali.

"Você está falando com clareza!", eu disse.

"Tive muitos anos para praticar. A língua é uma criatura adaptável. Encontra um caminho."

Peguei suas mãos e as beijei.

Marta apareceu então, carregando uma bandeja de comida; Lázaro a seguia, com um cântaro de vinho se agitando. Enquanto Lavi e eu limpávamos as mãos, Maria pediu que Tabita pegasse a lira e tocasse para nós. "Nunca ouviram música igual", ela me disse.

Eu queria ouvir Tabita tocar, de verdade, mas não naquele momento. Naquele momento, queria que os quatro me falassem de meu marido — do que ele havia dito e feito. Queria saber do perigo que corria, do qual ninguém falava. Vi Tabita começar e não disse nada.

Maria estava certa quanto a uma coisa: eu nunca havia ouvido nada igual. Rápida, ousada e até engraçada, a música era sobre uma mulher que cortava fora a barba de seu torturador enquanto ele dormia, fazendo com que perdesse seus poderes. Tabita dançava enquanto tocava, girando pelo pátio, graciosa como sempre, e pensei em como ela adoraria os rituais do quadragésimo nono dia dos terapeutas, com a música e as danças incessantes.

Quando ela terminou, deixei de lado o pedaço de pão que estava prestes a molhar no meu copo de vinho e a abracei uma vez mais. Tabita estava sem fôlego, com o rosto bem vermelho. "Ontem mesmo toquei a lira enquanto seu marido e os discípulos dele comiam. Nunca esquecerei o que Jesus me disse quando terminei a música. 'Cada um de nós deve achar uma maneira de amar o mundo. E você encontrou a sua.' Ele é muito bondoso, seu marido."

Sorri. "Ele também é muito perspicaz. Você realmente encontrou a sua." *A maior ferida dentro de nós sempre encontra um caminho*, pensei.

Eu podia ver em seus olhos que ela desejava me confidenciar mais. "Tabita", sussurrei. "O que foi?"

"Pela maior parte dos anos em que estive aqui, recebi moedas cosendo roupas de viúva e dei uma porção delas a Marta em troca do meu sustento. Com o restante, comprei um vidro de nardo."

Franzi a testa, perguntando-me por que comprava um perfume tão caro, então me lembrei de que uma vez havíamos passado na testa uma da outra e feito um pacto de amizade.

"O aroma sempre me trazia lembranças agradáveis", ela disse. "Ontem, no entanto, depois que Jesus falou com tamanha bondade comigo, eu o peguei e ungi os pés dele. Queria lhe agradecer pelo que me havia dito, e o óleo era tudo o que eu tinha." Tabita olhou para os outros, atrás dela, que não tinham como não a ouvir. Então abaixou a voz. "O que eu fiz irritou seu irmão. Ele ralhou comigo, dizendo que eu devia ter vendido o unguento e dado o dinheiro aos pobres."

Judas, o que aconteceu com você?

"Jesus não o repreendeu?", perguntei, embora soubesse a resposta.

"Ele disse a Judas para me deixar em paz, que eu havia feito algo lindo. Seu tom foi cortante, e Judas partiu com raiva. Ah, Ana, temo que tenha causado dissidência entre eles."

Cobri as mãos dela com a minha. "A dissidência já estava ali." Sempre estivera ali, eu percebera, profundamente enterrada, com suas visões diversas de como estabelecer o reino de Deus.

Voltei ao meu prato, mas já não conseguia comer. Olhei para Maria, Lázaro e Marta. "Agora me dirão o que os aflige? Sei que Jesus corre perigo. Judas escreveu isso em sua carta. Digam-me o que sabem."

Lázaro se ajeitou no banco, entre as duas irmãs. Ele disse: "A fama de Jesus se espalhou, Ana. O povo acredita que ele é o Messias, rei dos judeus".

"Ouvi falar a respeito quando estava em Alexandria", eu disse, quase aliviada por Lázaro não ter me dito nada de novo. "Também fiquei preocupada com isso. Herodes Antipas passou a vida tentando se tornar rei dos judeus. Se o conhecimento chegar a ele, agirá em retaliação."

Silêncio. Desconforto. Ninguém olhou para mim.

"O que foi?", perguntei.

Maria cutucou o irmão. "Diga a ela. Não devemos esconder nada."

Quando Tabita deixou a lira de lado, um de seus dedos prendeu em uma corda, e o ruído produzido foi um leve lamento. Fiz sinal para que se sentasse ao meu lado, e ficamos bem próximas.

"Antipas já sabe que o povo chama Jesus de rei dos judeus", Lázaro disse. "Não há uma alma em Jerusalém que não tenha ouvido a respeito, inclusive os romanos. Mas o governador, Pilatos, é uma ameaça ainda maior que Antipas. Ele é conhecido por sua brutalidade. Esmagará qualquer um que perturbe a paz na cidade."

Estremeci, e não foi por causa do frio se infiltrando no ar noturno.

"No último domingo, Jesus entrou em Jerusalém montado em um burro", ele disse. "Há uma profecia que diz que o rei Messias chegaria a Jerusalém humildemente, sentado em um asno."

Eu conhecia a profecia. Todos conhecíamos. Que Jesus tivesse feito aquilo me deixava sem palavras. Era uma ostensiva aceitação do papel. Mas por que aquilo me chocava? Pensei na epifania que ele havia tido ao ser batizado, na revelação de que devia agir, em como havia partido com João.

"A multidão o seguiu", Lázaro continuou. "Todos gritavam: 'Hosana, bendito aquele que vem em nome do Senhor'."

"Estávamos lá", Maria acrescentou. "As pessoas estavam tomadas pelo júbilo, acreditando que logo estariam livres dos romanos e que o reino de Deus teria início. Você precisava ver, Ana. Elas quebravam galhos de árvores e os espalhavam no caminho dele. Caminhamos logo atrás, com seus discípulos, e nos juntamos a eles."

Se eu tivesse estado lá, teria tentado impedir ou abençoado a necessidade feroz que o guiava? Eu não sabia; com toda a sinceridade, eu não sabia.

Lázaro foi até a abertura no muro, como eu havia feito pouco antes, e olhou através do vale, na direção da cidade, como se tentasse adivinhar onde, em meio à teia de ruas estreitas, sinuosas e febris, estava seu velho amigo. Só o observamos: de costas para nós, com as mãos juntas atrás do corpo, esfregando os dedos incansavelmente. "Jesus se proclamou o Messias", Lázaro disse, virando-se para nós. "Ele o fez acreditando que Deus agirá, mas não foi apenas uma declaração religiosa. Foi também política. É isso que mais me preocupa, Ana. Pilatos sabe que o Messias judeu deve derrubar Roma. Ele levará isso a sério."

Todo aquele tempo, Marta ficara em silêncio, mas vi quando se endireitou no banco e puxou o ar. Então disse: "Há mais uma coisa, Ana. Um dia depois de Jesus anunciar-se sobre o burro, ele voltou a Jerusalém e... diga-lhe, Maria".

A irmã lhe lançou um olhar sentido. "Sim, ele retornou à cidade e deu início a uma... a uma comoção no templo."

"Foi mais do que isso", disse Marta. "Foi uma revolta."

Maria lhe lançou outro olhar exasperado.

"O que quer dizer com isso?", perguntei.

"Dessa vez, não estávamos presentes", Maria disse. "Mas seus discípulos disseram que ele se enfureceu com a corrupção dos cambistas e dos homens que vendiam animais para sacrifício."

Marta interrompeu. "Ele virou suas mesas, espalhando moedas, e chutou os assentos dos vendedores de pombos. Gritou que haviam transformado o templo em um covil de ladrões. Pessoas corriam para pegar as moedas. A guarda do templo foi chamada."

"Mas ele não se machucou?"

"Não", Maria disse. "Surpreendentemente, as autoridades do templo não o prenderam."

"Sim, mas Caiafás, o sumo sacerdote, está contra ele agora", Lázaro disse. "Não me agrada admitir, mas Jesus corre grande perigo."

Tabita se inclinou para mim. Ficamos ali por alguns momentos antes que eu conseguisse fazer minha pergunta. "Acha que vão prendê-lo?"

"É difícil dizer", Lázaro respondeu. "O clima na cidade é volátil. O principal objetivo de Pilatos e Caiafás é se livrar de Jesus. Ele poderia facilmente dar início a uma revolta."

"Não consigo acreditar que seja esse o desejo dele", eu disse. Meu marido era adversário de Roma, mas não era violento. Ao contrário de meu irmão.

"Refleti sobre as intenções de Jesus", Lázaro disse. "Ele parecia provocar as autoridades propositalmente. Mas, naquela mesma noite, ficou bem aqui, onde estou agora, e disse a seus discípulos que independente do que acontecesse não deviam pegar a espada. Judas o desafiou, dizendo: 'Como espera nos libertar de Roma sem lutar? Fala de amor, mas como isso vai nos livrar de Roma?'. Sei que ele é seu irmão, Ana, mas estava enfurecido e foi quase hostil."

"Judas é um zelote", eu disse. "Os romanos assassinaram seu pai e venderam sua mãe para ser escravizada. Sua vida inteira consistiu na busca de vingança." Ao dizer aquilo, fiquei surpresa ao ver que encontrava desculpas para ele. Ele pretendia derrubar os romanos mesmo que precisasse entregar Jesus para dar início à revolução. Nunca haveria uma desculpa para aquilo. A fúria cresceu dentro do meu peito. Perguntei: "Como Jesus respondeu a ele?".

"Com severidade. Falou: 'Eu me manifestei, Judas'. E isso o silenciou."

Por um momento, considerei tirar a carta de meu irmão da bolsa de viagem e lê-la para eles, mas aquilo não faria nada além de deixá-los mais alarmados.

Lázaro levou a mão ao ombro de Marta e disse: "Hoje pela manhã, antes de Jesus partir para Jerusalém, implorei que passasse o Pessach discretamente e se mantivesse escondido. Ele concordou. Se as autoridades pretendem prendê-lo, terão que encontrá-lo primeiro."

Eles não teriam nenhuma dificuldade em encontrá-lo se Judas interviesse e os ajudasse. Tal ideia me colocou de pé. "Devemos ir procurá-los, não?"

"Ir a Jerusalém? Agora?", perguntou Marta.

"Maria disse que ele às vezes reza no Jardim do Getsêmani", eu disse. "Talvez o encontremos ali."

"É quase a segunda vigília", ela argumentou.

Até então, Lavi se mantivera apoiado contra a parede, quase invisível sob as sombras da casa. Ele deu um passo à frente. "Irei com você."

"É imprudente se aventurar pelo vale a esta hora", Lázaro disse. "Jesus deve ter decidido passar a noite na encosta. Retornará pela manhã."

Maria pegou meu braço. "Venha, você está cansada. Vamos colocá-la na cama. Marta lhe preparou uma esteira no quarto de Tabita."

"Partirei ao nascer do sol", falei, sorrindo para Lavi em agradecimento, então me deixei ser levada, parando apenas para pegar o manto de Jesus. Dormiria em suas dobras.

II

Acordei tarde, bem depois do alvorecer. Tateei em busca do manto de Jesus ao meu lado na esteira, sentei-me e vesti minha túnica.

Atravessando o quarto, olhei para Tabita, tentando não despertá-la. Inclinei-me sobre a bacia e joguei um pouco de água no rosto, depois revirei meus pertences até encontrar a bolsinha com o fio vermelho. Enrolei-o no pulso esquerdo, esforçando-me para dar um nó nele usando a outra mão.

Lavi me esperava no pátio. Se estranhou que eu usasse o manto de Jesus, não disse nada. Nem mencionou o horário. Entregou-me um pedaço de pão e outro de queijo, que comi vorazmente.

"Como vamos encontrá-lo?", Lavi sussurrou.

"Começaremos pelo Jardim do Getsêmani. Talvez ele tenha dormido lá."

"Sabe onde fica?"

"Ao pé do monte das Oliveiras. Na noite passada, Tabita me contou de um caminho que leva do vilarejo até lá."

Devia estar aparente que a preocupação me consumia, porque Lavi me lançou um olhar penetrante. "Está bem, irmã?"

Irmã. A palavra me fez pensar em Judas. Eu não sabia como continuar sendo irmã dele. Queria dizer a Lavi que estava bem e que ele não precisava se preocupar, mas sentia que uma escuridão imensa e agourenta se insinuava.

"Irmão", eu disse, com a voz falhando um pouco.

Fui até o portão.

"Vamos encontrá-lo", Lavi afirmou.

"Sim, vamos encontrá-lo."

Conforme seguíamos pelo declive, o sol subia em meio às nuvens densas. Por toda parte, peregrinos caminhavam sob as oliveiras, e toda a encosta parecia ondular. Avançávamos depressa e em silêncio. Comecei a ouvir o hino a Sofia que havia escrito em minha cabeça.

Fui enviada do poder...
Cuidado. Não me ignore.

Sou aquela que existe em todos os medos e na
　　　　　　　　　　　　[*coragem trêmula*

No jardim, corri por entre as árvores, chamando por Jesus. Ninguém respondeu. Ele não saiu das sombras retorcidas e abriu os braços, dizendo: *Ana, você voltou.*

Passamos por todo canto do jardim. "Ele não está aqui", Lavi anunciou.

Fiquei parada, mas a sensação desvairada permanecia no meu peito. Eu estivera tão certa de que ia encontrá-lo ali. A noite toda, enquanto adentrava e deixava o sono, minha mente pulsara com imagens do jardim aos pés do Cédrom.

Onde ele está?

À distância, eu podia ver o templo se projetando além das muralhas da cidade, lançando sua luz branca ofuscante, próximo às torres de Antônia, a fortaleza romana. Os olhos de Lavi acompanharam os meus. "Devemos procurá-lo na cidade", ele sugeriu.

Eu tentava imaginar onde, no vasto labirinto de Jerusalém, meu marido poderia estar. Nos pátios do templo? No Tanque de Betesda? Então ouvi lamentos. O som era profundo e gutural, e vinha das árvores atrás de nós. Fiz menção de ir naquela direção, mas Lavi se colocou em meu caminho. "Deixe-me ir para garantir que não há perigo."

Aguardei enquanto ele se aventurava no bosque, desaparecendo atrás de um afloramento de rochas. "Ana, venha depressa", Lavi chamou.

Judas estava sentado no chão, abraçando os joelhos, balançando o corpo para a frente e para trás, produzindo um gemido de desolação. "Judas! Meu Senhor e meu Deus, o que aconteceu?" Ajoelhei-me e coloquei uma mão em seu braço.

Ele parou de chorar ao meu toque. Sem levantar os olhos, disse: "Ana... Eu a vi... à distância. Não pretendia chamar sua atenção... Não olhe para mim... Eu não suportaria".

Uma frieza repentina se formou dentro de mim. Coloquei-me de pé. "Judas, o que você fez?" Quando ele não respondeu, gritei: "O que você fez?".

Lavi havia mantido uma distância respeitosa, mas agora estava ao meu lado. Não me dei ao trabalho de explicar o que estava acontecendo e me coloquei de novo diante do meu irmão, lutando para controlar a onda de medo e ultraje que subia pela minha garganta. "Diga-me, Judas. *Agora*." Ele levantou o rosto e eu vi tudo em seus olhos. "Você entregou Jesus aos romanos, não foi?"

Eu pretendera proferir minha acusação com violência, esperando que o atingisse como um tapa, mas as palavras saíram em um sussurro, flutuando na quietude como uma mariposa ou uma borboleta, suas asas algo incompreensíveis. Judas cerrou a mão em punho e bateu no próprio peito com força. Ao seu lado no chão, havia uma bolsa de couro aberta, cheia de moedas de prata. Ele a pegou e arremessou o dinheiro contra as árvores. Observei sem fôlego enquanto as moedas iam ao chão e permaneciam ali, cintilando como as escamas espalhadas de uma criatura grotesca.

"Não o entreguei aos *romanos*." Ele parecia controlado agora e se obrigava a recitar todas as acusações contra si mesmo. A cicatriz sob o olho, que parecia a cauda de um escorpião, subia e descia com o movimento de seu maxilar. "Na noite de ontem, eu, amigo e irmão dele, o entreguei à guarda do templo, sabendo que *ela* o entregaria aos romanos. Trouxe a guarda para cá, onde sabia que Jesus estaria. Beijei sua bochecha para que os soldados soubessem quem ele era." Judas apontou para um ponto à sua frente. "Jesus estava ali quando o beijei. Bem ali."

Olhei para o lugar para o qual havia apontado — terra marrom, pedrinhas brancas, marcas de sandálias.

Judas prosseguiu, com sua voz ao mesmo tempo atormentada e calma. "Queria dar ao povo um motivo para se revoltar. Queria ajudar a trazer o reino de Deus. Achei que era o que ele queria também. Acreditei que, se o forçasse, ele veria que era a única maneira, que resistiria aos soldados e lideraria a insurgência. E, caso não o fizesse, sua morte inspiraria as pessoas a fazer isso sozinhas."

Violência. Insurgência. Morte. Palavras ridículas, sem significado.

"Mas sabe o que Jesus me disse enquanto eu o beijava? Ele viu os soldados se aproximando por trás de mim, de espada na mão, e disse: 'Judas, com um beijo me trai?'. Ana, você tem que acreditar em mim. Até aquele momento, eu não sabia o que havia feito, como tinha me iludido. Sinto muito." Ele levou a cabeça aos joelhos. Os gemidos recomeçaram.

Agora ele sentia muito? Eu queria me lançar sobre ele e arrancar a pele de seu rosto com minhas garras.

"Ana, por favor", Judas disse. "Não espero que compreenda o que fiz, mas peço que faça o que não consigo. Perdoe-me."

"Onde está meu marido?", perguntei. "Para onde o levaram?"

Ele fechou os olhos. "Para a casa de Caiafás. Eu os segui. Ao alvorecer, levaram-no ao palácio ocidental. É onde o governador romano reside quando está em Jerusalém."

O governador romano, Pilatos. Aquele que Lázaro chamara de brutal. Procurei pelo sol, tentando adivinhar as horas, mas o céu havia se solidificado em uma escuridão acinzentada. "Jesus continua lá?"

"Não sei", ele disse. "Não suportei descobrir seu destino. Da última vez que o vi, estava de pé no alpendre do palácio, diante de Pilatos."

"Esse palácio... onde fica?"

"Na cidade alta, perto da Torre de Mariana."

Fui embora, e Lavi me seguiu.

"Ana...! Ana!", Judas chamou.

Não respondi.

III

Adentramos Jerusalém pela Porta Dourada, atravessamos o Pátio dos Gentios e mergulhamos nas ruazinhas sinuosas cheias de peregrinos por conta do Pessach. Olhei a oeste, buscando a Torre de Mariana. Pairava no ar uma fumaça do altar do templo, como um dossel fino e abatido, impregnado pelo cheiro repulsivo das entranhas de animais queimados. Eu não conseguia ver nada.

Em meio às massas, abrimos caminho pela cidade alta com uma lentidão excruciante. *Andem. Andem. Andem!* Uma sensação desesperada e ansiosa martelava contra meu peito. "Ali!", gritei. "Ali está a torre." Ela apontava de um canto do palácio de Herodes, em meio ao fedor e à névoa.

Viramos em uma esquina, depois em outra e deparamos com uma multidão na rua e nos telhados. Pensei que devia ser um apedrejamento. Procurei por alguma pobre mulher acusada de adultério ou roubo agachada sozinha na rua — conhecia bem aquele terror. Mas as pessoas não pareciam agitadas pela raiva. Pareciam atordoadas, tristes, possuídas por um silêncio pouco natural. Eu não sabia o que estava acontecendo e não tinha tempo de perguntar. Avancei aos empurrões, determinada a chegar ao palácio para ter notícias de Jesus.

Quando chegava ao limite da multidão, ouvi cascos de cavalos, então um barulho de osso raspando, como se um objeto pesado estivesse sendo arrastando pelas pedras da rua. "Abram caminho!", uma voz gritou.

Procurei por Lavi e encontrei-o um pouco atrás de mim. "Ana", ele chamou. "Ana, pare!" Era-me impossível parar. Ele devia saber.

Passei à rua. Então vi tudo. O centurião romano no cavalo preto. As plumas em seu elmo, o toque vermelho que davam ao cinza. Quatro soldados a pé, suas capas se agitando, as estocadas perfurantes de suas lanças no alto conforme marchavam. Um homem cambaleava atrás deles, em uma túnica imunda e manchada de sangue, curvado sob o peso de uma viga grande, cortada grosseiramente. Uma ponta estava apoiada em seu ombro direito, e a outra arrastava no chão atrás dele. Observei por longos momentos estupefatos enquanto o homem se esforçava para segurar a viga.

Lavi me alcançou, pegou meu braço e me virou em sua direção, posicionando minhas costas para a rua. "Não olhe", ele disse. Seus olhos pareciam pontas de lança.

Senti o vento se levantar, produzindo um som oco e uivante. Lavi disse algumas outras palavras. Eu não o ouvia mais. Pensava nas vigas que permaneciam eretas na pequena e rigorosa colina nas cercanias de Jerusalém, aquela que chamavam de Lugar da Caveira. Lavi e eu as tínhamos visto no dia anterior, quando nos aproximávamos da cidade depois da longa viagem a partir de Jafa. No crepúsculo, tinham parecido uma pequena floresta de árvores decapitadas. Sabíamos que eram as vigas verticais das cruzes em que os romanos crucificavam suas vítimas, mas nenhum de nós mencionara aquilo.

O raspar de osso se intensificou. Voltei a me virar para a triste procissão. *Os homens o estão levando ao Lugar da Caveira. Ele está carregando a viga mestra.* Avaliei-o mais de perto. Havia algo de familiar naquele homem, na forma de seus ombros. Ele levantou a cabeça, e seu cabelo escuro pareceu se abrir para revelar seu rosto. Aquele homem era meu marido.

"Jesus", eu disse, baixo, falando comigo mesma, com Lavi, com ninguém.

Lavi puxou meu braço. "Não testemunhe isso, Ana. Poupe a si mesma."

Eu me soltei, incapaz de tirar os olhos de Jesus. Em sua cabeça havia galhos de espinhos entrelaçados, daqueles usados para acender fogueiras. Ele fora açoitado. Seus braços e suas pernas eram uma massa de pele aberta e sangue seco. Um urro se formou em minha barriga e forçou caminho até minha boca. Saiu sem som, em um espasmo violento de dor.

Jesus tropeçou, e, embora estivesse a pelo menos vinte braços de distância, estiquei-me como se pudesse segurá-lo. Ele caiu com força sobre um joelho e ficou ali tremendo, enquanto uma poça de sangue se formava em volta. Então desabou, e a viga bateu em suas costas. Gritei, e daquela vez rachei as pedras.

Tentei ir em seu socorro, mas a mão de Lavi se fechou em meu pulso. "Não pode ir até ele. Se impedir esses homens, não hesitarão em matá-la também." Puxei o braço, torcendo-o em uma tentativa de me soltar.

Os soldados gritavam para que Jesus se erguesse, cutucando-o com o cabo das lanças. "Levante-se, judeu! De pé!" Ele tentou obedecer, apoiando-se no cotovelo, mas voltou a cair, daquela vez batendo o peito no chão.

A pegada de Lavi fazia meu pulso queimar. Ele não a afrouxava. O centurião desceu do cavalo preto e chutou a viga para longe das costas de Jesus. "Deixem-no", ordenou a seus homens. "Ele já não consegue carregá-la."

Endureci meus olhos. "Solte-me agora ou nunca vou perdoá-lo." Lavi abaixou a mão, e eu avancei para a rua, passando pelos soldados e mantendo os olhos no centurião, que contornava a multidão, de costas para mim.

Ajoelhei-me ao lado de Jesus, possuída por uma misteriosa calma, por um ser que eu mesma mal conhecia. Tudo ficou distante — a rua, os soldados, o barulho, as muralhas da cidade, as pessoas esticando o pescoço para ver. Todo o desfile de horrores se enfraqueceu, até que nada restasse além de mim e Jesus. Seus olhos estavam fechados. Ele não se moveu e não parecia respirar, e me perguntei se já estava morto. Jesus nunca saberia que eu tinha estado ali, mas eu ficaria aliviada por ele. A crucificação era a barbárie. Virei seu corpo de lado com delicadeza e vi que respirava.

"Amado", eu disse, inclinando-me para mais perto.

Ele piscou, e seus olhos me encontraram. "Ana?"

"Estou aqui... retornei. Estou aqui." Uma gota de sangue escorreu por sua sobrancelha, acumulando-se no canto do olho. Toquei-a com a manga do meu manto — do manto *dele*. Seus olhos se demoraram no fio vermelho em meu pulso, aquele que estivera presente no início e que estaria presente no fim.

"Não o deixarei", eu disse.

"Não tenha medo", ele sussurrou.

À distância, ouvi o centurião ordenar a alguém na multidão que se adiantasse para carregar a viga. Jesus e eu não tínhamos muito tempo mais. Naqueles últimos minutos, o que ele mais precisava ouvir de mim? Que havia sido visto e ouvido no mundo?

Que tinha conquistado o que se propusera a fazer? Que amara e fora amado?

"Sua bondade não será esquecida", eu disse a ele. "Nem um único ato de amor seu será desperdiçado. Você trouxe o reino de Deus, como esperava. Plantou-o em nossos corações."

Jesus sorriu, e vi meu rosto nos sóis dourado-escuros de seus olhos. "Pequeno Trovão", ele disse.

Peguei seu rosto em minhas mãos. "Como eu o amo", falei.

Tivemos apenas um segundo mais antes que o centurião retornasse e me pusesse de pé com um puxão. Ele me atirou a um lado da rua e dei com um homem que estendeu a mão para me impedir de cair, sem sucesso. Lavi apareceu e me ajudou a levantar. Voltei a olhar para Jesus, que estava sendo colocado de pé. Seus olhos brilharam ao encontrar os meus antes que ele retomasse seu arrastar, atrás do homem corpulento que fora escolhido para carregar a viga.

A procissão recomeçou, e notei que a tira de minha sandália havia se rompido quando caí. Inclinei-me e tirei os dois pés do calçado. Iria à execução do meu marido como ele mesmo ia. Descalça.

IV

Em aramaico, eu disse: "Estou aqui, Amado. Caminho atrás de você". O centurião virou-se em sua sela e olhou para mim, mas não disse nada.

A maior parte dos espectadores se apressara à nossa frente, na direção da Porta do Jardim, que levava a Gólgota, impaciente demais para esperar pelo homem que dava um passo lento e agonizante atrás do outro. Olhando para trás, vi que os poucos que continuavam a acompanhá-lo eram mulheres. Onde estavam seus discípulos? Os pescadores? Os homens? Éramos nós mulheres as únicas com um coração grande o bastante para suportar tamanha angústia?

De uma só vez, as mulheres se juntaram a mim, colocando-se duas à minha direita e duas à minha esquerda. Uma delas pegou minha mão e a apertou. Sobressaltei-me ao notar que era a mãe de Jesus. Seu rosto estava úmido e abalado. Ela disse: "Ana, ah, Ana". Ao seu lado, Maria, irmã de Lázaro, inclinou a cabeça para mim e me olhou com firmeza.

Do outro lado, uma mulher passou o braço por minha cintura em um abraço sem palavras. *Salomé*. Peguei sua mão e a levei ao peito. Ao seu lado estava uma mulher que eu nunca havia visto, com cabelo cor de cobre e olhos brilhantes, que eu imaginava que tivesse a idade da minha mãe da última vez que eu a vira.

Andamos juntas, ombro a ombro. Quando atravessávamos o portão da cidade e a colina de Gólgota apareceu ao longe, Jesus parou, olhando para seu pequeno cume. "Amado, ainda estou aqui", eu disse.

Ele seguiu em frente, movendo-se contra o vento.

"Meu filho, também estou aqui", gritou Maria, com a voz trêmula, as palavras se despedaçando ao deixar seus lábios.

"Sua irmã caminha com você também", Salomé falou.

"Sou Maria de Betânia. Eu também estou aqui."

Então a mulher desconhecida disse: "Jesus, sou Maria de Magdala".

Enquanto ele subia, lutando para erguer os pés, acelerei o passo e me aproximei, mantendo-me atrás de meu marido. "No dia em que recolhemos os ossos de nossa filha, o vale estava cheio de lírios selvagens. Lembra?" Eu falava alto o bastante para que ele pudesse me ouvir, esperando não chamar a atenção dos soldados. "Você me disse para olhar os lírios, porque Deus toma conta deles, de modo que certamente também tomará conta de nós. Pense neles agora, meu amor. Pense nos lírios." Desejei que algo lindo ocupasse sua mente. Desejei que pensasse em nossa filha, em nossa Susana. Ele logo estaria com ela. Desejei que pensasse em Deus. Em mim. Nos lírios.

Quando chegamos ao topo do Gólgota, o homem que carregara a viga a deixou ao lado de uma das colunas verticais de madeira, para a qual Jesus ficou olhando, com o corpo balançando um pouco. Nós, mulheres, não podíamos ir além de um pequeno outeiro, a cerca de vinte passos de distância dele. Um cheiro pútrido preenchia o ar, e fiquei pensando se seria o acúmulo de todas as atrocidades que já tinham ocorrido ali. Cobri o nariz com o lenço. Inspirava em pequenos tragos.

Não desvie os olhos. Coisas terríveis acontecerão agora. Coisas insuportáveis. Suporte-as mesmo assim.

Ao meu lado, as outras lamentavam e choravam, mas não me juntei a elas. Mais tarde, sozinha, eu prantearia, iria ao chão e golpearia o vazio com meus punhos. No entanto, apenas suprimi a angústia e fixei os olhos em meu marido naquele momento.

Pensarei apenas nele. Darei a ele mais que minha presença; darei toda a atenção de meu coração.

Aquele seria meu presente de despedida. Eu iria com ele até o fim de seus anseios.

Vi quando os soldados tiraram a túnica de Jesus e o jogaram no chão, usando os joelhos para prender os braços dele à viga. O carrasco verificou a parte interna do pulso de Jesus, procurando pelo espaço oco entre os ossos, embora eu não pudesse compreender naquele momento por que um soldado enfiava os dedos naquele ponto macio, como uma mulher que mexe na massa do pão em busca de um pequeno objeto que deixou cair. Então ele ergueu um martelo e fez um prego atravessar aquele pequeno espaço antes de chegar à madeira. O grito que Jesus soltou fez sua mãe cair de joelhos, mas de alguma maneira me mantive de pé, murmurando "*Sofia, Sofia, Sofia*" enquanto o outro pulso era verificado e o outro prego era cravado.

A viga foi erguida e posicionada contra a vertical. Jesus se contorceu por um momento, chutando o ar quando ela se encaixou com um solavanco. Os soldados uniram os joelhos dele, dobrando-os um pouco, e depois, com uma precisão estudada, puseram o pé direito sobre o esquerdo. Um único prego atravessou os dois. Não me lembro de Jesus ter produzido qualquer ruído.

Só me lembro da batida oca e odiosa do martelo, e do lamento que teve início em minha mente. Fechei os olhos, sentindo que o abandonava ao me recolher à escuridão por trás das pálpebras. O lamento batia como ondas contra o interior de meu crânio. Então veio o som de risadas distantes e estranhas. Forcei-me a abrir os olhos, que foram atingidos por um doloroso raio de luz. Um soldado pregava uma placa de pinho sobre a cabeça de Jesus e encontrava alegria naquilo.

"O que diz?", Maria de Magdala perguntou.

"Jesus de Nazaré, rei dos judeus", li. Estava escrito em hebraico, aramaico e latim, para que a provocação não escapasse a ninguém.

De trás de nós, alguém gritou: "Se é o rei dos judeus, salve a si mesmo".

"Ele ajudou outros. Não pode ajudar a si mesmo?", outra pessoa gritou.

Salomé passou o braço na cintura da mãe e a puxou para si. "Que Deus o leve depressa", ela disse.

E onde está Deus?, eu queria gritar. Não deveria estabelecer seu reino agora? E quanto ao povo? Por que não se revoltava, como Judas esperara? Em vez disso, zombavam de Jesus.

"Se é o Messias, desça da cruz e salve-se", um homem gritou.

Indignada, virei-me para repreender a multidão, então vi meu irmão sozinho, na beira da colina. Ao perceber que eu notara sua presença, ele estendeu as mãos para mim, suplicando, parecia-me, por minha misericórdia. *Ana, perdoe-me.* Fiquei olhando para ele, pasma com sua presença, com quão equivocado ele estivera, com quão endurecidos seu fervor e seu senso de justiça haviam se tornado.

Procurei dentro de mim a fúria que havia sentido por Judas antes, mas ela havia me deixado. Tentei recuperá-la, mas ela se recolhera diante da visão dele ali, tão perdido e desolado. Uma premonição de que eu nunca mais veria Judas me assolou. Cruzei as mãos sobre o peito e assenti para ele. O que eu oferecia não era perdão. Era pena.

Quando meus olhos retornaram a Jesus, ele se esforçava para erguer o corpo de modo a conseguir respirar. Quase desmoronei diante da cena. Depois daquilo, qualquer noção de tempo me abandonou. Não sei se minutos ou horas transcorreram. Jesus continuava se erguendo para conseguir puxar o ar.

Trovões ecoavam sobre o monte das Oliveiras. Salomé e as três Marias se ajoelharam na terra e entoaram os salmos, enquanto eu observava Jesus da entrada escura e triste do meu coração, sem pronunciar uma palavra. De tempos em tempos, Jesus murmurava alguma coisa, mas eu não conseguia ouvir o que dizia. Ele parecia muito distante e solitário. Por duas vezes tentei ir até ele e por duas vezes os soldados me forçaram a voltar. Um homem também procurou se aproximar, dizendo: "Jesus, meu senhor", e também foi empurrado de volta. Voltei a olhar para trás em busca de Judas. Ele havia sumido.

No meio da tarde, os soldados, enfadados com a lentidão de sua morte, deixaram seus postos e se agacharam a certa distância da cruz, onde começaram a jogar dados. Não hesitei. Corri. De pé embaixo da cruz, a proximidade dele me chocou. Sua respiração era um ronco raspando o peito. Suas pernas se agitavam em espasmos. Seu corpo emanava calor e suava. Toquei a madeira e recolhi a mão, repelida por ela.

Respirei fundo e olhei para ele. "Jesus." Sua cabeça pendeu na direção do ombro, e eu soube que estava me olhando. Ele não falou, nem eu, mas disse a mim mesma depois que tudo o que havia se passado entre nós estava presente ali, escondido em algum lugar em meio ao sofrimento.

Maria também foi até ele, seguida pelas outras. Envolveu os pés de seu filho com as mãos como se segurasse um passarinho caído do ninho. Pus as mãos sobre as dela, e então as outras três mulheres fizeram o mesmo, nossas mãos parecendo pétalas de lótus. Nenhuma de nós chorou. Ficamos ali, mudas, plenas, oferecendo-lhe aquela flor.

Os soldados não interromperam seu jogo de bugalha para nos afastar.

Não pareciam mais se importar que estivéssemos ali. Vimos os olhos de Jesus ficando mais vidrados e distantes. Senti o momento vir, o rompimento. Foi delicado, como um toque no ombro.

"Está terminado", Jesus disse.

Houve um som como um bater de asas nas nuvens negras, e eu soube que seu espírito o havia deixado. Imaginei-o como um bando de pássaros, voando, dispersando-se, indo descansar em toda parte.

V

Preparamos Jesus para o sepultamento à luz de duas candeias. Ajoelhada no chão da caverna, ao lado do corpo, eu me sentia estranhamente entorpecida. Como aquele corpo podia ser do meu marido?

Olhei para as outras mulheres na tumba, como se as observasse de um canto do céu. Maria, mãe de Jesus, limpava os pés e as pernas dele, enquanto as outras entoavam canções de lamento. Tinham o rosto manchado de lágrimas, e as vozes ecoavam pelas paredes da caverna. Havia uma toalha e um jarro de água ao meu lado, esperando que eu me juntasse a elas para prepará-lo para o sepultamento. *Pegue a toalha. Pegue.* Só de olhar para ela, fui tomada pelo pânico. Compreendi que, se pegasse a toalha, se tocasse Jesus, cairia do meu nicho no céu. Sua morte ia se tornar realidade. A tristeza ia me engolir.

Meus olhos vagaram para as pilhas de ossos nos fundos da caverna, bem organizadas em crânios, costelas, ossos longos, ossos curtos, dedos da mão, dedos dos pés — incontáveis mortos se misturavam em uma comunhão mórbida. Parecia que ninguém que tinha sido enterrado ali possuía meios de comprar um ossuário. Aquela era a tumba de um indigente.

Tínhamos sorte de contar com qualquer tumba. O costume romano era deixar os homens crucificados expostos por semanas, depois jogar os corpos em um buraco para que sua deterioração fosse concluída. Jesus teria sofrido aquele destino abominável se não fosse pela bondade de um desconhecido.

Ele não devia ser mais velho que Jesus e estava adornado com vestes caras e um chapéu finamente tingido de azul. Aproximara-se de nós momentos depois que um soldado perfurou a lateral do corpo de Jesus com uma lança, para garantir que estava morto. O ato havia me enojado e horrorizado, e eu me afastara, dando as costas para a cena repulsiva e quase atingindo o homem. Seus olhos estavam vermelhos e pesados.

Ele disse: "Localizei uma tumba não muito longe daqui. Se eu conseguir convencer o centurião a me entregar o corpo de Jesus, meus criados poderão levá-lo para lá".

Olhei para ele. "Quem é o senhor?"

"Sou um dos seguidores de Jesus. Meu nome é José. Sou de Arimateia. Vocês devem ser a família dele."

Maria deu um passo adiante. "Sou mãe dele."

"E eu sou a esposa", eu disse. "Sua bondade é muito bem-vinda."

Ele se curvou levemente e foi embora, pegando um saco de moedas do cinto. Colocou um denário na mão do centurião. Acompanhei enquanto se transformava em uma coluna de prata.

Quando voltou para nós, José ofereceu mais moedas. "Vá à cidade e compre tudo o que precisa para preparar o corpo. Mas deve se apressar. O centurião deseja entregar o corpo rapidamente." Ele ergueu os olhos para a meia-luz. "E precisamos enterrá-lo antes do pôr do sol. O sabá se aproxima."

Salomé pegou as moedas dele, então agarrou a mão de Maria de Betânia e puxou colina abaixo.

"Esperaremos aqui. Sejam rápidas!", José gritou para elas.

Agora, na caverna, a chama das candeias dardejava. A luz respingava sobre a pele de Jesus. *A pele dele. Dele.* Estiquei o braço e o toquei. Deixei que meus dedos roçassem a parte interna de seu cotovelo. Então umedeci a toalha e limpei a sujeira e o sangue de suas mãos, seus braços, seu peito e seu rosto, os recantos de suas orelhas e as dobras em seu pescoço, o tempo todo caindo e caindo, batendo em mim mesma em meio à dor sem limites.

Esfregando sua pele com azeite, o ungimos com nada além de mirra. Fora o único aromático que Salomé conseguira obter na cidade em hora tão avançada, o que horrorizava Maria. "Quando o sabá terminar", ela disse, "retornaremos à tumba e o ungiremos mais apropriadamente, com cravo, babosa e hortelã."

Observei Salomé passar um pente de madeira quebrado pelo cabelo dele. Eu tinha testemunhado seu massacre sem que uma lágrima cruzasse minhas bochechas, mas chorei em silêncio naquele momento, diante do pente sendo passado por seus cachos.

Maria de Magdala pegou as bordas da mortalha e a puxou lentamente sobre o corpo dele, mas no último segundo antes que seu rosto desaparecesse eu me inclinei e beijei suas bochechas.

"Encontrarei você no lugar que chamam de Imortal", sussurrei.

VI

Aquela noite, Marta transformou a refeição do sabá no banquete funerário, mas ninguém quis comer. Estávamos sentados sobre a laje úmida do pátio, reunidos sob um dossel. O advento da escuridão e o estalo da chuva fina nos cercavam... e uma quietude, uma enorme quietude atordoada. Ninguém falara de Jesus desde que havíamos deixado a tumba. Tínhamos passado juntas pela entrada da caverna, onde Lavi nos esperava, empurrado a pedra que a fechava e deixado nossas vozes lá dentro. Então caminháramos até Betânia, chocados, cansados, mudos e horrorizados — eu, ainda descalça enquanto Lavi carregava minhas sandálias.

Olhei para eles agora — Maria e Salomé; Lázaro, Maria e Marta; Maria de Magdala, Tabita e Lavi. Eles me olharam de volta, com o rosto solene e devastado.

Jesus está morto.

Ansiei por Yalta. Por Diodora e Escépcis. Forcei-me a visualizá-las sob a tamargueira, ao lado da pequena cabana de pedra. Tentei ver o despenhadeiro branco e vívido no topo da colina, e o lago Mareótis brilhando ao seu pé, como um pedaço do céu caído. Consegui manter isso em mente por inúmeros momentos antes que lembranças desagradáveis abrissem caminho. Não sabia como os escombros dentro de mim poderiam se reerguer.

Conforme a noite se aproximava à nossa volta, Marta acendeu três lamparinas e as posicionou entre nós. Os rostos brilharam de repente, bochechas e queixos da cor do mel. A chuva finalmente parou. Ao longe, ouvi o chamado triste de uma coruja. O som causou uma pressão na minha garganta, e percebi que era a necessidade de talhar uma história. De lançar um chamado na escuridão, como a coruja fizera.

Quebrei o silêncio. Contei a eles sobre a carta que Judas havia enviado, chamando-me de volta. "Ele escreveu que as autoridades ameaçavam Jesus, mas agora sei que a maior ameaça vinha do próprio Judas." Hesitei, sentindo uma mistura de repulsa e vergonha. "Foi meu irmão que levou os guardas do templo a prender Jesus."

"Como sabe disso?", perguntou Lázaro.

"Encontrei-o esta manhã no Jardim do Getsêmani, e ele confessou."

"Que Deus o castigue", Marta disse, com ferocidade. Ninguém a refutou. Nem mesmo eu.

Observei as expressões agudas e horrorizadas, sua dificuldade em compreender. Maria de Magdala balançou a cabeça, e seus cabelos refletiram a luz âmbar. Ela levantou o rosto para mim, e me perguntei se sabia por que eu não havia viajado com meu marido pelos vilarejos e cidades ao redor da Galileia, como ela fizera. Será que as circunstâncias de meu exílio eram conhecidas por seus seguidores? *Eu* era conhecida por seus seguidores?

"Não é possível que Judas tenha traído Jesus", a madalena disse. "Ele o *amava*. Viajei com os discípulos por meses. Judas era devotado a Jesus."

Ericei-me. Talvez não tivesse estado presente durante o ministério de Jesus, mas conhecia meu irmão. Respondi, concisa: "Sei muito bem que Judas amava Jesus. Ele o amava como um irmão. Mas odiava Roma com maior intensidade".

Uma expressão um pouco decepcionada passou pelo rosto dela, e meu aborrecimento sumiu. Eu sabia que a tinha agredido por inveja, ressentida da liberdade que tivera de seguir Jesus pelo campo, enquanto eu estava presa na casa de Aram.

"Eu não deveria ter falado tão duramente", disse a ela. Maria de Magdala sorriu, e a pele em torno de seus olhos se enrugou daquele modo que torna uma mulher bonita.

Então veio outro silêncio. Minha sogra colocou a mão em meu braço, seus dedos roçando a mancha de sangue na manga do manto de Jesus. Ela envelhecera profundamente nos dois anos em que eu estivera fora. Seu cabelo prateava e seu rosto começava a se transformar no de uma senhora, com as bochechas rechonchudas e flácidas, as pálpebras caídas sobre os cílios.

Ela acariciou meu braço, querendo me reconfortar, mas seus dedos despertaram os aromas impregnados no tecido do manto. Suor, fumaça de comida, vinho, nardo. Tão repentinos e vívidos, eles desataram uma dor amarga dentro de mim, e compreendi que havia contado a eles sobre Judas porque não suportaria falar sobre Jesus. Tinha medo. Medo de seu poder de disparar a dor a partir de lugares-comuns.

No entanto, havia tanto a dizer, a compreender. Mexi-me no lugar, endireitando-me. "Eu estava indo para o palácio esta manhã quando deparei com Jesus na rua, carregando a viga. Não sei por que foi condenado ou por que usava aqueles terríveis espinhos na cabeça." Olhei para as mulheres que haviam subido o Gólgota comigo. "Alguma de vocês estava presente quando o levaram diante de Pilatos?"

Maria de Magdala se inclinou na minha direção. "Estávamos todas lá. Quando cheguei, uma enorme multidão havia se reunido no calçamento, e Jesus estava acima de nós, de pé no alpendre onde o governador romano pronuncia suas sentenças. Pilatos o interrogava, mas, de onde eu estava, era impossível ouvir o que dizia."

"Tampouco conseguimos ouvi-lo", Salomé disse. "No entanto, a maior parte do tempo Jesus permaneceu em silêncio, recusando-

-se a responder às perguntas de Pilatos. Era visível que aquilo enfurecia o governador. Por fim, ele ordenou que Jesus fosse levado a Herodes Antipas."

À menção daquele nome, medo e depois ódio ganharam vida dentro de mim. Jesus e eu tínhamos sido separados por dois anos por causa dele. "Por que Pilatos enviaria Jesus a Antipas?", perguntei.

Maria de Magdala disse: "Ouvi alguém na multidão dizer que Pilatos preferia que Antipas pronunciasse o veredito para se eximir de culpa caso o povo se revoltasse e sangue fosse derramado. Ele seria chamado de volta a Roma se algo parecido acontecesse. Preferiu lavar as mãos e deixar que o tetrarca o fizesse. Aguardamos no pavimento, para ver o que aconteceria, e algum tempo depois Jesus retornou com a coroa de espinhos na cabeça e um manto roxo sobre os ombros".

Salomé disse: "Foi terrível, Ana. Antipas vestiu Jesus assim para escarnecer da ideia de que ele era o rei dos judeus. Os soldados de Pilatos se curvavam para ele e riam. Pude ver que tinha sido açoitado. Ele mal podia ficar em pé, mas manteve a cabeça erguida o tempo todo e não se encolheu enquanto era ridicularizado". Seu rosto brilhava com o desejo de chorar.

"Quem o condenou à morte, Antipas ou Pilatos?", perguntou Lázaro, apertando e soltando as mãos.

"Foi Pilatos", disse Maria de Magdala. "Ele se dirigiu à multidão para dizer que era costume soltar um prisioneiro no Pessach. Nem consigo descrever o pulo que meu coração deu ao ouvir aquilo. Achei que pretendesse libertar Jesus. Em vez disso, ele perguntou à multidão quem deveria ser poupado, Jesus ou outra pessoa. Tínhamos todas chegado ao palácio separadamente, mas àquela altura já havíamos nos encontrado e gritamos o nome de Jesus tão alto quanto pudemos. Mas havia presentes muitos seguidores de um homem chamado Barrabás, um zelote preso em Antônia por insurreição. Gritaram seu nome até que fosse tudo o que podia ser ouvido."

O conhecimento de que Jesus poderia ter sido salvo e não foi me abalou. Se eu tivesse estado lá... se houvesse deixado a cama mais cedo... se não tivesse me demorado no Jardim do Getsêmani, teria sido capaz de preencher o ar com seu nome.

"Aconteceu muito rápido", Maria disse, virando-se para mim. "Pilatos apontou um dedo para Jesus e disse: 'Crucifiquem-no'."

Fechei os olhos para afastar a imagem que mais me torturara, mas ela podia atravessar paredes, pálpebras e qualquer barreira concebível, e eu vi meu amado pregado à madeira romana, tentando se erguer para respirar.

Então era assim afligir-se pela perda de um marido?

Uma lembrança me veio, diminuta, tola. "Maria, lembra-se de quando Judite trocou Dalila por uma peça de tecido?"

"Lembro bem", Maria disse. "Nunca vi você tão aflita."

Olhei para os outros, querendo que compreendessem. "Vejam, os animais ficavam sob meu encargo, e Dalila era mais que uma cabra para mim: era como um animal de estimação."

"Agora ela é *meu* animal de estimação", Maria disse.

Senti uma alegria momentânea — Dalila continuava lá, e era bem-cuidada. "Judite odiava a cabra", eu disse.

"Acho que o que ela odiava era o quanto você a amava", Salomé acrescentou.

"É verdade que Judite gostava apenas um pouco mais de mim do que da cabra, mas que a levasse a Séforis para trocá-la sem me contar... eu nunca esperaria. Quando a confrontei, Judite argumentou que o tecido que obtivera era linho fino, de melhor qualidade do que ela podia produzir, e que Tiago havia comprado pouco antes outra cabra, mais jovem, o que tornava Dalila desnecessária."

Todos deviam estar se perguntando por que eu contava aquilo. Ouviram e assentiram de maneira indulgente. *O que se segue a uma tragédia pode ser estranho*, a expressão deles dizia. *O marido dela acabou de ser crucificado, deixem que diga qualquer peculiaridade que precise dizer.*

Prossegui: "Jesus voltou para casa no mesmo dia em que Judite trocou a cabra, depois de uma viagem longa e exaustiva a Cafarnaum, onde havia trabalhado a semana toda. Encontrou-me desolada. Era tarde, e ele ainda não havia comido, mas deu meia-volta e percorreu todo o caminho até Séforis, onde comprou Dalila de volta com as moedas que havia recebido aquela semana."

Os olhos de Maria cintilaram. "Ele entrou pelo portão carregando Dalila nos ombros."

"Sim!", exclamei. "Ele a trouxe de volta para mim."

Eu ainda podia vê-lo sorrindo enquanto atravessava o pátio em minha direção, com Dalila balindo desvairadamente, e tal imagem me vinha tão vívida quanto a dele crucificado. Ergui a cabeça e respirei o mais profundamente que pude. Acima, um cobertor irregular de nuvens. A lua escondida, em algum lugar. A coruja voara para longe.

Maria disse: "Conte a eles o restante".

Eu não pretendia seguir em frente, mas ficava feliz em fazer o que ela me pedia. "Na semana seguinte, Judite tingiu seu linho refinado e pendurou no pátio para secar. Eu às vezes permitia que Dalila deixasse o cercado e passeasse livremente por ali, desde que o portão estivesse trancado. Nunca imaginaria que ela comeria o tecido de Judite. Mas ela o fez, comeu cada pedacinho."

Maria riu. Então todos rimos. Aquilo trouxe um grande alívio, como se o ar tivesse ficado mais espaçoso. Então rir também fazia parte do luto?

Marta serviu o restante do vinho em nossos copos. Estávamos exaustos, devastados, desejando o entorpecimento do sono, mas continuamos sentados ali, relutantes em partir, nos refugiando em nossa proximidade.

A vigília da meia-noite se aproximava quando uma voz chamou do portão. "Sou João, discípulo de Jesus."

"*João!*", gritou Maria de Magdala, levantando em um pulo para acompanhar Lázaro até o portão.

"Que urgência o traria aqui em hora tão avançada do sabá?", perguntou Marta.

João adentrou o brilho das lamparinas e passou os olhos pelo círculo de rostos, demorando-se em mim, e então percebi que já o havia visto. Ele era um dos quatro pescadores que haviam voltado de Cafarnaum para a casa de Nazaré tantos anos antes e que tinham ficado conversando no pátio até tarde da noite. Na época, ele era jovem, magro e desprovido de barba, mas agora se tratava de um homem de ombros largos com olhos pensativos e profundos e uma barba que encaracolava abaixo do queixo.

Estudando-o mais de perto, dei-me conta de que também o tinha visto mais cedo em Gólgota. Ele era o homem que tinha se aproximado de Jesus pendurado na cruz e que, como eu, tinha sido afastado pelos soldados. Ofereci-lhe um sorriso triste. Ele era o discípulo que permanecera ali.

João se acomodou no piso do pátio enquanto Marta murmurava distraída sobre os odres vazios, por fim colocando um copo de água diante do visitante.

"O que o trouxe aqui?", perguntou Maria de Betânia.

Seus olhos correram para mim, e seu rosto ficou sério. Peguei as mãos de Maria e Tabita, que estavam ao meu lado.

"Judas está morto", João disse. "Ele se enforcou em uma árvore."

VII

Devo confessar? Parte de mim desejava que meu irmão morresse. Ao entregar Jesus à guarda do templo, Judas transgredira algum limite sagrado dentro de mim. Eu lhe oferecera aquele gesto de pena enquanto ele se mantinha à distância em Gólgota, mas, ao fim, era principalmente ódio que eu sentia.

Naqueles momentos vazios e perplexos, enquanto Maria, Salomé e os outros esperavam que eu reagisse à notícia da morte de Judas, ocorreu-me que Jesus tentaria amar até mesmo Judas, perdido e assassino. Uma vez, quando eu reclamava de alguma mesquinharia que Judite havia me feito e declarei que a desprezava,

Jesus me dissera: "Eu sei, Ana. Ela é difícil. Não precisa amá-la. Tente apenas *agir* com amor".

Mas ele era Jesus, e eu era Ana. Não estava pronta para me livrar de minha animosidade em relação a Judas. Faria aquilo com o tempo, mas naquele momento era o que me salvava. Parecia que deixava menos espaço dentro de mim para a dor.

O silêncio perdurou por tempo demais. Ninguém parecia saber o que dizer. Por fim, Maria de Betânia disse: "Ah, Ana. É um dia desolador para você. Primeiro, seu marido, e agora seu irmão".

Algo naquelas palavras me causou uma onda de indignação. Como se Jesus e Judas pudessem ser mencionados na mesma frase, como se o que eu sentisse em relação à perda dos dois pudesse ser comparado — mas a intenção dela era boa, eu sabia daquilo. Levantei-me e sorri para eles. "Sua presença foi meu único consolo no dia de hoje, mas fui vencida pelo cansaço e vou me retirar para dormir agora." Inclinei-me e beijei Maria e Salomé. Tabita se levantou e me seguiu.

Encolhi-me na esteira do quarto de minha amiga, mas não consegui dormir. Ouvindo que eu me revirava, Tabita começou a tocar a lira, esperando me atrair para o sono. Conforme a música se movia na escuridão, a tristeza aumentava dentro de mim. Por meu amado, mas também por meu irmão. Não pelo Judas que havia traído Jesus, mas pelo menino que lamentava por seus pais, que suportara a rejeição do meu pai, que me levava com ele em suas caminhadas pelas colinas da Galileia e que sempre ficara do meu lado. Lamentei a perda do Judas que deu meu bracelete a um trabalhador ferido, que queimou o pomar de tamareiras de Natanael, que resistia a Roma. *Aqueles* eram os Judas que eu amava. Por eles, enterrei o rosto na dobra do cotovelo e chorei.

VIII

Quando despertei na manhã seguinte, o céu parecia branco de tanto sol. A esteira de Tabita estava vazia, e o cheiro de pão assando estava por toda parte. Sentei-me, surpresa com quão tarde era, esquecida por um único momento abençoado da ruína do dia anterior, então tudo retornou a mim, insinuando-se entre minhas costelas até que eu mal conseguisse respirar. Mais uma vez, ansiei por minha tia. Eu podia ouvir as mulheres no pátio, o zumbido suave de suas vozes, mas era Yalta quem eu queria.

Fiquei de pé à porta, tentando imaginar o que ela me diria se estivesse comigo. Muitos minutos se passaram antes que eu me permitisse recordar a noite em Alexandria em que Lavi chegara com notícias da decapitação de João, o imersor, e eu fora tomada pelo medo de perder Jesus. *Tudo ficará bem*, Yalta me dissera. Quando eu rechaçara aquilo como algo trivial e superficial, minha tia se explicara: *Não quero dizer que a vida não trará tragédias. Só quero dizer que você ficará bem apesar disso. Há um lugar inviolável dentro de você. Vai encontrar seu caminho para lá quando precisar. E então saberá do que falo.*

Vesti o manto de Jesus e saí. Meus pés estavam sensíveis de ter caminhado descalça pelas pedras de Gólgota.

Lavi estava agachado perto do forno, preparando sua bolsa de viagem. Eu o vi empilhar pão, peixe salgado e odres de água dentro. Com tudo o que havia acontecido, eu me esquecera de que ele partiria. O barco em que tínhamos chegado voltaria a Alexandria em três dias. Para pegá-lo, Lavi precisava partir para Jafa logo cedo na manhã seguinte. A constatação me entristeceu.

Maria, Salomé, Marta, Maria de Betânia, Tabita e Maria de Magdala estavam reunidas à sombra próxima ao muro que dava para o vale. Ainda que o sabá só fosse terminar ao pôr do sol, Tabita parecia estar remendando algo, e Marta estava sovando o pão. Eu duvidava que Tabita se importasse com a lei do sabá que proibia trabalhar, mas Marta parecia devotada àquele tipo de coisa.

Quando me juntei a elas, sentando-me ao lado de minha sogra no chão quente, Marta disse: "Sim, eu sei. Estou cometendo um pecado, mas fazer pão é algo que me reconforta".

Eu queria dizer: *Se tivesse tinta e papiro, ficaria feliz em me juntar a você e pecar também.* Em vez disso, abri um sorriso condoído para ela.

Quando olhei para Tabita, vi que costurava minha sandália.

Maria disse: "Retornaremos à tumba à primeira luz do dia de amanhã, para terminar de ungir Jesus. Maria e Marta providenciaram babosa, cravo, hortelã e olíbano".

Eu sentia que já havia feito minha despedida final de Jesus no dia anterior, quando beijara suas faces na tumba. Perturbava-me pensar em repetir o processo torturante de deixá-lo, mas assenti.

"Confio que uma de vocês recorda onde está a tumba", ela disse. "Eu estava aflita demais para notar, e havia muitas cavernas nas cercanias."

"Acredito que posso encontrá-la", disse Salomé. "Procurei atentar para o caminho."

Maria voltou a se virar para mim. "Ana, acho que você, Salomé e eu devemos permanecer aqui em Betânia pelos sete dias de luto antes de partir para Nazaré. Irei até Tiago e Judite em Jerusalém para verificar o que desejam fazer, mas tenho certeza de que concordarão. Parece-lhe adequado?"

Nazaré. Na minha mente, eu via a propriedade de barro com apenas uma oliveira. O pequeno quarto onde eu havia vivido com Jesus, onde dera à luz Susana, onde escondera minha bacia de encantamento. Visualizei a pequena despensa onde Yalta dormira. O tear manual no qual eu produzira resmas de tecidos grosseiros, o forno onde eu assara filões de pão chamuscado.

O silêncio pareceu pesar no ar. Senti os olhos de Maria em mim. Senti os olhos de todos em mim, mas não ergui os meus das minhas pernas. Como seria voltar a viver em Nazaré, mas sem Jesus? Tiago passara a ser o mais velho, o chefe da família, e ocorreu-me que ele poderia querer encontrar um novo marido para mim, como havia feito com Salomé depois que ela ficara viúva. E a ameaça de Herodes Antipas persistia. Em sua carta, Judas havia escrito que o perigo que eu corria na Galileia havia arrefecido, mas não se extinguira por completo.

Coloquei-me de pé e caminhei uma curta distância para longe deles. Eu sentia como que uma onda se formando dentro de mim. Ela quebrou, finalmente, deixando para trás aquilo que eu sabia, mas não sabia. Nazaré nunca fora meu lar. *Jesus* fora meu lar.

Agora que ele havia partido, meu lar era em uma encosta no Egito. Era com Yalta e Diodora. Era com os terapeutas. Onde mais eu poderia escrever com entrega? Em que outro lugar eu poderia cuidar tanto da biblioteca quanto dos animais? Onde mais poderia viver de acordo com o que dizia meu coração?

Inspirei fundo, e pareceu-me um pequeno reencontro.

Do outro lado do pátio, vi Lavi fechando sua bolsa de viagem com uma tira de couro. O medo de decepcionar Maria, de magoá-la, de sentir sua falta, me atingiu.

Ela me disse: "Ana, o que foi?".

Voltei para o lado dela e me sentei. Maria falou: "Você não pretende retornar a Nazaré, não é mesmo?".

Fiz que não com a cabeça. "Retornarei ao Egito para viver com minha tia. Há uma comunidade espiritual e filosófica lá. Viverei entre essas pessoas."

Falei com delicadeza, mas sem me desculpar, então esperei para ouvir o que Maria teria a dizer.

Ela falou com os lábios perto de minha orelha. "Vá em paz, Ana, pois nasceu para isso."

Aquelas palavras foram seu maior presente para mim.

"Conte-nos sobre esse lugar onde vai viver", pediu Salomé.

Senti que mal conseguia manter a compostura, de repente surpresa por partir tão depressa e ansiosa para alertar Lavi e começar a preparar minhas próprias provisões, mas fiz o meu melhor para explicar a elas sobre os terapeutas, a comunidade que dançava e cantava a noite inteira a cada quarenta e nove dias. Descrevi as cabanas de pedra espalhadas pela encosta, o lago a seus pés, os penhascos no topo e, além deles, o mar. Contei sobre a sala sagrada onde eu escrevera meus próprios textos e os preservara em códices, a biblioteca que eu tentava recuperar, a canção a Sofia que eu havia escrito e cantado. Falei e falei, e senti como ansiava por meu lar.

"Leve-me com você", uma voz disse.

Todos nos viramos e olhamos para Tabita. Perguntei-me se era um gracejo, mas ela me olhava com extrema seriedade. Eu não sabia como responder.

"Tabita!", Marta a repreendeu. "Todos esses anos, você foi como uma filha para nós. No entanto, por um capricho, deseja nos abandonar em nome de um lugar que não conhece?"

"Não sei como explicar", Tabita disse. "Sinto que também é meu destino ir para lá." Sua voz se adensava, e as sílabas começavam a enfraquecer e cair. Ela parecia ligeiramente fora de si em sua tentativa de ser compreendida.

"Mas não pode simplesmente partir", disse Marta.

"Por que não?", perguntei. Aquilo a deteve. Olhei para Tabita. "Se fala sério quanto a ir, deve saber que a vida com os terapeutas não se resume a cantar e dançar. Envolve trabalho, jejum, estudo e prece." Não mencionei Aram e a milícia judaica que pretendia me prender. "Também é preciso ansiar por Deus", eu disse a ela. "De outro modo, não será recebida. Seria errado de minha parte não lhe dizer essas coisas."

"Eu não me importaria em encontrar Deus nesse lugar", Tabita disse, mais calma agora, com as palavras intactas. "Não poderia procurá-lo na música?"

Escépcis lhe daria as boas-vindas, eu tinha certeza. Receberia Tabita com base na última pergunta que minha amiga fizera. E, se não fosse o caso, ela seria recebida por sua ligação comigo. "Não consigo pensar em um motivo que a impeça de vir conosco", eu disse.

"Tem dinheiro para a passagem de barco?", perguntou Marta, sempre prática.

Tabita arregalou os olhos. "Usei todo o dinheiro que eu tinha para comprar nardo."

Fiz alguns cálculos rapidamente na cabeça. "Sinto muito, Tabita, só tenho dracmas o bastante para comprar uma passagem para Lavi e outra para mim." Por que eu não pensara naquilo antes de encorajá-la?

Marta soltou um ruído baixo de reprovação, que pareceu marcado pelo triunfo. "Bem, então é sorte que eu tenha o dinheiro." Ela sorriu para mim "Não vejo motivo para que não possa simplesmente partir se essa é sua escolha."

Minha sandália estava sobre a perna de Tabita, consertada e pronta para a longa caminhada até Jafa. Ela a entregou a mim, então se levantou para abraçar Marta. "Se eu tivesse mais nardo, banharia os seus pés", Tabita disse a ela.

Na manhã seguinte, Lavi, Tabita e eu deixamos a casa antes do nascer do sol, enquanto os outros ainda dormiam. Ao portão, olhei para trás, pensando em Maria. "Não vamos nos despedir", ela me dissera na noite anterior. "Certamente nos veremos outra vez." Maria dissera aquilo sem artifício, com uma crença tão sincera que acreditei que poderia ser verdade. No entanto, nunca voltaríamos a nos ver.

A lua estava em seu declínio, não passando de uma casca de luz vaga e curva. Enquanto seguíamos o caminho pelo vale do Hinom, Tabita começou a cantarolar com os lábios fechados, incapaz de controlar sua alegria. Ela havia amarrado a lira às costas, e os braços curvos do instrumento despontavam acima dos seus ombros, como um par de asas. A felicidade de ir para casa também residia em mim, mas ao lado da tristeza. Aquela era a terra do meu marido e da minha filha. Seus ossos sempre estariam ali. Cada passo para mais longe deles era uma pontada no meu coração.

Caminhando ao longo da muralha oriental de Jerusalém, implorei que a escuridão durasse até que passássemos pela colina romana onde Jesus havia morrido, mas a luz surgiu quando nos aproximávamos, uma claridade repentina e lancinante. Permiti-me uma última olhada para Gólgota. Então voltei meu olhar na direção das encostas à distância onde Jesus havia sido sepultado, para onde as mulheres logo iriam envolvê-lo em aromáticos.

LAGO MAREÓTIS

EGITO

30-60 d.C.

I

Tabita e eu encontramos Yalta no jardim, inclinada sobre uma fileira de plantas delgadas. Absorvida pelo trabalho, ela não nos notou. Passou os dedos pela túnica, deixando dois rastros de terra, em um ato que me encheu de uma felicidade inexplicável. Minha tia tinha cinquenta e nove anos, mas parecia quase jovem ajoelhada à luz do sol em meio a todo aquele verde crescendo, e senti uma onda de alívio me inundar. Yalta permanecia ali.

"Tia!", chamei.

Ao me ver, e depois Tabita, correndo em sua direção através da cevada, minha tia abriu a boca e caiu de joelhos. Ouvi-a exclamar, bem a seu modo: "Esterco de burro!".

Coloquei Yalta de pé e a abracei. "Pensei que nunca mais a veria."

"Pensei o mesmo", ela disse. "No entanto, aqui está você, algumas semanas depois." Seu rosto era uma mistura de júbilo e confusão. "E olhe só quem trouxe junto."

Enquanto Yalta abraçava Tabita, um grito veio de trás de nós, mais acima na encosta. "Ana? Ana. É você?" Virando-me na direção dos penhascos, vi Diodora descer correndo com uma cesta sacudindo nos braços, e soube que ela estivera lá em cima colhendo agripalma. Ela nos alcançou, sem fôlego, com o cabelo escapando do lenço em um leque revoltoso emoldurando o rosto. Diodora me girou nos braços, fazendo as ervas de folhas pontiagudas voarem.

Quando a apresentei a Tabita, ela disse algo impagável, que minha amiga recordaria por toda a vida: "Ana me contou de sua bravura". Tabita não disse nada em resposta, o que imaginei que Diodora atribuísse à timidez, embora eu soubesse que seu silêncio se devia à língua cortada dentro de sua boca e ao medo de que o que dissesse pudesse soar incompreensível.

Tabita ajudou Diodora a recolher as ervas espalhadas. Yalta esperou todo aquele tempo para fazer a pergunta que eu temia. Olhei para a encosta, procurando pelo telhado da biblioteca.

"O que a trouxe de volta, menina?", ela finalmente perguntou. Seu rosto estava sério e impassível. Já tinha adivinhado a resposta.

"Jesus está morto", eu disse, sentindo que minha voz queria falhar. "Foi crucificado."

Diodora soltou um grito que senti dentro de minha própria garganta. Yalta pegou minha mão. "Venha comigo", ela disse.

Minha tia nos guiou até um pequeno outeiro que não ficava muito longe do jardim, então nos sentamos ao lado de um grupo de pinheiros moldados em estranhas formas pelo vento. "Conte-nos o que aconteceu", Yalta disse.

Eu estava cansada da viagem — tínhamos caminhado por dois dias e meio, de Betânia a Jafa, passado outros seis dias no barco para Alexandria, depois sacudido por horas em uma carroça puxada por burros, que Lavi havia contratado —, mas contei-lhes a história, contei-lhes tudo, e, como ocorrera antes com as mulheres em Betânia, aquilo tirou um pouco da vivacidade da minha dor.

Quando a história estava terminada, ficamos em silêncio. Bem abaixo na escarpa, eu podia distinguir um pedaço do lago azul. Mais perto, uma das minhas cabras balia no abrigo de animais.

"Foi um alívio descobrir que os soldados de Aram não estão mais acampados na estrada", eu disse.

"Eles deixaram a estrada pouco depois que você partiu", Yalta disse. "Aconteceu exatamente como Escépcis previra: Aram foi informado de pronto de que você retornara a seu marido na Galileia e de que eu havia feito meus votos e permaneceria com os terapeutas pelo resto da vida. Logo em seguida, o posto foi abandonado."

Retornara a seu marido na Galileia. As palavras pareciam pequenos cutelos.

Notei Tabita abrindo e fechando os punhos, como se reunisse a bravura que Diodora mencionara. Então falou pela primeira vez. "Ana disse que era provável que o posto estivesse abandonado, mas Lavi não queria correr nenhum risco. Insistiu que esperássemos no vilarejo mais próximo enquanto seguia sozinho para confirmar. Só então retornou para nos buscar." Ela falou devagar, moldando os sons em sua boca.

Enquanto falava, no entanto, uma nova preocupação se fazia notar dentro de mim. "Luciano não vai informar meu retorno a Aram?", perguntei a Yalta.

Ela pressionou os lábios um contra o outro e considerou aquela possibilidade pela primeira vez. "Você tem razão quanto a isso. Ele provavelmente informará a Aram que você voltou. Mas, mesmo que Aram decida retomar sua tentativa de nos prender, teria dificuldade em convencer os soldados a retornar. Antes mesmo de sua partida, já havia rumores do descontentamento dos homens. Eles já tinham se cansado de revistar todos que passavam mediante um pagamento reduzido. Aram certamente resistirá a lhes oferecer mais dinheiro." Ela pôs uma mão no meu joelho. "Acho que a vingança dele não prosseguirá. De qualquer modo, estamos seguras com os terapeutas. Podemos esperar a morte de Aram para nos aventurar além da guarita. Ele é mais velho do que eu. Não pode viver para sempre." Um sorriso travesso se formou no rosto de Yalta. "E sempre podemos amaldiçoá-lo com a morte."

"Sou muito boa nesse tipo de maldição", disse Tabita, que podia ou não ter notado que não falávamos a sério.

"Fiz meus votos", Yalta disse. "Serei uma deles pelo resto da vida agora."

Eu nunca teria esperado aquilo. Ela passara grande parte de sua vida adulta desenraizada, exilada em lugares que não escolhera. Agora, havia feito sua escolha. "Ah, tia, fico feliz por você."

"Eu também fiz os meus", contou Diodora.

"Farei os meus também", falei.

"Assim como eu", concluiu Tabita.

Yalta sorriu para ela. "Tabita, querida, para poder fazer seus votos é necessário estar aqui há mais de cinco minutos."

Tabita riu. "Na semana que vem, então", ela disse.

Finalmente levantamos para descer a colina e informar Escépcis de nosso retorno. Antes, no entanto, fizemos uma pausa, ao ouvir um sino soando à distância. O vento atingia os penhascos, trazendo o cheiro do mar, e o ar cintilava com a luz açafrão de alguns dias sem nuvens. Lembro-me daquele pequeno interlúdio como uma ocasião sagrada, pois olhei para as três, postadas diante dos pinheiros, e vi que de alguma forma havíamos nos tornado uma família.

II

No meio da tarde, vinte e dois meses, uma semana e um dia depois da morte de Jesus, a chuva trovejou contra o telhado da biblioteca, despertando-me de um estranho e inesperado sono. Eu sentia a cabeça cheia e vaga, como se recheada de montes de lã recém-tosquiada. Levantei a bochecha da minha mesa e olhei em volta. Onde estava? Gaio, que no passado me fechara dentro de um caixão, pouco antes construíra uma segunda sala na biblioteca, de modo que eu tivesse um scriptorium e espaço para cubículos onde guardar os rolos de pergaminho, mas naqueles primeiros segundos confusos depois do despertar, não reconheci o espaço novo. Senti uma centelha de pânico dentro de mim, e então, claro, meu entorno e o mundo retornaram.

Mais tarde, eu pensaria em meu antigo amigo Tadeu, que dormia todos os dias no scriptorium da casa de Aram, praticamente encolhido sobre sua mesa, fosse por tédio ou, por algum tempo, por conta da cerveja adulterada de Yalta. Eu, no entanto, só podia culpar por minha sonolência a paixão que havia me levado a trabalhar até tarde da noite por semanas fazendo cópias dos meus códices. Duas para a biblioteca e outra que pudesse ser disseminada.

Empurrei o banco para longe da minha mesa e balancei a cabeça, tentando afastar o estado de torpor que se seguia, mas sem muito sucesso. Enquanto eu dormia, a sala havia escurecido e esfriado, de modo que coloquei o manto de Jesus sobre os ombros, puxei uma lamparina para mais perto e voltei minha atenção para o trabalho. Meu códice, *O trovão: a mente perfeita*, estava aberto sobre a mesa, ao lado da cópia que eu vinha fazendo em uma folha nova de papiro. Escépcis pretendia enviá-la a um estudioso na biblioteca de Alexandria com quem se correspondia. Eu havia tomado um cuidado especial com a caligrafia e acrescentara pequenos floreios, mas meus zigue-zagues e minhas espirais se desgastavam. Uma mancha grande e borrada de tinta me encarava do meio do papiro, no ponto em que meu rosto descansara quando eu havia pegado no sono. Mal dava para ler as últimas linhas que eu havia escrito:

Sou a meretriz e a santa
Sou a esposa e a virgem

Esfreguei a bochecha, e a ponta de meu dedo retornou manchada. Parecia irônico, triste, belo, quase proposital, que "sou a esposa" estivesse marcado em minha pele. Por quase dois anos, eu ostentara o luto por Jesus como uma segunda pele. Depois de todo aquele tempo, a dor de sua ausência não diminuíra. Eu sentia a queimação familiar nos olhos, seguida pela sensação que eu às vezes tinha de que vagava dentro do meu coração, procurando desesperadamente pelo que nunca poderia encontrar — meu marido. Temia que meu medo se transformasse em desespero, que se tornasse uma pele de que eu não poderia me desprender.

Um enorme cansaço se abateu sobre mim. Fechei os olhos, desejando o vazio escuro do vácuo.

Acordei em meio ao silêncio. A chuva havia se acalmado. O ar parecia pesado e imóvel. Ao erguer os olhos, vi Jesus de pé do outro lado da sala, com os olhos escuros e expressivos focados em mim.

Perdi o ar. Passaram-se inúmeros minutos antes que eu conseguisse falar. Eu disse: "Jesus. Você veio".

"Ana", ele falou. "Eu nunca parti." E abriu seu sorriso torto e divertido.

Jesus não saiu de onde estava, então fui em sua direção, parando de repente ao notar que usava seu antigo manto, com a mancha de sangue na manga. Baixei os olhos, absorvendo a peça jogada em meus ombros, seu antigo manto com a mancha de sangue na manga, aquele que eu vinha usando fazia vinte e dois meses, uma semana e um dia. Como Jesus podia estar usando a mesma peça?

Tentei compreender o que estava acontecendo. *É certamente um sonho*, pensei. Talvez um sonho desperto ou uma visão. No entanto, eu sentia que ele era bastante real.

Fui até meu marido e peguei suas mãos. Estavam quentes e cheias de calos. Ele cheirava a suor e lascas de madeira. Sua barba tinha traços de pó de pedra calcária. Jesus tinha a mesma aparência de quando vivíamos juntos em Nazaré. Perguntei-me o que pensava da mancha de tinta em minha bochecha.

Senti que ele estava partindo. "Não se vá."

"Sempre estarei com você", ele disse, e desvaneceu.

Fiquei sentada à minha mesa por um longo período, tentando compreender. Escépcis uma vez me dissera que sua mãe lhe aparecera em sua sala sagrada, três semanas depois de morrer. "Não é algo incomum", ela havia dito. "A mente é um mistério."

Acreditei, e ainda acredito, que a visita de Jesus era obra de minha mente, o que não a tornava menos um milagre do que se ele tivesse me aparecido em carne e osso. Seu espírito retornara naquele dia. Ele não estava mais perdido para mim.

Tirei seu manto, dobrei-o com cuidado e o coloquei em um cubículo vazio. Então disse em voz alta para as sombras na sala: "Tudo ficará bem".

III

Subimos o caminho para os penhascos, Diodora, Tabita e eu, caminhando uma atrás da outra sob a luz alaranjada. Sigo à frente, segurando a bacia de encantamento contra o peito. Atrás de mim, Diodora bate em um tambor de pele de cabra e Tabita canta uma música sobre Eva, aquela que buscava. Há trinta anos, vivemos as três juntas aqui na encosta.

Olho para elas, por cima do ombro. Com a brisa, o cabelo de Tabita esvoaça atrás dela, macio e cinza como a asa de um pombo; o rosto de Diodora agora é um pequeno campo de sulcos, como o de sua mãe. Não temos espelhos, mas vejo meu reflexo com frequência na superfície da água — as rugas em volta dos olhos, o cabelo ainda escuro a não ser por uma mecha branca na frente. Aos cinquenta e oito anos, ainda me movo com rapidez e não tenho dificuldade com a subida íngreme, assim como minhas duas irmãs, mas hoje andamos devagar, carregando o peso das bolsas salientes em nossas costas. Estão cheias de códices — trinta cópias de meus escritos encadernadas em couro. Todas as palavras que escrevi desde os catorze anos. Meu tudo.

Quando nos aproximamos do cume, afastamo-nos da trilha e abrimos nosso caminho pelas pedras e pela grama que se curva ao vento, até chegar ao ponto que escolhi — um pequeno platô cercado por arbustos de manjerona floridos. Apoio a bacia no chão, Diodora interrompe o barulho do tambor e Tabita para de cantar, então ficamos ali, olhando para os dois enormes vasos de cerâmica, quase tão altos quanto eu, e depois para dois buracos profundos e redondos, abertos lado a lado na terra. Olho para um dos buracos, e uma mistura de alegria e tristeza percorre meu corpo.

Tiramos as bolsas pesadas das costas, suspirando aliviadas e soltando alguns gemidos. "Precisava ter escrito tanto durante a vida?", Diodora provoca. Apontando para a pequena montanha de terra tirada dos buracos, ela acrescenta: "Imagino que o membro júnior a quem pediram que cavasse essas fossas sem fundo também gostaria de saber a resposta".

Tabita contorna um dos vasos de barro como se tivesse o tamanho do monte Sinai. "E os pobres burros de carga que trouxeram estes vasos dignos de Golias até aqui."

"Muito bem", digo, juntando-me à brincadeira. "Escreverei uma resposta exaustiva para a questão, então retornaremos para cavar outro buraco e enterrar o novo códice também."

Elas gemem alto. Tabita não disfarça mais seu sorriso. Ela diz: "Pobres de nós, Diodora. Agora que Ana é a líder dos terapeutas, não temos escolha a não ser obedecer".

Olhamos umas para as outras e começamos a rir. Não tenho certeza se por causa do peso e do volume dos livros ou se porque realmente me tornei líder dos terapeutas. Naquele momento, as duas coisas nos parecem extraordinariamente engraçadas.

Nossa leviandade se reduz quando removemos os códices das bolsas. Ficamos quietas, até solenes. Ontem, cortei o manto de Jesus em trinta e um pedaços. Agora, sentada ao lado dos buracos cavados na encosta, embrulhamos os livros com o tecido para protegê-los da poeira e do tempo, e amarramos com um fio sem tingimento. Trabalhamos depressa, ouvindo o mar batendo contra as pedras abaixo, os arbustos de manjerona cheios de abelhas, o mundo vibrando.

Quando a tarefa é concluída, olho para os códices embrulhados, dispostos em pilhas ao lado dos vasos, de modo que parece que o que os envolve é uma mortalha. Afasto a imagem, mas a preocupação de que meu trabalho será esquecido permanece. Mais cedo, gravei exatamente onde os vasos seriam enterrados, escrevendo a localização em um rolo de pergaminho selado que seria passado adiante em nossa comunidade depois de minha morte. Mas quanto tempo levaria para que o pergaminho fosse esquecido, para que a importância do que estava sendo enterrado desvanecesse?

Pego a bacia de encantamento e a ergo acima da cabeça. Diodora e Tabita observam enquanto traço pequenos círculos com ela e entoo a súplica que escrevi quando menina. O anseio nela ainda parece algo vivo e respirando.

Conforme canto as palavras, lembro-me da noite no telhado, quando Yalta me mostrou a bacia. Ela bateu no osso em meu peito, trazendo-o à vida. *Escreva o que está aqui dentro, dentro do seu santíssimo lugar*, minha tia me dissera.

Quatro anos atrás, aos oitenta e cinco anos, Yalta pegou no sono debaixo da tamargueira e nunca mais despertou. Teve todo tipo de coisa para me dizer durante a vida, mas antes de morrer não me disse nada em despedida. Nossa última conversa profunda teve lugar debaixo daquela mesma árvore, na semana que antecedeu sua morte.

"Ana", ela disse. "Lembra-se de quando enterrou seus rolos de pergaminho na caverna para impedir seus pais de queimá-los?"

Olhei para ela com curiosidade. "Lembro."

"Deve fazê-lo de novo. Quero que faça uma cópia de cada um de seus códices e os enterre na encosta, perto dos penhascos." Sua mão esquerda ocasionalmente apresentava um tremor, e ela ficava cada vez mais instável quando de pé, mas sua mente, sua mente gloriosa, se manteve perfeita.

Franzi o cenho. "Mas por quê, tia? Meu trabalho está em segurança aqui. Ninguém vai vir queimá-lo."

Sua voz ficou mais cortante. "Ouça-me, Ana. Você ousou muito com as palavras. Tanto que chegará o momento em que homens tentarão silenciá-la. A encosta manterá seu trabalho a salvo."

Fiquei apenas olhando para ela, tentando dar sentido a seu pronunciamento. Meu rosto devia estar marcado pela dúvida.

"Não está me ouvindo", ela disse. "Pense no que escreveu!"

Passei pelos textos mentalmente: as histórias das matriarcas, o estupro e a mutilação de Tabita, os terrores que os homens infligiam às mulheres, as crueldades de Antipas, a bravura de Fasélia, meu casamento com Jesus, a morte de Susana, o exílio de Yalta, a servidão de Diodora, o poder de Sofia, a história de Ísis, *O trovão: a mente perfeita* e uma pletora de outras ideias sobre mulheres que colocavam crenças tradicionais de cabeça para baixo. E aquela era só uma parte.

"Não compreendo..." Minha frase morreu no ar, porque eu compreendia. Só não queria compreender.

"Cópias de seus escritos estão gradualmente se dispersando", ela disse. "Eles lançam uma bela luz, mas perturbam pessoas e ameaçam suas certezas. Virá um tempo — anote minhas palavras, pois prevejo isso — em que os homens tentarão destruir o que você escreveu."

Sempre fora eu quem tivera momentos de presciência, não Yalta. Parecia improvável que ela vislumbrasse o futuro, de modo que devia falar com base em sua sabedoria e prudência.

Minha tia sorria, mas havia algo de firme e urgente nela. "Enterre seus escritos, para que um dia possam ser reencontrados."

"Eu prometo, tia. Garantirei que esse dia chegue."

"Quando eu for pó, cante estas palavras sobre meus ossos: ela foi uma voz." Entoo a última frase da súplica em minha bacia, e, juntas, Diodora, Tabita e eu deitamos os vasos de lado e colocamos os códices dentro, quinze em cada.

Tiro da bolsa meu retrato, que encomendei tantos anos atrás como um presente para Jesus e que deveria preservar minha memória. As três olhamos para ele por um momento — meu rosto pintado em uma tábua de tília. Eu a carreguei comigo por todo o caminho até a Galileia para entregá-la a ele, mas cheguei tarde demais. Sempre vou me arrepender de meu atraso.

Embrulho o retrato com o pedaço que resta do manto de Jesus e o coloco dentro do vaso, pensando maravilhada em como, três décadas depois de sua morte, a memória dele é preservada. Nos últimos anos, Lavi tem nos trazido notícias de Alexandria relacionadas aos seguidores de Jesus, que não apenas não desapareceram quando ele morreu, como aumentaram em número. Lavi diz que pequenos grupos deles surgiram aqui mesmo, no Egito, e se reúnem em lares para contar suas histórias sobre Jesus e transmitir suas parábolas e seus ensinamentos. Como eu gostaria de ouvir o que contam.

"Falam de Jesus como se não tivesse sido casado", Lavi me disse. Refleti sobre aquele mistério por alguns meses. Seria porque eu não estivera presente enquanto ele viajava pela Galileia durante seu ministério? Seria porque as mulheres eram com tanta frequência invisíveis? Acreditariam que torná-lo celibatário faria com que parecesse mais espiritual? Não encontrei respostas, só a dor de ser apagada.

Selamos a tampa com cera de abelha e, com grande esforço, descemos os vasos na terra. De joelhos, usamos nossas próprias mãos para cobrir os buracos com o solo pedregoso. *Os códices estão enterrados, tia. Mantive minha promessa.*

Levantamo-nos, sacudimos a poeira e recuperamos o fôlego. Ocorre-me que os ecos de minha própria vida provavelmente desaparecerão assim como o trovão. Mas esta vida, tão ilustre, é o suficiente.

O sol desliza pelo céu, e a luz dourado-escura se ergue. Olho à distância e canto: "Sou Ana. Fui esposa de Jesus de Nazaré. Sou uma voz".

Nota da autora

Foi em uma manhã de outubro de 2014 que me ocorreu a ideia de escrever um romance sobre a esposa ficcional de Jesus. Quinze anos antes, eu pensara em produzir algo assim, mas não parecera certo na época, e, sinceramente, não fui capaz de reunir tamanha audácia para assumir a tarefa. Mas, naquele dia em outubro, uma década e meia depois, a ideia ressurgiu com bastante insistência. Fiz um parco esforço para me convencer do contrário. Séculos de tradição insistiam que Jesus não havia se casado, e aquela posição havia muito fora sistematizada na crença cristã e incorporada à mentalidade coletiva. Por que mexer naquilo? Mas era tarde demais para me dissuadir. Minha atenção fora conquistada. Eu já havia começado a visualizá-la. Em minutos, ela ganhou um nome: Ana.

Tenho o hábito de deixar mensagens na minha mesa. Esta permaneceu ali durante os quatro anos e meio que levei pesquisando e escrevendo o romance:

> *Tudo serve de assunto à ficção.*
> VIRGINIA WOOLF

O propósito do romancista não se restringe a apontar um espelho para o mundo: inclui imaginar o que é possível. *O livro dos anseios* reinterpreta a história de que Jesus era um homem solteiro e celibatário, imaginando a possibilidade de que em determinado momento ele tenha tido uma esposa. É claro que o Novo Testamento cristão não diz que ele foi casado, mas tampouco diz que era solteiro. A Bíblia não toca nesse assunto. "Se Jesus tivesse uma esposa, ela seria mencionada na Bíblia", alguém me explicou. Mas seria mesmo? A invisibilidade e o silenciamento das mulheres eram reais. Em comparação com os homens, as mulheres raramente falam nas escrituras judaicas e cristãs, e a frequência das menções a elas nem chega perto da frequência das menções a eles. Quando é feita referência a uma mulher, comumente ela não tem seu nome citado.

Também seria possível argumentar que no mundo judaico da Galileia do século I o casamento era tão profundamente normativo que nem seria preciso mencioná-lo. Tratava-se de um dever cívico, familiar e sagrado do homem. Era através do casamento, tipicamente contraído aos vinte anos (embora, algumas vezes, até os trinta), que o homem se tornava um adulto e se estabelecia em sua comunidade. As famílias esperavam que os jovens se casassem e ficariam chocadas, talvez até envergonhadas, caso não acontecesse. A religião ditava "não se abster de ter uma esposa". É claro que é possível que Jesus tenha desafiado esses imperativos. Há evidências de que ideais ascetas começavam a se insinuar no judaísmo do século I. E Jesus às vezes era um rebelde. Mas vi mais motivos para acreditar que, aos vinte anos, uma década antes de dar início a seu ministério, Jesus tenha respeitado a ética religiosa e cultural de seu tempo e de sua localidade.

A alegação de que Jesus *não* se casou teve início no século II. Surgiu quando o cristianismo absorveu ideias do ascetismo e do dualismo grego, que desvalorizavam o corpo e a fisicalidade do mundo em favor do espírito. Intimamente identificadas ao corpo, as mulheres também foram desvalorizadas, silenciadas e marginalizadas, perdendo o papel de liderança que haviam atingido no primeiro século do cristianismo. O celibato se tornou o caminho da santidade. A virgindade se tornou uma das maiores virtudes cristãs. Certos de que o fim dos tempos viria logo, os crentes do século II debatiam ardentemente se os cristãos deveriam se casar ou não. Considerando o acréscimo dessa visão à religião, pareceu-me que não seria particularmente aceitável que Jesus tivesse sido casado.

Percepções como essa permitiram que eu saísse das caixinhas eclesiásticas tradicionais e começasse a imaginar como seria um Jesus casado.

É claro que não sei se Jesus foi casado ou não. Há motivos igualmente convincentes apoiando a crença de que ele tenha permanecido solteiro. A menos que seja encontrado um manuscrito antigo genuíno, enterrado em um cântaro em algum lugar, revelando que Jesus teve uma esposa, simplesmente não teremos como saber. Ainda assim, a questão provavelmente seria insolúvel.

No entanto, desde aquele primeiro momento de inspiração para escrever tal história, senti a importância de *imaginar* um Jesus casado. Fazê-lo provocou uma questão fascinante: quão diferente seria o mundo ocidental se Jesus fosse casado e sua esposa tivesse sido incluída em sua história? Qualquer resposta é uma especulação, mas parece plausível que o cristianismo e o mundo ocidental teriam uma religião e uma herança cultural um pouco diferentes. Talvez as mulheres tivessem encontrado maior igualitarismo. Talvez a relação entre sexualidade e sacralidade fosse menos distante. O celibato do clero talvez não existisse. Perguntei-me que efeito imaginar a possibilidade de um Jesus casado poderia ter nessas tradições, se é que teria algum. Como imaginar novas possibilidades afeta a realidade presente?

Tenho uma consciência profunda e reverente de que Jesus é uma figura a quem milhões de pessoas são devotadas, e de que seu impacto na história da civilização ocidental é incomparável, afetando tanto cristãos quanto não cristãos. Dito isso, pode ser útil comentar como escrevi sobre esse personagem.

Para mim, esteve claro desde o começo que eu retrataria Jesus de maneira totalmente humana. Queria que fosse uma história sobre o homem, e não o filho de Deus que viria a se tornar. O cristianismo primitivo debateu se Jesus era humano ou divino, um assunto resolvido no século IV, no Concílio de Niceia, e depois no século V, no Concílio de Calcedônia, nos quais foram adotadas doutrinas afirmando que Jesus era inteiramente humano e inteiramente divino. Independente disso, sua humanidade diminuiu conforme ele foi mais e mais glorificado. Escrevendo da perspectiva de uma romancista, e não da religiosa, fui atraída por sua humanidade.

Não há registro de Jesus entre os doze e os trinta anos. Sua presença neste romance coincide em parte com esse período, com duas exceções notáveis: seu batismo e sua morte. Inventei as ações e as palavras de Jesus durante os anos desconhecidos da única maneira possível: através de conjecturas e extrapolações razoáveis.

Meu retrato de Jesus vem de minha própria interpretação de quem ele era, baseada em minha pesquisa do homem histórico e da Palestina do século I, em relatos bíblicos de sua vida e dos seus ensinamentos e em outros tratados a seu respeito. Foi bastante impressionante descobrir que o Jesus humano tinha tantas facetas diferentes e que as pessoas, incluindo estudiosos da história, tendem a vê-lo através das lentes de suas próprias necessidades e inclinações. Para alguns, ele foi um ativista político. Para outros, alguém que realizava milagres. Jesus é visto como rabino, profeta social, reformador religioso, professor sábio, revolucionário não violento, filósofo, feminista, pregador apocalíptico e mais.

Como eu elaboraria esse personagem? Visualizei-o com seus vinte anos, como um judeu vivendo sob a ocupação romana e um marido que trabalhava para sustentar a família, alimentando um impulso crescente de partir para começar um ministério público. Descrevi-o como um mamzer, ou seja, alguém que sofre certo grau de ostracismo — no caso de Jesus, por causa de sua paternidade questionada. Também o visualizei como um profeta social emergente e um rabino cuja principal mensagem era de amor e compaixão, e da chegada do reino de Deus, que inicialmente ele via como um evento escatológico que estabeleceria o governo divino da terra, e por fim como algo dentro do coração e da mente das pessoas. E o vi como uma resistência política não violenta que assume o papel de Messias, o salvador judeu prometido. A empatia de Jesus pelos excluídos, pelos pobres e pelos proscritos de todos os tipos é central ao personagem que delineei, assim como sua intimidade incomum com seu Deus.

Parece-me importante ressaltar que o personagem de Jesus nestas páginas fornece apenas um vislumbre da complexidade e da plenitude de quem ele era, e tal vislumbre é baseado em minha interpretação dele, que é entremeada a uma narrativa ficcional.

A história é imaginada, mas através de uma extensa pesquisa tentei ser fiel aos aspectos históricos, culturais, políticos e religiosos. Há casos, no entanto, em que me distancio dos registros ou da tradição por questões narrativas.

Herodes Antipas mudou a capital da Galileia de Séforis para Tiberíades por volta do ano 18 d.C. a 20 d.C. No romance, essa mudança só ocorre em 23 d.C. Séforis, uma cidade abastada com aproximadamente 30 mil habitantes, ficava a pouco mais de seis quilômetros de Nazaré, de modo que muitos estudiosos especulam que Jesus estava exposto a um mundo sofisticado, helenizado e multilíngue. Estudiosos também conjecturam que Jesus e seu pai, José, ambos construtores, poderiam ter encontrado trabalho em Séforis durante os anos de adolescência de Jesus, quando Herodes Antipas reconstruía a cidade. É improvável, no entanto, que Jesus tenha trabalhado no anfiteatro romano, como acontece neste romance. De acordo com alguns arqueólogos, o anfiteatro foi construído perto do fim do século I, décadas depois da morte de Jesus. O mosaico do rosto de Ana no palácio de Antipas foi inspirado pelo mosaico real encontrado em uma escavação no piso de uma mansão de Séforis. Conhecido como a Monalisa da Galileia, trata-se de um retrato primoroso de um rosto de mulher que data do século III.

Fasélia, primeira esposa de Herodes Antipas, era uma princesa nabateia que conseguiu fugir de volta ao reino árabe de seu pai quando descobriu que Antipas planejava tomar Herodíade como esposa. O ano exato de sua fuga é debatido, mas quase certamente a posicionei muitos anos antes.

A Bíblia diz que Jesus tinha quatro irmãos, mencionados por nome, e inúmeras irmãs não nomeadas; consegui encaixar na história dois irmãos e uma irmã. Minha representação de Tiago provavelmente é mais dura do que ele merece, embora no Novo Testamento pareça haver certo conflito entre Jesus e seus irmãos durante o ministério dele. Depois da morte de Jesus, Tiago se tornou seu seguidor e líder da igreja de Jerusalém.

Na Bíblia, Jesus aparece no rio Jordão para ser batizado por João, depois vai imediatamente para o deserto, período após o qual inicia seu ministério. Imaginei, no entanto, que depois do batismo e de seu isolamento no deserto, Jesus passou muitos meses seguindo João. Embora isso não seja mencionado na Bíblia, alguns estudiosos indicam que Jesus provavelmente foi seu seguidor e se viu profundamente influenciado por ele, premissa que adotei.

Maria de Betânia é a mulher que aparece no Novo Testamento ungindo os pés de Jesus com um óleo caro antes de sua morte, acontecimento que despertou críticas de Judas. Tomei a liberdade de deixar tal ato para Tabita, amiga de Ana.

No romance, Ana corre para Jesus quando ele cai sob o peso da viga. Isso difere da antiga tradição, que não consta dos Evangelhos canônicos, de que uma mulher chamada Verônica foi até ele e enxugou seu rosto quando ele caiu.

Os Evangelhos do Novo Testamento indicam que Jesus chegou a Betânia e Jerusalém, na Judeia, na semana anterior a sua morte. No entanto, para acertar a linha do tempo deste livro, fiz com que chegasse algumas semanas antes da crucificação.

Tentei me ater às histórias bíblicas do julgamento, da crucificação e do sepultamento de Jesus, embora nem todas as ocorrências tenham podido ser incorporadas. A inclusão ou a ausência de eventos depende de terem sido ou não testemunhados ou descobertos por Ana, a narradora. No romance, ela e um grupo de mulheres caminham com Jesus até sua execução, permanecem com ele quando é crucificado e o preparam para o sepultamento. Os Evangelhos dão relatos um pouco diferentes da morte, mas todos registram a presença de um grupo de mulheres na crucificação. A mãe de Jesus e Maria Madalena aparecem entre elas. Salomé, irmã dele, e Maria de Betânia não são mencionadas, mas eu as inseri no lugar das outras duas mulheres presentes. A cena do romance em que as mulheres acompanham Jesus até sua crucificação é invenção minha.

Os terapeutas não foram fruto da minha imaginação e constituíam uma comunidade austera localizada perto do lago Mareótis, no Egito, onde filósofos judeus se devotavam às preces, ao estudo e a uma interpretação alegórica e sofisticada das Escrituras. O grupo, que prosperou durante o período em que se passa o romance, é representado nestas páginas com uma quantidade significativa de detalhes factuais. As vigílias do quadragésimo nono dia, com canto e dança delirantes se estendendo pela noite, de fato aconteciam, as salas sagradas nas pequenas casas de pedra existiam, eles contavam com membros e eram devotados a Sofia, o espírito feminino de Deus. No entanto, a prática do ascetismo e da solidão era muito mais prevalente e intensa do que descrevi. Na história, me refiro a jejuns e a seu isolamento, mas essencialmente reimagino o grupo como mais interativo e ligado ao físico.

O trovão: a mente perfeita é um documento real da época em que o romance se passa. Foi escrito por autor desconhecido que se acredita ter sido uma mulher. As nove páginas de papiro estavam entre os famosos textos de Nag Hammadi, descobertos em 1945 em um jarro enterrado nas colinas acima do Nilo, no Egito. No romance, *O trovão: a mente perfeita* é de autoria de Ana, que o compõe como um hino a Sofia. As passagens que foram incluídas neste livro são do poema real. Eu o li e reli por duas décadas, maravilhada por sua voz provocativa, ambígua, imponente e transgressora em termos de gênero. Imaginar Ana criando-o como sua grande composição simplesmente me deixou feliz.

A "Nota da autora" se concentra fortemente na figura de Jesus por motivos óbvios, mas O livro dos anseios trata da história de Ana. Ela adentrou minha imaginação, e não pude ignorá-la.

Vi Ana não apenas como a esposa de Jesus, mas como uma mulher em sua própria busca — a de seguir seus anseios atrás da grandeza dentro de si. Eu também a vi como uma mulher capaz de se tornar não apenas esposa de Jesus, mas sua parceira.

No dia em que Ana apareceu, eu já sabia de algo mais sobre ela, além de seu nome. Sabia que o que mais desejava era uma voz. Se Jesus realmente teve uma esposa, com a história tendo se desenrolado exatamente como se desenrolou, então ela foi a mulher mais silenciada da história, a mulher mais necessitada de uma voz. Tentei lhe dar uma.

Agradecimentos

Sou grata às pessoas e aos recursos a seguir, que me ajudaram a dar vida à história de Ana.

Jennifer Rudolph Walsh, minha extraordinária agente e estimada amiga, assim como Margaret Riley King, Tracy Fisher, Matilda Forbes Watson, Haley Heidemann, Natalie Guerrero, Zoe Beard-Fails e Alyssa Eatherly, todas membras inestimáveis da equipe da William Morris Endeavor.

Meu brilhante editor, Paul Slovak, assim como Brian Tart, Andrea Schulz, Kate Stark, Louise Braverman, Lindsay Prevette, Shannon Twomey, Britta Galanis, Allie Merola, Roseanne Serra e toda a incrível equipe da Viking, pelo imenso apoio, pela experiência e pelo entusiasmo dedicado a mim e a este romance.

As maravilhosas Marion Donaldson e Headline Publishing, responsáveis pela minha publicação no Reino Unido.

Ann Kidd Taylor, minha primeira leitora, que fez comentários e me deu ideias incríveis. Eu odiaria escrever um livro sem ela.

Os muitos estudiosos cujos livros, palestras e documentários sobre o Jesus histórico, o povo, a cultura, a religião, a política e os acontecimentos do século I na Palestina e em Alexandria, interpretação bíblica, textos gnósticos e mulheres e gênero na religião foram o principal apoio da minha pesquisa. A Biblical Archaeology Society, que me forneceu excelentes recursos. Também a Great Courses, por seus vídeos de palestras acadêmicas.

A nova tradução em inglês de *O trovão: a mente perfeita*, de Hal Taussig, Jared Calaway, Maia Kotrosits, Celene Lillie e Justin Lasser, com um agradecimento especial à Palgrave Macmillan, por me permitir citá-la no original.

Scott Taylor, pelo trabalho excepcional e pelo suporte técnico.

Terry Helwig, Trisha Sinnott e Curly Clark, que me emprestaram seus ouvidos e me encorajaram enquanto eu contemplava a ideia deste livro e trabalhava para dar-lhe vida.

Minha família, meus filhos, meus netos e meus pais, que enchem minha vida de bondade e amor, em especial meu marido, Sandy, com quem tive a bênção de poder dividir a vida. Desde muito tempo atrás, quando fiz trinta anos e anunciei que queria ser escritora, ele me ofereceu fé e encorajamento infinitos... principalmente neste livro.

TIPOGRAFIA Ines Light
DIAGRAMAÇÃO Spress Diagramação & Design
PAPEL Pólen Soft, Suzano S.A.
IMPRESSÃO Gráfica Bartira, junho de 2022

A marca FSC® é a garantia de que a madeira utilizada na fabricação do papel deste livro provém de florestas que foram gerenciadas de maneira ambientalmente correta, socialmente justa e economicamente viável, além de outras fontes de origem controlada.